Irmtraud Morgner
Das heroische Testament

Irmtraud Morgner
Das heroische Testament

Roman in Fragmenten

*Aus nachgelassenen Papieren
zusammengestellt,
kommentierend begleitet
und herausgegeben
von Rudolf Bussmann*

Luchterhand

1 2 3 4   99 98

© 1998 Luchterhand
Literaturverlag GmbH, München
Gesetzt von
Greiner & Reichel, Köln
Druck und Bindung von
Clausen & Bosse, Leck
Alle Rechte vorbehalten.
Printed in Germany.
ISBN 3-630-86992-0

I. DER MANN AUS DER RIPPE
Abgeschlossene Kapitel

Wir schreiben das Jahr 1989. Es ist die Endzeit des Kalten Krieges, noch steht die Mauer aus Beton und Stacheldraht zwischen den Machtblöcken unverrückbar fest. Da geht die Nachricht um die Welt, eine Frau habe sich einen Mann aus den Rippen geschnitten. Was soll das bedeuten? Die Medien im Westen wittern die Story des Jahres. Im Osten wird geprüft, welche Art Bedrohung von der Aktion ausgehen könnte. Die Frauen horchen auf: Wäre endlich die Kunst erfunden worden, sich den idealen Mann zu erschaffen? Während die Neuigkeit die Runde macht, hat Herta Kowalczik, genannt Hero, ganz andere Sorgen. Der Mann, den sie sich in Tübingen aus den Rippen geschnitten hat, verfügt weder über einen Paß noch über einen ordnungsgemäßen Geburtsschein. Wie den Geliebten ohne Papiere über die bürokratisch gesicherte Grenze in ihr Land, die DDR, einschleusen? Hero greift zur List. Sie stellt Leander an der Ostberliner Akademie als wissenschaftliche Arbeit vor und verlangt deren Anerkennung als Dissertation, mit der sie ein neues Gebiet begründet: die Philosophie der Tat. Leander, für das Promotionsverfahren nach Ostberlin gebracht, stürzt die Professoren in akademische Verlegenheit.

Unterdessen klaut der Diener und ehemalige Schauklauer Jacky Zettel bei zwei Frauen, für die er zu arbeiten hat, einschlägige Dokumente zusammen, um sie Grete, seiner dritten Herrin, vorzulegen. Grete sieht ihre Chance gekommen. Seit ihr Mann, die beliebte Bühnengestalt Hanswurst, im Jahr 1737 auf dem Theater durch Johann Christoph Gottsched öffentlich hingerichtet wurde, ist sie allein: Nun glaubt sie, sich ihren Hanswurst aus der Rippe schneiden zu können. In den Papieren ihres Dieners kommt vielerlei zusammen, Brauchbares und Unbrauchbares, Gesichertes und Ungesichertes, Offizielles und streng Vertrauliches …

Als Hero fünfzig Jahre alt war, ging sie wohin und schnitt sich einen Mann aus den Rippen.

Massenmedien stürzten sich auf das Ereignis.

Dem kapitalistischen Lager verpflichtete schlachteten es aus, behauptet Grete.

Dem sozialistischen Lager verpflichtete warten auf Klärung des Sachverhalts. Die Untersuchungen wären noch nicht abgeschlossen, hätten aber inzwischen erwiesen, daß das Ereignis veraltet sei.

Der Deponie des Vergessens überantwortet. Einer weitläufigen Anlage, in der auch einheimischer und importierter Giftmüll plaziert würde.

»Vaterland oder Tod«, sagt der Revolutionsführer Fidel Castro heute wie gestern zu seinem Publikum. Und Grete sagt heute wie gestern zu ihrem »Wurst oder Speck«.

Ihr heutiges bin ich.

Bis gestern vor 252 Jahren redete Grete im Duett mit ihrem Mann Hans in Theatern. Er erste Stimme, sie zweite, mehr als eine Stichwortgeberin ist sie nie gewesen.

Das hat ihr das Leben gerettet.

Denn Grete hat man das Dummstellen immer geglaubt. Hans dagegen ist außer Hanswurst auch Mann gewesen – ein Umstand, der ein gewisses Mißtrauen gegen die Echtheit seiner Dummheit wachgehalten hat.

Überwach schließlich, bis die Aufklärung in Gestalt eines Professors Gottsched Hanswursts Scharfrichter hervorgebracht hatte.

Damen und Herren, mit Hanswurst sprang Grete einst auf Brettern herum, die die Welt bedeuteten, als sie noch was zu lachen hergab und eine schöne Schmiere war: Provinztheater.

Eine Einrichtung nach menschlichem Maß.

Jetzt gibts nur noch Welttheater. Kein Kuhkaff ohne dieses Unmaß.

Und in allen Winkeln der Erde die gleichen Stücke: zwei. Entweder die Weltuntergangsoper oder die Zerstreuungsrevue.

Und Grete Souffleuse! »Seitdem ich Witwe bin und im Souffleurkasten, Himmelarschundzwirn, was hab ich da nicht schon alles für Scheißtexte zuflüstern müssen, um mir mein Brot zu verdienen«, muß ich mir von Grete anhören, weil ich in ihren Diensten stehe, »aber was zuviel ist, ist zuviel, Potzmordundschwerenot, wie der Mensch gelebt hat, stirbt er auch, heißt es.«
Wenn er kann.
Ich kanns nicht, wenn ich mich nicht kümmre.
Um ein Double.
»Der Totentanz ist ein Paartanz«, sagt Grete. »Wenn es einer gewissen Hero gelungen ist, sich einen Mann aus den Rippen zu schneiden, so muß es doch auch möglich sein, daß sich Grete einen Hanswurst aus den Rippen schneidet. Für den letzten Tanz«, sagt Grete und verlangt von mir einschlägige Recherchen.
Damen und Herren, wenn Sie für diesen Tanz auch einen Partner benötigen, so lesen Sie, was Zettel, indem er die Deponie des Vergessens unbefugt betrat, bisher hat sammeln können und auch sonst lebenskünstlerisch zu berichten weiß.
Falls die Halde beziehungsweise sein Leben noch mehr hergeben sollte, wirft mehr Fundsachen sowie laufende Meter zu
mit respektloser Hochachtung
Jacky Zettel
Diener dreier Herrinnen

Dunkelweiberbriefe 1–5
(Epistolae obscurarum feminarum)

Erste Fundsache (schriftlich), Zettelverzeichnis ZV / D 1-5

An die hochgeschätzte
Frau Doktor der Schweigologie Gracia Ortwin
(Typoskript mit Korrekturen von Maschine und Hand. Holzhaltiges Papier, vergilbt, auch zerfallend, zumal an Stellen, wo es von meinen scharfen Blicken wiederholt getroffen wurde.)

Eine Berlinerin hat sich einen Mann aus den Rippen geschnitten, liebe Gracia, was sagst Du dazu? Mein Koni sagt, ein Witz, und Du weißt ja, daß er Witze sammelt. Witze und Biergläser, und besonders Berlinerwitze und systemstabilisierende. Den Mann aus der Rippe hält er für systemstabilisierend, deshalb schreibe ich Dir. Deine Wissenschaft darf doch nicht hinter der Basis herhinken.
   Schöne Grüße
   Lisa

An Frau Dr. Gracia Ortwin
Bereich Ästhetik

Liebe Kollegin
Natürlich sind wir dankbar für jeden Hinweis, und ohne interdisziplinäre Zusammenarbeit kann der Plan des Fortschritts nicht erfüllt werden. Aber die Überprüfung des übersandten Materials hat erge-

ben, daß der Mann aus der Rippe gar kein Witz ist und also serialogisch wertlos. Wir haben ihn an die Sophologen weitergeleitet und bitten zwecks Steigerung der Effektivität in der wissenschaftlichen Arbeit um etwas mehr Sorgfalt.
Hochachtungsvoll
Dr. ser. Scholz
Arbeitsgruppe Ernst
des 20. Jh.

Liebe Gracia
Wenn ich nicht eine Oma hätte, sähen wir ziemlich alt aus. Und wir Frauen wollen doch endlich wieder jung und schön sein: begehrenswert. Diesen Zustand können wir uns, wie Du weißt, nur selber zurückerobern. Nicht allein natürlich. Aber wer die Unordnung angerichtet hat, muß auch aufräumen. Meine Kinder haben immer aufräumen müssen, wenn sie gespielt haben, ohne Diskussion, punktum, wo kämen wir denn hin, wenn wir alles diskutieren wollten, hier setzt ja auch Deine Schweigologie an, ohne Erziehung läuft gar nichts, und wenn wir nicht fähig sind, uns am Riemen zu reißen, kommen wir nie auf einen grünen Zweig. Gemeinsam. Aber schließlich muß auch jede selber sehen, wo sie bleibt. Nicht nur Du willst es zu was bringen. Wir haben den Trend unabhängig voneinander erkannt und sind auf verschiedenen Gebieten aktiv geworden – unangeleitet: So eine Gelegenheit bietet sich nie wieder. Wir wären dumm, wenn wir die Chance nicht nutzten. Wolltest Du mir meine vermasseln? Du hast doch auch eine Oma. Und rüstiger als meine, wenn ich mich recht erinnere. Bist Du zu fein, individuelle Reserven für die Wissenschaft zu mobilisieren? Oder läßt Du heiße Kartoffeln lieber fallen? In andere Hände. Denn solange unklar ist, ob der Mann in Ost oder in West aus einer weiblichen Rippe gebaut wurde, muß man ja mit zwei Varianten rechnen. Und um die Schereien mit der negativen wolltest Du Dich drücken, stimmts? Nichts ist für die Wissenschaft unangenehmer als falsche Tatsachen. Ich bin

normalerweise auch immer auf der Hut. Aber in diesem Fall war ich irgendwie in risikofreudiger Stimmung. Möglich, daß mein Alter mich angesteckt hat, weißt Du. Er hat nämlich ohne Baugenehmigung eine Datsche gebaut, und ich hab immer gesagt, das kann nicht gut gehen, und er hat immer gesagt, wenn das nicht hinhaut, will ich Max heißen, und weißt Du, wie mein Helfried seit gestern heißt? Helfried natürlich, eins zu null für ihn. Und die Frau, die sich selber einen Mann aus einer Rippe geschnitten haben soll, heißt Helga Kulinke und wohnt in Westberlin. Eins zu null für mich, liebe Gracia. Manchmal trägt Mut auch positive Früchte. Meine Oma hat als Rentnerin genehmigt die Grenze überschritten und besucht offiziell Westberliner Verwandte. Eine Cousine oder eine Nichte oder irgendsowas, sie wohnt auch da und muß sich natürlich entsprechend dankbar verhalten für alles Gebotene, wie das so ist, da bleibt wenig Zeit zum Recherchieren. Und Oma mußte sich am Telephon auch kurz fassen, offenbar sind diese Verwandten ebenso geizig wie Omas Bruder, aber soviel steht fest: Diese Westberlinerin Kulinke ist arbeitslos und hat sich selbst operiert, weil sie die Krankenhauskosten nicht bezahlen konnte. Eine Verzweiflungstat, die ein bezeichnendes Licht auf die sozialen Mißstände sowie den Pflegenotstand wirft. Der Ehemann von Frau Kulinke soll ihr bei der Operation assistiert haben. Die Rippe ist natürlich eine Ente. Männer aus Rippen gab es nicht, gibt es nicht und wird es nicht geben.

Mir ist schleierhaft, weshalb Du alberne Gerüchte benutzt, um Panik zu machen. Ausgerechnet Du als Erfinderin der Schweigologie. So eine Handlungsweise steht doch in eklatantem Widerspruch zu Deiner wissenschaftlichen und praktischen Konzeption. Oder wolltest Du mir ein Bein stellen?

Da sich die Sophologie bekanntlich nur mit Erscheinungen beschäftigt, die es bei uns gibt, liebe Gracia, werde ich die Westberliner Angelegenheit den Soziologen zukommen lassen. Vielleicht können die irgendwas damit anfangen.

Schöne Grüße auch an Deinen Gatten
Gundula

An die Abteilung praktische Ästhetik
Z. H. Dr. Ortwin
Vertraulich

Werte Kollegin
Schon seit einiger Zeit beobachten wir das Treiben einer gewissen
Gundula Fritsche, die sich als Dr. rer. manz. ausgibt und sich einzuschleichen versucht. Offenbar nicht nur in unser Vertrauen. Sie
spielt sich als Manzismus-Kapazität auf, bezeichnet Emanzismus-Kritik als ihr Spezialgebiet, aber wissen Sie, was sie wirklich ist?
Eine Null ist sie. Eine ganz gewöhnliche Null, wie ihr letztes
Schreiben an uns bewiesen hat. Natürlich blamiert sich jeder so gut
er kann, und eine dumme Kuh mehr oder weniger macht den Kohl
auch nicht fett, wir Frauen sind eben bißchen dumm, wie Sie wissen, von Natur bißchen dumm, aber das darf man natürlich nicht
laut sagen. Nicht mehr oder noch nicht. Man darf nie alles sagen,
was man denkt. Und natürlich auch nie alles denken, was man sagt.
Sogar der gesunde Menschenverstand unterliegt Zwängen. Diese
Fritsche beruft sich alle nasenlang auf den gesunden Menschenverstand. Ihre Westberlin-Story beweist, daß sie keinen hat. Andernfalls hätte sie den Dreck sofort gerochen. Ganz gewöhnlicher
Emanzendreck, der uns da zugespielt wurde, und mit dem Gütezeichen Ihres Namens, Kollegin. Die Fritsche nennt bei der Quellenangabe ausdrücklich den Namen Ortwin. Mißbräuchlich, wie wir zu
Ihren Gunsten annehmen, werte Kollegin, oder haben Sie schweigologisch eine neue Richtung eingeschlagen? Die alten Dreck aufbäckt? Den letzten in diesem Fall, den allerletzten: Irgend so eine
Schreckschraube konnte sich nicht damit abfinden, daß die Schlampenmode vorbei ist, und hat bißchen Krawall gemacht. Happening
nennt man sowas großkotzig in dieser Subszene, aber von Operation und blutigen Rippen natürlich keine Spur, so teuer gehen die
Künstlerinnen nicht ran, in diesen Kreisen wird billig gearbeitet,
die Fritsche hat läuten hören und nicht zusammenschlagen, die Performance-Künstlerin hat einen Mann aus einer Schrippe geschnit-

ten. Das haben unsere Ermittlungen ergeben, mit denen wir kostbare Zeit verbrachten, die für die Lösung unserer soziologischen Aufgaben natürlich verloren ist. Für Kunst bzw. Pseudokunst ist unsere Sparte nämlich überhaupt nicht zuständig, mit der sollen sich andere Leute herumärgern, wir sind doch nicht lebensmüde. Auf der sogenannten Kunstveranstaltung in Westberlin soll die sogenannte Bildhauerin bildende Kunst zum Mitmachen propagiert haben. Auf der Bühne wurde vorgeführt, wie mit einem Messer ein Mann aus einer Schrippe zu schneiden ist, und die Veranstaltungsteilnehmerinnen, an die die Aufschneiderin Messer und Schrippen verteilte, wurden aufgefordert, nachzumodellieren. Anschließend gemeinsames Aufessen der Skulptur. Als symbolische Handlung natürlich unter dem Motto: Macht es wie die Spinnen, die fressen ihre Männchen nach der Begattung auf.
Pfui Spinne!
Kampert, dipl. soz.

Frau Prof. Gracia Ortwin
Wissenschaftlerin für das Gute und Schöne

Hochgeschätzte Frau Professor
Unsereins hat ja schlimme Jahre hinter sich, mit einem schicken Hut vor die Tür gehen war ja fast schon unmöglich, und wenn ich Ihnen gestehe, daß ich für Schleierhüte sterbe, werden Sie verstehen, wie wahnsinnig dankbar ich Ihnen bin. Im Zeitalter der Wissenschaft muß natürlich alles wissenschaftlich angepackt werden, wer heute anders ran geht, ist hoffnungslos unmodern, und Sie haben den Finger drauf, liebe Frau Professor, was Sie machen, hat Pfiff, die Mannweiber haben abgegessen, man trägt wieder feminines Design, es freut mich irrsinnig, daß unsere Wissenschaft auf dem neuesten Stand ist. Manchmal hatte ich schon resigniert und gedacht, wir sind und bleiben Provinz, ein schreckliches Gefühl, nicht up to date zu sein, wer das Neueste verpaßt, verpaßt das Le-

ben, und das Neueste für uns Frauen kommt nun mal aus Paris oder so. In bezug auf den äußeren weiblichen Schick bezweifelt das auch bei uns niemand mehr. Aber wo blieb der innere weibliche Schick? Wirkliche Frauen, das heißt Frauen, die was von der Mode verstehen, haben sich immer für das Gute und Schöne interessiert und den Rest den Männern überlassen. Und diese wirklichen Frauen wurden von den Mannweibern eine Zeitlang übel an die Wand gespielt. Aber die Kavaliere sind gottlob noch nicht ausgestorben, wie sich gezeigt hat. Sie kamen uns endlich zu Hilfe, also auch Ihnen, liebe Frau Professor, endlich konnte Gracia Ortwin den Rest dieser Ästhetik und dergleichen den Männern überlassen und Damenphilosophie machen, stimmts?

Und was heißt Philosophie bzw. »Erkenne dich selbst« für uns Damen? »Was steht mir«, heißt es, »was kann ich tragen und was nicht, was kleidet mich vorteilhaft, welche Accessoires geben mir das gewisse Etwas.«

Die Ortwinsche Schweigologie ist eine raffinierte Accessoire-Kunde für den inneren Schick der Damen, denn Reden ist Silber und Schweigen ist Gold. Und Gold schmeichelt dem Teint und unterstreicht die Eleganz und wirkt überhaupt immer vornehm. Mit diesem Gold sind Sie innerlich immer richtig angezogen, es paßt zu jedem Stil, zu jeder Tages- und Nachtzeit, zu allen politischen Linien und Gelegenheiten. Natur-Waschweiber sind einfach ordinär. Kultur-Waschweiber sind der Ruin des guten Geschmacks. Eine Katastrophe sowieso, denn sie müssen sich natürlich innerlich ständig umziehen, den Linien und Gelegenheiten entsprechend, sind also immerzu in Hetze und Streß – und treten doch in Fettnäpfe. Wer viel redet, tritt immer in Fettnäpfe. Wer klug redet, hats nötig. Die armen Männer in ihren langweiligen Anzügen sind gezwungen, sich sprachlich zu profilieren. Eine schöne Frau hat ganz andere Waffen. Sie braucht keine Reden zu halten; sie geht zur Schneiderin und fertig. Oder zum Friseur. Oder sie läßt sich von ihrem Mann ab und zu einen neuen Hut schenken. Ohne Hut ist man einfach nicht gut angezogen. Ohne Hut und folglich ohne Mann. Die vielen Heiratsannoncen in den Zeitungen beweisen, daß nicht nur die Mannweiber aus der Mode sind, sondern auch deren Theorien. Immer diese Politik und diese Emanzipation und diese Atomkriegssachen und ökologischen Katastrophen pipapo – nee. Wer davon nicht abschaltet, kommt nie zu Gemütlichkeit. Ich sag immer, in einer netten Wohnung mit Mann und Farbfernseher ist alles halb so schlimm. Wer sein kleines Glück im Kasten hat, kann notfalls aufs große verzichten, nicht wahr, Frau Professor?

Ihre modebewußte Leserin
Manuela-Nicole Fleischer

Erläuterung
vom laufenden Meter Zettels (ELMZ) 1

Die Deponie des Vergessens ist so weitläufig wie das Land. Im Prinzip ist aber jeder Schritt von mir unbefugt, seitdem ich für Grete arbeite, jeder Blick, den ich mit meinen Augen werfe, jeder Laut, den ich mit meinen Ohren erlausche, jeder Wortlaut erst recht, von Griffen ganz zu schweigen.

Die eben zitierten Dunkelweiberbriefe wertete Grete als guten Griff.

Ich werte sonst nicht nach Güte, sondern nach Metern.

Für meine anderen beiden Herrinnen arbeite ich hauptsächlich um Meter, nebensächlich um Geld zu machen.

Für Grete arbeite ich wegen einer Ausreise.

Ich bin also im allgemeinen ein durchschnittlicher Mensch wie jeder ordentliche Bürger dieses Landes.

Wenn ich im besonderen von dieser Idealnorm abweiche, dann nur in dem Bestreben, sie besser zu erfüllen beziehungsweise zu ertragen.

Kurz gesagt: Geboren ja, Krippe ja, Kindergarten ja, Schule ja, Armee ja, Studium naja ...

Aber ohne abgebrochenes Journalistik-Studium kein gebrochener Hals.

Während meines Praktikums beim Rundfunk pflegten Kollegen, von denen ich zu lernen hatte, das Mittagessen mit Schwärmereien über ihre Zukunft zu umrahmen. Manche hatten noch mehr als vierzig Jahre auf sie zu warten. Alle nannten mich »Traumtänzer«. Aber keiner hat das Ziel so früh erreicht wie ich. Mit dreißig Rentner – das hat mir niemand zugetraut.

Meinen Großeltern, bei denen ich aufgewachsen bin, will es bis heute nicht in den Kopf. Sie nennen mich haltlos. Obgleich

ich nicht nur ein Stahlkorsett trage, sondern auch einen Ausweis dazu. Schließlich bin ich vom Seil gefallen. Ein Unfall? Ein Glücksfall? Jedenfalls der Abschied von der Unterhaltungskunst, deren Obermeier auch Hero rechenschaftspflichtig gewesen sein soll, behauptet Grete. Was eine Frau, die ihr Leben im Souffleurkasten versitzt, über einen Reisekader berichtet, muß nicht stimmen. Über Reisekader werden viele Märchen erzählt. Der Mann aus der Rippe ist vielleicht auch eins. Über unbegrenzte Möglichkeiten anderswo. Unbegrenzte Möglichkeiten von Westskalpellen etwa, Solinger Stahl machts möglich, und ich soll nun erforschen wie. Wie genau. Zwar ein Invalidenrentner kann reisen, weil er kein Kader mehr ist. Wertlos mithin. Aber auch geldlos. Genauer: devisenlos. Und ohne Devisen kann sich kein Mensch wie ein Mensch bewegen. Schon im Inland nicht, vom Ausland ganz zu schweigen. Und wo ich hinwill mit Gretes Hilfe, das ist mehr als Ausland.

Also bin ich gezwungen auf Raub auszugehen.

»Gelegenheit macht Diebe«, behauptet mein Großvater.

Ich habe nicht nötig zu behaupten, ich weiß: »Gelegenheit macht Meter.« Lebensmeter – was das ist, erkläre ich später. Jetzt nur soviel: Bekanntlich fehlts bei manchen Betrieben manchmal an Material, und die Arbeiter können nicht richtig arbeiten, müssen aber richtig bezahlt werden, weil der Materialengpaß keine Schuld von ihnen ist, sondern von andern oder niemandem. Wer sieht da durch? Ich schlecht, gewisse Aussteiger ausgezeichnet, und wenn die Gelegenheit beziehungsweise das Material kommt, wird was Arbeit genommen, und die Betriebe können die Pläne erfüllen ohne Überstundengelder, die bekanntlich ins Geld gehen, klar?

Damit nicht noch mehr Unklarheiten entstehen, möchte ich deutlich darauf hinweisen, daß Invalidenrentner keine Nebenverdienste als Gelegenheitsarbeiter abrechnen dürfen und daß ich kein Aussteiger bin.

Jedenfalls keine Promenadenmischung, sondern mit Papieren. Rasse. »In« auf deutsch gesagt. Die Übersetzung »Einsteiger« gäbe

Sinn auf Kosten von Flair. So teuer bezahlt nicht mal unsere Delikatproduktion. Eiscreme liegt in den Kühltruhen der Kaufhallen. Nach Softeis stellt man sich an.

Für Heros Rezept würde sich Grete wochenlang anstellen, sagt sie. Monatelang. Jahrelang. Zum Prahlhans respektive zur Prahlgrete muß man geboren sein. Oder zum Seiltänzer. Oder zum Zauberer. Oder zum Musiker oder zum Dichter. Aber in Zeiten, da viele Richtungen durch den Smog gewiesen werden, kommt der Pfadfinder auf.

Der sich durchschlägt – notfalls auf dem Seil. Tatenlos wie ich bin auf dem Gebiet, mußte ich zulegen. Auf einem andern Gebiet, das mir auch nicht liegt. Nur als seiltanzender Schauklauer konnte ich bei der Konzert- und Gastspieldirektion ankommen. Andere, die z. B. wenig Stimme haben, aber auch nicht recht Gitarre spielen können oder dichten, von komponieren ganz zu schweigen, setzen ihre kreativen Habseligkeiten auf eine andere Karte und beschreiben sie mit der Bezeichnung: Liedermacher.

Dabei wollen sie sich vielleicht nur einen Kopf machen über den Smog und die Welt.

Einen eigenen Kopf und einen eigenen Pfad: Das ist ein Stil.

Mein Großvater nennt Leute dieses Stils Asoziale. Ich nenne Leute seines Stils Mitläufer.

Meine Großmutter nennt uns beide Nullen.

Und da sie gern das letzte Wort hat, schließe ich mit dem meine ersten lebenskünstlerischen Erläuterungen und warte inzwischen mit der zweiten Fundsache auf.

Dunkelweiberbriefe 6–10
(Epistolae obscurarum feminarum)
Zweite Fundsache (schriftlich), Zettelverzeichnis ZV / D 6-10

An die hochgeschätzte
Frau Doktor der Schweigologie Gracia Ortwin
(Typoskript mit Fettflecken, Recycling-Papier)

Liebe Gracia
Eine Oma ist doch keine sozialistische Nachrichtenagentur, die jedes Ereignis zehnmal prüft, bevor es nicht gemeldet wird. Und ich finde es ganz schofel, daß Du sofort kalte Füße kriegst, wenn die Soziologen husten. Aber bitte. Du hast keinen Augenblick gezögert, mich in die Pfanne zu hauen. Jetzt hau ich zurück. Da staunst Du, wie? Irgendeine Retourkutsche hast Du nicht erwartet, was? Aber diese! Mit der könnte ich Dich in der Pfanne schmoren, bis Du schwarz wirst, Du falscher Fuffziger. Wegen Defätismus könnte ich Dich hochgehen lassen und Deine geliebten Soziologen gleich mit. Denn die haben falsch gehustet. Erstens falsch und zweitens defätistisch. Und Defätismus zeugt von mangelndem Vertrauen in Optimismus und ist also unentschuldbar sowie krankhaft. Ich dagegen hatte von Anfang an das gesunde Gefühl, im Falle Kalunke irgendwie auf einer positiven Fährte zu sein – die Frau mit der Rippenoperation heißt Kalunke, Kulinke war ein Übermittlungsfehler. Aber sonst hat meine Oma viel besser gearbeitet als diese Kampert und Konsorten: faktisch viel falscher und prinzipiell viel richtiger. Und aufs Prinzipielle kommts in der Wissenschaft schließlich an,

wie Du wissen müßtest, liebe Gracia. Tatsachen kann man schaffen. Vollendete Tatsachen sogar. Aber diese vollendeten Tatsachen sind bei uns bekanntlich vollendeter, weshalb die Westberliner Rippen-Ereignisse auch nur ein Abklatsch sein konnten. Ein typischer Abklatsch, liebe Gracia, Modemacher mögen drüben wohnen, Neuerer wohnen hier.

Also ist alles genau so, wie ich in meinem letzten Brief schrieb, bloß ganz anders. Schon weil die telephonische Verständigung durch Nebengeräusche mitunter erschwert ist und die Westberliner Verwandten meiner Oma so geizig sind, daß sich die alte Frau am Telephon immer so kurz fassen mußte. Bei meinen Sophologen kann sich keiner kurz fassen, und die Leute sind nicht älter als fünfzig. Meine Oma dagegen ist achtundsiebzig. Und ihr Bruder, der auch in Westberlin wohnt, ist achtzig. Aber bei dem übernachtet meine Oma nie, der geht mit einem Taschenrechner einkaufen, um die verpackten Waren, die in verschiedenen Gewichtsgrößen angeboten werden, preislich vergleichen zu können. Er rechnet alles durch, was ihm verpackt vor die Nase kommt, aber er kauft nur Sonderangebote. Kriegt über zweitausend Mark Rente und ernährt sich nur von Sonderangeboten. Bei dem hat sich meine Oma mal an überlagerter Schokolade einen Zahn ausgebissen, und seitdem meiden sich die Geschwister. Der Bruder wäre aber als Recherchenstützpunkt sowieso ungeeignet, weil er nicht mal ein Telephon hat. Die bisherigen Recherchen meiner Oma haben ergeben, daß für den Abklatsch eine Westberliner Chirurgin gekauft wurde, die mit einer spektakulären Show in die Schlagzeilen kommen wollte, um sich als Modeärztin etablieren zu können. Ein unweibliches Fach als Chirurgie ist übrigens kaum denkbar – Fleischerinnen gibts ja schließlich auch nicht. Außerdem kriegen die Chirurgen alle Plattfüße, wodurch die Absätze nach hinten wegstehen. Einen schicken Pumps kann doch so eine Frau gar nicht mehr tragen. Und Gesundheitsschuhe machen selbst aus dem elegantesten Kleid einen Großmutteraufzug. Verständlich also, daß diese Chirurgin Kalunke auf Reklame um jeden Preis angewiesen ist und das Angebot annahm.

Irgendein Angebot von irgendeinem Skandalblatt, vermutet meine Oma, diese Westler verkraften doch nicht, wenn wir auf einem Gebiet führend sind. Madame Doktor Kalunke hat sich also öffentlich – wie es heißt – wie auf einer Bühne eine Rippe rausoperiert, dieselbe in einen Mülleimer geworfen und den Eimer mit einem Seidentuch bedeckt. Nach einiger Zeit oder einigen Worten oder Takten Musik – was weiß ich – soll dann das Tuch gelüftet und ein Mann aus dem Müll gestiegen sein. Uralter Trick vom Typ Kaninchen aus dem Hut, der als Weltsensation verkauft wurde.

Unsere Neuerer arbeiten weder mit Tricks noch mit Hüten, sondern solide. Und es sind bescheidene Leute, weshalb die Pioniertat erst über die Fälschung bekannt wurde. Entlarvend, liebe Gracia, daß Deine soziologischen Freundinnen eine Pionierleistung, mit der ein positiver Durchbruch erzielt wurde, in irgendwelchen Gefilden der Vergangenheit ansiedeln konnten.

Das Originalgeschehen fand in aller Stille in Berlin-Köpenick statt. Es wurde von Frau Kurolke ausgeführt und untermauert eine neue Etappe, die längst begonnen hat. Diese Etappe macht Schluß mit dem Gestänker gegen Männer und fordert positive Beispiele. Die Journalistin Kurolke erkannte ihre entsprechende Aufgabe, nahm sie ernst und bediente sich zu deren Lösung eines ungewöhnlichen Mittels. Kühn schnitt sich die Journalistin das positive männliche Beispiel für eine Reportage aus den Rippen und erteilte damit all jenen eine entschiedene Abfuhr, die Frauen mit Meckertheorien irreleiten, das gesunde Empfinden des schönen Geschlechts demontieren und alle weiblichen Träume zerstören wollen. Damit Männer endlich wieder gut von Frauen denken können, müssen Frauen erst mal wieder gut von Männern schreiben. Wer angefangen hat mit Stänkern, muß auch anfangen, einzulenken. Die mutige Tat der Journalistin Hella Kurolke ist ein Meilenstein auf dem Wege des Einlenkens. Ob der Meilenstein in die Schweigologie paßt, ist nicht mein Bier, liebe Gracia, sondern Deins.

Prost!
Gundula

An Frau Schweigologin Ortwin

Werte Schweigologin
Wie das Schicksal so spielt. Aber bißchen Glück gehört zum Leben. Ich hatte Glück und hab Ihr Buch erwischt. Meine Freundin ging leer aus – und nun sitzt sie da. Wir waren beide hinterm Mond und glaubten, der neuste Fortschritt wäre: Aussprechen. Da heute Bücher nicht mehr gelesen, sondern studiert werden, studieren wir natürlich immer die neusten, kollektives Selbststudium. Und dabei muß das Kollektiv Schrunz – bestehend aus meiner Wenigkeit als Vorsitzende und Freundin Schmieder als Stellvertreterin – an irgendwelche Ladenhüter geraten sein. Überlagertes Material, in dem stand: Probleme aussprechen, Mißstände beim Namen nennen, partnerschaftlich diskutieren. Und nicht nur »diskutieren«, stand in diesen Schwarten zu lesen, sogar »ausdiskutieren« – stellen Sie sich das einmal vor! Aber unser Kollektiv fiel tatsächlich auf den Quatsch rein und machte die entsprechende Kehrtwendung – Alter schützt vor Torheit nicht.

Da mein Mann zufällig einige Monate im Ausland auf Montage arbeitete, konnte ich die Kehrtwendung nicht unverzüglich in die Praxis überführen. Und als er zurück war, hatte ich inzwischen Ihre neue Schweigologie gelesen und war wieder normal.

Meine Freundin dagegen las und marschierte mit Affentempo verquer los – direkt ins Unglück. Denn was das Schönste ist: Ihre neue Richtung, Frau Schweigologin, ist ja eigentlich die alte, nicht wahr? Die gute alte, will ich mal sagen, kulturelles Erbe nennt mans heute, wissenschaftliche Aneignung der Tradition könnte man vielleicht auch sagen. Wir haben unsere Ehen natürlich nicht wissenschaftlich geschaukelt, meine Freundin und ich, wir haben uns nach dem alten Stiefel durchgewurstelt, den schon unsere Mütter und Großmütter erfolgreich benutzten, den guten alten diplomatischen Stiefel eben. In der politischen Diplomatie wird ja auch anders geredet als gedacht; beziehungsweise geredet, ohne was zu sagen. Schön ist das zwar nicht gerade, aber praktisch. Und im Leben gehts nun mal praktisch zu. Seit Urzeiten. Aber nein, diese Emanzen wollten plötzlich mit dem Kopf durch die Wand und daß es schön zugehen soll. Schön gerecht in der Ehe und überhaupt. Meine Nachbarin kann Torte fressen, soviel sie will, und wird nicht dick, und ich nehm schon bei Fruchtkuchen zu – das ist auch nicht gerecht. Und mein Mann sagt: Küche liegt mir nicht und Haushalt ist Frauensache, wenn ich den Krempel ans Bein gebunden kriege, brauche ich nicht zu heiraten. Wie diese Männer eben so sind: bequem und egoistisch. Das weiß man doch. Und es genügt doch, daß man es weiß. Wozu auch noch sagen? Wenn alle Leute alles, was sie wissen, in der Welt rumposaunen wollten, könnte keiner mehr sein eigenes Wort verstehen. Logisch. Aber irregeleitet handelte meine Freundin eben plötzlich unlogisch und sprach die Mißstände aus. Über 25 Jahre hat sie mit ihnen gelebt, und die Ehe ist immer gut gegangen und hätte auch die nächsten 25 Jahre gehalten, bis ultimo hätte diese Ehe gehalten, wenn praktisch diplomatisch weitergemacht worden wäre. So wurde diskutiert – und peng. Denn es ist natürlich ein Unterschied, ob die Ehefrau den Ehemann für ein egoistisches Aas hält oder ob sie ihm das sagt. Oder ob der Ehemann die Ehefrau für ein verlogenes Miststück hält oder ob er ihr das sagt. Und das Ehepaar hatte noch ganz andere Titel auf Lager, sie hatten schließlich 25 Jahre gesammelt, da kommt ein fast unerschöpflicher Vorrat fürs Gericht zusammen. Da müssen die Richter nicht lange rumfragen und grübeln. Da flutscht eine Scheidung. Und meine Freundin ist angeschmiert.

Ich dagegen hab Schwein gehabt dank Ihrer Schweigologie, liebe Frau Ortwin. Ich weiß gar nicht, wie ich mich revanchieren soll.

Ihre dankbare Leserin
Friedel Schrunz

Hausmitteilung

Liebe Kolleginnen
Nach sorgfältiger Prüfung des Kurolke-Materials ist unsere Arbeitsgruppe zu dem Ergebnis gekommen, daß der Mann aus der Rippe schweigologisch irrelevant ist. Die Kolleginnen vom Bereich Oblivismus, mit denen wir Rücksprache nahmen, bestärkten uns in unseren Ansichten. Das Ereignis müsse weder oblivistisch verdrängt noch als Fall für die Kunst des Vergessens (Obliterei) registriert werden, wurde übereinstimmend erklärt. Einige Kolleginnen meinten sogar, der Mann aus der Rippe wäre nicht nur nach den Prinzipien der Sophologie tragbar, das heißt: besprechbar, beschreibbar, publizierbar, mithin existent; sondern er müßte geradezu bekannt gemacht werden. Wenn das Verfahren patentiert werden könnte, wäre der Verkauf von Lizenzen möglich. Für harte Devisen zum Beispiel. Wir haben den Fall Kurolke deshalb dem Ministerium für Außenhandel zur Kenntnis gebracht.

Wenn es fündig werden sollte, werden die haltlosen Verleumdungen über gewisse angebliche Nebenwirkungen unserer Schweigologie augenblicklich verstummen.

Arbeitsgruppe Schweigologie

Zur Kenntnis genommen:

Redaktion »Für uns«
An die Abteilung angewandte Ästhetik
Leitung

Werte Kollegen
Wie uns von vertrauenswürdiger sophologischer Seite mitgeteilt wurde, ist eine Arbeitsgruppe Ihrer Abteilung mit einer Frau Ortwin an der Spitze für die Lancierung gewisser Informationen zwecks Schaffung einer spontanen Initiative, die in unsere Leser hineinge-

tragen werden soll, verantwortlich. Der Zweck mag gut gemeint sein, aber das Mittel, unsere Mitarbeiterin Karolke, ist untauglich. Wir haben sie entlassen müssen, weil eine Frau mit zwei Männern für unsere Zeitschrift untragbar ist. Denn Kollegin Karolke hatte sich einen Mann aus den Rippen geschnitten, obgleich sie verheiratet war. Mit dem Leiter unserer Abteilung Familie und Freizeit.

Außerdem hat Frau Karolke gegen das erste und wichtigste Gebot der journalistischen Arbeit verstoßen: Sie hielt sich nicht an die von ihrem weisungsberechtigten Leiter vorgegebene Tatsache, die in dem speziellen Fall er war – unser hochgeschätzter, verdienter und also allseits beliebter Kollege Karolke. Nicht wie fälschlich berichtet wurde in einer Reportage unserer Zeitschrift, sondern in der Rubrik »Die wahre Geschichte« der Monatsschrift »Provinzbühne« hat Frau Karolke eine Person als ihren Ehemann beschrieben, der in Wahrheit der untergeschobene Herr aus der Rippe war. Wer die Lobhudeleien über den arbeitsscheuen Herrn gelesen hat, der das seiner Frau zustehende Babyjahr wahrnimmt und nicht davor zurückschreckt, sich »Hausmann« zu nennen, wird die Entrüstung unserer Redaktion verstehen sowie die Notwendigkeit, uns von einer solchen Mitarbeiterin zu trennen. Auch Kollege Karolke hat inzwischen Konsequenzen gezogen und sich scheiden lassen.

Hochachtungsvoll
Redaktion »Für uns«
Abteilung Familie und Freizeit

Patentamt Außenwirtschaft
Abteilung nichtmaterieller Export (NIMEX)
An Frau Dr. Ortwin

Betr.: Devisenpatent

Werte Kollegin Dr. Ortwin
Bezugnehmend auf Ihr Schreiben vom 7.2. teilen wir Ihnen mit, daß wir uns mit Frau Karolke sofort in Verbindung gesetzt haben.

Die Erfindung der Frau würde für die Erfüllung unseres Exportplans neue Perspektiven eröffnen, besonders auf dem frei konvertierbaren Devisensektor. Denn z. B. in Frankreich leben 16 Millionen Frauen und 14 Millionen Männer, aber von diesen 16 Millionen Frauen sind nur 9 Millionen verheiratet. Die unverheirateten 7 Millionen könnten für den Verkauf der Erfindung ein idealer Markt sein, wenn die sich patentieren ließe. Das heißt wenn die wiederholbar wäre. Nicht für den Binnenmarkt, versteht sich.

Wir danken Ihnen, liebe Kollegin Ortwin, für Ihren Hinweis, der von Initiative und Verantwortungsbewußtsein zeugt und das Bemühen erkennen läßt, alle Reserven zu nutzen und alle verfügbaren Mittel auszuschöpfen.
Mit kollegialen Grüßen
Gez. Trautwin

Erläuterung
vom laufenden Meter Zettels (ELMZ) 2

Die ersten beiden Fundsachen habe ich dem Teil der Deponie des Vergessens entwendet, in der meine dritte Herrin auch wohnt. Die Zahl deutet den Rang an. Rang eins selbstverständlich Grete. Sie sagt selber, daß sie die klügste Frau der Welt ist und deshalb gezwungen, sich einen Hanswurst aus den Rippen zu schneiden. Um sich verständigen zu können.
Mit einem Double?
Verspricht mir die Ausreise und reist selber nicht! Das gibt mir zu denken. Zumal eine Ausreisegenehmigung ohne Einreisegenehmigung wertlos wäre. Gänzlich wertlos sowie eine Katastrophe. Wenn ich dran denke, denk ich, daß ich nicht zu sehr so high dran denken darf, sondern mir immer wieder cool sagen muß: Auch wenn Grete mehr verspricht, als sie halten kann, mach ich für sie keine Arbeit umsonst, sondern Meter für mich.
Meter über Frauen sind reeller als Meter an Frauen.
Seitdem ich die neueste Lebenskunst erfunden habe.
Enttäuschungsresistent und frusttolerant. Und ich habe diese Kunstart nicht nur für die Menschheit erfunden, ich handle sogar selbst danach.
Losung: Das Leben – eine Papierform.
Aus meinem Dasein als Kind, Enkel, Schüler, Student, Artist, Patient, Rentner, Mitarbeiter der Volkssolidarität und Schwarzarbeiter habe ich bisher zwölf Meter machen können. Davon allein drei als Diener meiner drei Herrinnen (Messung den Din-A4-Heftern der Handschriften entlang). Das entspricht einer Möblierung von sechs Quadratmetern Wandfläche. Die Nachforschungen über Hero dürften mindestens nochmal so viel ergeben, so daß ich bald schon halb möbliert zu sein hoffe.

Im Leben stehen kann jeder. Sogar mit beiden Beinen. Aber nicht im eigenen. Gemessenes Leben = real existierendes Leben. Vermessene Bevölkerung = zufriedene Bevölkerung.

Gegen diese Lebensform spricht ein Anstieg des Papierbedarfs; für sie eine Senkung des Möbelbedarfs.

Da aber hierzulande Papier und Möbel aus dem gleichen Stoff produziert werden, dürfte der Holzmehlverbrauch konstant bleiben.

Überzeugen Sie sich selbst, Damen und Herren, schreiben Sie selbst, leben Sie selbst!

Und unterschätzen Sie die Kleinarbeit nicht. Wer laufende Meter machen will, muß viel Kleinarbeit leisten. Kleinstarbeit auch. Millimeterarbeit. Selbst ein Tausendstel Millimeter ist immer noch besser als gar nicht gelebt.

Nachfolgend – angeregt durch die Fundsachen ZV/D 1–10 – zirka zweieinviertelhundertstel Millimeter Zettel-Leben:

Das heroische Testament
Auszüge aus apokryphen Promotionsunterlagen

Dritte Fundsache

Dokument 1

Antrag auf Eröffnung eines Promotionsverfahrens

Da Unterhaltung eine Wissenschaft für sich ist, wenn sie die Massen ergreifen soll in Richtung, und jegliche Richtung solcher Art als Ideologie respektive Philosophie beschrieben steht, beantrage ich hiermit bei der Generaldirektion für Unterhaltungskunst ein Promotionsverfahren zur Erlangung des akademischen Grades »Doktor eines Wissenschaftszweiges« (Promotion A – Dr. phil.). Denn natürlich ist geliebte Philosophie eine Magd der Ideologie. Aber es macht – nach Kant (Immanuel) – einen Unterschied, ob diese ihrer gnädigen Frau die Fackel voranträgt oder die Schleppe nach.

Als Fackelträgerin zunächst bei VEB Zentralzirkus und dann bei der Konzert- und Gastspieldirektion hatte ich Gelegenheit, mehr als zwei Jahrzehnte lang auf meinem Wissenschaftsgebiet tätig zu sein. Deshalb würde meine Arbeit gewiß auch den Qualitätsforderungen genügen, die an eine Promotion B zur Erlangung des Akademischen Grades »Doktor der Wissenschaft« (vormals Habilitation) zu stellen wären. Aber eine Promotion A erscheint mir ausreichend. Zweckdienlich. Meine Überzeugung: Ein höherer Zweck heiligt selbst wissenschaftliche Mittel. Deshalb bitte ich um rasche Einleitung bzw. Abwicklung etc. ...
    Mit sozialistischem Gruß
    H. Kowalczik

Anlage:
4 Exemplare der Arbeit (Fotoform) und 6 Exemplare Thesen
Befürwortung
Lebenslauf
Übersicht der von der Kandidatin bisher erzielten philosophischen Ergebnisse
Gesellschaftliche Beurteilungen
Polizeiliches Führungszeugnis
Nachweis über die erforderlichen marxistisch-leninistischen Kenntnisse
Belege über die Fremdsprachenkenntnisse
Quittung über die entrichteten Promotionsgebühren in Höhe von 200 Mark
Erklärung, daß die Arbeit selbständig verfaßt wurde und andere als die angegebenen Hilfsmittel nicht benutzt wurden

Dokument 2

Der Mann aus der Rippe

Inauguraldissertation
zur Erlangung des akademischen Grades
Doktor der philosophischen Wissenschaften
(Dr. phil.)

vorgelegt
einem außerordentlichen Rat aus Befugten

von
Herta Kowalczik (Hero)
geb. 21.6.33 in Zschopau/Sa.

Berlin am 26.4.1987

Fotografie (Akt) Format DIN A4, schwarz-weiß Vergrößerung, aufgenommen mit Kleinbildkamera Praktika, 1/100 sec., Blende 8 ORWO-Film 27 DIN.

Daß der unter §4 Absatz 6 der Promotionsordnung festgelegten Bedingung, die Arbeit deutschsprachig vorzustellen, genügt wurde, kann während der Verteidigung durch Befragung der Arbeit bzw. Konversation mit ihr überprüft werden.

Dokument 3

Thesen

1. Die Arbeit *verkörpert* eine Philosophie, die ich Philosophie der Tat zu nennen mich entschlossen habe.
2. Diese Tatphilosophie (unter Verwendung meines Namens auch als »heroische Philosophie« bekannt geworden) geht *praktisch* von marxistischer Philosophie aus. Also nicht, indem sie Marxworte zitiert, sondern indem sie Marxworten nachhandelt.
3. Der Satz »Die Philosophen haben die Welt bisher nur interpretiert; es kommt aber drauf an, sie zu verändern«, war der Handlungsanstoß von Marx, der neben anderen Anstößen, Anstößigkeiten und einem Ereignis meine Arbeit vorangetrieben hat sowie heraus.
   Natürlich nicht planmäßig.
   Andernfalls hätte ich in der DDR zum Messer gegriffen.
4. So wären mir viele Scherereien erspart geblieben, dieses Dissertationsverfahren zum Beispiel pp.
   Das auslösende Ereignis für meine Handlung mit dem Ergebnis in Person ereilte mich aber in Tübingen.
   Zufällig. D.h. es hätte mich auch in Reichenbach ereilen können oder andernorts. Auf Erden. Nicht auf dem Mond, weshalb ein gewisser Professor Z. mich sicher gern dahin schießen würde.

5. Der Ort ist so zufällig wie die Tat. Alle wirklichen Erfindungen fallen zu.
Das hat selbst die Wissenschaftswissenschaft inzwischen erkannt. Aber natürlich nicht begriffen, weshalb die Grundlagenforschung ihr Lieblingsrätsel geblieben ist, das sie knacken will.
6. Eine andere Denkrichtung, der sicher Prof. Z. anhängt, möchte das Rätsel Mensch knacken, auf daß die Menschenwiesen, die die Erde bedecken, nicht wild drauflos wachsen, sondern zu englischem Rasen gebildet werden können. Mithilfe von Rasenmähern, die die Abnormität alles Lebendigen zu schönster Regelmäßigkeit zuzuschneiden in der Lage sind. Dergestalt, daß die Ebenmaße eines Kunstfaserteppichs zwar nicht erreicht, aber als erreichbares Ideal wenigstens ahnbar sind.
Idealnorm: der genormte Mann.
7. Aber Hölderlin sagt nicht: »Leben heißt eine *Norm* verteidigen.« Hölderlin sagt: »Leben heißt eine *Form* verteidigen.«
Die menschliche Form ist prinzipiell in zwei Formen entworfen.
8. Kosmischer Struktur gemäß. Das wußte schon Laudse, der etwa vor 2500 Jahren im südchinesischen Staat Tschu gelebt hat. Umbrandet von Menschenkriegen gegen Mensch und Natur.
9. Diese Kriege: Anzeichen der Verluderung des Raubtiers Mensch. Er hat den Instinkt verloren, der jedes Tier von der Selbstausrottung seiner Art schützt und vor der Mißachtung seiner Form. Und indem der Mensch aus seiner Natur fiel, fiel er aus aller Natur – und begann Geschichte zu machen.
Die Verluderung der Form als eine Voraussetzung fürs Geschichtemachen nennt Friedrich Engels »weltgeschichtliche Niederlage des weiblichen Geschlechts«.
10. Das Phänomen war vor 2500 Jahren längst deutlich. Nur die Ausrottungstechniken wurden effektiver seitdem, und heute stehen absolut perfekte zur Verfügung.
Laudse grübelte sich zurück in die Zeit, die Historiker »Vorgeschichte« schimpfen, auf der Suche nach den Anfängen der

Formzerstörung, um vorausdenken zu können die Regeneration der Menschheit.
11. Heinrich von Kleist grübelte über den Weg: »Das Paradies ist verriegelt und der Cherub hinter uns; wir müssen die Reise um die Welt machen und sehen, ob es vielleicht von hinten irgendwo wieder offen ist.«
12. Ein von der UNO abgesegneter Schritt auf dieser Reise: das Jahr der Frau und eine Dekade – Schluß!
13. Gegen den Zynismus dieses Schlusses setze ich eine Tatsache. Die ich natürlich selber habe schaffen müssen.
14. Zynismus ist eine Variante der Selbstzerstörung.
Wer so resigniert, kann fortvegetieren.
Wer nicht aufgibt, greift zum Messer.
15. Sich wehren heißt immer auch: sich was herausnehmen.
16. Die Frau aus der Rippe: Garant unserer Gegenwart.
Der Mann aus der Rippe: eine Hoffnung auf Zukunft.
17. Der Mann ist tot – es lebe der Mann.
18. Frisch geschnitten – ganz gewonnen.
19. Der neue Mann – wie alt das klingt.
Das Testament aus der Rippe: Sphärenklänge.
20. Hinter jedem erfolgreichen Mann steht eine kluge Frau.
Hinter jeder erfolgreichen Frau steht nichts oder weniger.
Hinter einer klugen Frau steht ein schöner Taugenichts (vgl. Laudse: *Daudedsching*: »Wer nicht arbeitet, macht auch keine Unordnung.«)
21. Das Messer im Haus erspart den Umweg Erziehung.
22. Wer den Pfennig ehrt, ist des Taugenichts wert.
23. Befriedigung der ständig wachsenden Konsumbedürfnisse der Bevölkerung: hausgemachter kapitalistischer Sachzwang = Unkultur des Unnützen.
Befriedigung der ständig wachsenden Spielbedürfnisse der Bevölkerung: hauszumachende sozialistische Spiellust = Kultur des Unnützen. (Vgl. Walter Ulbricht: »Überholen ohne einzuholen.«)

24. Ein Mann, den es nicht gibt, macht noch keinen Sommer. Aber Frühling.
25. Möglicher volkswirtschaftlicher Nutzen des Dissertationsverfahrens: die Umwandlung eines Mannes, den es nicht gibt, i.e. eines Mannes an sich – ohne Personaldokument – in einen Mann mit Personaldokument i.e. einen Mann für mich. Denn: Ich Hero (Frau aus dem Volk der DDR) habe mir Leander (griechisch: Mann aus dem Volk) schließlich nicht aus den Rippen geschnitten, um ihn loszuwerden.
Leander: auch eine Arbeitskraft.
Was gilt hier mehr?
26. Ceterum censeo: Wer den Cherub hinter sich weiß, bleibt fähig, ihn sich vor Augen zu führen.

Dokument 4

Akademie der Wissenschaften der DDR
Direktorat Kader / Bildung

Betr.: Promotionsverfahren H. K.
Da weder die Generaldirektion für Unterhaltungskunst noch die Akademie der Künste das Promotionsrecht haben und sowohl die Humboldt-Universität als auch alle anderen angesprochenen Universitäten des Landes unter Vorschützung diverser Reputationsverpflichtungen den Gehorsam verweigerten, hat eine Direktive des Finanzministers die Akademie der Wissenschaften der DDR mit der Durchführung des Promotionsverfahrens H. K. beauftragt.

Selbstverständlich war auch aus keinem Institut der AKW eine Befürwortung des Verfahrensantrags freiwillig zu erwirken. Alle Institutsdirektoren erklärten sich für unzuständig. Mit Recht, wie uns scheint, weshalb wir schließlich Herrn Prof. Dr. phil. Z. in die Pflicht nehmen mußten. Sein Ja liegt schriftlich vor.

Unsere, d. h. seine Gutachtervorschläge: Prof. A., Prof. B., Dr. C. Mitglieder der Promotionskommission: Prof. D., Dr. E. und als Sachverständiger von der Generaldirektion für Unterhaltungskunst delegiert: der Zauberkünstler Ambrosius.
Vorsitzender der Promotionskommission: Prof. Z.

Das Promotionsverfahren H. K. als normal einstufen würde für Blindheit zeugen und könnte den Vorwurf der Fahrlässigkeit nach sich ziehen. Die zur Auswahl stehenden Geheimhaltungsgrade erscheinen jedoch auch unangemessen. Deshalb schlägt Prof. Z. auf unseren Vorschlag hin vor, Dissertation, Dissertationsverfahren und sämtliche bei diesem Vorgang anfallenden Dokumente als apokryph zu erklären.

Dokument 5

Lebenslauf

… also daß ich sagen kann: Elternhaus, Schule und Hochschule waren ausgezeichnete Universitäten. Was ich da gelernt habe, hat mich bewogen, meine Werke nicht schriftlich zu fassen.
  Wie Sokrates.
  Der hatte seine aber herumgesprochen. Und das war schon zuviel, weshalb er zum Tode durch den Schierlingsbecher verurteilt wurde.
  2000 Jahre später ist Giordano Bruno auf dem Scheiterhaufen verbrannt worden.
  Diese Lebensenden sowie die Kritik von Marx an Philosophen, die nur interpretieren, führten zu meinem Entschluß, mich solcher Interpretation zu enthalten.
  Meine letzte schriftliche Äußerung: Diplomarbeit über Giordano Brunos heroische Begeisterung (eroico furore).

Nach dem Staatsexamen in die Praxis gegangen und Kinder gemacht:
Frühwerke: 2 Mädchen
2 Knaben
3 Nummern
Hauptwerk: Das Testament
Alle Veröffentlichungen unter Hero. Kein Pseudonym; ein Spitzname, den ich mir an der Universität einfing und mitnahm. An die Basis. Eine Zauberkünstlerin kann nicht Herta Kowalczik heißen ...

Dokument 6

Übersicht der von der Kandidatin bisher erzielten philosophischen Ergebnisse unter besonderer Berücksichtigung der Entstehung und des volkswirtschaftlichen Nutzens.

Heroische Philosophie ist faßbare Philosophie.
Anfaßbare.
Der gängige Vorwurf, die Dichter und Denker des Landes hinkten hinter der Realität hinterher, trifft auf mich nicht zu.
Heroische Philosophie – ein Wohlgefallen, wäre logisch zu schließen.
Aber diese Welt funktioniert nicht nach den Gesetzen der Logik, sondern dem Oderglauben nach. Dieser Oderglaube ist eine Fortsetzung des Aberglaubens mit wissenschaftlichen Mitteln.
Dem blinden Oderglauben setze ich sehendes Spekulieren entgegen. Spekulationsmaterial: aus dem Leben gegriffen. Spekulationsorte: nicht fest. Alle Arbeiten – ob im Engagement des VEB Zentralzirkus oder der Konzert- und Gastspieldirektion entstanden – wurden auf Tourneen veröffentlicht. Im Inland. Im In- und Ausland. Zuletzt nur noch im Ausland.

Allen Arbeiten ablesbar sind Einflüsse der niederen Realität und der hohen Philosophie.

Wer Augen hat, die sehen, der kann lesen ... Die vor meinem Hauptwerk erschienenen Veröffentlichungen lassen außer anregenden Realitäten auch den Einfluß von Kant erkennen, die drei Fragen seiner drei großen kritischen Schriften: »Was kann ich wissen«, »Was soll ich tun«, »Was darf ich hoffen«. Schon *Nummer 1* – während der Studentenzeit konzipiert – weist zudem sämtliche Merkmale des sog. »operativen Genres« auf. Eine Entäußerungsart, die – sofern auf der jeweiligen politischen Linie erbracht – in Form von Reportage, Aufklärungsroman oder Gelegenheitsgedicht von unseren Zeitungen damals als ideale Belobigung fand; nicht ohne Kontinuität bis auf den heutigen Tag.

Ein Lieblingsdichter wurde zu meiner Studentenzeit dem Privatleben zugeordnet. Das diesbezüglich und auch sonst sauber, etwas durchwachsen, ja sogar ein bißchen fragwürdig ausfallen konnte. Alles akzeptabel, wenn die politische Zuneigung nicht ausgerechnet einem Tabu galt. Das heißt: einem politischen Tabu, das gerade oder gerade noch aktuell war. Eine Zuneigung zu Franz Kafka zum Beispiel war damals natürlich keine Privatsache. Aber sonst ... Ich verachtete die Fachrichtungen der philosophischen Fakultät, die sich mit Kunst beschäftigten und Geschmacksurteile als objektive Wissenschaft ausgaben. Ich wertete diese Fachrichtungen als Hochstaplerclubs, die der philosophischen Fakultät die Ehre abgruben. Die Ehre der Wahrheit, der echte Wissenschaft verpflichtet ist. Gleichbedeutend mit Ordnung auch. Daß es nur *eine* Wahrheit gab, verstand sich von selbst. Wir Philosophen jedenfalls hatten sie. Und da das Wort Philosophie – aus dem Griechischen geerbt – Liebe zur Weisheit bedeutet, hieß Philosophieren für mich und meine Mitstudenten folglich: Liebe zu Marx. Wozu sich Charakterköpfe nicht nur öffentlich, sondern öffentlichst bekannten: durch Parteiabzeichen. Mir gefielen Charakterköpfe.

Und ich lebte mit ihnen das äußerlich turbulente und innerlich geborgen-ruhige Leben einer Gerechten.

Bis mich eines Tages ein Schlag traf. Ein Blitz. Eine existentielle Erschütterung, wie sie sich mitunter zwischen zwei Menschen ereignet. Und da nennt man sowas präzis: Liebe auf den ersten Blick. Ich wurde aber nicht von einem Menschen derart geschlagen, sondern von einem Buch.

Das Ereignis fand in der Deutschen Bücherei zu Leipzig statt. Das Buch hieß: *Daudedsching*. Sein Autor Laudse war von Blitz an mein Lieblingsphilosoph. Was heißt, daß ich ihn nicht verstand – im Sinne von Durchschauen. So lieben kann der Mensch nur das Rätselhafte. Ideale Liebe: Je mehr Rätsel gelöst werden, desto mehr stellen sich.

Kritik der reinen Vernunft? Ein Skandal, den ich an der Universität nur knapp überlebte: ohne Exmatrikulation.

Daß die Praxis anders verfuhr, war allgemein bekannt. Und ich wollte in die Praxis. Mit einer abartigen Liebe zur Weisheit? Zwar nicht nur im Kopf, aber dort wurde die Perversion am wenigsten verziehen. Stand nicht irgendwo in der Bibel, man solle sich ausreißen, was störe?

Weitere realistische Anregungen zu *Nummer 1*: Erinnerungen an drei Frauen.

a) »Die Dame ohne Unterleib« war für mich keine Redensart, sondern ein Kindheitserlebnis auf dem Jahrmarkt.

b) Meine Mutter pflegte zu sagen: »Solange ich den Kopf nicht unterm Arm trage, fällt deinem Vater nicht auf, daß ich krank bin.«

c) Von Anne Boleyn, der fünften Frau Heinrichs VIII. von England fand ich die ironische Rede auf dem Schafott überliefert, in der die Frau Heinrich für alle Wohltaten dankt: »Zuerst hat er mich in den Adel erhoben, dann zur Königin und schließlich zur Märtyrerin.« Annes letzte Bemerkung zum Henker: »Es geht sicher schnell, ich habe ja einen dünnen Hals«, übernahm ich in *Nummer 1*. Auch das Kostüm der Zeit. Schlußpose nachgestellt gewissen aus Stein gemeißelten Heiligenfiguren katholischer Kirchen: Kopf vorm Bauch, von eigenen Händen gehalten.

Erstveröffentlichung in »Zirzensische Attraktionen« Probstzella / Thüringen. Titel: »Die Frau ohne Kopf«

Nummer 2 wurde aus der praktischen Vernunft praktischer Massenarbeit herausspekuliert, die der VEB Zentralzirkus nicht anders durchzog als andere Betriebe der Arbeiterklasse, der Bauernschaft oder der Intelligenz: nämlich in zwei Stufen. Erste Stufe: zusammensetzen. Zweite Stufe: auseinandersetzen. Ich hielt mich streng an dieses Grundmuster ideologischer Um- beziehungsweise Neuformung; einzig die Idee der Änderung der Abfolge ist mein geistiges Eigentum. Und auf diese Idee brachte mich eine Pantomime, genannt »die Geburt des Harlekin«, aufgeführt von einer italienischen Commedia dell'Arte-Truppe. Im Kreiskulturhaus des Zirkuswinterquartierorts Treuenbrietzen.

Der erste Akt zeigte das Zimmer der Narrheit (ausgeschilderter Raum). In dessen Mitte ein Faß, darein auf Befehl der Narrheit (ausgeschilderte Person wie die folgenden allegorischen Figuren auch) die Liebe ein Herz, die Geschicklichkeit eine Hand, die Narrheit einen Kopf warf. Licht aus. Licht an, das erhellte: Ein Ei ward aus den Zutaten geformt. Eine Sonne (Stanniol) mußte es brüten. Auf einem Strohhaufen, bis ein kleiner Harlekin auskroch. Sonne ab. Zweiter Akt: Herein eine Zauberin, die den kleinen Harlekin zerschnitt und in einen Kessel warf. Qualm. Dann wurden die Glieder herausgenommen und mit einem weißen Tuch bedeckt. Licht aus. Licht an, und zu sehen war ein großer Harlekin, wie er unterm Tuche hervorkrauchte. Als er zum Stehen gekommen war, schilderte die Zauberin ihn auf Reisen, wobei zusätzlich Schrift auf den leeren, aber schmutzigen Prospekt geworfen wurde folgenden Wortlauts: »Harlekin muß nach Venedig, lernen was er nicht kann.«

Das Publikum, Mitglieder einer Landwirtschaftlichen Produktionsgenossenschaft, die sich vom zuständigen Theater der Kreisstadt mit neuen Schwänken, alten Operetten und anderen regel-

mäßigen Stücken regelmäßig bespielen ließ, kam sich verklapst vor. Vom Westen. Oder gehörten Italiener gar nicht so richtig dazu ...?
Die Verstörung des Publikums erleuchtete mich dergestalt, daß ich in meiner *Nummer 2* weder einen Harlekin noch eine Columbine darstellte, sondern eine Werktätige.

Die Frau setzte sich (1. Akt) auseinander (indem sie sich zerschnitt) und (2. Akt) zusammen. Natürlich nicht zum Verklapsen. Zum Gebrauchen: als Schraube (neue. Nummern mit alten Schrauben duldet kein Zirkus oder sonst).

Erstveröffentlichung: »Tiere, Menschen, Sensationen«, Burgstädt / Sachsen.

Titel: »Eine Schraube – wie stolz das klingt«.

Nummer 3 verdankt seine Entstehung einem Impuls, einem Philosophen und einem Zauberkünstler.

Der Impuls ging täglich von den Massenmedien aus. Die einheimische Medienlandschaft verschmähte für sich, was sie von der Kunst verlangte: Widerspiegelung. Mehr noch: Sie veränderte durch Nichtwiderspiegelung. Durch Wegsehen der Realität. Was an ihr zwar nichts ändert, wohl aber an der Sprachregelung über sie. Mich störte das. Jeden Morgen, wenn ich meine abonnierte Zeitung aufschlug. Unzählige verdorbene Tage.

Bis die Erinnerung an Kants »Versuch, den Begriff der negativen Größe in die Weltweisheit einzuführen« zündete.

Ich ließ mir von meinem Zauberkünstlerkollegen Ambrosius den gewöhnlichen Trick »Kaninchen aus dem Hut« erklären und modelte ihn zum außergewöhnlichen Trick. Indem ich einfach das Vorzeichen änderte. Viele mittelmäßige Erfindungen sind barock. Alle genialen Erfindungen sind einfach.

»Kaninchen in den Hut« – eine geniale Nummer.

Folglich wurde sie zunächst übersehen. Dann verboten. Dann exportiert.

Erstveröffentlichung: »Estrade der Lebensfreude«, Demmin / Mecklenburg.

Titel: »Was weg ist, brummt nicht mehr«, Patent Nr. LX 1136/
5 124 364/52

Mein *Hauptwerk* erschien im Jahre des Friedens 1986. Eine Affekthandlung (Selbstmordversuch) mit zukunftsetzendem Ausgang.
Aber durchaus gearbeitet.
Wer tingelt, ist Verrisse gewöhnt.
Das Schlag-Wort »Proteuskunst« traf die Tatphilosophie nicht verletzend, sondern inspirierend. Zu neuer Qualität. Es half, die Spielphase zu beenden und das Testament zu eröffnen.
Leibhaftig.
Affektauslöser: Tschernobyl.
Arbeitsanreger: Das Alte Testament, Laudse, Marx und die Kommunale Wohnungsverwaltung Berlin/Karlshorst.
Ich stand auf der Liste der Kommunalen Wohnungsverwaltung. Seit Jahren. Warteliste für Zweiraumwohnung-Suchende. Plötzlich war ich dran und mußte Personalpapiere für die Ausfertigung der Zuweisungspapiere vorlegen.
»Und die Papiere des Ehemanns«, fragte die Sachbearbeiterin.
»Fehlen«, gestand ich.
»Nachreichen«, sagte die Sachbearbeiterin.
»Woher nehmen und nicht mausen«, fragte ich.
Die KWV-Angestellte schloß kurz: eine sitzengelassene Frau … Wartelisten für die Ewigkeit angelegt … aber viele Ehen halten nicht so lange …
Frage: »Seit wann geschieden?«
Antwort: »Nie verheiratet gewesen.«
Frage: »Also Lebensgemeinschaft?«
Antwort: »Auch nicht. Jedenfalls nicht in einer Wohnung. Mit einem Mann in einer Wohnung – nie.«
Frage: »Und da wagen Sie eine Wohnung für zwei Personen zu beantragen?«
Antwort: »Ja. Für die Frau in mir und für den Mann in mir.«

Die Sachbearbeiterin verbot sich faule Witze und Irreführung der Behörden. Da ich mich jedoch partout nicht mit einer Einraumwohnung abfinden lassen wollte und die Abfertigung der den Flur vor dem Arbeitszimmer füllenden Antragsteller ins Stocken geriet – bedrohlich, erst Klopfen an die Tür und Geschimpfe dahinter, dann zuwiderhandelnd der gedruckten Weisung »Eintritt nur nach Aufruf« –, schloß die Sachbearbeiterin meine Akte und warf sie ins Regal zurück mit der Bemerkung: »Wennse keen Mann ham, müssense sich embd een ausn Rippen schneidn.«
Erstveröffentlichung: Hotel Hospiz Tübingen (gegenüber dem Stift).
Name: Leander.

Dokument 7a

Gesellschaftliche Beurteilung
des Unterhaltskollektivs Claire Waldoff

... und können wir nur einstimmig die Frage stellen: Wer schmeißt noch so mit Lehm wie unsere verdienstvolle, stets einsatzbereite und politisch zuverlässige, langjährige Mitarbeiterin Hero?
Ihre Nummern: Meilensteine in der Geschichte unseres Unterhaltungskollektivs sowie des internationalen Showgeschäfts.
Ihr Patent: einsame Devisenspitze.
Ihr neuer Begleiter Leander: reizend.

Dokument 7b

Schreiben von Prof. Z.
Betr. Gesellschaftliche Beurteilung der Kandidatin H. K.

Eine entsprechend den Rechtsvorschriften anzufertigende Beurteilung über die wissenschaftliche und gesellschaftliche Tätigkeit der Kandidatin H. K. und ihre Persönlichkeitsentwicklung (gemäß § 2 Absatz e der Promotionsordnung) ist für eine nicht gesellschaftsfähige Person selbstverständlich nicht erstellbar. Zudem möchte ich nicht versäumen, die höheren Orts für mich eindeutig definierte Rechtslage nochmals anzumerken, welche mich befugt, die Befürwortung des Promotionsverfahrens, seine Durchführung, aber auch die Promotionsarbeit selbst und die Kandidatin sowieso jederzeit offiziell als nicht existent zu bezeichnen und etwaige nicht vernichtete Unterlagen über den Vorgang – sofern sie irgendwie an irgendeine Öffentlichkeit gelangen sollten – als Fälschung zu entlarven. Die Befugnis liegt mir schriftlich vor. Ebenfalls schriftlich habe ich die Erlaubnis, die Promotion dieser H. K. im Bericht über die Erfüllung des Frauenförderungsplans und das Showpatent LX 1136/5 124 364/52 im Bericht über die Erfüllung des immateriellen Exportplans (IMEX) positiv abzurechnen. Diese Vergünstigung hinsichtlich der Jahresendprämie werte ich als kleine Aufwandsentschädigung für die großen nervlichen und physischen Strapazen, die mir und den Gutachtern aufgebürdet waren. Eine Kandidatin, die sich von ihrem Betreuer nicht betreuen ließ, eine Doktorarbeit, die dem Doktorvater nicht im wirren Entwurfsstadium mit der Bitte um Wegweisung gebracht wird, sondern die er fix und fertig suchen muß, aufsuchen! Und auch noch im KA, was außer dem Reisekaderstatus vier Ausreisestempel nötig machte sowie Fahrkarten, ich mußte zwecks Besichtigung bis Hannover, ein Gutachter mußte nach Mainz, zwei mußten sogar nach Köln, weil dieser sogenannten Arbeit gänzlich fehlt, was eine Arbeit ausmacht: Papierform. Leander besteht aber nicht nur nicht aus Papieren; er hat auch keine. Hunde ohne Papiere nennt man Promenadenmischung – und niemand käme auf die Idee, solche Zufallsprodukte auszustellen, um damit einen Preis zu machen. Leander aber – nicht mal ein Zufalls-, sondern ein Unfallprodukt – soll einen Titel machen. Die Kandidatin hat nie bestritten, daß sie mit dem unverhofften Resultat eines mißglückten Selbstmordversuchs zu promovieren beabsichtigt. Sie wollte den Tod für sich und bekam einen Mann an sich. Und nun will sie die Not als Tugend verteidigen. Um sie einführen zu können. Durch die Hintertür eines Promotionsverfahrens will sie sich eine Einfuhrgenehmigung oder sogar einen Paß erschleichen für eine Laus, die sie uns in den Pelz setzen will. Eine schöne Laus aber in unserem praktischen Pelz könnte sich zu einem Trojanischen Pferd auswachsen ...

Dokument 8

Belege über die Fremdsprachenkenntnisse in der russischen Sprache sowie einer weiteren lebenden Fremdsprache

1. *Russisch*: Sprachkundigenprüfung II e
   abgelegt Datum Unterschrift
   Kenntnisaneignung über Schule Universität Praxis
2. *Natürlich*: Sprachkundigkeit schriftlich nachgewiesen durch die Thesen, einer Übersetzung aus dem Natürlichen ins Deutsche.

Bisher war ich nur Männern begegnet, die Hineinlesen erforderten. Die ich imaginieren mußte, um sie lieben zu können: verkennen. Nicht: erkennen.

Freilich wußte ich, daß Luther den Liebesakt in der Bibel mit dem Wort »erkennen« übersetzt hat. Aber ich dachte bisher schlicht: An dieser Stelle wurde beim Verdolmetschen mal nicht dem Volk aufs

Maul geschaut, sondern der Wohlanständigkeit nach dem Mund geredet mit einer Umschreibung, die gänzlich verhüllt.

Leander zeigt mir, daß sie gänzlich enthüllt.

Der Patriarch Luther schweigt zuweilen; und das Genie Luther tritt aus seiner Zeit und ruft zeitlose Wahrheit.

In taube Ohren.

Das heroische Testament Leander ist ein Mann zum Herauslesen.

Erläuterung
vom laufenden Meter Zettels (ELMZ) 3

Natürlich gibt zu denken, wenn einem die Großeltern sagen: »Dich hat der Esel im Galopp verloren.«
Welcher Esel?
Wovor auf der Flucht?
Warum vermißt mich keiner?
Drei Fragen, die ich lange mit mir herumschleppte.
Als Opfer.
Ich bin nämlich das Opfer einer Berufskrankheit.
Die Schauklaukunst ist wie jede Kunst und jeder Sport nicht ohne gewisse Nebenwirkungen erlernbar. Leistungssportler müssen mit chronischen physischen Leiden rechnen, Schauklauer mit Kleptomanie. Bei Grete konnte ich den Trieb bisher beherrschen – greif mal einer so gut wie nackten Frau in die Tasche.

Und auch bei Frau Doktor Ortwin wäre er mir vermutlich nicht außer Kontrolle geraten, wenn ich nicht gereizt worden wäre. Von Aufpassern. Außer Frau Dr. Ortwin mußte ich nämlich auch noch Aufpasser mitbedienen – Scheißjob. Freilich: wo aufgepaßt wird, gibts zu holen. Was? Die gleiche Frage stellen sich Leute, die sich in eine Schlange stellen. Neulich zum Beispiel sah ich Leute mit Spankörben. Da ist die Antwort verhältnismäßig leicht zu haben. Viel leichter als ein Platz mit Chancen. Deshalb wird zuerst gehandelt und Platz besetzt und dann gefragt. Denn bei uns gibt es bekanntlich drei Engpässe: Flötenschulen, Vogelsand und Erdbeeren. Als ich eine halbe Stunde gestanden hatte, gab es nur noch Möhren und die Spannung war weg. Eine Schlange nach Autoersatzteilen würde sich nicht wegen Möhren auflösen. Einem gestandenen Autobesitzer kann jedes Blechgemüse recht sein. Entweder es gibt ein Ersatzteil, das zu seinem Wagen paßt, dann ist es gut – Reparatur

jetzt oder in irgendeiner Zukunft gesichert. Oder es gibt was, das nicht paßt – auch gut und Tausch gesichert. Per Tauschanzeige à la: Biete Wartburg-Stoßstange, suche Trabantauspuff, Westausgleich.
Bei Dr. Ortwin ließ die Spannung nie nach, in Räumen, wo es nach Staub, Papier und Baldrian roch und keine Brieftaschen aus Jacketts zu entwenden waren. Der Aufpasser Ernst saß im Pullover am Bett, und Frau Doktor lag drin im Nachthemd. Beide trugen Armbanduhren – nicht der Mühe wert, die aufzubringen gewesen wäre. Ich hatte nämlich während meiner Ausbildung beim Komitee für Unterhaltungskunst zu wenig Ehrgeiz entwickelt. Durchschnittlich fünfter bis siebter Platz in der Hackordnung, was mir von den Trainern als Charaktermangel angelastet wurde, als Faulheitsbeweis sowieso, nur der Erste zählte bei denen als Charakter – und wir waren zehn Dressurobjekte. Welche Tricklogik ermöglicht, daß von zehn Trickschülern alle Erste sind? Jedenfalls kann sich bei klauartistischem Mittelmaß die Kleptomanie auch nur auf mittlerem Niveau halten.

Von Frau Doktor Gracia Ortwins Schreibtisch mauste ich schlicht Papiere. Aufpasser Ernst saß nicht drauf, ich mußte sie also nicht unter seinem Hintern, wohl aber unter seinen Augen wegziehen. Und ab in den Papierkorb, dachte ich, warf nur noch einen müden Blick – und wot, auf deutsch gesagt. Den Seinen gibts der Herr im Schlaf.

Mir gab ers schriftlich. Aber wie! Nicht von der Art, die bei Frau Dr. Ortwin überall herumlag, weswegen ich bei ihr Arbeit nahm. Aus Westzeitungen und -zeitschriften hatte ich hier nämlich schon allerhand Material über Hero zusammenraffen können, das Grete »Ramsch« nannte. »Aus solchem Ramsch ist weniger als nichts darüber zu erfahren, wie diese Hero ihren Schnitt gemacht hat«, sagte Grete, »daß sie ihn gemacht hat, ist mir schnuppe, nur wie interessiert mich – warum fragst du diese Ortwin nicht direkt aus?«

»Weil sie krank ist undsoweiter«, sagte ich.
»Du arbeitest nur bei kranken Frauen«, klagte Grete, »warum?«

»Weil gesunde Frauen krank sind und sich nur für Frauen aus männlichen Rippen interessieren«, sagte ich da.

Jetzt, im Besitz der Dunkelweiberbriefe (ZV/D 1–10), sagte ich »Hoppla«, und daß selbst Hanswurst eine Ortwin nicht besser hätte ausfragen können. »Hanswurst – das Original. Warum reist Grete eigentlich nicht selber aus und ein und aus und ein und holt sich das Original zurück?«

»Weil mir ein Double lieber ist«, sagte Grete, bevor sie die Dunkelweiberbriefe gelesen hatte.

Danach sagte sie »Gute Nacht«.

Und das hör ich nicht gern bei Tag. Deshalb nahm ich die Briefe mit nach Berlin-Friedrichsfelde. Zu meiner zweiten Herrin. Einer Frau mit Doppelleben.

Seitdem sie nur noch ein Leben lebte, also krank war, arbeitete ich bei ihr als Pfleger und Anreger.

Als Pfleger versuchte ich Grund in ihre Räume zu bringen, als Anreger Grund in ihre Neugier.

Um Frau Salmans Neugier für den Fall Hero anzuregen, hatte ich [sie] schon mit allen Zeitungsausschnitten angefüttert, die bei Ortwin entwendet und bei Grete durchgefallen waren.

»Romane über Frauen gut und schön«, sagte ich, »aber inzwischen sind den Leuten Sachbücher lieber. Über Männer natürlich. Mit einem Sachbuch zum Fall Hero könnten Sie auf den neuen Zug aufspringen, ohne den alten sichtlich verlassen zu müssen.«

Laura Salman erinnerte mich daran, daß sie ihre Arbeit als Triebwagenführerin bei der S-Bahn hatte aufgeben müssen, weil ihre Augen keine Gleise mehr hätten erkennen können.

»Gleise nicht, aber Schrift doch und Linien sicher auch«, entgegnete ich, »oder bevorzugen Sie zum Schreiben jetzt unliniertes Papier?«

Frau Salman entgegnete: »Eins zwei drei,/Herr Gevatter Frei,/Herr Gevatter Firlefatzen,/Zwanzig Rappen sind ein Batzen.« Als sie die Dunkelweiberbriefe gelesen hatte, sagte sie »Guten Morgen«.

Alles Auskünfte, die mich Dschinnistan keinen Schritt näher bringen. Diesem Land meiner Sehnsucht, seitdem ich weiß, daß mich keineswegs ein Esel im Galopp verloren hat, sondern daß ein Urahn von mir einer war. Zeitweilig. Irgendein Urahn ist irgendwann in aschgrauer Vorzeit mal in einen Esel verwandelt worden und in der Gestalt geliebt. Von Titania, der Königin der Elfen oder sonst, dafür gibt es Beweise. Und was meinem Vorfahren recht war, ist seinem Nachfahren billig, hab ich zu Grete gesagt.

Und sie hat gesagt, da ist guter Rat teuer, weil Dschinnistan ein Land ist, das es nicht gibt, sowas erschwert die Aus- beziehungsweise Einreisemodalitäten. Da hab ich vor Wut bei Laura Salman ein Kopfkissenbuch geklaut und mit dieser Fundsache meine Möblierung ergänzt.

Siegfried

Vierte Fundsache (Kopfkissenbuch), Zettelverzeichnis ZV / SKB 1

Siegfried bin ich begegnet, bevor mir ein Bild von ihm gemacht wurde. Als der Name noch keine Geschichte aus meiner Vorstellungswelt abrief. Die Reckengeschichte etwa, die im Nibelungenlied erzählt wird. Vom Nibelungenlied hab ich erst nach dem Krieg erfahren, in der Oberschule, als es durchgenommen wurde: Lehrstoff. Da war Siegfried längst Lebensstoff. Meiner, der Weltmacht: meine. Die kann mir keiner ausrotten.

Der Kindergarten hatte zwei Siegfriede, in den Nachbarhäusern wohnten fünf, in den drei Schulen, die ich dann besuchte, begegnete ich Dutzenden. Der Vorname ist in meiner Generation so häufig wie in Berlin der Familienname Krause.

Ein Modename insofern, als die Ausrufung des Tausendjährigen Reiches die germanische Rasse und alle ihre Äußerungen als unübertrefflich pries. Wer da deutlich einen anderen Geschmack zeigte, mußte fürchten, verdächtig zu werden oder gar zu Schaden zu kommen.

Da meine Mutter vor Beginn der Naziherrschaft schwanger geworden war, hatten sich meine Eltern, von je bedacht, nicht aufzufallen, für Wolfgang – einen Modenamen der Weimarer Republik – entschieden. Nach langem Grübeln. Und kurz entschlossen für Ruth. Mein Vater erwog den Notfall aber mehr theoretisch. Er war Optimist: Er erwartete einen Sohn.

Als der Stammhalter ausblieb und der ahnungslosen Wöchnerin der Reservename Ruth als jüdisch entlarvt wurde – vom Klinikchef persönlich – ließ sich meine Mutter von dessen rechter Hand beraten. Von der Oberhebamme, die auch im Kreißsaal eine NS-Brosche am Hals trug. Meinem Vater, ebenso eingeschüchtert wie meine Mutter und verstimmt sowieso und ganz und gar nicht semiphil, war nun alles gleich und recht, was den Schaden so gering wie möglich hielt. Er war Beamter, vor dem Reichstagsbrand und danach Beamter mit einem Gehalt, das kleiner war als die meisten Arbeiterlöhne, aber Gehalt ist Gehalt und Staat ist Staat und Herta stand im genehmigten Namensbuch, also in Ordnung: genehmigt. Auch die Änderung, die meine Mutter am Namen dann noch vornehmen mußte. Weil ihre Cousine, die in der gleichen Klinik ebenfalls bloß ein Mädchen geboren hatte, schneller gewesen war. Und den Namen weggeschnappt hatte. Ärgerlich genug, daß diese Cousine oft Kleider meiner Mutter nachschneiderte. Gleiche Schnitte: peinlich. Aber gleiche Namen für die Töchter: das ging zu weit. Da wagte meine Mutter sogar eine eigene Entscheidung. Die einzige amtliche in ihrem Leben. Die Mutter von dem Siegfried, der sich jäh meiner ganzen Aufmerksamkeit bemächtigte, mußte eigene Entscheidungen wagen. Denn sie war alleinstehend. Nicht verwitwet; ledig. Schier ledig mit zwei Kindern: Dieser Makel wurde mit der Anrede Fräulein ihren und fremden Ohren ständig deutlich gehalten. Außer mit diesem war sie aber noch mit einem andern Makel geschlagen: mit dem polnischen Familiennamen Wysotzki. Fräulein Wysotzki – eine Mutter, die so hieß, hatte freilich auch vor 33 schon allen Grund, guten Willen zu zeigen. Wenigstens Bemühung. Nach 45 war ich in einer Klasse mit zwei Schülern, die Theresienstadt überlebt hatten. Ihre Eltern – geendet in Gaskammern – waren bemüht gewesen und hatten ihre Söhne mit den Namen Hagen Levi und Siegmund Rosenbaum ins Leben geschickt.

War die Kombination Siegfried Wysotzki auch eine Erfindung, die böse Ahnung eingegeben hatte oder verzweifelte Berechnung? Nomen est omen? In solchen Zeiten durchaus. Für den, der die Zeichen zu lesen versteht, die nur indirekt deutbaren, aber doch schicksalberührenden so oder so.

Als mir Siegfried Wysotzki begegnete, konnte ich noch nicht lesen. Da war ich noch ein unbeschriebenes Blatt. Auf das dieses Wesen unauslöschlich seine Zeichen setzte. Kein Pimpflied konnte es streichen, kein Nibelungenlied später, ja nicht einmal das kolossale Ölgemälde im Flur der Hauptschule, in die ich im Krieg geschickt wurde. Es stellte den Drachentöter athletisch und unaufhaltsam und zackig dar: ein ausgezogener Soldat. Selbstverständlich blond. Die Füße, bar, aber mit Stiefelaura – raumfordernd weit voneinander entfernt –, trat er auf dem erlegten Untier ab. Der Blick spähte hart über den Betrachter hin nach weiterem Siegmaterial. Der Kopf des Untiers erinnerte mich entfernt an den blutgierigen Ausdruck, der auf gewissen Feind-hört-mit-Plakaten wiederkehrte und den Bolschewismus versinnbildlichen sollte. Die Darstellung des Helden allerdings, die Hauptperson des Ölbildes, konnte ich nur als Mißverständnis des Malers empfinden. Für mich war ein Siegfried schwarzhaarig und nicht athletisch und keine Spur zackig.

Obgleich im Kindergarten wie gesagt zwei Siegfriede zur Auswahl gestanden hatten. Der andere war blauäugig und dunkelblond und trug die übliche knappe Scheitelfrisur, auch »Kutscherpony« genannt. Wer das Ideal blond verfehlte, bezeichnete sich als dunkelblond. Wenn irgend möglich, mir war der Ausweg verbaut, außerdem stellte ich im Kindergarten auch schon vor, was meine Mutter ein »Langes Leiden« nannte. Abfällig bei weiblichem Vorkommen, bewundernd bei männlichem. Sie schwärmte für Gardemaß. Von ihr wußte ich, daß männliche Wesen nie groß genug sein können.

Siegfried war das kleinste Wesen im Raum.

Alle Kinder erschienen feingemacht am ersten Kindergartentag. Die Mädchen mit Haarschleifen und weißem Kragen auf den Kleidern und Halbschuhen natürlich – alle trugen schöne Halbschuhe, nur ich steckte in hohen Schnürschuhen, weil mein Vater behauptete, hohe Schnürschuhe wären für den Fuß gesünder, er duldete nur hohe schwarze Schnürschuhe an seinen Füßen. Die Jungen zeigten Sportschuhe oder Schnürstiefel, Kniestrümpfe, Hosen mit Koppel oder wenigstens koppelähnlichem Gürtel, und die deutsche Scheitelfrisur. Alle Jungen bis auf den kleinsten, dem das Haar die Ohren bedeckte und die Stirn bis zu den Brauen. Größer als ich war niemand in der Gruppe, bemerkte ich flüchtig, das beruhigte mich, so daß ich meine Aufmerksamkeit wieder diesem seltsamen Wesen zuwenden konnte, das allen Schönheitsnormen widersprach, die mir anerzogen waren. Er lehnte wie unbeteiligt in einer Ecke, die Hände in den Hosentaschen des Matrosenanzugs, die Füße parallel nebeneinandergestellt. Sie steckten in Halbschuhen, in schwarzen Lackhalbschuhen, tief ausgeschnitten, mit Querriemchen und Knopf, ich konnte mich nicht sattsehen an ihnen und an den langbestrumpften Beinen, obgleich lange Strümpfe zu dieser Jahreszeit eine Schande war[en], sogar für Mädchen, und Kniestrümpfe, »Knieer« genannt, allgemein als Minimum vorgewiesen werden mußten, um zu zählen. Irgendwas. Der da stand und unentwegt an sich herabsah und mir alle Aufmerksamkeit abforderte – auf eine schmerzhafte, ja peinigende Weise, so daß ich die Augen nicht von ihm abwenden konnte – zählte nicht. So viel begriff ich noch. Auch wenn ich wie betrunken war. Und ich wollte doch immer zählen, was bei meiner Körpergröße nicht so schwer war, und dabei sein wollte ich, dazugehören. Siegfried hatte keine Chance zu zählen und dabeizusein und dazuzugehören – warum gefiel er mir dennoch?

Und jeden Tag mehr. Ich konnte das Aufstehen nicht mehr erwarten und das Wegkommen von zu Hause und das Ankommen im Getümmel. Ich nahm es nur undeutlich wahr. Die Jungen im Kindergarten spielten alle Krieg, und die Mädchen spielten Lazarett mit ihnen oder mit ihren Puppen. Wer Mutter und Kind spielte, galt als doof. Außer Träumen spielte ich am liebsten mit der Eisenbahn, wenn die Jungen das mal erlaubten – Nachschubtransporte und Panzerzüge Richtung Front, Beutezüge und Lazarettzüge Richtung Heimat. Räder mußten rollen für den Sieg, der auch von der Kindergärtnerin als Blitzsieg versprochen wurde. Am Lazarettspiel interessierten mich die Züge nicht, nur die Verwundeten. Genauer: ein Verwundeter interessierte mich. Ein einziger. Der das Ideal, das soldatisch war und von allen Jungen erstrebt und von den Mädchen bewundert wurde, vollkommen verfehlte. Die Kindergärtnerin pries es direkt, meine Eltern indirekt, sie lobten das Sportliche, Mutige, mein Vater forderte mich zu Mutproben heraus, zum Beispiel schlug er mir einen Sprung vom Dreimeterbrett vor und versprach, mich aus dem Wasser zu holen, weil ich noch nicht schwimmen konnte. Ich ging auf den Vorschlag, der einem Befehl glich, ein, ich folgte der Erziehung meiner Eltern willig, eigentlich gefiel mir alles, was ihnen auch gefiel, Siegfried legte seine Hände nie an die Hosennaht, er ließ sie graziös hängen, entschieden graziös, so daß niemand ihn zu hänseln wagte, und wenn »Augen geradeaus« kommandiert wurde, blieb sein Blick verhangen, als ob er Mühe hätte, die Lider offenzuhalten, aber Trantute wurde er nicht tituliert, das Schimpfwort kriegten Willigere ab, die im Rahmen blieben. Woher die jähe Entscheidung für etwas, das aus dem Rahmen fiel?

Ich konnte die Erziehung zur Anpassung nicht als einengend erleben, weil ich keine Ahnung hatte von dem, was es noch gab. Ich glaubte meinen Eltern damals noch gern und alles, mein Vertrauen war noch unerschüttert, ich bezweifelte nicht ihr Tun und Lassen und ihre wenigen Worte, die sie sprachen. Wir wurden kaum besucht und besuchten kaum, nie Verwandtschaft, die meine Mutter nicht schätzte und ich also auch nicht. Bis zu meinem fünften Lebensjahr hielt mich meine Mutter von Kindern möglichst fern und für sich. Zur Gesellschaft für sich bei der eintönigen Haushälterei und zum Spazierengehen und ein bißchen zum Reden, weil mein Vater maulfaul war. »Sei nicht so maulfaul wie dein Vater«, sagte meine Mutter schon mal. Aber im ganzen hatte ich das Gefühl, daß zu Hause alles richtig war und in Ordnung, und da ich nichts deutlich kannte, was darüber hinaus ging, dachte ich: leben ist so. Ohne äußere Anzeichen von Zärtlichkeiten der Eltern füreinander zum Beispiel, nur mir gegenüber zeigten sie welche, mein Vater mit Neckereien bemäntelt oder mit Zänkereien, meine Mutter weniger verhüllt, was mir oft unangenehm war, geradezu peinlich aber vor »anderen Leuten«.

Siegfried ließ sich öffentlich küssen. Am ersten Kindergartentag, als die Eltern von der Leiterin gebeten wurden, sich zu verabschieden, ließ sich Siegfried von seiner Mutter auf beide Wangen küssen. Kein anderer Junge wird das seiner Mutter oder Begleitung damals erlaubt haben, nehme ich an – ich ging in einen standesgemäßen Kindergarten, einen für die Sprößlinge kleiner Leute, man war unter sich –, kein anderer Junge ganz sicher und kaum ein Mädchen auch, nehme ich an, obgleich ich niemanden sonst beobachten konnte, ich hatte nur Augen für diesen Siegfried, der sich auf die Schuhspitzen stellte und den Kopf in den Nacken senkte und die Lider schloß und sich zweimal küssen ließ.

Und dann küßte er zurück.

Auf den Mund.

Ich hatte sowas noch nie gesehen.

An dieser Stelle wäre wiederum eine »Erläuterung vom laufenden Meter Zettels (ELMZ)« zu erwarten, die das nächste Kapitel ankündigt. Den entsprechenden Zettel-Text gibt es nicht, die Fortsetzung des Buches ist von dieser Stelle an nur noch in Bruchstücken vorhanden. Von den zahlreichen in Arbeit befindlichen Texten hat Irmtraud Morgner die drei Kapitel »Dunkelweiberbriefe 11–29«, »Die Puppe« und »Der Schöne und das Tier« fertiggestellt, doch ist die Umgebung, in der sie gestanden hätten, nicht bestimmbar.

Mit dem sich hier anschließenden Kapitel findet der Komplex der Dunkelweiberbriefe sein Ende, weitere Fortsetzungen waren nicht geplant. Darauf folgt Lauras zweites Kopfkissenbuch, dem sich in gewissen Abständen weitere Kopfkissenbücher angeschlossen hätten (vgl. S. 287 ff.). »Der Schöne und das Tier« hätte, einmal vorausgesetzt, die Autorin wäre bei ihrer Konzeption geblieben, den Abschluß des Romans gebildet.

Dunkelweiberbriefe 11–29
(Epistolae obscurarum feminarum)

Zettelverzeichnis ZV / D 11-29

An die hochgeschätzte
Frau Doktor der Schweigologie Gracia Ortwin

Was wir brauchen, sind Hexenprozesse, liebe Frau Doktor. Wenn wir nicht wie auf anderen Gebieten hinterm Weltniveau zurückbleiben wollen oder strampeln, um es irgendwie bißchen mitzubestimmen, müssen wir Weltspitze sein. Und Weltspitze auf unserem Gebiet heißt heute: Hexenprozesse von Frauen für Frauen. Ich verstehe nicht, warum Sie noch zögern. Die Zeichen stehen doch überall gut. Fürchten Sie die Kritik, die mit Sicherheit vernichtend sein wird? Möchten Sie den Fehler lieber anderen zuschieben? Dann können Sie auch nicht die Früchte des Fehlers ernten.
  Eine die es gut mit Ihnen meint

An Frau Doktor Ortwin
Persönlich
Betr.: Privatsache

Sehr geehrte Frau Doktor
Hiermit bitte ich Sie dringend um ein Gespräch unter vier Augen. Denn als bislang unbescholtene Ehefrau, Mutter, Sachbearbeiterin und Mitglied einer Brigade, die erfolgreich um den Titel kämpft, habe ich immer ihre Bücher gekauft respektive beherzigt, wofür ich Ihnen meinen Dank übermitteln möchte. Sie haben meine Ehe gerettet.

Und Sie können mich nun nicht im Stich lassen. Vier Monate Friede Freude Eierlikör, und plötzlich ... Oder hab ich was falsch gemacht? Oder ist bei mir was kaputt? Ich schäme mich ja so. Und Sie werden verstehen, daß ich meine Intimsphäre nicht verletzen möchte.

Jedenfalls verdrischt mich mein Gatte, weil ich neuerdings sozusagen beiseite rede, wissen Sie? Ich habe nämlich einen temperamentvollen Mann, nicht so einen von den weichlichen Typen, die nun aus der Mode sind. Und er kann ja auch nicht ahnen, daß ich nicht mit dem Mund widerrede. Also auch nicht beiseite, sondern hinab. Und natürlich ganz gegen meinen Willen. Denn was heißt revolutionär sein heute? Fleißig sein und den Mund halten.

Habe ich *den* Mund halten gelernt, damit *jener* sagen kann, was er will? Selbst zehn Röcke übereinander gezogen können das Geschwätz nicht unhörbar machen.

Deshalb ersuche ich schnellstens um wissenschaftliche Abhilfe und stelle meinen Kader ab sofort als Forschungsgegenstand zur Verfügung. Tagesmiete 80 Mark. Währung angenehm.

Hochachtungsvoll

Liebe Gracia

Wie geht es Dir? Uns geht es bestens. Wir wohnen jetzt im Grünen. Mein Mann hat unsere Schabenwohnung über Ringtausch gegen ein Häuschen am Wasser losgeschlagen (für den Ernstfall günstiger). Meine Tochter hat sich gut verheiratet. Ich gehe zweimal in der Woche schwimmen, was Du auch machen solltest. Denn wenn Du den Knatsch durchstehen willst, der auf Dich zukommt, mußt Du fit sein. Mein Mann sagt, Deine Frauen sagen, daß sie schon immer gesagt hätten, Deine Forschung geht mal nach hinten los. Nun soll sie nach unten losgegangen sein, wird erzählt. Auf der Geburtstagsparty von Knoll hat die Huberten gewisse Vorkommnisse zum besten gegeben, wir haben Tränen gelacht. Alle waren sich einig darin, daß die positive Wirkung der allgemeinen Schweigologie durch die Nebenwirkung nicht nur aufgehoben, sondern ins Gegenteil verkehrt wird, und daß Du für die Folgen verantwortlich bist. Wer eine allgemeine Schweigologie publiziert, ohne sie durch eine spezielle zu ergänzen, handelt verbrecherisch, wurde verkündet. Ich weiß nicht mehr von wem. Ich hatte ziemlich viel getrunken. Vor allem Wein. Es gab guten roten und ein herrliches Büfett. Heute gehen wir in die Oper und grüßen Dich in alter Freundschaft.

Liebe Frau Doktor Ortwin
Bekanntlich ist nach einem Zwischenspiel von Albernheiten die Vernunft wieder zur Tagesordnung übergegangen. Niemand begrüßt diese wie alle anderen jeweiligen Tagesordnungen mehr als wir Frauen. Das heißt: wir richtigen. Die anderen, die einige Zeit glaubten, herumreden zu dürfen, sind ja gar keine, sondern eine Krankheit. Weshalb wir, die Gesundheit selbst, ja auch Gelegenheit bekamen, uns öffentlich zu beglückwünschen.

Leider etwas zu früh, denn Ihre Sendung, in der Sie die vornehmsten Gründe Ihrer schweigologischen Methode so sauber theoretisch heraushoben, wurde plötzlich auf das schmutzigste praktisch herabgesetzt. Nicht durch meine Schuld, möchte ich betonen. Ihr Manuskript war ordnungsgemäß abgesegnet. Und die Sprecherinnen haben auch richtig abgelesen. Erst haben sie richtig abgelesen, und dann haben sie sich widersprochen. Das heißt Ihnen. Das heißt der allgemeinen Schweigologie. Überm Tisch hui, unterm Tisch pfui. In einer Livesendung, die natürlich abgebrochen werden mußte. Ein Skandal.

Und Sie werden vielleicht sagen: Skandale und Ferkel gibt es immer.

Die Sprecherinnen wurden natürlich fristlos entlassen. Und Sie müssen schon meinen Chef verstehen, der gesagt hat, unter diesen Umständen kann er keine weiblichen Mitarbeiter mehr in Livesendungen beschäftigen.

Aber ich bin auch geflogen.
Mit freundlichen Grüßen

Liebe Kollegin Ortwin
In diesen schweren Stunden, da ein wahres Kesseltreiben gegen Sie im Gange ist, möchte ich Ihnen meine Solidarität bekunden und Ihnen offiziell versichern: Die Hexen sind an allem schuld. Andere Täter kommen für die Epidemie einfach nicht in Frage. Und diese wahren Schuldigen, die nicht davor zurückschrecken, mit unsittlichen Manipulationen anständige Frauen ins Unglück zu stürzen, müssen natürlich popularisiert werden, wenn die Bestrafung Effekt machen soll. Solange diesen finsteren Kräften jedoch das Handwerk nicht gelegt ist, müssen wir aus Sicherheitsgründen verlangen, daß Frauen von höheren oder hohen Funktionen vorerst entbunden werden. Viele Mitarbeiterinnen meines Fachbereichs denken ähnlich praktisch, und ich hoffe, daß wir uns, wenn hier mal dicke Luft entstünde, auch auf Sie verlassen können.
  Gez. Dr. Herta Böhme

Magister
Gerhild Eiferbach
Köln
An Frau Dr. Gracia Ortwin

Hochverehrte Frau Doktor
Aus der traditionsreichen Stadt Köln, wo Johannes Pfefferkorn gewirkt und gekämpft hat, sende ich Ihnen meinen Gruß. Wir Frauen können ja nur was werden, wenn wir aus der Geschichte lernen. Der berühmte Streit zwischen den großen Kölner Theologen und den Ketzern kann uns gerade jetzt Orientierungshilfe sein. Der Jude Pfefferkorn war bekanntlich in den ersten Jahren des 16. Jahrhunderts mit seiner Familie zum Christentum übergegangen und schrieb dann Kampfschriften gegen seine früheren Glaubensbrüder. Warum nicht? Seit wann ist ein Feldzug zur Bekehrung verwerflich? Ich war auch mal Emanze und wurde bekehrt und versuche nun in Workshops und anderen Projekten entsprechend gegenaktiv zu

werden. Die Schriften von Johannes Pfefferkorn, »Der Judenspiegel«, »Judenbeichte«, »Osterbuch« und »Judenfeind«, regen mich im Kampf gegen meine ehemaligen Glaubensschwestern ebenso an wie Pfefferkorns Forderung, sämtliche jüdischen Bücher zu verbieten. Immerhin errang er im Jahre 1509 von Kaiser Maximilian die Genehmigung, im ganzen Reich die Bücher der Juden einzuziehen. Da der Erzbischof von Mainz sich jedoch den Bemühungen Pfefferkorns widersetzte, ordnete der Kaiser 1510 an, Pfefferkorns Forderung zunächst einmal von mehreren theologischen Fakultäten und Gelehrten wissenschaftlich prüfen zu lassen. Die Kölner Theologen mit Ortwin Gracius an der Spitze stellten sich in ihrem Gutachten sofort hinter Pfefferkorn. Auf seiner Seite stand natürlich auch der Großinquisitor der Erzbistümer Köln, Mainz und Trier, der Dominikaner Jakob von Hochstraten. Die Universitäten Mainz und Erfurt schlossen sich an, nur Heidelberg zögerte mit seiner Entscheidung. Pfefferkorns gute Sache hätte auch gesiegt, wäre nicht ein gewisser Räuchlin zum Gutachter bestellt worden.

Hochstraten zitierte Räuchlin zwar vor sein Inquisitionsgericht in Mainz. Und auch ein Prozeß vor dem päpstlichen Gericht in Rom wurde angestrengt.

Aber der Ketzerprozeß gegen Räuchlin fand leider nicht statt. Nur in den Dunkelmännerbriefen von 1515 (epistolae obscurorum virorum) wurde mit ihm und seinen Truppen aufgeräumt und der große Ortwinus Gracius wieder zu Ruhm und Ehren gebracht.

Wenn der sogenannte Humanismus mit seinen Entdeckungen und Erfindungen und allen diesen Wissenschaften, die »studia humana« genannt wurden, damals nicht gesiegt hätte, hätten wir heute keine Atombomben. Oder können Sie sich vorstellen, daß von den »studia divina« der Scholastik die Kriegstechnik hervorgebracht worden wäre, vor der heute alle Welt zittert? Damals schon waren Menschen von Angstträumen geplagt und sahen in Sonnenfinsternis und Kometenerscheinung, in Dürre, Überschwemmung und Mißgeburt eine Ankündigung des Weltuntergangs. Diese Menschen waren ihrer Zeit weit voraus und fühlten eine Zukunft

der Unordnung, in der wir heute leben. Die Emanzen wollen die Unordnung bis zum Chaos steigern, indem sie auch noch die Frauen zu diesen unseligen »studia humana« verführen.
Von der Inquisition lernen heißt gegen die Emanzen siegen lernen!
Ihre
Gerhild Eiferbach
Pfefferkorn-Workshop
Köln

Hochverehrte Frau Doktor Ortwin!
Die von Ihnen angeregten medizinischen Untersuchungen haben ergeben, daß es sich bei den genannten Fällen weder um epidemische noch gar um hexische Erscheinungen handelt, sondern um Hochleistungseffekte.

Und da sich der Sozialismus nun auch als Leistungsgesellschaft anerkennt, brauchen wir ebenfalls nicht mehr zu verschweigen, daß wir die vom Westen ausgegangene sexuelle Leistungsrevolution zu uns überschwappen und zur Befriedigung der ständig wachsenden Bedürfnisse der Bevölkerung für uns arbeiten ließen. Obgleich wir prinzipiell gegen Revolutionsimport oder -export sind. Gesellschaftlich. Sex ist privat.

Aber was unsere Frauen inzwischen auf dem Gebiet bringen, ist natürlich auch gesellschaftlich relevant. Sexuell zufriedene Menschen sind zufriedene Männer. Wer sich sexuell austobt, kann Ersatzbefriedigungen wie Reisen und dergleichen leichter entbehren.

Die sogenannte sexuelle Revolution ist also nur ein verschwommener Begriff für das, was wissenschaftlich exakt »Emanzipation der Frau« genannt wird und durch das Wohl des Mannes seine vornehmste Bestätigung erfährt.

Und der Hochleistungseffekt repräsentiert die Perfektion dieser Emanzipation. Ein Phänomen, das vereinzelt schon in früheren Jahrhunderten aufgetreten sein soll, wie der Philosoph Diderot berichtet. Da Diderot Materialist war, ist die Quelle vertrauenswürdig.

Sie beschreibt das Phänomen auch anatomisch und zitiert Ausführungen eines gewissen Orcotome, Anatomist und Professor an der Akademie der Wissenschaften zu Banza.

Unsere Untersuchungen konnten Professor Orcotome bestätigen, der erklärte: »Ich habe Kleinode im Paroxysmus beobachtet und bin mit Hilfe meiner Kenntnis der Einzelteile und auf Grund meiner Experimente zu der Gewißheit gelangt, daß das, was wir die Gebärmutter, griechisch Delphos, nennen, alle Eigenschaften der Luftröhre besitzt und daß es folglich Weiber geben muß, die ebensogut mit ihrem Kleinod reden können wie mit ihrem Mund. Ja, … dieser Delphos ist sowohl ein Saiteninstrument als auch ein Blasinstrument, aber weit mehr Saiteninstrument als Blasinstrument. Wenn die äußere Luft darauf stößt, so verrichtet sie das Geschäft eines Bogens auf den sehnigen Fasern an beiden Klappen, die ich lautfähige Saiten oder Bänder nennen möchte. Durch die sanfte Erschütterung der Luft sprechen die lautfähigen Saiten an, und sowie sie schneller oder langsamer erzittern, so sind auch die Töne verschieden, die sie von sich geben. Ein so getroffenes Kleinod wird entweder lallen oder reden oder vielleicht gar singen.

Da es aber nur zwei lautfähige Saiten oder Bänder gibt und beide ohne allen Zweifel von gleicher Länge sind, so entsteht die Frage: Wie können sie wohl ausreichen, um die Menge tiefer oder hoher, starker oder schwacher Töne hervorzubringen, deren die menschliche Stimme fähig ist? Ich fahre fort, dieses Organ aus der Vergleichung mit einem musikalischen Instrument zu erklären, und antworte, daß die Ausdehnung und Zusammenziehung beider Saiten gar wohl imstande ist, diese Wirkung zu veranlassen.«

Wenn das Phänomen, einst elitär, heute eine Tendenz mit Massencharakter hat, so soll uns das nicht beunruhigen, sondern mit Stolz erfüllen. Der Fortschritt schreitet auf allen Gebieten voran.

I. A. Schuster
dipl. med.

Liebe Gracia

Ich wollte Dir schon die Pest an den Hals wünschen. Aber wenn die Not am größten ist, ist Gottes Hilfe am nächsten.

Über meine Not habe ich Dich ja auf dem laufenden gehalten, ohne daß Du für nötig befunden hättest, mir zu antworten oder gar zu helfen. Geschädigt von Deiner schweigologischen Wissenschaft mußte ich Diktate meines Chefs entgegennehmen – und durchleben, daß die Entwürfe seiner Geschäftsbriefe kommentiert wurden. In meine Sitzgelegenheit hinein. Oh dieses Ausbrüten von Meinung wider Willen! Eine gute Sekretärin hat die ihres Chefs. Und ich war derart gut, daß mein Chef mitunter sogar seine Meinung bei mir einholte. Bis mich Deine Schweigologie erwischte, war ich ideal. Danach war ich eine Katastrophe.

Mein Chef wird also seinem davon Meldung gemacht haben, und der hat die Neuigkeit sicher wieder weitererzählt. Miese Neuigkeiten werden immer weitererzählt. Aufwärts freilich nur bis zu einer gewissen Ebene.

Diesmal muß diese Ebene aber irgendwie durchbrochen worden sein. Jedenfalls erschien eines Tages ein ziemlich bekannter Politiker in unserem Betrieb und engagierte mich vom Fleck weg.

Ich kann natürlich nicht sagen, welcher Politiker, mit Vertragsabschluß wurde ich GVS-verpflichtet. Auch über den Inhalt unserer Gespräche muß ich aus verständlichen Sicherheitsgründen Stillschweigen bewahren. Das Erstaunlichste aber kann ich bekennen: Der Politiker engagierte mich zum Widersprechen.

Unsere gemeinsamen Stunden forderten meinen Widerspruchsgeist bis zur Erschöpfung. Daß er sich unterm Rock meldete, schien den Mann nicht im geringsten zu stören.

Wenn ich erlahmte, sagte der Genosse, den ich hier Schramm nenne, »guten Morgen«. Er war ein Arbeitspferd. Er verachtete Leute, die mehr als fünf Stunden Schlaf brauchten. Und er konnte Widerspruch nicht ausstehen.

Jedesmal, wenn ich widersprach, lief er rot an. Seine Mitarbeiter pflegten Schramms Eigenheit zu berücksichtigen. Genosse Schramm hatte mich angestellt, um die Eigenheit nicht zu berücksichtigen. Während meiner ersten Arbeitstage führte ich ihn von Wutausbruch zu Wutausbruch. Sie brachten ihn in Schweiß wie Bergsteigen. Aber er bewältigte sie, weil er die Macht liebte. Die Arbeiter- und Bauern-Macht und die persönliche Macht. Er sagte: »Daß man Autorität im Widerspruch erwirbt, weiß jeder Dummkopf. Autorität gewinnen ist kein Problem. Aber Autorität behalten! Je höher die Funktion, desto größer der Respekt, der einem unwillkürlich gratis zuläuft. Und – wollen wir mal ehrlich bleiben – eine Respektsperson sein ist was Schönes. Ich jedenfalls bin gerne eine – und nicht nur, weil ich in der Berliner Ackerstraße aufgewachsen bin, zweites Hinterhaus Parterre links – jeder Mensch ist gern eine. Aber Respekt verdummt. Von einer gewissen Funktionsgröße an läufst du Gefahr, daß dir die Leute nach dem Munde reden. Mehr oder weniger. Sie entziehen dir den Widerstand, der deinen Geist fordert, in Schwung hält, an dem du dich täglich beweisen mußt – Sabotage! Eine ruhige Natur ist natürlich weniger gefährdet. Aber ich bin keine ruhige Natur. In der Politik kannst du ruhige Naturen mit der Laterne suchen. Ich bin nicht nur dem Sternbild nach ein Stier. Und deshalb habe ich dich engagiert. Verstehen?«

Nach drei Wochen begegnete Schramm einem Widerspruch lediglich mit Hüsteln, nach sieben Wochen räusperte er sich nur noch, wenn ich zum Beispiel, befragt nach der Qualität seiner Rede antwortete: »Hab selten so gut geschlafen.«

Nach neun Wochen holte ich zum entscheidenden Widerspruch aus, indem ich meine Planstelle selbstherrlich einem Vortragskünstler überschrieb. Er unterweist den Genossen Schramm seitdem wöchentlich zwei Stunden in Rhetorik.

Ich wurde wieder zurückgepflanzt. Mit Empfehlung von Schramm. So ist mein alter Chef nun gezwungen, meine Abwärtskommentare zu tolerieren. Ein bedauernswertes Opfer Deiner Wissenschaft. Tut Dir der Mann nicht auch leid?

Schöne Grüße

Meine liebe Frau Doktor Ortwin

Ihre allgemeine Schweigologie ist mir sehr gut bekommen, aber Ihre spezielle Schweigologie ist Quatsch. Ich habe ihn soeben aus einer Broschüre zu mir genommen, und ich sage Ihnen: schade ums Papier.

Denn ein Ventil braucht der Mensch.

Mein Mann geht zum Fußball, prügelt sich ein bißchen oder läßt sich vollaufen. Ich als anständige Frau dagegen sah bisher ganz schön alt aus, wenn ich mal Dampf ablassen wollte. Das hat sich schlagartig geändert, seitdem ich dem Rat meiner Freundin folge und die allgemeine schweigologische Methode anwende. Meine Freundin Helga hat sofort gerochen, daß alles, was Sie schreiben, was anderes bedeutet. Die Frau liest nur zwischen den Zeilen. Ist Helgas Dankschreiben schon bei Ihnen eingetroffen? Ich weiß jedenfalls auch nicht, wie ich Ihnen danken soll, denn seitdem ich jederzeit meinem Herzen delikat Luft machen kann, fühle ich mich wie runderneuert. Ich brauch keine Scheißegaltabletten mehr, und mein Mann ist auch weniger gestreßt. Hab ich nämlich früher den Mund aufgemacht und widersprochen, fühlte sich mein Mann prinzipiell angegriffen; hab ich nicht widersprochen, erst recht – weil er dann zu ergrübeln suchte, was ich verschwieg.

Jetzt quassel ich raus, was ich denk. Und da mein Mann schon immer der heimlichen Überzeugung war, daß die Frauen mit dem Uterus denken, fühlt er sich nun aufs schönste bestätigt. Sein Selbstgefühl hat sich bedeutend verbessert, was sich wohltuend auf das Eheleben auswirkt.

Und seine Neugier wird auch unkomplizierter befriedigt. Wenn er übersättigt von Gesetzmäßigkeiten und Weisungen nach Hause kommt, fragt er ohne Hemmung: Was gibts denn Neues an Klatsch. Und dann leg ich los.

Der beste Klatsch handelt natürlich von Hexen. Kennen Sie zum Beispiel die Merkern, die Frau vom alten Merker? Er ist Diplomingenieur und sie verkauft im Exquisit und sieht aus wie ein Goldhamster. Alles echt, sagt sie, Carola heißt sie wohl, sie trägt nur echten Schmuck, sagt sie, und daß sie eine berühmte Musikerin wäre. Wenn sie nicht geheiratet hätte. Wenn sie sich nicht aufopfern müßte für ihren Mann. Dem und Besuch kocht sie nämlich ganz kompliziert, und die herrlichsten Gerichte kriegt man vorgesetzt mit genauen Beschreibungen von Herzanfällen, Kreislaufattacken oder Sponduloseleiden, die während der Küchenarbeit durchlitten wurden: guten Appetit. Ich habe auch schon vor dem Markenporzellan gekaut und wiedergekaut – Carola muß es immer nachspülen, weil die Aufwartung nicht sauber genug abwäscht.

Aber eines Tages ist Merkers Carola an den richtigen Besuch geraten, das heißt an den falschen. Und aus wars mit der Opferei. Die Hexe hat Herrn Merker gestorben und Frau Merker auf die Musikhochschule geschickt.

»Ich bin zu abgeschunden durch die Haushälterei in all den Ehejahren«, hat nun Carola Merker geklagt, »wenn ich jung hätte studieren können, wäre ich heute eine berühmte Dirigentin.«

Da hat die Hexe Frau Merker junggekocht.

»Ich bin zu zart und kann meine Gaben unmöglich aus mir herausbringen«, hat nun Jung-Carola geklagt, »wenn ich eine gröbere Natur hätte, wäre ich eine berühmte Komponistin.«

Da hat die Hexe die Carola Merker gewendet.

Und die Gaben erwiesen sich als Seetang.

Die Hexe soll ihn an die Elefanten vom Tierpark verfüttert haben. Hätten Sie gedacht, daß Elefanten Seetang fressen?

Ihre Friseuse Irma Grünert

Maria-Hilf-Zeitgeist
Dokumentationszentrum für Manzismus
und neue Mütterlichkeit e. V.
Ulm

An Dr. Gracia Ortwin

Sehr verehrte Frau Dr. Ortwin
Wir verfolgen mit großer Anteilnahme Ihre wissenschaftlichen Arbeiten und interdisziplinären Forschungsbemühungen und erlauben uns, Ihnen eine unserer Publikationen zur Ansicht zu bringen, die soeben erschienen ist. In dem Buch, das mit gleicher Post abgeht, beschreibt unser Team aktuelle Entwicklungen auf dem Gebiet der Manzerei. Ausgehend von der Kohlschen Manzismustheorie gibt das Buch zunächst einen historischen Abriß des Manzismusphänomens bzw. der Manzerei (A-Manzen, auch Amazonen genannt, reden mit Waffen; B-Manzen reden mit den Füßen, u. a. Tanz; C-Manzen reden mit den Händen, z. B. Arbeitnehmerinnen; D-Manzen reden mit den Ohren, z. B. Ohrenschlackern; E-Manzen (Oldies) reden mit dem Mund), und geht dann auf die neueste Manzenspielart der E-Manzen ein, die ja bekanntlich mit der Scham reden. Da diese E-Manzen besonders in Einrichtungen des Müttergenesungswerkes anzutreffen sind, arbeiten unsere Dokumentaristinnen in Müttererholungsheimen gemeinsam mit Ärzten, die verschiedene Therapien zur Entwicklung einer neuen Mütterlichkeit ausprobieren. Unser Dokumentationszentrum wurde vor einem Jahr mit finanzieller Unterstützung privatwirtschaftlicher Kreise gegründet und wäre an fachlichen Kontakten sehr interessiert.
Mit freundlichen Grüßen
Ihre
Maria-Hilf-Zeitgeist e. V.

Werte Frau Professor
Als prophylaktische Maßnahme zur Eindämmung der peinlichen Epidemie wurde an unserer Schule ein Zirkel zum Studium der Schrift »Spezielle Schweigologie – kurzer Lehrgang« eingerichtet. Ich wurde von der Schulleitung als Zirkelleiter abgestellt.
Und ausgerechnet mich hats erwischt.
Ich kommentiere meinen eigenen Deutsch-Unterricht, ich, eine Lehrerin, die allseits beliebt war. Natürlich nicht bei den Schülern. Plötzlich steht die Welt kopf. Mehr noch: Ich stecke an. Alle Mädchen meiner Klasse habe ich angesteckt, so daß sie schon auf den Zensurendurchschnitt der Jungen herabgesunken wären, wenn ich Zensuren schriebe wie bisher. Meine Parade-Mädchen, die sich immer so brav ans Gedruckte hielten! Daß den Jungen die Schweinerei gefällt, wundert mich weniger, sie nennen die Schweinerei »Bauchreden«, diese Rüpel. Denkrüpel alle, ja, und ich bin der größte!
Statt Unterricht veranstalte ich Diskussionen, und unter den Schülern, die früher kaum ihre paar Pflichttexte anrochen, ist die Lesewut ausgebrochen. Die Hälfte meiner Privatbibliothek habe ich schon ausleihen müssen, und den Lehrplan für den Literaturunterricht erfülle ich nie und nimmer.
Ich bin als Lehrerin untragbar geworden, weil ich mich nicht mehr auf meinen gesunden Menschenverstand verlassen habe wie bisher, sondern auf Ihre neumodische Wissenschaft hereingefallen bin, werte Frau Professor. So was wie Sie gehört eingesperrt. Wenn ich wüßte, daß Sie noch niemand angezeigt hat, würde *ich* Sie anzeigen.
H. Z.

Liebste Gracia
Du schreibst mir, daß Du jetzt zweimal wöchentlich zur Kosmetik gehst und trotzdem wissenschaftlich immer weniger überzeugst. Ich kann Dich nicht bedauern. Warum wendest Du die von Dir propagierte Methode nicht selber an? Die öffentliche Pleite bei

Deinem letzten Vortrag, den niemand beklatscht hat, wäre Dir andernfalls mit Sicherheit erspart geblieben. Und privat würdest Du auch besser fahren. Meine Mutter hat immer gesagt: »Redet nicht so viel, ihr Mädeln, Reden macht Falten.« Und ich habe mich stets entsprechend bemüht.

Deine Methode erspart mir nun die Mühe. Ich muß nicht mehr aus Verständigungsgründen mein Gesicht ruinieren. Ich komm mit einer Feuchtigkeitscreme, einer Halbfettcreme, einer Nachtcreme, zwei Nährmasken pro Woche und einer kosmetischen Behandlung pro Monat aus und habe einen makellosen Teint – die Haut unter den Röcken darf paar Runzeln haben, die sieht ja nicht jeder ... Mein Mann hat Runzeln an der Stelle sogar besonders gern, und seitdem ich ihn neu anspreche, ist unser Liebesleben wieder toll in Schwung gekommen. Ohne Strapazen meinerseits. Früher mußte ich ihm immer schlimme Worte sagen, damit er sexuell ansprang, immer neue schlimme Worte, aber woher nehmen, der Vorrat reicht ja nicht ewig. Heute reicht gewöhnliche Wahrheit.

Wenn Du so wie ich einfach sagst, was Du denkst, kannst Du nicht nur alles sagen, sondern wirst für die Verletzung von Tabus sogar noch belohnt. Versuchs mal. Und nicht nur privat. Auch in Deinem Beruf könntest Du viel schneller vorwärts kommen. Natürlich gegen den Widerstand gewisser Weiber. Ich arbeite sowieso lieber mit Männern. Frauen sind mir zu zickig. Meine Mutter hat immer gesagt: »Berufstätige Frauen sind Frauen, die zu faul sind zum Kochen.« Im Delikatladen soll es Aal geben.

Herzlichst Deine L.

Hochverehrte Frau Doktor Ortwin
Ich heiße Annerose Weber, und ich war bei Ihnen im Seminar, erinnern Sie sich? Natürlich bin ich stolz auf Sie als meine Lehrerin, weshalb ich mich auch in einem Wandzeitungsartikel gegen Tendenzen verwahre, die gewisse Massenentwicklungen als spontane Erscheinungen werten. Den Patienten unserer Poliklinik habe ich

in meinem Artikel dargelegt: Ohne die Schweigologie, die Sie, hochverehrte Frau Doktor Ortwin, als Wissenschaft begründeten und zu deren Geschichte, Theorie, Organisation und Kunst Sie wesentliche Beiträge leisteten, hätte die Emanzipationssublimierung nicht so schnelle Fortschritte machen können. Erst die Ortwinsche Kunst des speziellen Verschweigens hat die Kleinode allgemein zum Sprechen gebracht. Ich kenne keinen Zweig der Grundlagenforschung, der reale Widersprüche so billig beseitigt und gratuliere.
Ihre dankbare Schülerin A. W.

Werte Frau Dr. Ortwin
Auch der Erfolg der Inszenierung von Molières »Die gelehrten Frauen« kann nicht länger über die Tatsache hinwegtäuschen, daß die unbeabsichtigte und also nicht als erarbeitet bewertbare Nebenwirkung Ihrer schweigologischen Methode auch Nachteile hat. Gewiß gab der Regieeinfall, die Darstellerinnen der gelehrten Frauen mit Kleinoden sprechen zu lassen, dem Stück die aktuelle Linie auf überraschende Weise – und sowas ist immer gut. Aber das Theater ist auch eine moralische Anstalt. Und als solche erzieht es. Aber wohin? Statt aufwärts abwärts. Hinab auf eine Ebene, wo das ungezügelte Geschwätz der Kleinode stattfindet, auf eine zweite Nachrichtenebene nämlich, die der ersten der Massenmedien Konkurrenz macht.

Natürlich beleben Klatsch und Gerüchte das geistig-kulturelle Leben, und ich bin die Letzte, die gern auf diese beiden jahrtausendelang gewachsenen Lebensqualitäten verzichtet. Aber die Nachteile übertreffen inzwischen die Vorteile, und die Ergänzung der allgemeinen Schweigologie durch Ihre spezielle, Frau Dr. Ortwin, macht den Kohl auch nicht fett. Ihre schweigologische Methode braucht Maulkörbe als Ergänzung, spezielle Maulkörbe, keine speziellen Theorien. Weibliche Theorien sind viel zu schwach gegen solchen Druck, und wir Frauen waren ja sowieso immer schon schwach in Theorie und auch sonst. Jedenfalls lebten wir bequemer, als wir noch schwach taten und den Männern das Gefühl gaben, die Stärkeren zu sein, und die Hexen sind auch nicht mehr das, das sie mal waren. Wenn Ihre geschätzte Wissenschaft, werte Frau Doktor, nicht bei den Hexen anschlägt, ist die ganze Schweigologie keinen Pfifferling wert. Die Hexen müssen Ihre Zielgruppe sein, junge Frau, von den Hexen kommt der Irrsinn. Kennen Sie den neuesten? Die Hexen haben alle Völker der Welt aufgerufen, einen Turm zu bauen. Gemeinsam einen monumentalen Stufenturm ähnlich dem unter Nebukadnezar geschaffenen und von Alexander dem Großen abgerissenen Zikkurat. Nur soll der neue Turm nicht auf einem Lehmkern von gebrannten Ziegeln, sondern auf einem Schrottkern von zersägten Waffen errichtet werden. Aus allen Erdteilen wird das Baumaterial angefordert. Sämtliches verfügbare Baumaterial soll auf sämtlichen verfügbaren Transportmitteln zur Baustelle gebracht werden. Nach Babelsberg. Der alte Turm zu Babel galt als eines der sieben Weltwunder der Antike. Nach der biblischen Legende wurde dieser Versuch, einen Turm bis in den Himmel zu bauen, von Gott mit der »babylonischen Sprachverwirrung« bestraft. Der neue Turm zu Babelsberg (Stadtteil im Osten von Potsdam) soll Denkmal vom Ende der barbarischen Vernunft sein.

Ich frage Sie, werte Frau Dr. Ortwin, kann ein Schrotthaufen unbarbarisch sein? Oder gar schön, wie die Hexen behaupten? So eine Baustelle würde sich doch auf dem ganzen Stadtteil breitmachen. Wir lassen uns unser schönes Potsdam, das restauriert zu einem Anziehungspunkt für Touristen aus aller Welt gemacht wurde und allerhand Devisen einbringt, nicht durch irrsinnige Projekte oder Gerüchte verhunzen. Ich habe in Babelsberg meine Datsche.

Für eine baldige Nachricht über positive Ergebnisse in der Maulkorbentwicklung wäre Ihnen verbunden

Renate Hase

Liebe Wissenschaftlerin Ortwin
Als Beitrag zur Unterstützung Ihrer speziellen Maulkorbforschung und -entwicklung erlaube ich mir, Ihnen einen Keuschheitsgürtel zu übersenden. Mein Mann hat ihn als Souvenir von einer Dienstreise aus dem Orient mitgebracht, und wir hatten das aparte Stück bisher als Wandschmuck über der Kredenz hängen. Natürlich trenne ich mich ungern von den schönen Mitbringseln, die unser Heim so gemütlich machen, aber mein Mann sagt, für die Wissenschaft müssen auch Opfer gebracht werden. Ich kann Ihnen den Gürtel natürlich nur als Leihgabe überlassen.»Geistige Keuschheit respektive Abstinenz kleidet die Frauen am vorteilhaftesten«, sagt mein Mann, und er hofft, daß Sie, angeregt durch altehrwürdiges Kulturgut, einen Maulkorb entwickeln, der auch beim Geschlechtsverkehr nicht abgelegt werden muß. Ja, der beim GV nicht nur nicht hindert, sondern aufhilft. Wie Strapse zum Beispiel, sagt mein Mann, und ich glaube im Namen aller guten Ehefrauen sprechen zu können, wenn ich Sie bitte: Entwickeln Sie einen speziellen Maulkorb mit der aufhelfenden Wirkung von Strapsen, liebe Wissenschaftlerin Ortwin, und Ruhm und Dankbarkeit sind Ihnen sicher.

Fröhliche Weihnachten

Liebste Gracia
Als ich neulich mit unserer gemeinsamen Freundin Gertraude nach Cordhosen anstand, ging ein junges Pärchen vorbei, und der Backfisch sagte mit dem Mund ungeniert zum Liebhaber: »Guck mal, da stehen zwei von denen, die die Hexen fressen wollen. Fressen sie sie, scheißen sie sie auch wieder aus.«

Eine Woche später, als Kerstin mir in der S-Bahn berichtete, daß die von Dir entwickelten Maulkörbe so gut wie nicht getragen würden, giftete eine junge Frau neben mir unterm Minirock: »Nehmt einen Löffel und mampft euern Kohl selber. Ersticken sollt ihr dran.«

Und eben komme ich aus der Kaufhalle und muß erleben, daß es dort schon mehr Nachrichten als Schnapssorten gibt. Die neueste

Nachricht aus dem Kommunikationsbereich unter der Gürtellinie, der sich zu einem alternativen Massenmedienbereich zu entwickeln droht, geht über Waldsterben bei uns.
Das Gerede spricht Dich endgültig frei, liebste Gracia, denn wer derartig Panik macht, der ist auch an allem anderen schuld.
Deine Brigitte

Internationales Institut für Kritik und Bekämpfung der Emanzerei
Genf

Liebe Frau Ortwin
Wir haben Ihre Schriften mit großem Interesse gelesen und würden uns glücklich schätzen, wenn wir Sie auch mal persönlich kennenlernen dürften. Unser Institut veranstaltet jeden Winter eine internationale Arbeitstagung, die wir »Winteruni« nennen. Sie findet am Nikolaustag statt (6. Dez.) und hat diesmal außer Vorlesungen und Seminaren für Frauen, die gesunde Frauen bleiben bzw. wieder werden wollen, auch Trance-Trainingsgruppen, Bauchtanz-, Orakel- und Strickworkshops, Schweigen für den Frieden, Kräuter- und Körnerprojekte sowie Vorträge über Unterwassergeburt auf dem Programm. Hätten Sie Lust, an unserer nächsten Winteruni teilzunehmen? Wir laden Sie hiermit sehr herzlich ein, und meine Mitarbeiterinnen und ich würden es außerordentlich schätzen, wenn Sie kommen könnten.
Mit freundlichen Grüßen
Gez. Antoinette Lenoir
Institutsdirektorin

Liebe Kollegin Ortwin
Danke für Ihren Dankbrief, aber ich glaube, wir haben uns mißverstanden. Denn meine Ihnen vor langer Zeit brieflich und somit offiziell gegebene Versicherung, »die Hexen sind an allem schuld«,

dürfen Sie doch nicht zu der Schlußfolgerung mißbrauchen, ich hätte behauptet, es gäbe Hexen. Ein solches Vorgehen ist nicht nur unlogisch und wissenschaftlich unhaltbar, sondern auch unkollegial.
Gez. Dr. Herta Böhme

An Frau Dr. Gracia Ortwin
Persönlich

In Anbetracht der durch angebliche Nebenwirkungen ihrer sogenannten Schweigologie entstandenen ernsten Lage möchte ich Ihnen unbekannterweise mitteilen, daß in unterrichteten Kreisen nur noch von zwei Varianten gesprochen wird: Entweder die Hexen, die es nicht gibt, sind an allem schuld. Oder Sie, werte Frau Doktor, sind selber eine Hexe.

Mehr weiß ich nicht, und es liegt mir auch fern, Entscheidungen fremder Leute zu beeinflussen, aber die letztere Variante ist natürlich die bessere. Ich komme viel herum, und ich kann Ihnen versichern, daß man allgemein enttäuscht wäre, wenn Sie sich nicht für einen guten Zweck zur Verfügung stellten. Dann könnte vielleicht schon *ein* Hexenprozeß genügen, um Vorkommnisse wie die an der Humboldt-Universität Berlin künftig unmöglich zu machen.

Natürlich werden Sie und Ihresgleichen auch diesmal versuchen, den Skandal nicht zur Kenntnis zu nehmen.

Deshalb bestätige ich hiermit schriftlich: Vorigen Mittwoch hat Professor Scheunert seine Antrittsvorlesung »Warum Mehrwert« im Marx-Engels-Auditorium halten wollen, wurde behext und redete in Zungen »Warum und zu welchem Ende studiert man Universalhexerei«. Kein Wunder, daß in gut unterrichteten Kreisen allgemein bezweifelt wird, ob Sie sich nach alledem drücken können.

Und ich persönlich würde sogar noch weitergehen und die Attraktivität Ihrer Person als Reklame einsetzen. Wenn ich was zu sagen hätte, würde ich die Exempelwirkung des Prozesses nicht nur geistig, sondern auch ökonomisch nutzbar machen. Hexenprozesse von Frauen für Frauen – komplette Ausstattung, Organisation pipapo nach *dem* Muster, das könnte ein Exportschlager werden. Mit Gütezeichen für weltmarktfähige Wertarbeit, verstehen Sie? Weltspitze. Ich hoffe also, daß Sie unverzüglich entsprechende Initiativen einleiten und das Unternehmen vor Ihrer Verurteilung zum Frauenobjekt erklären.

Eine die es gut mit Ihnen meint

Anlage: Hexischer Wortlaut vom Beginn der Antrittsvorlesung Prof. Scheunerts: »Warum und zu welchem Ende studiert man Universalhexerei«

Warum und zu welchem Ende studiert man Universalhexerei?
Erfreuend und ehrenvoll ist mir die Gelegenheit, an Ihrer Seite heute ein Feld zu durchwandern, das dem denkenden Betrachter so viele Gegenstände des Unterrichts, dem tätigen Weltmann so herrliche Muster der Nachahmung, dem Philosophen so wichtige Aufschlüsse und jedem ohne Unterschied so reiche Quellen des edelsten Vergnügens eröffnet – das große weite Feld der allgemeinen Hexerei. Der Anblick vieler junger Frauen und Männer, die eine edle Wißbegierde um mich her versammelt, und in deren Mitte vielleicht manches wirksame Genie für das kommende Zeitalter aufblüht, macht mir meine Pflicht zum Vergnügen, läßt mich aber auch die Strenge und Wichtigkeit derselben in ihrem ganzen Umfang empfinden. Je größer das Geschenk ist, das ich Ihnen zu übergeben habe – und was hat der Mensch dem Menschen Größeres zu geben als Wahrheit? –, desto mehr muß ich Sorge tragen, daß sich der Wert desselben unter meiner Hand nicht verringere. Je lebendiger und reiner Ihr Geist in dieser glücklichsten Epoche seines Wirkens empfängt, und je rascher sich Ihre jugendlichen Gefühle entflammen, desto mehr Aufforderung für mich, zu verhüten, daß sich dieser Enthusiasmus, den die Wahrheit allein das Recht

hat zu erwecken, an Betrug und Täuschung nicht unwürdig verschwende.

Fruchtbar und weit umfassend ist das Gebiet der Nekromantie; in ihrem Kreise liegt heute die ganze moralische Welt. Durch alle Zustände, die der Mensch erlebt, durch alle abwechselnden Gestalten der Meinung, durch seine Torheit und seine Weisheit, seine Verschlimmerung und seine Veredlung, begleitet sie ihn. Es ist niemand unter Ihnen allen, dem Nekromantie nicht etwas Wichtiges zu sagen hätte; alle noch so verschiednen Bahnen Ihrer künftigen Bestimmung verknüpfen sich irgendwo mit derselben. Denn eine Bestimmung teilen Sie alle auf gleiche Weise miteinander, diejenige, welche Sie auf die Welt mitbrachten – sich als Menschen auszubilden. Das ist unmöglich ohne Nekromantie.

Ehe ich es aber unternehmen kann, Ihre Erwartungen von diesem Gegenstande genauer zu bestimmen und die Verbindung anzugeben, worin derselbe mit dem eigentlichen Zweck Ihrer verschiedenen Studien steht, wird es nicht überflüssig sein, mich über diesen Zweck Ihrer Studien selbst vorher mit Ihnen einzuverstehen. Eine vorläufige Berichtigung dieser Frage, welche mir passend und würdig genug scheint, unsere künftige akademische Verbindung zu eröffnen, wird mich in den Stand setzen, Ihre Aufmerksamkeit sogleich auf die würdigste Seite der Hexerei hinzuweisen.

Vater Staat braucht unsere Kräfte. Sie sind ihm unentbehrlich, denn etwa Zweidrittel aller anfallenden Arbeiten in diesem Land werden von Frauen verrichtet. In zwei Schichten. Der Schaden, der entstünde, wenn sich dieser Teil der Bevölkerung auf die Forderung versteifte, nur eine Schicht zu erledigen, wäre wirtschaftlich und also politisch unermeßlich.

Was würde geschehen, wenn Frauen Zeit zur Reproduktion ihrer Arbeitskraft verlangten?

Wem würde die Durchsetzung dieser berechtigten Forderung nützen?

Die Tatsache, daß in unserem Staat fast die Hälfte der arbeitenden Bevölkerung ohne Reproduktion ihrer Arbeitskraft lebt und schafft, beweist, daß die schwarze Kunst längst in unseren Alltag integriert ist. Erweisen wir uns endlich dieses Wunders würdig, indem wir es erkennen, anerkennen. Und indem wir es ...

Die Puppe

Sechste Fundsache (Kopfkissenbuch), Zettelverzeichnis ZV / SKB 2

Zu den Gegebenheiten, die unseren offiziellen Alltag strukturieren, gehört das Feiern von Jahrestagen; zu den Gegebenheiten, die meinen privaten Alltag strukturierten, gehörte schlechtes Gewissen wegen Unterlassungen.
 Private Unterlassungen aus Zeitmangel: Briefe, Besuche und Telefonate. Wobei ich das exponentielle Wachstum des Unterlassungsberges mitunter zu bremsen suchte, indem ich Besuche durch Telefonate ersetzte.
 Daß ich ungeselliger wurde, hatte aber auch andere Gründe. Betreffs meiner Eltern zum Beispiel.
 Als ich Anfang April 1986 meine Eltern anrief – beim Nachbarn wie immer, Telefone sind für Vater Bürokrempel, also Faulenzergesöck, das er sich als Lokführer in seinen vier Wänden verbittet – meldete sich – auch wie immer – Mutter und sagte »Na?«
 Dieses nichtssagende Wort mit der allessagenden Mischung aus Vorwurf und Erwartung.
 Ich erkundigte mich nach dem Befinden.
 »Naja«, sagte Mutter in der gleichen Mischung. Sie benutzt Interjektionen von je zweipolig, wodurch Spannung erzeugt wird. Vater benutzt die gleichen Interjektionen so, daß ein Sog entsteht.
 Ich fürchte beides. Seit der Kindheit schon. Der Sog macht aus Gold Kartoffeln. Die Spannung legt sich um die Mitte, setzt den Magen unter Druck und Angst in den Bauch.
 Gegen den allgemeinen Vorwurf der Mutter – in Berlin gibts alles –, ergänzt durch den besonderen – unsere Tochter macht sich immer rarer –, war ich aber gewappnet. Größere Gefahren sind kalkulierbar ...

Argumente kein Problem, erst mal Wogen glätten, dann Spannungslast abwerfen. Also Angst und Magendruck wegdrücken, mit einer Nachricht, von der ich sicher war, daß sie Mutter freuen würde.

Ich erzählte ihr, daß ich mein Zimmer umgeräumt hätte, leergeräumt in einer Ecke, zwei Bücherregale raus und wohin mit ihnen – »wohin mit dem Krempel«, sagte ich wörtlich – einstweilen hätte ich alles im Flur abgestellt, keine Lösung natürlich, aber Platz in der Bude für den Ehrenplatz meinem Schreibtisch gegenüber, demnächst hätte ich nämlich im Ausland zu tun, an einer Universität – meine Mutter fragte selbstverständlich nicht zurück an welcher –, trotzdem murmelte ich – aus Feigheit natürlich – irgendwas von Seminarien über meine Bücher und Lesungen, die ich zu halten hätte. Nicht sobald. Aber ich müsse mich ja auch vorbereiten, nicht zuletzt auf die Fasnacht, wenn ich schon mal in Basel wäre zu der Zeit ... Mitzumachen wäre zwar heikel, aber zusehen für meine Profession wie kneifen, ich müßte folglich ein Kostüm basteln, was natürlich von mir an mir nicht gesteckt werden könnte, sondern auf einer Puppe.

Gäbe es eine schönere Gelegenheit, die Puppe zu Ehren kommen zu lassen ...?

»Welche Puppe«, fragte meine Mutter.

»Na die Schneiderpuppe«, antwortete ich im Fluge wie zuvor.

»Sie ist weg«, sagte meine Mutter beiläufig.

Aber ich verlor nicht an Höhe, gewann sogar noch durch Aufwind, den ich eilig herstellte mit schönen Vorstellungen. Bisher hatte ich der Schneiderpuppe nur verschiedene Harlekinroben angedacht, plötzlich sah ich sie im Einhornkostüm. Ein Habit, dessen Schwierigkeit eine lange Vorbereitungszeit noch besser rechtfertigte.

Und ich glaubte mich unverstanden aus technischen Gründen, und ich vergewisserte mich, ob die Verbindung noch bestand, ob meine Mutter gut hören könne ...

»Sehr gut«, sagte sie.

»Aber manchmal knackts auch und rauscht in der Leitung«, sagte ich, »also deine Schneiderpuppe, die auf dem Spitzboden steht, als wir sie neulich ausgewickelt und besser eingepackt haben, damit sie nicht verdreckt, hat sie hinter der Bettkiste gestanden, du weißt doch ...«

»Freilich.«

»Und irgendwelche Postmietbehälter, die Vater wieder vorschlug, als wir dann über den Hertransport sprachen, sind auch nicht mehr nötig, dein Enkel Wesselin holt das gute Stück ...«

»Die Puppe ist weg«, sagte meine Mutter, indem sie jedem Wort einzeln Gewicht nahm, wodurch aus einer Summe von Beiläufigkeit eine Wucht aus Nichts entstand.

Drin das Einhorn: ein Tier, das es nicht gibt.

Größere Gefahren sind kalkulierbar, sie bereiten abwehrende Haltungen und Handlungen in uns vor, stellen Kräfte bereit, Argumente. Nebensächlichkeiten hingegen können Panik auslösen.

»Wenn man zur Bodentür reinkommt gleich rechts hinter der Bettkiste zwischen den Wäschekörben und Koffern ...«, stotterte ich.

»Die vielen Koffer brauchen wir auch nicht mehr ...«, sagte meine Mutter.

Und da war sie im Recht.

Und wo war ich?

Ich verteidigte meine Mutter und mich mit der Vermutung: Einbruch.

»Ach wo«, beruhigte meine Mutter, »in unserer Bodenkammer gibts doch nichts zu mausen.«

»Aber deine Schneiderpuppe«, sagte ich.

»Die Schneiderpuppe ist verkauft«, sagte meine Mutter unter Beibehaltung des Beruhigungstons.

Ich habe ihn seitdem im Ohr und ich kann ihn ebenso wenig loswerden wie das Gefühl des unfreien Falls ...

Aus großer Höhe.

»Das ist mir zu hoch«, pflegt mein Vater stolz zu sagen, wenn ihm etwas nicht in den Kram paßt.

Mein Kram zum Beispiel.

Warum habe ich nie entgegnet: »Das ist mir zu tief«?

Auch jetzt nicht, da meine Mutter die Redeweise meines Vaters angenommen hatte mit dem Grundtext »'s is eh Tach wie der andere«, obgleich sie Trott haßte. Ich entgegnete: »Wenn ich gewußt hätte, daß ihr Geld braucht ...«

»Geld«, hörte ich unter Gelächter, »Geld, alte Leute brauchen kein Geld ...«

»Wieso denn – zum Essen.«

»Wir essen nicht mehr viel ...«

»Aber mal was Delikates ausm Delikat, du sagst doch immer, mit dem bißchen Rente ...«

»Für uns langts, solche alten Leute wie wir könn' doch niscst mehr vertun, ich möcht bloß wissen, was mit dem Batzen werden soll, den dein Vater auf der Sparkasse liegen hat, der braucht doch niscst Neues, andere Leute machen Einkaufsfahrten nach Berlin, aber dein Vater hat sich noch nie für was Neues interessiert ...«

»Was Neues« ist für meine Mutter was Neues zum Kaufen, Interesse für eine Stadt: gucken, was in den Auslagen ihrer Geschäfte hängt.

»Unser Hausverwalter, der Gauner, macht auch jede Mode mit und stellt sich neuerdings Antiquitäten in die Wohnung«, sagte meine Mutter.

»Aber ich wollte mir doch deine Schneiderpuppe nicht in die Wohnung stellen, weils modern ist oder weils eine Antiquität ist – wahrscheinlich hat euch jemand reingelegt. Einer hat den Braten gerochen und euch eingeseift, und ihr hattet keinen Mumm, nein zu sagen ...«

Meine Mutter räumte ein, daß ich im Märchen-Ausdenken immer groß gewesen wäre, aber natürlich auf dem falschen Dampfer.

»Eine Annonce ...«

»Ihr habt annonciert«, schrie ich.

»Wir? Erlaube mal, wir haben in unserem Leben noch nie annonciert, von wegen – nein, nein, ganz normal, Vater hat in der Zeitung eine Annonce gelesen so und so und jemand sucht eine Schneiderpuppe Größe 42, und da hat er gedacht ...«

»Und du? Was hast du gedacht?«
»Wieso ich?«
»Aber es war doch deine Schneiderpuppe, Mutter, nicht seine: deine! mit der du vierzehnjährig die Lehre angetreten hast ... Oder habt ihr plötzlich eure Bodenkammer abtreten müssen ...«
»Iwo, Unsinn – aber wie das so ist, und du kennst doch deinen Vater ...«
»Ich kenn ihn, aber du kennst ihn auch und seinen Weglaßfimmel, weshalb ich euch beiden immer wieder eingeschärft habe ... zuletzt an Weihnachten, weißt du noch ...«
»Nuja«, sagte meine Mutter. Wieder eine von den zweipoligen Interjektionen. Für den unfreien Fall. In die Falle der Banalität: eine Hölle für mich, in der sich meine Eltern eingerichtet hatten.

»Nuja, eine Schneiderpuppe ist sowieso nischt für eine Wohnung, bei der Frau, die sie gekauft hat, steht sie auch in der Bodenkammer, wenn nicht gerade geschneidert wird, mit dem alten Dings hättest du dir dein ganzes Zimmer verhunzt ...«

»Mit einem Erinnerungsstück ...«

»Das schöne Zimmer – steht so schon genug Krempel drin.«

Krempel: mein Wort. Eben meiner Mutter zugespielt. Meine Eltern nannten ihr Wohnzimmer »Gute Stube«, und ich nannte mein Arbeitszimmer »Bude« – für sie: wie sie.

»Die junge Frau ist auch keine Schneiderin«, sagte meine Mutter, »hat sich wahrscheinlich bißchen was angeeignet, was man so braucht, sie näht für sich, hat sie gesagt, naja, das sagen viele, sogar die Engelbrechten, aber du – was willst du denn mit einer Schneiderpuppe, wenn du gar nicht schneidern kannst, und zum Nähen hast du auch nie Zeit ...«

»Manchmal schon«, sagte ich, »für Kostüme schon.«

»Kostieme«, wiederholte meine Mutter mundartlich. Auch Künstler und küssen sprach sie nur mundartlich aus. Mitten in hochdeutschen Sätzen mitunter Kienstler und ganz selten kissen, und Kostieme bisher ausschließlich um das zu benennen, womit diese Engelbrechten sich »anscheußelte« ...

»Außerdem bist du für meine Puppe viel zu dick«, sagte meine Mutter, »zweiundvierzig.«
»Ich hab Konfektionsgröße vierzig«, erinnerte ich.
»Seit wann?«
»Seit dreißig Jahren«, sagte ich.
»Vierzig ist viel zu dürr für deine Größe, so dürr warst du bei mir nie, bei mir hast du immer was Richtiges zu essen gekriegt, du bist abgekommen, weil du zu bequem bist zum Kochen, lebst wohl von Schrippen wie die Engelbrechten und ihr Freund ...«
Das letzte Wort auch mundartlich, also »Freind«, weil gemunkelt wurde, der Alte wäre ein »Dichter« und hätte nur einen Reisekorb voll Bücher, und die Alte würde auch lieber lesen und frieren als heizen, und zusammenwohnen würde das Pärchen auch nicht, eine feine Wirtschaft pflegte meine Mutter zu sagen. Sie haßt Männer und die Ehe und von den Frauen am meisten die unverheirateten.

Und mein Vater pflegte zu sagen: »Die Schlampe und der Kienstler passen zusammen wien Paar alte Latschen.«

An diesen Gepflogenheiten hatten weder meine Arbeit als Triebwagenfahrerin noch meine Nähereien noch meine Eisenbahner und Schneiderinnen in meinen Büchern etwas ändern können.

Schon weil meine Eltern keine Bücher lasen.
»Jugendstil, Mutter ...«, schrie ich.
»Ja ja, altmodisch, nischt wert ...«, hörte ich.
»Und wieviel hat die Frau bezahlt?«
»Vierzehn«, sagte meine Mutter.
»Das ist viel«, sagte ich.
»Viel? Nu wir dachten, fünfzehn könnte man schon verlangen, aber die junge Frau hat nicht mit sich handeln lassen und nur vierzehn gegeben.«
»Vierzehnhundert Mark«, wiederholte ich staunend.
»Vierzehn Mark«, korrigierte meine Mutter.
Daran erinnere ich mich genau. Auch diese Worte hab ich noch im Ohr und krieg sie nicht mehr raus. Vom Rest des Telefongesprächs erlöste mich Taubheit.

Der Schöne und das Tier

Siebte Fundsache

Natürlich sind weibliche Trobadore aus der Mode.
Bevor sie je in ihr waren.
Guten Morgen, Du Schöner, für den ich nun schreibe. In der Ausnüchterungszelle. Wo die Tagesordnung hängt, zu der übergegangen werden soll.
Die neue: der alte Hut.
Mir ist so kalt ums Hirn.
Schmerzensschreie gehören heute zum guten Ton oder zu einem, an den man sich gewöhnt hat.
Freudenschreie erwecken mitunter selbst von den Toten.
Ihnen fühlte ich mich zugehörig, obgleich der gegenwärtige Weltzustand mich ausgetrieben hatte. Ich konnte unter der Erde keine Ruhe finden.
Über ihr war ich noch unbehauster.
Ich, Beatriz de Dia, gestorbene Comtesse und Trobadora, auferstandene Sirene ohne Stimme, nicht tot also und nicht lebendig: Wer oder was ist weniger?
Guten Tag und ich kann Dir meine Empfindung nicht erklären, es ist eine gewisse Leere – die mir halt wehe tut, ein gewisses Sehnen, das nie befriedigt wird, folglich nie aufhört, immer fortdauert, ja von Tag zu Tag wächst, es ist leicht, das Leben zur Hölle zu machen, wenn man es mit Gewalt zum Paradies machen will.
In Tübingen muß sich eine Frau gesagt haben: Wenn schon zu dieser uralten Tagesordnung übergehen, dann gründlich. Und schnitt sich einen Mann aus den Rippen.
Aber Tübingen war weit und eine solche Frau unvorstellbar, und die Provence lag hinter sieben Bergen, guten Abend, dachte ich, was

suchst du in diesem häßlichen Viertel dieser häßlichen Stadt, gute Nacht, du Schöner, und dumme Frage hier, dumme sowie zweideutige Frage bei eindeutigen Angeboten ringsum, guten Abend, gute Nacht, mit Rosen bedacht, was hat Raimbaut hier zu suchen? Ich suchte ein Dach, um meine Federn zu trocknen. Bekanntlich tragen Sirenen Federn. Und der Frühlingshimmel 1981 war naß und kalt und für Federvieh eine Zumutung. Für weißes Federvieh insonderheit. In Dreckwolken war mein Federkleid schnell ergraut. Andere standen zum Durchfliegen nicht zur Verfügung. Ratlosigkeit hatte mich in die Luft geworfen. Über mir Abgashimmel. Unter mir sterbende Wälder. Verzweiflung trieb mich nach Süden. Wo ich gebürtig bin. Von dero Lieblichkeit Provence erhoffte ich die verlorene Hoffnung: meine Stimme.

Und »ich dachte« ist natürlich gelogen. Die Erscheinung traf mich wie ein Messerstich. Mit einem Messer im Kopf oder sonst kann man nicht denken. Erst als ich es weggeworfen hatte, ausgezogen wie einen Dorn und weit von mir geworfen, unters Blech des Autoverkehrs, meldete sich mein Verstand zurück und sagte mir: Raimbaut d'Aurenga war rothaarig.

Ich nahm meinen Blick aus den Locken. Von rechts Beschimpfungen.

Aber meine Ohren griffen nicht. Wenn sie taub gewesen wären: Wohltat. Erlösung, die ich außerhalb des Bahnhofs gesucht hatte. Außerhalb seines Dachs, das riesig hoch und weit war: ideal, um unter seinem Gestänge sirenische Federn zu trocknen. Schwungfedern trocknen schlecht ungespreizt. Und bei einer Flügelspannweite von zwei Metern bleibt man unter Menschen nur unbemerkt, wenn deren Sinne abgestumpft sind. Wer die Hosen voll hat, parfümiert, dachte ich und rechnete mit der abtötenden Wirkung von aufreizenden Farben, Formen, Tönen, Gerüchen, Geräuschen, Bewegungen auf die Reisenden unter mir. Rechenfehler: ich. Die Reizschwelle meiner Sinne lag weit unter der hier üblichen. Ich war untrainiert. Ich war seßhaft in einem Land, das anderes trainiert.

Als ich merkte, daß die Reizüberflutung mir sogar die Angst

nahm, die mich im Grabe umgedreht hatte und schließlich ausgetrieben, floh ich in den Ort. Wo Fleisch, genauer als dem natürlichen Auge natürlich wahrnehmbar, in perfekt erklügelten Stellungen bunt und nackt oder angezogen ausgezogener als nackt von allen Wänden schrie. In allen Größen. Neben dem Gestänge, auf dem ich saß, zum Beispiel so hundert Quadratmeter Fotoreklame mit weiblichem Fleisch. Porendrall und mit Wassertropfen behangen wie ein bißlüstern servierter Apfel.

Erschöpft floh ich den Bahnhof. Und gelangte ins Bahnhofsviertel, wo Menschenfleisch live zum Verkauf stand.

Ein durchschnittlich angezogener Mann ist vor einer Schminkfassade, die aus Straßenstrich und den Auslagen pornographischer Etablissements gebildet wird, bestenfalls schattenhaft wahrnehmbar. Selbst wenn er mit Jeans auf seinen hübschen Hintern aufmerksam macht.

Erst als die Beschimpfungen so unflätig wurden, daß sie meine versehrten Ohren erreichten, und ich merkte, daß die Empörung mir galt, nahm ich die bewegten Steppereien an den Jeans vor mir wieder wahr. Ich in Gestalt meines Selbsterhaltungstriebs. Er suchte nach Hilfe und vermutete: Strichkunde. Später auch: Strichjunge. Zuhälter nicht. Zuhälter haben keine Anmut.

Die Beschimpfungen wurden aus weiblichen und männlichen Mündern gespien. Große Empörung wegen Geschäftsschädigung, noch größere über die Mittel. In einer Sprache, die von der trobadorischen entfernter ist als Trapezunt von Ostern, wurde mir mitgeteilt, daß ständig irgendwelchen neuen Modesauereien hinterhergehetzt werden müßte, die immer neue Ausstattungen verlangten und immer mehr Kapital fräßen, von der Inflation ganz zu schweigen, die neue Sado-Maso-Welle wäre schon teuer genug zu stehen gekommen, wer jetzt eine Sodomie-Welle langsieren wolle, würde umgelegt.

Ich stand begriffsstutzig. Fußtritte. Faustschläge auf den Kopf, die mein Denkvermögen auch nicht anregten. Schließlich wurde ich, um mich ans Umgelegtwerden zu gewöhnen, geschmissen.

Kurze ohnmachtähnliche Erleichterung, die der Aufprall verschaffte. Dann schwarze Mülltüten rechts, Motorradblech links, über mir Neonrosa, unter mir Asphalt.

Ich rappelte mich aus dem Straßendreck, langte nach einer Hand, um mich hochzurichten. In solcher Lage langt man nach allen Händen, die sich einem bieten. Mir bot sich eine einzige: Ich mußte nicht wählen.

Da Sirenen nur Fänge und Flügel haben, langte ich mit den Flügeln. Mit beiden. Der Herr mit den orangegesteppten Jeans ergriff den rechten Daumenfittich. Als er meine schmutztriefenden Federn mit seinem Taschentuch abputzen wollte, zog er die Wut auf sich. Handgemenge. Beschimpfungen, die alle an mich gerichteten übertrafen, weil sie zusätzlich versuchten, die Ehre abzuschneiden. Was hatte Ehre an einem Ort zu schaffen, dessen Geschäft auf der Lust seiner Perversion gründete?

Ich muß ein ziemlich dummes Gesicht gezeigt haben – Sirenen besitzen bekanntlich Menschengesichter –, aber mein Verteidiger schien auch nicht durchzusehen. Schreckrund aufgesperrte Lider, wimpernnackt in diesem Licht, das aus buntzuckenden Leuchtreklamen zusammengeflickt war. Der Mund öffnete sich mit einem an das Aufschlagen eines Wassertropfens auf Wasser erinnernden Geräusch – nichts Neues für Dich. Wozu also den sinnlichen Ausdruck beschreiben, den das Geräusch verstärkte, und den Kontrast der Nase dazu, deren schmaler, gekrümmter Grat auf Entschiedenheit oder Scharfsinn scharf machte? Genaue Kenntnisse über unsere Vorzüge nützen wenig, ja deprimieren, solange wir sie nicht geliebt wissen.

Als uns die Flucht gelang, wurde »Leda« hinterhergeschrien. Das Wort traf.

Ich fühlte begehrliche Blicke auf meinen Flügeln, in mir Solidarität.

Sie erinnerte mich an den wirklichen Raimbaut d'Aurenga, der nicht der Wirklichkeit entsprach. Ich hatte einst auf ihn etliche Kanzonen gedichtet, die nicht überliefert sind. Nur die, in denen theoretische Liebestränen fließen, sind überliefert. Echte lassen sich nicht so handlich zu Versketten auffädeln. Denn der wirkliche Trobador Raimbaut, der nicht der Wirklichkeit entsprach, war überallemaßen schön. Ein friedliches Wesen, das Geduld aufbringen konnte, über sich lachen, verlieren, mit Kindern spielen, zuhören, lieben: nicht nur Männer oder sich, nicht nur sich im andern; sondern den andern; oder sogar den andern in sich. Selbst seine eigenen Kinder, neun an der Zahl, behandelte er konsequent als kleine Menschen, nicht als Besitz, Beweisstücke von Potenz oder Schmusgeräte auf Abruf. Er brachte ihnen nicht Wallungen, sondern stete, unerschöpfbare Zuneigung entgegen. Einmal sprach er im Rittersaal mit ähnlichen Worten beiseite:»Unsereiner wundert sich jetzt schon mal. Aber wir werden uns noch viel mehr wundern. Und noch ganz anders, hoff ich, denn es ist noch kein Ende abzusehen. Uns steht kein langweiliges Leben bevor, wenn die Damen erst tun wollen, was sie tun wollen, nicht, was sie tun sollen. Was werden sie als Menschen sagen über die Männer, nicht als Bilder, die sich die Männer von ihnen gemacht haben? Was wird geschehen, wenn sie äußern, was sie fühlen, nicht was zu fühlen wir von ihnen erwarten? Neulich sagte die Gattin eines Dichters, von Frauen wären keine Liebesgedichte zu lesen. Die Gattin hat recht, nur wenige Damen möchten ihren Ruf dem Geruch der Abnormität preisgeben. Frauen ohne unterdrücktes Liebesleben gelten als krank (nymphoman). Männer solcher Art gelten als gesund (kerngesund). Kann sein, wir werden eines Wintertags nicht mehr in die Influenza flüchten müssen, um mal schwach sein zu dürfen, kann sein, wir gestatten uns eines Tages nicht nur beim Meerrettichessen eine Träne, ach, einmal den Hof gemacht kriegen, öffentlich ...«

Ich hatte diese Worte Raimbauts in meinem ersten Leben laut wiederholt, auf daß alle Höflinge sie hören konnten. Da erklärte mein Gemahl Guilhelm von Poitiers meinen Geist für krank, führte mich aus dem Saal und hielt mich fortan in der Kemenate gefangen. Vorm Verdacht der Ketzerei bewahrte mich damals mein Stand.

Heute bin ich vogelfrei. Und der Traum vom wirklichen Raimbaut, der nicht der Wirklichkeit entsprach, ist passé, bevor er gelebt werden konnte. Nicht nur die weiblichen Trobadore, sondern auch deren besingenswerte Phänomene sind aus der Mode.

Sobald aufkommende Ahnungen Konturen von Weisheit verraten, die sich nicht modisch bagatellisieren läßt, wird direkt zugeschlagen. Mit Gewohnheit.

Die meisten Schläger halten eine Trobadora gottlob für ein ständig in sie verliebtes, also schön hysterisches, nicht ernstzunehmendes Frauenzimmer.

Das hätte mir zu denken geben müssen, als ich meine zweite Stimme suchte. Meine sirenische Stimme, die mir unter Zeitdruck aberwartet wurde, unter ungeheurer Verantwortungslast, gejagt von Rettungspflicht und Heilserwartung wegen dieser drei Tonnen Sprengstoff, die pro Erdenbewohner bevorratet sind. Wenn die Zeit krank ist, wird Heilung in gigantischen Operationen gesucht. Operationsfeld nicht unter »orbis«, das lateinische Wort rief bei mir die Begriffe Erdkugel, bewohnte Erde, Himmelssphäre ab.

Meine Muttersprache ist der lateinischen verwandt. Ich hatte ihre Botschaft überhört, die das Wort bringt.

Unsere Blicke mieden sich nach der ersten flüchtigen Berührung. Im Bahnhofsviertel werden andere Berührungen gesucht.

Ich fühlte einen Arm auf meinem gefiederten Rücken. Ich hörte: »Wo wohnst du, Tier?«

Da ich die Frage nicht beantworten konnte, weil mir auch eine neue Zunge keine Stimme hatte geben können, starrte ich. Auf eine Gestalt, die im Eingang zu einem Travestie-Lokal lehnte. Hochhakkige Holzsandalen. Jeans. T-Shirt, dessen Ausschnitte von weißem Trikotstoff knapp umrahmt wurden. Spitzenfächer lachsrosa mit Pailletten, Zinnobermund, schwarzsilberne Rahmen vergrößerten die Augen zu unwiderstehlichen Blickfängen, mittelblonde kurze Herrenfrisur.

Ich blieb stehen. Heftige Bewegung des Fächers, bevor er das Gesicht verbarg. Die Enthüllung langsam, wie man einen Vorhang zieht. Im Gegensatz zu Theatervorhängen entblößte der die Inszenierung, indem er sich senkte. Glitzernde Blicke, gefallsuchtabhängig. Als ich merkte, daß sie von mir auf meinen Begleiter wechselten und sich dort festbissen, ging ich.

»Gefällt dir das, Tier?«, hörte ich fragen. Die Anrede verstörte mich endlich.

»Möchtest du mich geschminkt, Tier?«

Der selbstverständliche Ton der Anrede »Tier« ging über meinen Verstand. Ich versuchte, die Verwirrung mit dem linken Flügel aus meinem Gesicht zu wischen. Sirenen haben bekanntlich Frauengesichter. Sonst erinnerte meine Körperform an die der Schneeeule. Im Gegensatz zu dieser Tierart war ich jedoch knapp menschengroß und wie der Uhu mit zwei Kopfbüscheln versehen. Die Federohren wuchsen aber nicht wie beim bubo bubo über den Augen und auch nicht zwischen Schläfen und Hinterkopf, wo die Menschenohren sitzen, sondern am Haaransatz. Dort, wo Männer die Geheimratsecken erleiden.

»Gehörst du etwa auch zu den weiblichen Wesen, Tier, bei denen Schweigen oder ›nein‹ ›ja‹ bedeutet«, hörte ich und sah, wie der Mann Spiegel und Stifte aus seinen Hosentaschen fingerte. Mit Mühe, die Hosen waren so eng, daß er das Standbein wechseln mußte. Die Spielbeinhaltung entspannte die Taschenöffnungen ein wenig. Für die Daumen war kein Platz. Kleine, hübsche Hände. Ich musterte sie, um mich aus der Besoffenheit zu reißen. Oder war er besoffen? Nur ein Besoffener konnte in einer normalen Großstadt der normalen Bundesrepublik Deutschland mit einem frauengesichtigen Tier normale Gespräche führen.

Ich beobachtete, wie er sich bemalte und dabei Fratzen in den Spiegel schnitt. Er malte mit ruhiger Hand. Also nicht besoffen, dachte ich. Also verrückt, dachte ich. Nur einem Verrückten konnte eine Sirene in einer alltäglichen Stadt alltäglich erscheinen.

Also doch Leda, dachte ich ernüchtert, heißt das, ich soll den Schwan spielen? Eine Sirene mit trobadorischer Vergangenheit in der Rolle dieses Patriarchen Zeus?

Scheißspiel! Und natürlich ohne mich, dachte ich.

»Nicht ungeduldig werden, Tier«, sagte der Herr in einem Sound, der griff, Schminken wäre eine Kunst, und Kunst brauche Zeit, und er wüßte, was Frauen mögen. Schließlich hätte ihn eine Frau gemacht.

Wer sonst, fragt sich da jeder gesunde Kopf und hat den Beweis, daß Krankheit spricht. Wahnsinn, dachte ich. Ohne das Interesse zu verlieren. Gespannt auf den Test, der drei Varianten zuläßt. Ein geschminkter Mann sieht entweder aus wie eine Frau – Ergebnis-Variante eins und zu weiblich für mich, nicht sonderlich erregend, da ich selber eine bin. Oder er sieht aus wie seine eigene Großmutter – Variante zwei und zu männlich für meinen Geschmack. Oder er sieht wie ein Mann aus, nur besser. Menschlich vollständig: Variante drei.

Ich erhoffte und fürchtete natürlich die dritte.

Und noch heute erschüttert mich die Trauer über die Augen des derzeitigen Menschengeschlechts, die erstorben in Gewohnheit über die rufenden Farben der Frauen hinsehen und ungeschminkte weibliche Wesen als nicht ordentlich angezogen empfinden.

Was, wenn statt Helden auf den Schlachtfeldern der Kriege, der Ehre, des Geistes und der platten Muskelkraft der wirkliche Raimbaut von Orange, der nicht der Wirklichkeit entsprach, Schule gemacht hätte? Die Helden türmten Taten auf, um zu imponieren, immer neue meßbare Taten und Untaten, bis zum Abgrund hin, vor dem wir jetzt stehen. Raimbaut schminkte sich gelegentlich, um mich zu erfreuen. Betörender Anblick.

War der vor mir agierende Herr auch imaginiert und passé? Weißes Afghanhemd mit Seidenstickerein. Auf der Schulter jeweils nur mit einem Knopf geschlossen, wodurch ein schmaler Spalt Einblick gewährte. Auf brünette Haut.

Die derzeitige Kultur dressiert auf Konsum von betörenden *Gegenständen*, für deren Herstellung und Erwerb der Mensch sein Leben hingibt. Nicht sich, Geschenk der Natur, nicht sich selber im anderen oder in Götterbildern – seine Werkstücke betet er an. Was sind diese vergleichsweise armseligen berechenbaren Werkstücke gegen die unberechenbaren Wesenheiten ihrer menschlichen Schöpfer?

Die unberechenbare Wesenheit von mir, Stifte in der rechten Hand, Spiegel in der linken, fragte: »Bin ich dir so ein Gefallen, Tier, daß du mir ein Gefallen sein willst?«

Messer des Entzückens, ausgezogen schon mal wie ein Dorn und weit von mir geworfen, auf die Straße, unters Blech des Autoverkehrs, zum zweiten Mal nun und scharf geschliffen jetzt mit den Farben rot und schwarz gegen seine abgestumpften Sinne gezielt: Ich wollte.

Ich – schon im Vorfeld von Vergessenem, längst erstorben Geglaubtem, ich oder nicht ich und bereits unfähig mich zu wundern über das Wortzeremoniell, das einem Angehörigen der Generation, die den Mai 1968 jugendlich in Paris oder dergleichen verlebt haben mußte, geradezu verquer im Munde lag. Ich konnte auch nicht mehr unterscheiden, ob der Blicksog Schminkeffekt war oder Dämonie oder Gier. Nackte Gier auf meine Flügel.

Der Herr befingerte zitternd meine Fittiche, riß dran, umhüllte sich mit ihnen, versuchte sie zu entfalten, indem er ihnen seine Arme hingab, als ob er sich ans Kreuz nageln lassen wollte, klammerte dann meinen Leib und befahl: »Flieg, Tier!«

Obgleich der Herr leichtgewichtig war, hatte ich Startschwierigkeiten. Denn ich war ungeübt in der Beförderung menschlicher Lasten.

Schließlich hob ich aber doch ab. In einer ruhigen Nebenstraße. Und ich flog im Smog über der Stadt sieben Runden. Der Mann wälzte im Flugwind den Kopf wie in Kissen. Ich konnte beide Ohren, in Lockennestern versteckt, abwechselnd besehen und bebeißen.

Geschlossene Lider jetzt, was verhinderte, daß ich gegen diese gläsernen Bank- und Verwaltungssilos prallte, mit denen die Stadtwüste gespickt war. Mitunter streifte ich freilich schon mal eine Wand von diesen Schauerbauten, denn die Lippen waren gepolstert, und die Trinität ihrer Bögen warf sich zyklamrot, und als diese

Provokation auch noch aufbrach und Zähne blitzen ließ und Gestammel hören, ging ich im Sturzflug nieder und Schluß.
Der Herr fiel rücklings in einen Vorgarten. Die Straßenbeleuchtung zeigte sein Gesicht blaß und zufrieden. Als er sich erholt hatte, sagte er: »Danke, Tier.«
Ich scharrte mit den Fängen im Vorgartenkies. Der Herr lehnte sich an den Stamm eines Ginkgobaums und nestelte an seiner Halskrause. Außer Römerlatschen und Jeans und dem Afghanhemd trug er nämlich auch noch eine weiße plissierte Halskrause.
Befremdlich dies und das, milde benannt. Aber nach einer Weile schien ihm tatsächlich einzufallen, daß Fliegen nicht nur als Konsum des Geflogenwerdens lebbar ist.
Er brach jedenfalls in die Büro-Villa ein, zu der der Vorgarten gehörte, und wir liebten uns im Keller eine Nacht oder eine Woche.
Als ich aus der Raserei erwachte, war ich nackt.
Unter mir Papiere, Aktenordner. Rundum Federn. Guten Abend, gute Nacht, mit Rosen bedacht – aber mein Schöner lag nicht in Rosen, sondern in Federn. Schlief noch. In diesen Federn, die über Verwaltungspapieren verstreut lagen und den ganzen Kellerraum weißten, wälzte er sich schlafend, schnarchte sogar, in den Fetzen meines sirenischen Federkleids wälzte und räkelte er sich hemmungslos schnarchend und warf die über seine Blößen wie Omas Plumeau.
»Potzmord«, schrie ich.
Er blinzelte. Weg alle Schminke aus seinem Gesicht, weggeliebt wahrscheinlich und runtergeküßt und wer weiß. Und wie weit runter war ich? Runtergekommen auf den Vogel Federlos? Auf die Frau Mundlos?
»Wer schreit denn da so auf nüchternen Magen«, hörte ich klagen.
»Ich nicht«, schrie ich, »ich bestimmt nicht, auch wenn ich wollte, ich leider ganz bestimmt nicht, find meine Stimme nie und nimmer, hast du schon mal eine Stumme gesehen, die schreien kann?«
»Dich«, murmelte der Langschläfer. Dann rieb er sich die Au-

gen. Mit den Handballen. Später mit den Fäusten. »Dich«, wiederholte er gähnend, aber schon deutlich intoniert und wach. Dann hellwach plötzlich. »Dich«, schrie der Nackte entsetzt zurück, »aber du bist ja nackt!«

Ich konnte es nicht leugnen, besah mich, fand meinen Wuchs nicht übel und erkundigte mich, ob die Perversität des Herrn derart spezialisiert wäre, daß ihr der Anblick einer nackten Frau als Greuel erschiene.

Der Herr bestritt nachdrücklich, pervers zu sein, räumte allerdings ein, daß er, vor die Wahl gestellt, eine nackte Frau lieben zu dürfen oder eine bekleidete mit Flügeln, sich natürlich für diese bekleidete entschiede.

Natürlich? Immer was Gescheites macht Kopfweh! Wer hatte mich denn derart entblößt oder abgehäutet oder wer weiß was wie? Ich grübelte, konnte aber keine Schmerzen oder Brutalitäten erinnern. Nur allerlei Kämpfe, Kampflüste, Lustkämpfe ... Ich raffte eine Schwungfeder und zielte, Kiel voran, auf das Pelzmedaillon, mit dem die Haut überm Brustbein in Herzhöhe geschmückt war. Volltreffer!

Der wahrscheinlich überwach machte, weshalb der Herr beide Hände in seinen braunen Locken vergrub und kratzte und schabte – das Geräusch erinnerte an das Scheuern von Holzdielen, ich fürchtete, die Bürobesetzung der Villa könnte davon alarmiert werden, und bettelte um Ruhe und Vernunft.

»Vernunft«, höhnte der Herr und kratzte fort, »Vernunft macht meschugge, wenn man mit einem kleinen Tier ins Bett geht und mit einer großen Frau erwacht. Frauen gibts wie Sand am Meer, aber schöne weiße wilde Tiere ...«

Ich biß sofort zu und warf mich so lange auf dem knochigen Leibe herum, bis die Reklamation ein für allemal als ungeheuerliche Verleumdung erwiesen war.

Oh wenn ich bedenke, wie lustig und kindisch wir waren und wie ich nun lebe in der Ausnüchterungszelle mit dieser neuen Tagesordnung, dem uralten Hut, freut mich selbst meine Arbeit nicht:

Das Buch, das ich für Dich schreibe. Und nehme ich eine Laute nach trobadorischer Gewohnheit und singe was aus einer alten Kanzone, muß ich gleich aufhören – es macht mir zuviel Empfindung – basta! Wer sagt, die Liebe ist eine Produktivkraft, ist krank. Denn sie ist natürlich eine Krankheit. Die verrückt macht. Vor Freude verrückt und vor Sehnsucht sowieso. Nachmachen, Leute! Vor Angst krank oder verrückt werden kann heute jeder Rotzlöffel.

Vor Freude verrückt erinnerte ich eine gewisse Meditationstechnik, die das Mittelalter von der Antike ererbt hatte. Von Sokrates her wohl, der den Prozeß der Selbsterkenntnis noch geradewegs aus einer Selbstbeschauung in der Pupille eines Gegenauges hergeleitet haben soll. Pupilla heißt Püppchen. Das kleine Spiegelbild des Augenpüppchens wurde als das Selbst des Menschen angesehen, als seine Seele, sein Mittelpunkt, der als Mikrokosmos mit dem Weltauge des Makrokosmos in strahlungsfähiger Verbindung stünde.

Ich öffnete also meine Augen weit, damit die anderen in meinen Mikrokosmos eingehen konnten.

Und die anderen stürzten sich auch tatsächlich sofort rein, nachdem sie sich zum gleichen Zweck geöffnet hatten.

Augenzauber.

Der Sinne Untergang ist der Wahrheit Aufgang.

Augenzauber verlangt Starren. Selbst- und weltvergessenes Hinstarren, denn vermag ein Mensch eine Sache – sein Selbst oder die Welt – nicht zu begreifen, so begreift ihn die Sache.

Ein Mensch … Ein Mensch vermag oder vermag nicht … War eine gerupfte Sirene ein Mensch?

Ich hatte die Weisheiten meiner Muttersprache, die der lateinischen verwandt ist, vergessen. Ich hatte deren Botschaft überhört, die das Wort bringt. Rettungspflicht und Heilserwartung hatten mein Denken in die gigantischen Größenordnungen getrieben, die politische Weltenlenker gewöhnt sind, weshalb von dem lateinischen Wort »orbis« bei mir nur die Begriffe Erdkugel, bewohnte Erde, Himmelssphäre abgerufen worden waren. Das Wort heißt aber auch Auge. Ertrinkend in Menschenaugen begriff mich die

Botschaft, daß der menschliche Schlüssel zur Welt der Mensch ist. Billiger ist sie nicht zu haben oder zu bewahren oder zu retten. Die ganze Menschheit lieben oder glücklich machen. Millionen umschlingen wollen, ist leicht, weil nicht nachprüfbar. Aber einen einzigen Menschen glücklich machen ... Nur wer das kann, ist legitimiert und mitunter sogar befähigt, Völkern Ratschläge zu erteilen oder mehr.

Meine zweite Stimme, die meiner ersten glich und längst im Keller verhallt war, erreichte endlich mein Ohr.

Kleine Stimme, auferstanden, winzige trobadorische Stimme, wirklich und wahrhaftig auferstanden von den toten Toten und geworfen unter die lebendig verplanten Toten für den dritten Weltkrieg. Ganz leicht überhörbare Menschenstimme in seinem infernalischen Vorfeldlärm – und doch noch lebendig: Wer oder was ist jetzt mehr?

»Ich bin ein Mensch«, schrie ich und tanzte in den Federn, »ich bin wieder ein Mensch«, schrie ich, »wirklich und wahrhaftig ein Mensch, und wer bist du?«

»Die Frau, die mich aus ihren Rippen geschnitten hat, nannte mich Leander. Oder auch Désiré, was soviel heißt wie ›der Verlangende‹, ›der Sehnende‹ oder auch ›der Erwünschte‹«, hörte ich antworten. Keine Spur von französischem Akzent in der Stimme, sondern geschnurrtes »R«. Sehen konnte ich nur Federn. Meine Füße wirbelten sie durch den Kellerraum, das beste Schneegestöber hätte sich fad ausgenommen dagegen.

»Und was macht mein Erwünschter, wenn er sich keine Federn aus den Locken klaubt?«

»Désiré möchte ein Harlekin werden«, sagte er. Hohe Stimme. Er sagte: »Désirrré«. Das Geschnurr dröhnte mir durch die Rippen wie Baßresonanzen von Rockmusik. Auch erkundigte er sich nach meinem Beruf.

»Trobadora passé«, antwortete ich. »Werden Moden beflissen zu Grabe getragen, riecht die schöne Leiche nach Mord. Höchste Zeit, das Beerdigungszeremoniell zu verlassen.«

»›Trobadora passé‹ – versteh ich nicht«, sagte Désiré. »Überhaupt nichts versteh ich und noch weniger. Aber so viel schon, daß ich begreif: Ohne deine Flügel kann ich kein Harlekin werden. Und die sind hin.«

»Wieso hin? Ich liebe dich doch.«

»Ja«, sagte er.

»Was heißt hier ›ja‹: Beatriz liebt dich!«

»Naja«, sagte er.

»Was heißt hier ›naja‹: Beatriz de Dia – weißt du überhaupt, wer das ist?«

»Nein«, sagte er, »nur …«

»Nur! – Bist du etwa schon mal von einer Trobadora geliebt und besungen worden?«

»Neinnein«, sagte er, »aber ohne Flügel …«

»Wer eine richtige Trobadora liebt, kriegt welche.«

»Selber«, fragte er und legte sich Fetzen meines sirenischen Federkleids auf die Arme. Die weißen Ärmel brachten seine schmalen Schultern und Hüften und die brünette Haut effektvoll zur Geltung. »Richtig selber und angewachsen oder bloß mehr so gedacht?«

»Ja«, antwortete ich.

Er grub seine Hosen aus dem Wirrwarr und den Spiegel hervor, besah sich und stolzierte eine Weile mit dem Federschmuck auf den Aktenordnern herum. Dann erkundigte er sich, was er außer Fliegen noch lernen müsse, um Harlekin zu werden.

»Das Fürchten«, sagte ich.

»Und«, fragte er zerstreut, das heißt konzentriert, auf den Spiegel nämlich, in den hinein er Blicke probierte.

»Und Tanzen natürlich«, sagte ich. »Mit dem Leben und mit dem Tod.«

»Und«, fragte er weiter.

»Und glaub bloß nicht, daß du als Harlekin erwünschter bist als ich, sobald du einer bist. Auch wenn dir die Rippenschneiderin den Namen Désiré gegeben hat. Eine geniale Ketzerin. Denn wer anders kann wissen: Wird der Ernst so groß, daß die Schmerztränen versiegen, ist höchste Zeit Tränen zu lachen. Harlekin sein ist folglich auch kein Spaß. Falls du also eine Gefährtin passenden Alters suchen solltest: Ich bin achthundertvierundfünfzig Jahre alt und schätze dich auf Mitte dreißig.«

II. VON DER INSEL, DIE ES NICHT GIBT
Entwürfe und Notizen

Hero kommt vor Gericht – Laura schwer erkrankt – Ende der Hexenherrschaft auf dem Brocken: So könnten die Schlagzeilen für die Fortsetzung des Romans lauten. Wie das Buch ausgesehen hätte, bleibt offen, doch läßt sein Beginn darauf schließen, daß es wie die andern beiden Teile der Trilogie, Die Abenteuer der Trobadora Beatriz und Amanda, *zahlreiche Einzeltexte und Textgruppen mosaikartig zu einem Ganzen gefügt hätte. Das von den folgenden Texten gebildete Mosaik ist aus dem Wunsch heraus entstanden, Irmtraud Morgners letzten Roman in seinem reflexiven und erzählerischen Reichtum so weit wie irgend möglich zugänglich zu machen. Die Texte wurden, da ein Handlungsgerüst fehlt, aus den verschiedenen Arbeitsmappen der Autorin zusammengezogen und um die Figuren herum gruppiert. Am Anfang stehen jeweils die ausformulierten Teile, gefolgt von den Notaten; Fragmente und Notate sind thematisch untergliedert und mit entsprechenden Untertiteln versehen worden.*

Wie wäre es mit Hero und Leander weitergegangen? Das Paar, dem auch in der Fortsetzung ein zentraler Platz zugekommen wäre, steht am Anfang von Teil II. Es folgen Laura und Amanda, die beiden Hauptgestalten aus dem zweiten Band der Trilogie. Ihre Doppelexistenz als Frau (Laura) und hexisches Wesen (Amanda) hält den Zugang zu zwei ganz unterschiedlichen erzählerischen Welten offen: einer irdischen und einer imaginären Welt. Im vorliegenden Buch ist Dschinnistan das Land, das nach dem gescheiterten Hexen-Experiment auf dem Brocken Amandas zweite Wahlheimat geworden ist. Deshalb wird der Dschinnistan-Komplex hier eingefügt, bevor Beatriz, die dritte der großen Hauptgestalten der Salman-Trilogie, zur Darstellung kommt. Die weiteren Figuren stehen paarweise nacheinander; die Beziehungen zwischen ihnen entschieden wer mit wem. Am Ende tritt noch einmal Laura auf, jene Figur, die in den Notizen den mit Abstand breitesten Raum einnimmt. Eine einschneidende Wendung in ihrer Biographie läßt es sinnvoll erscheinen, Laura das Schlußkapitel einzuräumen.

Kurze Einleitungen des Herausgebers begleiten die Lektüre, rufen die Figuren, falls sie bereits in den vorhergehenden Romanen aufgetreten sind, in Erinnerung und versuchen ihre Stellung innerhalb des dritten Bandes soweit zu bestimmen, wie die nachgelassenen Schriften der Autorin es erlauben. Gelegentlich greifen die Einleitungen auf nicht abgedruckte Notate zurück. Wer zusätzliche Informationen sucht, findet in den Erläuterungen weitere Verweise, Ergänzungen und Auszüge aus den Notizen.

Eine gewisse Irritation wird beim Lesen dennoch bleiben. Sie ist darauf zurückzuführen, daß die abgedruckten Dokumente verschiedenen Stufen des Schreibprozesses angehören, die als solche kaum je bestimmbar sind (Näheres darüber im Nachwort und der editorischen Notiz). Irmtraud Morgner pflegte ein Motiv einer Figur anzupassen wie ein Kleid, um es ihr bei Bedarf wieder wegzunehmen und einer anderen anzutragen. Das führt beispielsweise dazu, daß sich im Verlauf der Arbeit verschiedene Frauen den Mann aus der Rippe schneiden, bevor die Autorin diese Tat definitiv an Hero vergibt. Es hat auch zur Folge, daß Texte zu unterschiedlichen Figuren gleichen oder ähnlichen Wortlaut haben. Auch darauf gehen die Kommentare ein und suchen zumindest ansatzweise eine Erzähldimension zu erschließen, die es neben den Abenteuern um Hero und Leander, um Laura und Jean-Marie auch zu entdecken gibt: die spannende Geschichte von der Entstehung eines Romans.

Auslassungen innerhalb eines Dokuments sind mit einem kleinen Sternchen, das Überspringen einiger Worte innerhalb eines Abschnitts mit drei Punkten in eckiger Klammer […] markiert. (Es handelt sich um sachfremde Exkurse, Wiederholungen, persönliche Aide-mémoires oder Stellen, die einen ohnehin sprunghaften Gedankengang zusätzlich aufgesplittet hätten.) Texte des Herausgebers, auch Titel, stehen in Kursivschrift. Die übrigen verwendeten Zeichen sind S. 394 erklärt.

Hero und Leander

Hero ist in der griechischen Sage eine Priesterin der Aphrodite in Sestos, deren Geliebter jede Nacht über den Hellespont zu ihr schwimmt. Als eines Nachts die von ihr als Wegweiser aufgestellte Lampe im Sturm erlischt, ertrinkt Leander. Darauf stürzt sich Hero von ihrem Turm in die Fluten.

Im dritten Band der Salman-Trilogie wird das Hero-Motiv von Irmtraud Morgner zum Bild für eine Gegenwart umgearbeitet, die mit dem tiefen Riß, *der durch die Welt geht, leben muß. Das Motiv nimmt nicht die politischen Spannungen des Kalten Krieges auf, sondern geht von einem privaten Konflikt aus. Hero, die für sich eine bessere Zukunft sucht und sie in Leander gefunden zu haben glaubt, sieht sich unversehens mit Wellen des Hasses konfrontiert. Sie muß sich – und damit beschäftigt sich der Hauptteil der Hero-Texte – mit den Widerständen auseinandersetzen, die ihr und ihrem Geliebten Leander entgegengebracht werden.*

Neben zahlreichen stichwortartigen Notizen liegen vier ausformulierte Texteinheiten vor, die nachfolgend wiedergegeben sind. Das eine Fragment führt das Promotionsverfahren weiter, dessen Beginn die »Auszüge aus apokryphen Promotionsunterlagen« in Teil I bilden. Das zweite ist ein kurzes Interview mit Hero, das dritte steht im Zusammenhang mit einem Prozeß, der gegen Hero angestrengt wird. Im vierten berichtet Leander seiner Geliebten von einem nächtlichen Besuch Don Giovannis, der Hero unbedingt kennen lernen will.

Fortsetzung des Promotionsverfahrens

Irmtraud Morgner bringt zwei grundsätzlich verschiedene Varianten darüber ins Spiel, wie sich das Promotionsverfahren weiterentwickeln könnte. Die eine sieht Geheimhaltung vor wie in den »Auszügen aus apokryphen

Promotionsunterlagen« in Teil I. Die andere Variante läßt zumindest einen Teil des Verfahrens vor einem größeren, in seiner Zusammensetzung nicht weiter beschriebenen Publikum spielen. Zu ihr gehört der folgende Text. Er berichtet aus erster Hand, wobei weder aus ihm selber noch aus den begleitenden Notizen hervorgeht, welchem Augenzeugen wir ihn zu verdanken haben.

... und nach 40 Minuten mußte die Promotionskommission den Wartenden mitteilen: Die Arbeit ist immer noch nicht da.

Das war der zweite Skandal.

Der erste: die Garderobe der Kandidatin.

Anstelle eines Kleids, das die Seriosität eines dunklen Anzugs mit weißem Hemd und Schlips zwar nicht erreichen, aber als erstrebenswert andeuten kann, ein Vorhang. Die Promotionskommission schickt die Kandidatin nach Hause mit der Auflage, sich umzuziehen.

Die Kandidatin weigert sich und zieht ihren Vorhang auf.

Zwischenrufe: »Aah«, »Eine Verteidigung ist keine Peepshow«, »Wenn schon, dann schon.«

Letztere Unmutsäußerung bezieht sich auf einen bunten Vorhang. Die beiden roten Vorhangteile, vom Hals aus symmetrisch mittels Kordelzug beiseitegerafft, entblößen nämlich nur einen bunten Vorhang.

Die Promotionskommission ruft alle Anwesenden zur Ordnung.

Nur die Kandidatin folgt der Aufforderung nicht, sondern greift noch zusätzlich zum Wort, ohne daß es ihr erteilt war. Ungefragt erklärt sie ihr Kostüm zur Präambel ihrer Thesen. Es solle gefühlsmäßig und intellektuell den Einstieg erleichtern, das Verständnis für die Entstehung der zu verteidigenden Arbeit. Das Kostüm deute das Theater Mikrokosmi an, dessen Vorhang sich bei jedem Menschen allnächtlich öffne und den Blick freigebe auf die Traumbühne. Mit Repertoirestücken werde sie bespielt und mit Uraufführungen. Das Personenensemble, klein, groß, riesig, entsteige der schlafenden Person, jede REM-Schlafphase bringe neue Wesen hervor, weibliche und männliche, schöne und häßliche, komische und tragische. Vom idealisch-engelhaften Extrem bis zum teuflisch-schurkischen könne ein alltäglich auf eine Rolle festgelegter Charakter allnächtlich alle Rollenvarianten der Charakterfächer spielend besetzen. Mit sich. Und diese Simultanbesetzung des Theaters Mikrokosmi korrespondiere natürlich mit dem Theater Makrokosmi insofern, als in einer unendlichen Welt der Mittelpunkt überall befindlich sei.

Allgemeine Aufbruchstimmung, begleitet von den Ausrufen: »Zeit ist Geld« und »Schlamperei«.

Nachdem der Gutachter vom VEB Zentralzirkus versichert hat, daß noch nie eine von seinem Unternehmen transportierte Kiste an der Grenze zurückgewiesen worden wäre, schlägt die Kandidatin einen Spaziergang zum Dom vor, an dessen Hauptportal sie ihre Thesen angeschlagen hätte. Zirka 1500 Meter vom Promotionsort entfernt. Der katholische Dom stehe bekanntlich exterritorial auf vatikanischem Gelände. Und selbst wenn den zuständigen geistlichen Behörden die Thesen nicht gefielen, müßten die zuständigen weltlichen sie sich gefallen lassen, was dem Probst wiederum ein Gefallen sein und Toleranz abfordern würde – kurzum: Das Ablesen der Thesen an frischer Luft vor der Verfahrenseröffnung erspare das Vorlesen danach, ohne die Tagesordnung zu verletzen, und nütze der Gesundheit. Die Promotionskommission lehnt den Vorschlag der Kandidatin ab. Das Publikum lehnt alles ab. Stimme aus dem Publikum: »Zirkus.« Andere Stimme: »Zerstreuter Professor«, Sprechchor: »Mucker.« Aufschrei: »E-Kunstbarde.« Gegensprechchor: »U-Kunst-Terror.« Tumult.

Hinein eine Kiste.

Von zwei Zirkusarbeitern geschleppt.

Kiste ab vor der Promotionskommission, die um Ruhe bittet sowie die Plätze einzunehmen. Die Zirkusarbeiter suchen den Kistenschloßschlüssel. Da die Holzkiste ein vergittertes Loch hat, so groß, daß ein dahinter befindlicher Menschenkopf erkennbar ist, bittet

der Vorsitzende der Promotionskommission das Publikum, inzwischen ein paar Fragen zu stellen, um sich zu überzeugen, daß die Arbeit gemäß § 4 Abschnitt 6 deutschsprachig vorliege.
Das Publikum fragt den Vorsitzenden, was es fragen soll.
Der Vorsitzende sagt: »Irgendwas.«
Die Antwort wird als Falle empfunden und zurückgereicht.
Der Vorsitzende durchbricht die Mauer des Schweigens bis zur Kiste und ruft durchs Gitter: »Erzählnse mal bißchen was, irgendwas aus Ihrem sogenannten Leben zum Beispiel oder wie Sie auf die Welt kamen …«
Stimme aus der Kiste: »Ich kam mit einer Pelzmütze und schwarzen Strümpfen auf die Welt.«
(Stimmen aus dem Publikum: »Hört, hört.« Gelächter.)
Vorsitzender: »Ich denke, das genügt.« Erteilt, da der Schlüssel immer noch nicht gefunden ist, den Gutachtern das Wort.

Erster Gutachter
Entwickelt seine positive Beurteilung pragmatisch aus einem Photo, das um die Welt ging und Leander auf dem Schoß von Hero zeigt, in der Komposition der Pietà von Michelangelo nachgestellt. Die Arbeit wird als volkswirtschaftlich wertvoll charakterisiert, weil schnell und ohne Investitionsaufwand in die Produktion überführbar.
Zu interessierende Betriebe: Druckereien und Verlagsteile, die pornographische Schriften für den Export ins NSW produzieren. Nutzungsvorschlag: Leander samt Hero als Fotomodelle unter Vertrag nehmen (mit entsprechender Sperrklausel fürs Inland, wo diese Unterhaltung immer noch verboten ist) und auf Weltniveau bringen. (Sehr gut im Trend läge z. B. eine Sado-Maso-Variante: Hero in einschlägiger Berufskleidung aus schwarzem Leder, Leander nicht häretisch nach Michelangelo: ein Toter wie lebend; sondern: ein Lebender wie tot.)

Zweiter Gutachter
Entwickelt seine negative Beurteilung ideologisch aus einem Text, den ein US-Magazin als Hero-Zitat druckte. Wortlaut des Textes:
»Das Jahr 1986 war von zwei Ereignissen gezeichnet: von dem Kometen Halley und von Leander.
Die Wiederkehr des Halleyschen Kometen war für Beobachter Mitteleuropas kein großes Schauspiel. Seine Sichtbarkeitsbedingungen, hauptsächlich vom jeweiligen Termin des Periheldurchgangs abhängig, blieben diesmal ungünstig. Ohne Hilfsmittel war Eindrucksvolles kaum erspähbar.
Leander dagegen konnte mit bloßen Augen gesehen werden. Im Prinzip ...
Tatsächlich ist der direkte Weg des Erkennens, die Fähigkeit, in einem Menschen zu lesen, allgemein analphabetisiert.
Und der indirekte Weg der Alphabeten, die Papierform, unterliegt der Mode. D. h. den Modemachern. Die Nacktheit verbieten. Am Wort. Und einzig an ihm und nirgends sonst.
Wortmodisch sind Verkleidung, Bemäntelung. Wer die feinen Hüllen nicht mag oder nicht mehr sehen kann, darf auch löchrige tragen und räsonieren, klagen. Vor sich hin jammern: ja. Sich was rausnehmen: nein!«

Ein Interview mit Hero

Daß Hero den Haß gewisser Leute auf sich zieht, hat verschiedene Gründe. Einer davon: Sie liebt einen jüngeren Mann. Das Thema ältere Frau – jüngerer Mann kehrt in den Notizen auch bei andern Figuren wieder; zwangsläufig bei Beatriz mit ihren über 850 Jahren, aber ebenso bei Katharina Stager, die den jüngeren Jean-Marie liebt und die gleichen Vorurteile fürchtet, die Hero entgegenschlagen.

X. Eine gewisse Eiskunstläuferin, die vor etwa zwanzig Jahren bei Europa- und Weltmeisterschaften Schlagzeilen machte und seitdem im Showgeschäft und als Trainerin arbeitet, wurde neulich in Begleitung eines Siebzehnjährigen gesehen. Auf die Frage eines Fernsehreporters: »Und Ihre Männer werden auch immer jünger«, antwortete Frau Kilian: »Ja, im Augenblick weiß ich noch gar nicht, ob ich den Herrn adoptieren oder heiraten soll.« Edith Piaf hatte bekanntlich auch eine Schwäche fürs starke Geschlecht im Jugendstil. Sie, Madame Hero, machten sich einen Mann, dem Sie mindestens zehn Jahre voraus haben. Würden Sie sich auch zu jener berühmt-berüchtigten Sorte Damen zählen, die Männer mit Mutterkomplex lieben?

H. Ich würde mich zu jener berühmt-berüchtigten Sorte Damen zählen, die im Gegensatz zu allen normalen, gesunden, anständigen Frauen keine Vaterkomplexe haben. Also pervers sind. Weshalb sie sich mit unordentlichen Männern einlassen müssen. Ordentliche Männer unterhalten nur Beziehungen zu Frauen mit Vaterkomplex.

Die Ordentlichkeit nimmt zu mit zunehmendem Einkommen beziehungsweise Ansehen. Proportional. Je höher die Stellung oder das Gehalt eines Mannes, desto niedriger das Alter der zu ihm passenden Freundin oder Gattin. Weshalb ein Mann, der Karriere macht, gezwungen ist, ab und zu die Gefährtin auszuwechseln, um die Proportionen zu wahren. Männer, die in der Öffentlichkeit stehen, können sich einfach zweideutige Ehefrauen oder dergleichen nicht leisten. Je reiner der Vaterkomplex, desto hochkarätiger die Frau. Wirklich große Männer haben sich von je mit edler Weiblichkeit umgeben: mit frischer. Für Politiker, die hochbetagt die Welt regieren – und je schwieriger sie zu regieren ist, desto hochbetagter wird regiert – müßte eine mindestens vierzig Jahre jüngere Ehefrau Ehrensache sein. Während ein zehn Jahre jüngerer Ehemann für eine Politikerin natürlich eine Schande ist. Skandal.

X. Wollten Sie Skandal machen?
H. Ich bin keine Politikerin.
X. Sondern?
H. Guten Morgen.

Hero vor dem Femegericht

Der Prozeß, den eine Verschwörergruppe gegen Hero anzetteln will, richtet sich nicht gegen eine Straftat, die zu sühnen, oder gegen eine Gesetzesüberschreitung, die zu ahnden wäre. Vielmehr soll Hero durch ein Inquisitionsverfahren das Geständnis abgepreßt werden, der Mann aus der Rippe sei eine bloße Erfindung. Zwei Handlungsschritte waren geplant: Hero wird gefoltert und verleugnet Leander. Nach der Folter steht sie jedoch wieder zu ihrer Tat und ihrem Geliebten, welche Folgen ihr daraus auch immer erwachsen werden. – Die Prozeßführung lehnt sich in Form und Wortlaut an das Inquisitionsverfahren an, das im Jahre 1592 gegen Giordano Bruno durchgeführt wurde und mit dessen Verbrennungstod am 17. Februar 1600 endete. Bruno, der im Gegensatz zu Galileo Galilei nur Unbeweisbares vorzubringen hatte, konnte seiner Lehre nicht abschwören, weil der Beweis für deren Richtigkeit in ihm selbst lag (zum Unterschied Bruno – Galilei vgl. die Erläuterungen S. 337 ff.). Wie in Brunos Schriften verbirgt sich im Mann aus der Rippe eine Wahrheit, die nicht bewiesen, wohl aber bezeugt – oder verraten – werden kann.

Dokument I
Charles Montana denunziert Hero K. beim Femeinquisitor von X.

Verehrter ...
Ich, Charles Montana, Sohn und Alleinerbe des angesehenen Antony Montana, zeige Euch, gerechter Femechef, aus Gewissenszwang sowie auf Anraten meines Leibarztes und des {PL}-Abteilungsleiters meines Unternehmens hiermit an, daß ich Hero K. bei verschiedenen Gelegenheiten, als sie sich mit mir in meinem Hause unterhielt, habe sagen hören: »Der Mann ist tot – es lebe der Mann.« Sie schätze die Ehe nicht, auch sei sie ein Feind der Pornographie, der Frauenkastration und ähnlicher Formen des alltäglichen Faschismus. Als ich fürchtete, sie könne abreisen – denn sie sagte, daß sie das wolle –, habe ich sie in einer Kammer eingeschlos-

sen, um sie zu Eurer Verfügung zu halten. Und weil ich sie für eine Besessene halte, so bitte ich, so bald wie möglich über sie zu entscheiden.

Im selben Sinne werden über sie vor dem gerechten Femerat der …, die … und der … aussagen können. Letzterer hat besonders eingehend mit mir über sie gesprochen und mir gesagt, sie sei eine Männerfeindin und notorische Selbstmörderin, und er habe sie schlimme Reden über Jago sagen hören. Ferner übersende ich dem Rat drei Fotos von Hero, an denen ich einige Details beiläufig angestrichen habe, und einige Rezensionen zum Beweis gewisser ihr zugeschriebener allgemeiner Eigenschaften. Daraus können Sie sich ein Urteil bilden.

Die Frau ist auch im Caramba-Casino aufgetreten. Dort verkehren viele einflußreiche Herren, die bei Gelegenheit in ihrer Garderobe oder anderswo die eine oder andere Äußerung von ihr gehört haben dürften.

Alle Ungelegenheiten, die sie mir zugefügt hat und die im übrigen nicht von Belang sind, werde ich gern Eurer Zensur unterbreiten, denn ich wünsche, in jeder Hinsicht ein tüchtiges Mitglied der bewährten Ordnung zu sein.

Zum Schluß umarme ich Sie von Mann zu Mann.

Zu Hause am …

Charles Montana

Dokument II
Zweite Anzeige Charles Montanas zu Lasten Heros

An jenem Tage, an dem ich Hero einschloß, nachdem ich sie gefragt hatte, ob sie sich – da sie meiner Frau nichts von alledem beibringen wollte, was sie mir für mein gutes Geld, viele Gefälligkeiten sowie Geschenke versprochen hatte – nicht wenigstens herbeilassen wolle, so viel zu tun, daß ich sie nicht wegen so mancher ihrer verbrecherischen Worte anzeigen müsse, hat sie geantwortet, sie fürchte

nichts von der Feme. Denn sie habe niemanden gekränkt oder gehindert, sein Leben zu leben, könne sich im übrigen auch nicht erinnern, irgendetwas Schlechtes getan oder gesagt zu haben. Und selbst wenn sie es gesagt hätte, hätte sie es mir allein gesagt, ohne Zeugen, und brauche also nicht zu fürchten, daß ich ihr auf diesem Weg Schaden tun könne. Auch werde sie, wenn sie in die Hände der Feme gerate, raschestens wieder den Doktorhut {aufbringen}.
»Also Sie sind Akademikerin«, sagte ich.
⟨...⟩

Dokument III

Vor den oben Genannten erschien nach Vorladung Herr Benjamin Parker, Großist, wohnhaft Boston. Nach Ablegung des Wahrheitseides sagte er auf vorangehende Befragung folgendes aus:
»Ich kenne besagte Hero nicht, wohl aber Fotos von ihr, die in gewissen Boulevardblättern der Westküste aufgetaucht waren, kurz, bei uns in Neuengland natürlich keine Spur davon. Ich kaufte aber wie immer bei solchen Gelegenheiten die Alleinveröffentlichungsrechte bei den Fotoreportern und brachte Postkarten und Poster in großen Auflagen auf den Markt. Das Geschäft florierte im puritanischen Neuengland wesentlich unterm Ladentisch, weiter südlich und bis Middlewest auch schon in ...-Stories, für die Sex-shops in New York und Europa ließ ich speziell retuschierte Buntserien drucken, die reißenden Absatz fanden. Die größte Auflagenhöhe erreichte die Domina-Variante einer Michelangelos Pietà nachgestellten Schwarzweiß-Aufnahme. Derart koloriert respektive geschwärzt gehört die Dame in verschiedenen Größen schließlich zur Dekoration der berühmtesten Sado-Maso-Schuppen von Los Angeles bis Amsterdam: rotmähnig, einschlägige Berufsbekleidung aus schwarzem Leder mit Stiefeln, aber statt zweckenbesetztem Ledermantel nur hergewandter Blick, den nackten Mann auf ihrem Schoße in Pose liegen[d] als wär er [ein] Blumenstrauß, genau

nach Michelangelo, doch nicht häretisch: ein Toter wie lebendig schlafend – ein Lebender wie tot ist mein Design. Total im Trend: Hatte im Herbst 86 geschäftlich in London zu tun: ob Oxford Street, Regent Street oder Queensway, ob die steinreichen Modehäuser oder Verrückte in den Künstlervierteln, alles einheitlich schwarz in schwarz dekoriert: Die modebewußte Frau im Jahr des Friedens trägt Dominalook.

Leander wird von Don Giovanni nächtlich besucht

Mit dem folgenden Text öffnet sich ein Handlungsstrang, der in den Notizen nur rudimentär weiterverfolgt wird. Don Giovanni, seiner zahllosen Abenteuer überdrüssig, sucht eine Frau, die ihm gewachsen ist: Mich langweilt Eva. Ich suche Lilith. Eine Frau mit Dämonie. *Da er diese Frau nicht findet, trägt er sich mit dem Gedanken, das, was Gott seinerzeit mit Adam unternommen hat, zu wiederholen und sich eine Lilith aus der Rippe zu schneiden:* Nur im Mann ist die optimale Frau unzerstört erhalten.

Neben diesem Handlungsansatz hat Irmtraud Morgner einen zweiten entwickelt, der den ersten ergänzt, möglicherweise auch überflüssig gemacht hätte: Don Giovanni sieht in Hero die Frau, die er sucht. Ihr gilt sein nächtlicher Besuch. Als er nur ihren Geliebten vorfindet, versucht er, über Leander an sie heranzukommen. – Ob es zu einer Begegnung zwischen ihm und Hero gekommen wäre, verraten die Notizen nicht.

Brief Leanders an Hero

Neulich spät Klopfen.
 Gleich war ich nicht da.
 Trommeln als Antwort auf meine Stille.
 Schläge aufs Türholz.
 Tritte: Ein Besoffener, schlußfolgerte ich erleichtert und kaute fort. Einbrecher lärmen nicht. Polizisten brüllen hinein, ihre Pro-

fession. Ich kaute einen Apfel. Von der harten Sorte: Säure: besser als Waffen.

Hellwach durch Säure und Kaukrach verließ ich die niederen Regionen der nächtlichen Ruhestörung und fand schnell zurück in die höheren der Leselust.

Während ich daselbst genoß, muß hierselbst gleich oder bald oder viel später meine Wohnungstür eingerammt worden sein.

Zwei Tollkirschenaugen. Ein Mann. »Hero«, sagte der Mann.

Wie ich aus legerer Leselage in starren Stand gekommen war, kann ich nicht erinnern.

»Ich suche Hero«, sagte der Mann.

»Ich auch«, entfuhr mir, als er, schwarz eingewickelt von Nas bis Fuß, sich auswickelte.

Nachdem ich so viel Fassung wiedergewonnen hatte, daß mir die Formulierung eines Widerrufs einfiel, fehlte mir die Kraft, ihn von der Zunge zu befördern.

Ein Capezipfel war bis zum Bücherbord geflogen und hatte da Staub gewischt.

Das Ausgewickelte: auch schwarz.

Ich starrte auf Samt, um dem Blick zu entkommen, der um sich schoß und hinter sich.

»Er auch«, flüsterte der Schwarz-in-Schwarze zwischen Schnurrbart und Fliege.

Rücktritt witternd.

Schnallenschuhe.

Sie betraten die geborstene Füllung der Wohnungstür. Strümpfe, Schlitzhosen, Wams.

»Er auch.« Flüsterlitanei. Sound wechselnd apathisch, fragend, drohend, gehetzt.

»Der Kerl auch«, hallte es schauerlich im Korridor, im Treppenflur.

Plötzlich Ruhe. Mann ab.

Fort, dachte ich und entließ ein Apfelstück aus der linken Backe, wohin die Angst es deponiert hatte.

Gepolter.

Fort mit Schaden, dachte ich kleiner Kerl dem großen Kerl hinterher und schob das Apfelstück auf die Zunge.

Doch kaum hatte mir die Säure aus dem ersten Schreckschacht heraus geholfen, fiel ich in den zweiten.

Dieser zweite mit Deckel. In Gestalt des Korridorschranks, der aus dem Dunkel sich schob. Vor den Wohnungseingang. Geschoben wurde. Vom schwarzen Mann.

»Bisher suchten Sie diese Hero, die sich einen Mann aus den Rippen geschnitten haben soll, auch«, sagte mein Kerkermeister und schlug den Staub aus seinen Handschuhen, »nunmehr suchen Sie die Frau für mich, ich grüße Sie.«

Da ich weder den Gruß noch irgendetwas sonst zu erwidern fähig war, klopfte der Mann an. Mit seinem rechten gekrümmten Zeigefinger, der schwarz bezogen und mit einem Ring besteckt war.

Dreimaliges Klopfen auf meine Rippen.

Lauschen.

Dann die ganze rechte Hand gestreckt und fordernd auf mich zu. Mechanisch griff ich um schwarze Spitzen.

»Kein Stein«, rief der Kostümierte erfreut.

Ich murmelte etwas von Hausfriedensbruch und daß meine Wirtin einen Bruder hätte, der Rechtsanwalt wär.

»Ist Hero Ihre Wirtin?«

»Nein«, gestand ich vor der Übermacht aus Arroganz und Eichenholz, »aber meine Wirtin hat außer diesem Rechtsanwalt auch Haare auf den Zähnen und wird spätestens übermorgen aus den Ferien zurückkehren.«

»Bravo«, rief der ungebetene Gast, »eine Wirtin mit Haaren auf den Zähnen – bravissimo. Widerspenstige Frauen erledigte ich am schnellsten, weil sie mich am wenigsten langweilten. Wer paartausendmal den ersten Akt runtergespielt hat, verschafft auch noch Zugabe. Eine zuviel, junger Mann ...«

Da die Bezeichnung »junger Mann« aus dem Munde eines jungen Mannes noch herablassender klingt als aus dem eines alten, wurde meine Angst von Wut neutralisiert. Derart ernüchtert erschien mir meine anfängliche Schlußfolgerung »Besoffener« wieder logisch. Zumal in Anbetracht der Gesichtsfarbe [und] des höfischen Kostüms. Rest einer Karnevalsfete, dachte ich, Überrest, dem der Fusel irgendwelche Skandalberichtfotos aus der Erinnerung geschwemmt hat, irgendsoein Wunschträumer, der nicht erwachen will oder sich nicht trennen kann vom Spiel »einmal ein Herr sein«.

»Das Spiel ist aus«, sagte ich.

»Topp«, sagte er und schüttelte meine Hand, wodurch mir wieder bewußt wurde, daß er sie noch immer wie ein Schraubstock klammerte. »Das Spiel ist tot. Es lebe das Spiel.«

Tollkirschenblitze aus einem Bronzegesicht.

Sonst ließ er mich los. Denn die Ernüchterung hatte mich wieder verlassen.

Räsonieren über Statuen erreichte mein Ohr. Dann die Frage: »Stimmt das auch mit dem Mann aus der Rippe.«

»Ja«, antwortete ich willenlos.

»Und Hero«, murmelte er, wobei er mich jäh am Kragen an sich zog.

Im Würgegriff versicherte ich mehrfach, zuletzt unter Eid, daß sie kein Gerücht wäre.

Er warf mich aufs Bett. Später zog er seine Handschuhe aus wie Stripperinnen Strümpfe und behauptete, das Spiel der Liebe hätte zwei Akte. Wer nur einen Akt spielen dürfe, würde ums Drama des Lebens betrogen.

Ich erwartete die Vergewaltigung geschlossenen Augs.

Statt dessen die Frage, wieviel Zeit ich für die Sucherei brauche, er wäre in Eile.

Ich gab zu, daß ich nicht wüßte, wo ich Hero suchen solle, sie wäre auch auf der Flucht.

»Sie auch«, schrie der Mann außer sich und durchrannte meine Stube wie ein Tier seinen Käfig, »wieso sie auch, wollen diese Jagos aus meiner Tragödie eine Farce machen?«

Ich versuchte den Tobenden zu beruhigen, indem ich seine Aufmerksamkeit auf meine Äpfel und deren Funktion zu lenken bemüht war. »Ideale Lesebegleiter«, erläuterte ich vom Bett aus, »man ißt sie von der Blüte her in Richtung Stiel. Mehr als den übriglassen ist stillos. Für eine Nacht mit einem scharfsinnigen Buch benötige ich etwa ein Kilo Äpfel dieser Sorte. Sie ist so hart und sauer, daß sie von Würmern gemieden wird. Schöne Nacht, du Lesenacht …«

Der Mann zog seinen Degen und fegte mit der Klinge Äpfel und Bücher vom Tisch.

Dann schwang er sich auf die leere Tischplatte und pochte auf sein Recht.

Das Recht seines Leibes. Ein genialerer hätte nie gelebt und folglich [er selbst] bald abtreten müssen. Freiwillig. In die Hölle. Geflohen von einer Hölle in die andere und jetzt wieder auf der Flucht. »Schon mal von diesem Ort gehört?«

»Ein Ort, den es nicht gibt«, sagte ich.

»Ja«, sagte er, »sind Sie auch ein Mann, den es nicht gibt.«

»Ich bin der Mann aus der Rippe«, sagte ich und schluckte endlich das Apfelstück.

Einen Gott kann man nicht belügen.

Man kann ihm auch nicht widerstehen.

Don Giovanni legte sich also zu mir ins Bett, fuhr über Brauen, Nase und Mund mit dem Zeigefinger, öffnete Hemdknöpfe, um das Dekolleté begutachten zu können, küßte auch meinen Hals und flüsterte schließlich: »Erzähl.«

Obgleich mir Giovannis Liebkosungen keineswegs unangenehm waren, verbarg ich mein Befremden nicht.

Er warf sich auf mich, zog meinen Kopf an den Haaren zurück, biß Lippen und Ohren und fragte: »So?«

Gewaltiges Gewicht, die Berührungen der bronzeähnlichen Haut erinnerten jedoch eher an Papier als an Metall, ich entgegnete, daß ich mir Don Giovanni anders vorgestellt hätte.

»Wie anders«, fragte er.

»Ganz anders«, sagte ich, »auch andersherum, schwul zu allerletzt, der berühmteste Frauenverführer schwul …«

»Ich bin nicht schwul«, sagte Giovanni.
»Aha«, höhnte ich unter der Last seines Leibes.
»In bezug auf Männer jedenfalls nicht – geht sie so los?«
»Wer?«
»Wer schon!«
»Auf wen?«
»Zum Beispiel ... auf dich«, sagte er lauernd.

Von Wut überwältigt brachte ich sowohl den Mut als auch die Kraft auf, mein doppeltes Körpergewicht oder mehr aus dem Bett zu werfen.

Don Giovanni schlug donnernd auf die Dielen und blieb reglos liegen. Wie tot.

Tot wäre mir lieber gewesen, aber selbst in diesem Wirrwarr der Ereignisse und Gefühle blieb mir bewußt, daß mein Wunsch unerfüllbar war. Ein Mann, den es nicht gibt, ist nicht totzukriegen.

Zur Verteidigung meiner Liebe nahm ich Giovannis Degen an mich und probierte ein paar Hiebe durch die Luft.

Vom Hiebgeräusch geweckt begann Giovanni sein Schicksal zu beklagen. Sein Elend – und das von Hero. »Oder glaubst du, eine Frau schneidet sich aus Spaß einen Mann aus den Rippen.«

Ich sah keinen Grund länger zu verschweigen, daß ich das Ergebnis eines Selbstmordversuchs bin.

»So schöne Kinder bringt nur die Verzweiflung hervor«, sagte Giovanni hingerissen und daß ich ihn sofort zu meiner Mutter bringen müsse.

»Hero ist nicht meine Mutter«, erwiderte ich. »Daß Eva Adams Tochter war, hat schließlich auch niemand zu behaupten gewagt.«

»Dann bin ich dieser Niemand«, schrie er, »für diese Hero bin ich niemand oder alles, alles oder niemand, verstehst du, alles und niemand, alles und nichts, erster Akt, Vorhang – immer und immer nur dieses Dramenfragment: Schluß. Das ganze Drama der Liebe will ich.«

Die Folgen von Heros Tat (Notizen)

Heros Tat erregt, wie der Romanbeginn suggeriert, großes Aufsehen. Die Medien finden in ihr eine Story, die Dunkelweiber einen Grund zu Verdächtigungen, die Feme den Anlaß, ein Exempel zu statuieren. Um Leander, der sowenig in die Welt paßt wie sie, vor Nachstellungen zu schützen, will Hero ihn an einen Ort bringen, wo er sicher ist. Wohin? In die Zukunft? Nach Dschinnistan, einem Land, wo die Feen und Elfen wohnen? Sie ahnt, daß der Preis, den sie für Leanders Rettung zu zahlen hat, der Tod sein wird.

Struktur
Alle »beteiligten« Personen, die auftreten, verbreiten Gerüchte über Hero (weil sie ein Tabu lebt). […] Aber wer Hero wirklich war, ist unbekannt.
Oder dementieren. Die Personen, die dementieren, sind auch von der Sorte: Neid. Oder geheimste Wünsche: Abwehr. Es darf aus verschiedenen Gründen nicht wahr sein.

Olgas Haß in erlaubter Form (Haß ist ein Gefühl, das alle anderen Gefühle frißt). D. h. gegen eine Frau: »Hero, das Weibsen.«
Schuld suchen. Feindbild. Diktat des Mittelmaßes: Alle müssen gleich unglücklich sein. Mittel: den Mut nehmen, entmutigen. Die Künstlerin der Entmutigung.
Leander: »Auch so ein Homosexueller. Alles solches Gesindel«, wo dann der Hieb kommt: »Eine Frau, die zu faul ist zum Kochen.«
*
»Diese Weiber schrecken vor nischt zurück. Aufhängen wär noch zu milde.«
»Dürfts gar nicht gäm. Wo gibts denn sowas. Müßte verboten werden.«

»Die sieht auch so verboten aus.« (Wie Hero. Obgleich Olga Hero gar nicht kennt.)
»Kennst du Hero?« – »Nein – wieso? Das fehlte grade noch.«
Johanns erlaubter Haß gegen die (Intellektuellen), die was Bessres sein wollen.
Der Arbeiter – vorher: der Arier.
Hero – Ketzer[in].
Wollen was Besseres sein. »Sin och bloß Menschen – ä Haufen Dreck, wenns drauf ankommt.«

Die Gerüchteküche der Akademie. Je ideologischer (trockener) das Institut, desto lebendiger (saftiger) die Gerüchte.
Die Diktatur des Durchschnitts hetzt Hero und Leander mit Gerüchten zu Tode. Alles verklemmte Leute, die endlich mal ihre Bosheiten loswerden können. Zeigt den Notstand des Landes an. Schließlich wird auch der Diener gehetzt.

Leander [...] ist der Ausbruch aus der Männergesellschaft. Er spuckt ihr ins Gesicht. Hat Tabu verletzt → Den hetzen sie zu Tode. Hier hört der Spaß auf. = der Nestbeschmutzer der Männergesellschaft.

Zwei Spannungsbögen untereinander
1) Titania und Oberon. Getrennt. Wollen zusammen.
2) Hero und Leander. Getrennt. Wollen zusammen. Aber Hero hat keinen Paß.
Schließlich Verknotung: Als Hero nicht mehr weiß wohin mit Leander, bittet sie Titania, Leander mit nach Dschinnistan zu nehmen.
Leander: Heros Testament. Damit sie in Ruhe sterben kann.
Schluß: Heros Tod: Erschöpfung. Hat keine Kraft mehr, sich jemandes anzunehmen.

Hero und Leander: Märchen-Ende (vgl. Allerleirauh) (d. h. beide tot). Aber der letzte Text: Leander lebt. (Weil Märchen immer gut ausgehen.) Beide tot ist auch gut: idealisch-traurig.

Hero, »Nothelferin« in schwerer Zeit (Notizen)

Immer wieder kommen die Notizen im Zusammenhang mit Hero und Leander auf den Zusammenbruch der Gesellschaftsutopien und dessen Folgen zurück. Wie kann der einzelne seine inneren Schätze verteidigen, ohne zu resignieren? Die Gedanken der Autorin durchlaufen weite Assoziationsfelder zu den Themen Liebe, Mann und Frau, Herrschaft und Macht.

Im Bild des Mannes aus der Rippe steckt die Auflage: In einer Welt ohne Zukunft / Utopie sich das Fehlende buchstäblich aus sich herausschneiden, um nicht krank zu werden. Als einzelner und als Spezies. Auch: sich was herausnehmen: im doppelten Wortsinn (angesichts so vieler Verbrechen). Nicht mehr Ideologien nachlaufen, die alle auf Recht pochen, d. h. Mitläufer sein. (Je schwieriger die Zeiten, desto fester der Standpunkt!) Sondern jeder Einzelne nimmt sich heraus, Zukunft zu setzen, wo Ideologien versagen.

Buch-Thema: Nothelfer
Die Taten von Einzelnen in der Krise (wo es keine Bewegung gibt, der man sich anschließen könnte).
Hero: schneidet sich Zukunft / Hoffnung / Liebe – die Insel, auf der sie steht – aus den Rippen. Nothelferin.

Wie Jakob Böhme: in sich hinabsteigen (ist das einzige, was man kennt) und so die Welt erkennen: das Universum. […]

Wie im Traum: Aus mir heraus stelle ich die Welt, die in mir ist.
Auch den Mann, der in mir ist.
*
Ich = ein androgynes Wesen. Wie Adam (wie Gott).
Eva aus der Rippe: d. h. die Androgynität = gottähnliche Vollständigkeit zerschnitten.

In der Liebe muß die Androgynität wieder hergestellt werden → wieder göttlich (Ekstase).
Die Spaltung der Androgynität ist der erste Sündenfall. Wach ist der Mensch erst, wenn die Androgynität wieder hergestellt ist.

Heros Heimat: die Person Leander. D. h. eine Heimat, die sie sich hat aus den Rippen schneiden müssen.
*
Wer nur ein politisches System kennt von den beiden prinzipiell zur Auswahl stehenden, kann in Augenblicken der Verzweiflung sich zum andern hindenken und glauben, dort ginge es ihm wohl besser. Wer beide Systeme kennt, steht im Niemandsland mit seiner Phantasie. Seine Phantasie steht auf dem Rasiermesser, er selbst auch, denn das Doppelgesicht beider grinst ihn an und vereinigt sich zur Fratze des Todes. Nicht die mit Feindbildern sind die Verlorenen, die Selbstmordkandidaten, sondern die, die aus Kenntnis keine Feindbilder mehr zur Rettung vor sich aufbauen können. Die müssen dem Antlitz dieser Welt direkt ins Gesicht sehen, ohne Feindbild-Paravent.
Ihre Phantasie hat keinen Ort, wohin sie sich sehnen kann – es wäre denn eine Person.
Das sind die wahrhaft Heimatlosen.
Wenn man ihnen die Person nimmt – z. B. Leander –, bleibt ihnen nur der Tod als Rettung.
Also: Hero hat sich Leander aus den Rippen geschnitten, weil sie (wegen der Kenntnis der beiden Systeme) absolut heimatlos war.
Da bleibt nur: Selbstmord oder Schaffung einer Tatsache. Und

wenn diese Tatsache zerstört wird, wird der Tod fällig, der gestundete Tod zum fälligen.
Goethe schöpfte bei disparaten politischen Zuständen (er schrieb sieben Jahre nichts Poetisches, bis zu *Pandoras Wiederkunft*) aus der Natur. Beschäftigte sich mit Naturbetrachtungen.
Diese Zuflucht ist uns unmöglich: sofern es die Natur dieser Erde betrifft. Denn sie stirbt jetzt langsam. Es kann auch sein, daß sie mal ganz plötzlich hingemordet wird. Also daraus ist keine Hoffnung zu ziehen.
Nur aus dem Kosmos.
Das ist die einzige Natur, der der Mensch nichts anhaben kann.

Um Fragen zu stellen zum Finden der Wahrheit, muß man Fragen an das Schöne stellen können. Es ist für Frauen nicht da: noch nicht.
Wozu auch noch die Wahrheit über das Häßliche herausfinden wollen.
Es genügt die Häßlichkeit: Man muß sehen, wie man sie überlebt oder vergißt oder verdrängt. Wahrheit ohne Schönheit ist sinnlos.
Um mich mit etwas so zu beschäftigen, daß ich hinter seine Geheimnisse kommen will, muß es mich erstaunen machen. Wahrheit suchen hat mit Bewunderung zu tun. Also mit Schönheit.
Die Häßlichkeit der Männer(kultur) ist etwas, das die Wahrheitssuche verhindert.
Und in einem erstaunlichen Menschen möchte ich lesen wie in einem Buch. Und es ist ein unerschöpfliches Buch, das ich lese mit Bewunderung, Hoffnung (Kant) und mit Würde.
Häßlichkeit hat keine Würde.
In der Welt lesen: heißt in einem Menschen lesen. Denn die Liebe zur Welt hält der Mensch nicht aus, wenn er nicht eine liebende Seele hat (Hölderlin). Mehr ist dem Menschen nicht gegeben als dieser Kosmos.
Hölderlin, Brief an Neuffer, Tübingen Juli 1893: »Unser Herz hält

die Liebe zur Menschheit nicht aus, wenn es nicht auch Menschen hat, die es liebt.«

Hier: mein Testament: Macht Euch darauf Euren Vers. Mehr hab ich nicht zu vermachen. [*Am Rand*: Anfang, erster Satz.]
*
Die Geschichte meiner Liebe ist mein Testament. Deshalb hab ichs aufgeschrieben.
Was ich zu vermachen habe (testamentarisch), versteh ich selbst nicht. Ich verlasse diese Welt mit leeren Händen. Selber leer: ausgegeben bis zum letzten. (Die Gegenstände, die ich hinterlassen habe: Plunder.)
*
Die Belehrung, die mir das Leben gab: Ich wollte es überlisten (mit revolutionärer Verschlagenheit), da hat es mir Denkzettel gegeben. Mein Testament besteht aus diesen Denkzetteln.
Gegen alle Vernunft gehe ich an gegen eine Welt der Vernunft, um meine Hoffnung zu retten. → Meine Chancen sind gering. Und doch vermache ich sie testamentarisch. = meine Hinterlassenschaft und die Dunkelweiberbriefe.
Vorwurf der Feministinnen: Warum habe ich mir keine Frau aus den Rippen geschnitten?
Weil ich nicht aus zwei Frauen zusammengesetzt bin, sondern aus einer Frau und einem Mann, die Frau nur knapp im Übergewicht (wie jeder Mann, der etwas Ordentliches ist und aus einem Mann und [einer] Frau zusammengesetzt ist, der Mann knapp im Übergewicht).

Das Ende der Gesellschaftsutopien (für Mitläufer vom Dienst geschrieben) heißt nicht: das Ende der Utopie überhaupt. Die schwierige Utopie (im Vergleich zur Gesellschaftsutopie) ist die »Privat«-Utopie (keine Mitläufer).

Der Geliebte soll die Zukunft selber sein.
Und die Gegenwartsangst übertönen.
Urkraft der Gefühle (Erotik) gegen die Urgewalt der Angst.
Urgewalt gegen Ideologisierung.

Die Liebe ist eine Erfindung – aus der Sexualität destilliert –, um die Banalität des Lebens zu überwinden. Wenn wir sie aufgeben, geben wir uns selbst auf als Menschen.
Liebe ist Poesie: eine Erfindung, eine Lüge, mit der man die Wahrheit sagen kann.
Das Gefühl der Verliebtheit ist das einzige Mittel, das das Leben lebenswert macht. Ohne sie: Asche.
Der Mann aus der Rippe: Herstellung des Gefühls der Verliebtheit.
→ Hochgefühle, Verrücktheiten, Sprünge. Irrationales, Besoffenheit, Räusche. Das nicht Vorprogrammierte: Schnapsideen. Alles, was gegen den Trott läuft. Ohne Liebe ist das Leben Asche.
Fünfzig Jahre: das Alter, in dem man seine Illusionen endlich begraben muß? Im Gegenteil: Das Alter, wo man sie braucht wie nie zuvor und immer mehr, also das Alter, wo sich zeigt, ob wir Prüfungen durchstehen. (Mit zwanzig kann jeder das Gefühl der Verliebtheit haben, aber mit sechzig?)
Liebe = die Poesie des Lebens. Literatur ist zweitrangig. Verliebtheit: das Gefühl, das entscheidet, ob man aus dem Existieren noch Gedichte machen kann, die es zum Leben erheben.
Jeden Tag das Problem: Gelingt der Tag. D. h. entreiße ich ihm ein Gedicht. Erringe ich das Gefühl der Verliebtheit, das mir die Türen zur Welt öffnet.
Leute, die zu träge sind, passiv, nur konsumieren können, können das Gefühl nur kurz bei sexuellem Druck herstellen.
Dieses Gefühl ist ganz unpraktisch, unnütz (beides die wichtigsten Kriterien für die Eltern Olga/Johann), aber es gibt dem Leben die Ahnung eines tieferen Sinns.

Laura

Laura ist erblindet und kann ihrem Beruf als S-Bahnführerin nicht mehr nachgehen. Sie wird von Jean-Marie (in späterer Konzeption von Zettel) betreut, der ihr als Angestellter der Volkssolidarität die Arbeiten abnimmt, die sie nicht mehr selber verrichten kann, unter anderem das Schreiben von Briefen an Amanda.

Laura träumt und schreibt Briefe an Amanda

Amanda ist Lauras hexische Hälfte, die Oberteufel Kolbuk mit einem Schwertstreich von Laura abgetrennt hat. Als Anführerin einer kriegerischen Hexenfraktion und Gegenspielerin Kolbuks versucht Amanda im zweiten Teil der Salman-Trilogie, die Teufel von ihrem Stammplatz, dem Brocken, zu vertreiben und den dort eingelagerten Schatz in ihren Besitz zu bringen. Teil des Schatzes ist das Trinksilber, nach dessen Genuß die beiden getrennten Hälften Laura und Amanda wieder vereinigt sein werden. Am Schluß des Buches ist der Brocken erobert, über Blocksberg und Hörselberg wird die Hexenherrschaft ausgerufen.

Mit Beginn des dritten Bandes sind die Teufel nach Avalun ausgesiedelt. In Avalun, der »Geehrtenrepublik« (vgl. S. 177 ff.) können die ehemaligen Machthaber ihre Repräsentationsspiele und Herrschaftsrituale weiter ausüben. Dschinnistan dagegen wird vom Herrscherpaar Titania und Oberon mit ihrem kleinen Hofstaat regiert, dem auch Puck angehört. Nur einige Feen wohnen noch in diesem vom Aussterben bedrohten Landstrich. Hier lebt Amanda (vgl. S. 149 ff.).

Der Briefwechsel geht von Laura aus, die über das Schicksal ihrer Depeschen im Ungewissen bleibt. Um ihre Sehnsucht nach Amanda zu stillen, erzählt sie dem Pfleger Jean-Marie von ihrer anderen Hälfte, was ihn dazu bringt, Amanda seinerseits Briefe zu schreiben. (Diese Briefe, von

Irmtraud Morgner mit der Numerierung 4–6 versehen, sind im Kapitel Jean-Marie (S. 221 ff.) zu finden.)

Erster Brief Laura an Amanda

Wie froh bin ich, daß ich blind bin und wieder Land seh, Liebste. Vorher nur Schienen vorm äußeren Auge und vorm inneren Dich: deportiert. Irgendwo. Da versuchte ich aus diesem Irgendwo ein Nirgendwo zu machen, um Dich besser vergessen und meinen Dienst leisten zu können auf den ausgefahrenen Schienen. Finstere Zeiten. Und die Verfinsterung hält vor und hin zur Weltspitze, wo Schwierigkeiten üblich sind und riesig sowieso und bestmöglich nur zu meistern, wenn die unvermeidlich mitproduzierten Aggressionen so billig wie möglich abgebaut werden. Indem man Reserven freigibt. Innere. Traditionelle. Wir z. B. haben hierzulande aber keine Gastarbeiter oder sonst, an denen der kleine Mann Wut billig loswerden könnte ...

Dieser kleine Mann, allgemein als neuer Mann proklamiert ...

Die zu ihm passende kleine Frau kann nicht klein genug sein. Ihre Arbeitsnorm nach männlichem Maß bleibt natürlich Ehrensache. Deren Parole: Fröhlich sein und singen. Als sie noch nicht ausgegeben war, befolgten wir sie freiwillig, erinnerst Du Dich?

Wir fielen auf unseren Sieg rein und feierten die Eroberung des Brockens, und seine alten Herren feierten in Eintracht mit den Ausbrecherinnen aus dem Hörselbergknast Deine Inthronisation, Amanda. Einstimmig! Spätestens dieses Wahlergebnis hätte uns mißtrauisch machen müssen. Aber nein: wir werteten es als Kapitulation. Was derlei ja auch ist. Nur die Freude ... Wir hatten ja unsere schönen Gründe, aber die Männer ... diese männlichen Freudenausbrüche ... Heute bin ich sicher, daß Avalun damals schon sicher war. Ein Deportationsort mit diplomatischen Beziehungen ist im Prinzip keiner – kennst Du die Zustände in Avalun? Geehrtenrepublik mit Post- und Telephonverbindung nach hier. Besuchsreiseanträge nicht aussichtslos, total überfüllte Gegend, wie man hört, das läßt auf gähnende Leere in Dschinnistan schließen. Außer Oberon und Titania wirst Du wenig Gesellschaft haben. Deshalb schreibe ich Dir.

Wozu ich erst mal schreibunfähig hab werden müssen: blind.

Augen dicht: erstes Wunder.

Pfleger im Haus: zweites Wunder.

Ich diktiere ihm diesen Brief, weshalb Du meine Handschrift nicht vorfinden kannst. Vermissen wirst Du sie gewiß nicht – so eine Pfote wie meine, die Übertragungsarbeit nötig macht, kann dir ein Pfleger nicht anbieten.

Er heißt Jean-Marie und wurde mir von der Volkssolidarität geschickt.

Auf Antrag meines Arztes. Obgleich dessen Maschinen meine Blindheit nicht ermessen können, hat er einen Pfleger für mich beantragt und auch bewilligt bekommen, liebe Amanda, bisweilen geht es im Land auch mal unwissenschaftlich zu. So bleibt es bewohnbar für mich. Und für Jean-Marie auch, von dem ich zunächst annahm, er hätte einen Ausreiseantrag laufen und wäre deshalb raus aus seinem Beruf und rein in die Volkssolidarität bis zur Entscheidung. Aber er hat ein praktisches Jahr als Unterhaltungskünstler hinter sich und ist nicht aus dissidentischen Gründen, sondern regelrecht hauswirtschaftlich tätig. Bei drei Frauen, sagt er. Während er für mich kocht oder sonst in der Wohnung rumort, erzählt er mir von den beiden anderen. Auch Pflegefälle wie ich.

Ich hätte nie für möglich gehalten, daß es mir als Pflegefall so wohl ergehen kann. Hin denk ich mich nach Dschinnistan oder Dich her.

Die Welt verdunkelt außer mir.

In mir dagegen, wo meine Heimat ist, Erleuchtung.

Zweiter Brief Laura an Amanda

Während mein Pfleger mit mir herumzieht, erzählt er mir außer von den beiden anderen Frauen, denen er wie erwähnt zu Diensten ist, außerdem von einer dritten. Die er nicht kennt, aber sucht. Weshalb er wahrscheinlich von ihr am liebsten redet. Immerhin hat er von ihr schon Fotos gesehen, während ich mir von meinem Wohltäter nicht mal ein Bild machen kann.

Jean-Marie sagt, er fiele auf mit mir. Ich hab mal eine Frau aus dem Haus zu einer Versammlung des Blindenverbands begleitet, da saßen fast nur Männer, von Frauen begleitet. Vereinzelt mal eine Frau, von einer andern geführt. Einen Mann, der eine blinde Frau führt, hab ich damals nicht gesichtet. Aber Jean-Marie meint, unsere Auffälligkeit oder gelegentliche Schimpfrufe würden verursacht, weil jede ordentliche Bürgerin des Landes einen Vaterkomplex nachweisen müßte.

Und wenn ich mich wundere, daß man auf eine Frau in Fotoform so viel Interesse werfen kann, kontert er: Daß Amanda dir unerreichbar ist, tut deiner Liebe schließlich auch keinen Abbruch. Jean-Maries Interesse heißt Hero, und er hat sogar schon mal laut vermutet, sie wäre auch nach Dschinnistan abgeschoben.

Was er von Dschinnistan und von Avalun weiß, weiß er von mir. Was er von Dir weiß, Liebste, weiß er von mir und aus dem Beatrizischen Bericht, den eine gewisse Morgner zum Druck befördert hat. Mein Pfleger kennt alle Romane von der – ein Bücherwurm. Aber wie gut tut mirs, Dich samt Dschinnistan dank meiner Krankheit und seiner Gesellschaft nicht mehr aus dem Gedächtnis drängen zu müssen, um mich arbeitsfähig zu halten auf den ausgefahrenen Gleisen. Für hilflos krank gelte ich – und hab mich eigentlich noch nie so heil gefühlt seit unserer Teilung – ist das nicht merkwürdig! Auf dem Krankenschein wäre unter der Rubrik Diagnose »Erschöpfungsdepression« eingetragen, sagt Jean-Marie. Aber ich fühl mich keineswegs deprimiert. Dennoch muß mein Pfleger mich nach einer Liste des Arztes, der auch die Krankschreibung ausgefertigt hat, weiter durch Polikliniken und Labors befördern. Wodurch wir am Briefeschreiben gehindert sind. Blödsinnigerweise, sagt Jean-Marie, in seinem Alter hat man noch Mumm zu rigorosen Urteilen. Ich vermute, die sind die klügsten. Weil in ihnen die Intuition sich noch auf direktem Wege durchsetzt. Später werden Urteile über Wege der Errechnung gesucht, und wenn der Geist so riesige Entfernungen in der Einöde der Vernunft überwinden muß, gelangt er ermattet ins Ziel. Kurzum: Jean-Marie sagt, die Rezepte samt Diagnose gehören in den Papierkorb. Seine Diagnose: Erblindung infolge gesund gebliebener Sehkraft.

Als Arznei verordnet er mir Briefeschreiben. »Liebe macht blind«, sagt er.

Damit ist klar, daß nunmehr zwei Männer in meiner Wohnung umgehen, die nicht in die Welt passen.

Und einer der kategorischen Kernsätze sowie Gütezeichen für jede menschliche Existenz, denen unser Vater durch alle Zustände bis heute die Treue hält, lautet: »Der paßt in die Welt.«

Bist Du auch so von Sehnsucht geplagt wie ich, liebe Amanda? Als Ersatz für Dich und Linderung bitt ich Jean-Marie laut vor sich hinzudenken, während er kocht, oder ich erzähl ihm von Dir und von unserem Teilungsdrama. Oder ich laß mir laut vorlesen, was er ohnehin schmökert. Vorzüglich Philosophen und Seher. Ich muß hier Jean-Marie bitten, etwas vom bekannten Stück aus dem Hyperion heraus- und in den Brief hineinzuziehen, wo Hölderlin den Zustand der Deutschen beschreibt: »Barbaren von alters her, durch Fleiß und Wissenschaft und selbst durch Religion barbarischer geworden, tiefunfähig jedes göttlichen Gefühls, verdorben bis ins Mark zum Glück der heiligen Grazien, in jedem Grad der Übertreibung und der Ärmlichkeit beleidigend für jede gutgeartete Seele, dumpf und harmonienlos, wie die Scherben eines weggeworfenen Gefäßes – (...) ich kann kein Volk mir denken, das zerrissner wäre, wie die Deutschen. Handwerker siehst du, aber keine Menschen, Denker, aber keine Menschen, Priester, aber keine Menschen, Herrn und Knechte, Jungen und gesetzte Leute, aber keine Menschen – ist das nicht wie ein Schlachtfeld, wo Hände und Arme und alle Glieder zerstückelt untereinander liegen, indessen das vergoß'ne Lebensblut im Sande zerrinnt?«

Gestern abend nämlich hatte mir Jean-Marie mal nicht von Kant oder über Sokrates was zu Gehör gebracht, sondern aus dem Hyperion. Ich muß es mit in den Schlaf genommen haben, denn ich erwachte heute morgen mit dem Gedanken, daß Hölderlins Beschreibung der Deutschen heute für den Zustand des gesamten Menschengeschlechts mehr oder weniger zutreffend erscheint. Das milderte meine Verzweiflung, die seit Deiner Deportation mich niedermacht und um so mehr erniedrigte, als ich diese Erniedrigung im Dienst mit einer Maske verlängern mußte: Von der Willkür eines Einzelschicksals geschlagen.

Beim Erwachen heute morgen begriff ich plötzlich, daß wir beide, liebe Amanda, in unserer speziellen Zerstückelung offenbar nur eine Variante der allgemeinen Schlachtfeldpopulation zu durchleben haben. Im Gegensatz zu Hölderlins Zeiten allerdings nicht nur menschliche, sondern alle Natur heimsuchend. Wenn allein die Vernunft diese Erkenntnisse in die Wahrnehmung der Kreatur beförderte, müßte [es] sie niederschmettern. Ich fühle mich jedoch eher ermutigt.

Dritter Brief Laura an Amanda

Gestern wieder eine Portion Hyperion mit in den Schlaf genommen. Jean-Marie zieht sie für Dich aus, weil die Mitnahme von Hölderlins Werken bei der Deportation sicher untersagt war. Zwar will ich gern glauben, daß die Geehrtenrepublik Avalun Beziehungen zu Dschinnistan hat. Aber von diplomatischer Art können die nicht sein. Eher von kolonialistischer Art oder anders ehrabschneiderisch, wodurch es vielleicht von Avalun als Verbannungsort genutzt wird. Entschuldige so bizarre Vermutungen vor dem lauteren Hölderlin, der unumwunden sagt: »Ein jeder treibt das Seine (…).

Nur muß er es mit ganzer Seele treiben, muß nicht jede Kraft in sich ersticken, wenn sie nicht gerade sich zu seinem Titel paßt, muß nicht mit dieser kargen Angst, buchstäblich heuchlerisch das, was er heißt, nur sein; mit Ernst, mit Liebe muß er das sein, was er ist, so lebt ein Geist in seinem Tun, und ist er in ein Fach gedrückt, wo gar der Geist nicht leben darf, so stoß' er's mit Verachtung weg und lerne pflügen!«

Ob die Kreatur in mir vielleicht mit Verachtung zugestoßen hätte und Blindheit mich pflügen lehre, sinnierte Jean-Marie, bevor er mir eine gute Nacht wünschte und sich nach Pankow in den sogenannten »Stall« begab, wo er noch immer wohnt.

Aber statt mit einer schönen Erkenntnis erwachte ich heute mit einer häßlichen Erinnerung. An einen Traum. An meinen Standardtraum, der in vielen Varianten durch meine Nächte geistert: Ich unvorbereitet in der Abiturprüfung oder auf dem Gang hin und dergleichen. Dabei waren wir tatsächlich immer vorbereitet.

Und da wundern Sie sich über solche Standardträume, hat mein Pfleger geantwortet und mir außer Briefeschreiben auch Träume verordnet. Ich beklage natürlich, wie Du Dir leicht denken kannst, von allen aus Blindheit folgenden Unannehmlichkeiten die Unfähigkeit der Augen, Buchstaben aus Büchern herauszuklauben, am lautesten. Und welche Arznei verordnet mir Pfleger Jean-Marie auf diesen Entzugsschmerz. Träume lesen verordnet er mir.

»Traumtrud« war ein Schimpfwort unserer Eltern, erinnerst Du Dich, Amanda? »Droomtrud« warfen sie uns an den Kopf, wenn sie das unbestimmte Gefühl hatten, wir verbrächten unsere Zeit nicht »nützlich«. Heute ist bei solchen Gefühlen das Schimpfwort »Traumtänzer« in Gebrauch. Im Betrieb, wo mein Sohn Wesselin als Schüler seinen Produktionstag abzuleisten hatte, verpaßte sein vorgesetzter Ausbildungsfacharbeiter ihm das Schimpfwort als Spitzname. Obgleich Wesselin die Norm erfüllte.

Gestern hat er Jean-Marie gefragt, ob der in seine Band eintreten wolle, und einen Probetermin ausgemacht. Obgleich Wesselin »den Küchenfreak« für zu alt hält, wie mir zuvor unter vier Augen ausgeplaudert wurde. Zwanzig erscheint meinem Sohn (17) uralt, [*Rest gestrichen*]

Siebter Brief Laura an Amanda

Meine liebe Amanda
Kürzlich hatte ich Jean-Marie ja für Dich in die Feder diktiert, daß er mir außer brieflichem Hindenken zu Dir auch Träumen verordnet hat. Träumen von Dir – also Tagträumen – das läßt sich willentlich machen. Nach zu langem Frust aus Zeitmangel genieße ich diese Träumereien ungeheuer – nein, das ist untertrieben, ich schwelge geradezu. Indem ich mir das Hochgefühl des Ganzseins aus der Erinnerung hole, so nahe wie möglich, aber da kann ich mich selten zufriedenstellen. Meist erscheint mir die Querkopfvorstellung nicht deutlich, das Hochgefühl nicht tief genug. Herrlich, als wir noch gemeinsam einen ganzen Querkopf ausmachten! So hart, daß er nach elterlichen Püffen nur äußerlich Wirkung zeigte – Vorzeigewirkung zur Zufriedenstellung der Erzieher –, innerlich fühlte er keine Verletzungen. Er konnte die Tritte in die Seele, die unsere Eltern sicher von irgendwo empfangen beziehungsweise sich gegenseitig beigebracht und nach unten weitergegeben haben werden, sofort vergessen. Bis zur Teilung versperrte er solchen Ereignissen unser Langzeitgedächtnis. Nach der Teilung waren sie plötzlich drin. Bei mir jedenfalls. Und bei Dir? Ich vermute und hoffe, nur bei mir, aber ich kann mir nicht erklären, wie das Langzeitgedächtnis für gewisse Tiefschläge geöffnet wurde beziehungsweise wie sie nachträglich hineingeätzt wurden und von wem. Von Lebensgefährten? Von Kolbuk persönlich? Welche Genugtuung für diesen Teufel, wenn er davon Wind bekäme. Du hast ihn gestürzt, Vater Staat hat ihn samt Sippschaften nach Avalun deportiert, wo sie warm sitzen. Und sich freuen. Nur Schadenfreude natürlich, Existenzen, die, vor die Wahl Avalun oder Dschinnistan gestellt, sich für die Geehrtenrepublik Avalun entschieden haben, kennen nur

Schadenfreude, und davon kann man noch schlechter satt ⟨werden⟩ und genug haben als von gewöhnlicher Freude – also wenn diese elenden Existenzen von meinen elenden Alpträumen wüßten … Tagesalpträume, liebe Amanda, von den nächtlichen später. Ich nenne gewisse Reaktionen, von denen ich geplagt werde, Tagesalpträume – ein falscher Begriff vielleicht, egal, gemeint sind gewisse Reaktionen, von denen ich geplagt werde, die, sowohl von großen als auch von geringen, ja winzigen Anlässen ausgelöst, ganze Ketten von verletzenden Worten, Handlungen, Unterlassungen aus dem Gedächtnisspeicher zerren und sich ums Seelenkostüm legen, wie Hundeketten würgen. Der Begriff Seelenkostüm entstammt nicht meinem Wortschatz, sondern dem eines gewissen Prof. Karpfen, der die Zeitungen des Landes mit Aufklärungsartikeln über Psychologie, Psychiatrie und dergleichen versorgt. Da ich nur das Hauptblatt und die »Berliner Zeitung« halte, kann mir Jean-Marie nur aus diesen Presseorganen das Neueste aus dem Reiche des Karpfens vorlesen. Perlen des Humors. Des unfreiwilligen Humors, freilich von der schwersten Sorte. Verflixt, wie kommt bloß dieser verbiesterte Karpfen in einen Liebesbrief an meine Amanda? Wo war ich stehen geblieben? Alptraum, ja, richtig, da ist die Assoziation Karpfen keine Abschweifung. Wenn ich davon absehe, daß der ganze Brief eine ist. Ich wollte Dir meine schönen Tagträume schildern, in denen ich schwelge, und wo bin ich gelandet? Bei einem blutigen Pragmatiker. Bei einem von diesen Dunkelmännern – und Du hast wahrscheinlich noch gar nicht fertig gekotzt anläßlich der Dir von Jean-Marie übersandten Dunkelweiberbriefe. Aber wo Dunkelmännern das Wort erteilt wird, arbeiten sich auch Dunkelweiber ans Licht. Unter die Kronleuchter der Macht. Pragmatismus {weckt} Pragmatismus, und auch Ereignisse dieser sozialen Kettenreaktion können solche seelischen auslösen, von denen ich heimgesucht werde, Liebste, Wirkung und Häufigkeit mit zunehmendem Alter zunehmend, ach Liebste.

Jean-Marie vertraut mir gerade, er lebe mit solchen Kettenreaktionen seit der Vorschulzeit – oh Graus! Oh diese Märlein vom

Wohlergehen der heutigen Jugend ... Jean-Marie bittet um Erlaubnis, an dieser Stelle ein Zitat einzufügen. Teil der abgeforderten Stellungnahme vor der Seminargruppe nach vollzogener Exmatrikulation, aus einem Schlußwort sozusagen, das nur aus Zitaten gefertigt war. Aus Einsteinzitaten.

Werde ich von einem männlichen Querkopf gepflegt? Was Du reaktionäre Verschlagenheit nanntest, nennt er schlicht »Durchblick«. Hier der Teil des »mit Durchblick« vorgetragenen Zitatenschatzes (Auszug aus einem im Herbst 1952 in der »New York Times« erschienenen Interview über Erziehungsprobleme):

»Es ist nicht genug, den Menschen ein Spezialfach zu lehren. Dadurch wird er zwar zu einer Art benutzbarer Maschine, aber nicht zu einer vollwertigen Persönlichkeit. Es kommt darauf an, daß er ein lebendiges Gefühl dafür bekommt, was zu erstreben wert ist. Er muß einen lebendigen Sinn dafür bekommen, was schön und was moralisch gut ist. Sonst gleicht er mit seiner spezialisierten Fachkenntnis mehr einem wohlabgerichteten Hund als einem harmonisch entwickelten Geschöpf. Er muß die Motive der Menschen, deren Illusionen, deren Leiden verstehen lernen, um eine richtige Einstellung zu den einzelnen Mitmenschen und zur Gemeinschaft zu erwerben.

Diese wertvollen Dinge werden der jungen Generation durch den persönlichen Kontakt mit den Lehrenden, nicht – oder wenigstens nicht in der Hauptsache – durch Textbücher vermittelt. Dies ist es, was Kultur in erster Linie ausmacht und erhält. Diese habe ich im Auge, wenn ich ›humanities‹ als wichtig empfehle, nicht einfach trockenes Fachwissen auf geschichtlichem und philosophischem Gebiet.

Überbetonung des kompetitiven Systems und frühzeitiges Spezialisieren unter dem Gesichtspunkt der unmittelbaren Nützlichkeit töten den Geist, von dem alles kulturelle Leben und damit schließlich auch die Blüte der Spezialwissenschaften abhängig ist.

Zum Wesen einer wertvollen Erziehung gehört es ferner, daß das selbständige kritische Denken im jungen Menschen entwickelt wird, eine Entwicklung, die weitgehend durch Überbürdung mit Stoff gefährdet wird (Punktsystem). Überbürdung führt notwendig zu Oberflächlichkeit und Kulturlosigkeit. Das Lehren soll so sein, daß das Dargebotene als wertvolles Geschenk und nicht als saure Pflicht empfunden wird.«

Erinnerst Du Dich eines gewissen Mond, Liebste, Professor Mond, der während unserer Studentenzeit Geschichte gelesen und damals ein Buch über Kosmopolitismus veröffentlicht hatte, in dem auch Einstein dieser Ideologie überführt und weltanschaulich abgeurteilt wurde. Jean-Marie lacht und lacht und kann sich gar nicht beruhigen. Was den Kosmopolitismus betrifft, hat er natürlich gut lachen, besser als wir – diese ideologische Abweichung wird nicht mehr so heiß gegessen, wie sie zu unserer Studentenzeit gekocht wurde. Aber das Kollektiv ist eine heilige Kuh wie je. Schwerster Vorwurf der Seminargruppenleitung gegen Jean-Marie: Mangelndes Vertrauen in das Kollektiv, er würde an mit Mehrheit gefaßten Beschlüssen herummeckern und ständig versuchen, längst verabschiedete Tagesordnungspunkte immer wieder in die Diskussion zu werfen, was von Mißtrauen in die Demokratie beziehungsweise den demokratischen Zentralismus und so weiter ... Punkt. Hier mache ich erst mal einen Punkt. Sonst nähert sich mein Brief neuen Alpträumen. Neuen, alten ... Erinnerst Du Dich noch der ganztägigen Zusammenkunft im Hörsaal 8, wenn Dinkel plötzlich von irgendeiner oberen Reihe herunter den Finger auf eine faule Stelle legte und der Versammlung eine inquisitorische Wendung gab ...?
Heiße Grüße in kalte Erinnerungen
von Deiner Laura

Achter Brief Laura an Amanda

Die Nachtträume aber, diese Ereignisse, die von der einschlägigen Wissenschaft als REM-Schlaf bezeichnet werden, sind unbeeinflußbar. Und in den letzten Jahren habe ich sie bei mir mitunter wochenlang vermißt. Und ich dachte schon, das ist eben auch eine von den Abnutzungserscheinungen, die sich einstellen, wenn ein Mensch halbiert ist und zum Ausgleich zwei Berufe auf dem Buckel hat. Aber meine Blindheit lehrt mich was anderes. Und die Abwesenheit des Weckers nicht zu vergessen. Wenn dessen hirnstechendes Piepsen die Kreatur überfiel – unausgeschlafener Normalzustand – war sie Schmerz. Nur Schmerz war sie da, ein Häuflein Schmerz, durch keinerlei andere Empfindungen verunreinigt, von Erinnerung ganz zu schweigen. Schon robuste Erinnerungen werden von dem Piepsen – diesem Weckton für streßgestumpfte Menschen entwickelt, die Klingeln nicht mehr hochreißt – ausgelöscht beziehungsweise blockiert. Bis die Peitsche des Pflichtbewußtseins zuschlägt und die schlaftrunkene Natur auf Trab bringt. Das Langzeitgedächtnis kann gottlob nur blockiert werden. Das Kurzzeitgedächtnis ist schon anfälliger. Am anfälligsten aber scheint tatsächlich das Traumgedächtnis zu sein – mein Pfleger Jean-Marie zapft seinen Most natürlich aus Büchern, aber er wählt sie nicht übel aus. Von solchem Most gibt er mir fast täglich ab, und was ich auf diese Weise zu hören bekomme, erweist sich mitunter tatsächlich als heilsam. Jean-Maries Traumtheoriemost verlangt zum Beispiel von Leuten, die ihre Träume aufschreiben wollen, Übung. Wer seine Träume in Erinnerung behalten wolle, müsse sie aus dem überempfindlichen Traumgedächtnis ins robustere Kurzzeitgedächtnis hinüberleiten. Eine Überleitung (ins) stabilere Langzeitgedächtnis gelinge selten. Übungsvoraussetzung: Stille. Weder innere noch äußere Ablenkung. Gegen äußere muß ich jetzt nur noch Ohrstopfen einsetzen. Und gegen innere …? Quatsch, dachte ich stracks, so ein Quatsch, sich üben im Erinnern von Träumen, damit man sie aufschreiben kann, in einem Zustand, wo man sie nicht aufschreiben kann – das soll Arznei sein! »Scheißarznei« hab [ich] meinem Pfleger an den Kopf geworfen (sowas Intimes wie Träume ist doch undiktierbar). »Egotriparznei« sogar – wir haben uns richtig gekracht. Die Egotrip-Beschimpfung hat meinen Pfleger, den ich bisher nur als die Langmut selbst erlebt hatte, derart in Wut gebracht, daß er mit einer Tasse nach mir geschmissen hat, die er gerade abtrocknete. Ein Manifest-Zitat kam gleich hinterhergeflogen. An das Brett der Gewohnheit, das ich vor dem Kopf trüge (Jean-Maries Worte). »Erstens ›wie gegen die Gewohnheit ankämpfen, die die Vernunft der Dummköpfe ist‹« (Friedrich zwos Worte, im November 1769 an d'Alembert gerichtet, über 200 Jahre später in der Tenorlage – Buffo-Timbre – abgeschossen auf Deine Laura, Liebste. Aber es kommt, wie bereits angekündigt, noch dicker. Schlagend – das Wort erschlagend möchte ich bei den Autoren meiden). »Zweitens: ›An die Stelle der alten bürgerlichen Gesellschaft mit ihren Klassen und Klassengegensätzen tritt eine Assoziation, worin die freie Entwicklung eines jeden die Bedingung für die freie Entwicklung aller ist.‹ Marx und Engels, Originalworte festgeschrieben im Kommunistischen Manifest 1848, bis heute aber, wie die Praxis beweist, auch Ihre, liebe Frau Salman, umgestürzt im Gebrauch. So wie mir im Grundlagenstudium ML an der Uni gesagt wurde, Marx hat die Hegelsche Dialektik vom Kopf auf die Füße gestellt, kann heute von der Praxis gesagt werden, daß sie eine entscheidende Maxime der kommunistischen Gesellschaftstheorie von den Füßen auf den Kopf stellt. Folge: Anbetung des Kollektivs – meist eine durch Zufall zusammengeratene Menschengruppe zum Zwecke gemeinsamen Arbeitens, Lernens, Wohnens usw. Glückliche Zufälle sind aber eher selten und jedenfalls nicht gesetzmäßig, wie meine geringe Lebenserfahrung in der Schule, im ›Stall‹ und an der Uni beweist. Als ich in der zweiten Klasse einen Freund fand, der mir auf den ersten Blick gefiel, wurde unsere Unzertrennlichkeit in Pausen oder bei Ausflügen oder im Widerstand gegen getrenntes Sitzen immer wieder gerügt, in der Beurteilung im Zensurbuch als Vernachlässigung des Klassenkollektivs vermerkt und in Elternversammlungen als Fehlverhalten bekanntgegeben, das heißt meiner Mutter offiziell als Erziehungsfehler angekreidet. Sie hätte einen Individualisten erzogen, wurde gesagt – und Sie, verehrte Frau Salman, haben meine mir verhaßte Klassenlehrerin mit Ihren Egotrip-Verdächtigungen noch übertroffen. Ich krieg direkt Lust zum Kündigen ...«

Die Aussteigerin (Notizen)

Seit dem Beginn der Trilogie kennen wir Laura nicht nur als Spielfrau von Beatriz und als Verfasserin der Trobadora-Geschichte, sondern auch als Hausfrau, die unter der Mehrfachbelastung leidet, der sie als berufstätige und alleine ihr Kind großziehende Mutter ausgesetzt ist. Im Buch Amanda braut sie sich unter Verwendung ihrer hexischen Kenntnisse immer neue Elixiere, um den Überforderungen des Alltags übernatürliche Kräfte entgegenzusetzen. Trotz ihrer nächtlichen Abenteuer in der Küche bleibt Laura die Triebwagenfahrerin, die ihre Bedürfnisse zurückstellt. Aus diesem Dasein wird sie mit Einsetzen des dritten Bandes durch ihre Blindheit herausgerissen. Der Verlust der äußeren geht einher mit dem Heranwachsen einer inneren Sehkraft, durch die sie ihre Umgebung und auch Amanda auf neue Weise wahrnimmt.

Vorstufen der Blindheit (Träume von Beatriz und Amanda. Die Nacht kennt keine Zensur):
1. Zunehmendes Unwohlsein, Gefühl innerer Leere vor den ausgefahrenen Gleisen.

*

Jahrelang die Gespräche der Kollegen: Warten auf Rente. Und Laura mußte sich sagen: Sie wartet auch darauf. Zumal: Ihr Berufsweg war ja schon fragwürdig: Abitur – Studium – Aspirantur – Abbruch – Bauarbeiter – Triebwagenfahrerin – Spielfrau (mit Alibi). [*Am Rand*: Waren Proteus-Berufe in einer Männergesellschaft.]
D. h. ihre Kaderakte, die jeden DDR-Bürger begleitet, obgleich er sie nicht kennt: sah sicher schlecht aus (schlechte Beurteilung). Da half auch nicht ihre totale Diszipliniertheit (um es »wett zu machen«, diese Schande = Verinnerlichung der gesellschaftlichen Norm).
Mit Disziplin niedergerungen. Aber die Träume verrieten sie. Die Träume vom Spielfrauendasein. D. h. träumte von Beatriz und Amanda.

2. Körper hat gehandelt. Ist Laura zu Hilfe gekommen. → Erblindung, um endlich ihre Sehnsucht auszuleben: Amanda in Gedanken herzuholen.

Ohne Fahrplan wird Laura ein anderer Mensch. Brennt durch / funktioniert nicht mehr. Das Kind in ihr meldet sich. Will den Affen Zucker geben. Eine Sau rauslassen.
Die Krankheit erlöst sie vom Zwang der Fahrplanerfüllung. D. h. die Schraube wird Mensch. (Teilweise: ein neuer Teil der Utopie scheint auf. Später: durch die Liebe die ganze blüht auf.)
*
Laura wird gesund, weil sie dem Kind in der Frau Platz gibt. Jean-Marie schafft dem Kind Platz. Das Kind spielen lassen. Das schafft der Pfleger.
→ Schwäche. Einbrüche. Fehlleistung[en]: Pfleger sagt: gut!
Darin besteht die Heilung auch.
Den Spieltrieb knebeln = krank machend. Weil es der schöpferische Trieb ist, wodurch man auch das Gesicht nicht finden kann täglich in sich.
Homo ludens in der Frau.
In der Männervariante jagohaft verzerrt.
*
Nicht das ist das Schreckliche: daß man meint, der Wille ist mal außer Kraft gesetzt. Sondern: alle Handlungen der Menschen werden be- und verurteilt, als ob sie nur dem Willen unterlägen.

Die Morgenangst. Wieso zweifeln wir an unseren Ängsten als Nachrichten von etwas Unvorstellbarem? Der Mensch hat Dinge gemacht, die unvorstellbar sind. Aber einige fühlen das Unvorstellbare. Als eine Art Angst. Und dieses Fühlen will man (wollte man schon immer, denn die Lage ist nicht neu) mit Drogen auslöschen.

Man hält nicht das Tun für krank, sondern die Wahrnehmung dieses Tuns, weil sie eine winzige Minorität nur sieht.

*

Da Laura nicht korrigierbar ist, muß sie ihre Umwelt korrigieren (bis ignorieren), um in ihr existieren zu können. Und sie will sich auf keinen Fall Klarheit verschaffen. Im Gegenteil. Sie will nichts Genaues wissen und noch weniger etwas Genaues sehen.
Bachmann: Statt Seelenruhe – Augenruhe.
Laura nimmt sich vor: Dieses Buch schreibe ich nur und einzig für Amanda.

»Heilung« Lauras
Und als Laura dann wieder mit einer Brille sehen kann, setzt sie die Brille nicht auf. Denn sie will die Katastrophe nicht sehen. Sie will nur Amanda und Jean-Marie und Katharina in ihrer Blindheit haben. Diese Blindheit ist eine Enklave der Realität. Will die verhangene Welt. Will nicht mehr gesund werden.
Diese Enklave ist Utopie. Durch Blindheit hergestellt.
Verteidigung der Utopie heißt: Verteidigung des Individuums gegen die Zerstörungsmechanismen der Gesellschaften. Wer sich verteidigt, verteidigt die Natur – Erde. Je mehr der Mensch sich zur Schraube machen läßt, desto besser arbeitet die Zerstörungsmaschinerie.
Das Individuum: Sand im Getriebe.

*

Blindheit macht sehend
Laura bekommt den »göttlichen Blick«. = Die Ahnung vom ganzen Menschen stellt sich her. Der verachtet wird.
D. h. da die Realität sie nicht mehr mit ihrer Häßlichkeit schlägt, kann sie im nachhinein die »andere« Seite der Menschen, die in ihrer Erinnerung gespeichert sind, wahrnehmen.
Direkt könnte sie das nicht: Da geht es ums nackte Überleben: auch der Häßlichkeit. Jetzt sieht sie: Auch die häßlichen Menschen sind schön. Oder: könnten schön sein.

Rehabilitierung des Traums / Imagination
Traum – Wirklichkeit. Die Tatsache, daß der Mensch ideal träumen kann, ist ein Zeichen, daß er solche Idealität = Vollkommenheit in sich hat.
Dieses Träumen spricht für den Menschen, ist die einzige Hoffnung für Zukunft, für Evolution, für die evolutionäre Bewältigung der Krise.

*

Vor der Gefahr, sich der Realität zu unterwerfen, war Laura durch ihr Frausein geschützt. = Außenseiter. Die Realität ist ihre Heimat nicht, nur ihr Vaterland.
Im Traum / Utopie wird das Gesetz gesucht, sich ihm genähert.

*

Chance des Außenseiters Frau. Viele Nachteile. Ein einziger Vorteil: Es ist nicht meine Geschichte. Also habe ich keine Geschichte: Es gibt keine. Geschichte ist eine Fiktion der Männer.
Wozu in die Historie eintreten wollen, wie Beatriz wollte?

Im Traum Lauras ist Amanda immer anwesend.
D. h. im Traum ist Laura / Amanda eine Einheit.

*

Jean-Marie an Amanda
Wenn Laura erwacht, sieht sie ganz anders aus. Nicht verschlafen. ⟨xxx⟩ Glanz. Viel schöner als sonst. Jünger. Oder neu: mit Lasuren. Alle Lebensalter scheinen durch.

Laura / Amanda: geteilt, getrennt und ganz (Notizen)

Anders als im zweiten Teil der Trilogie, wo Laura und Amanda nach ihrer Wiedervereinigung streben, geht es im dritten Band um die Frage, wie die beiden Hälften in der Teilung überleben können. Solange die Gesell-

schaft die Entfaltung des Individuums verhindert, bleibt die Vorstellung menschlicher Ganzheit subversives Ziel. Ihr läßt sich nur in glücklichen Augenblicken nahe kommen – im Tanz, im Schreiben, in der Liebe.

Ich schreibe an Dich
Um die Einheit herzustellen, die bis heute nicht geglückt ist. Die Gewißheit: es wird nie sein. Vorher der Untergang: Auch sie zeigt den Untergang an.
Ich denke mich zu Dir hin: Mehr Einheit ist uns nicht gegeben.
Wird es das je sein? (Hoffnungslos)
Sprichwort (von Friedrich II. zitiert): an d'Alembert:
Man verliert die Hoffnung, wenn man ständig hofft.

1) Indem Laura Amanda schreibt, stellt sie her, was sonst nur der göttliche Blick könnte: Sie setzt die Ganzheit.
= Realität geschaffen, ebenso wie Hero Leander schuf. Hero schuf: die Schöpfung MannFrau: als gut. Laura (indem sie schreibt): schafft die Realität *Einheit*. Beide Realitäten geschaffen, d. h. gesetzt.
*
2) Indem Laura liest [*darüber*: Musik hört]: liest sie in ihrem Leben und vervollständigt die Bruchstücke zum Ganzen. Stellt das Gesetz in sich her. Wird als erlösend empfunden, als Harmonie. Wohlempfinden: kein Zufall. Aber es ist kein Konsum, sondern Arbeit. Das Wesen in der Erscheinung finden. In der Welt lesen, um seinen Platz darin zu erkennen. = schöner »Sinn« des menschlichen Lebens.

Satz: Die Utopie Mensch muß entziffert werden.
Ich habe keine. Sie hat mich. Ich bin sie. (Ohne mich/sie zu verstehen.) Denn sie ist in mir. (Der ganze menschliche Entwurf.)
Wenn ich schreibe, dann erinnere ich mich dieses Entwurfs.

Daß der Mensch ihn nicht benutzt und daß ich glaube, es ist zu spät, sich seines Entwurfs als Mensch zu erinnern, die Chance eines Jahrtausends vertan – ist eine andere Sache.
Aber um über den alltäglichen Krieg des Alltags zu kommen, muß sich der Mensch ab und zu seines Entwurfs erinnern.
= vielleicht ein Aufschieben des täglichen Kriegs zur Kriegsexplosion.
Ich selber kann nicht leben, ohne mich meiner Utopie zu erinnern. Und einigen Menschen wird es ähnlich gehen. Für mich und für die schreibe ich.

Utopie
1) Alte Form: etwas denken, was (noch?) nicht machbar ist.
2) »Neue« Form (perverse) = umgekehrt: etwas machen, was nicht vorstellbar ist.
3) Utopische Utopie: der Mensch ist sie selber. Dieses Wunder, das er nicht begreift. D. h. eine Utopie sein, ohne es zu wissen.

Wenn diese Utopie nicht wenigstens ahnungsweise erkannt und als einziger Erkenntnisgegenstand, der vordringlicher ist als alle andern, angesehen wird, dann ist der Menschheitsuntergang besiegelt. Wenn dieses Wunder Mensch sich nicht täglich selbst über sich Gedanken macht, entartet es. Statt dessen: alles getan: um ihn daran zu hindern.
1) Zerstreuen.
2) Ständig beschäftigen (Studentensommer!). Kulturrevolution.
3) Leben = äußeres Getriebe.
Das erkannt, muß ich aus diesem unserem Leben austreten, um nicht wahnsinnig zu werden (schizophren).
Denn diese Maschinenwelt zermalmt den Menschen und macht mir Angst: Auch die zermalmten Menschen machen mir Angst.

Wiedervereinigung zwischen Laura und Amanda punktuell in der Ekstase durch den Tanz.
= Utopie: punktuell real. Vergleichbar dem Orgasmus (Höchstform), wo das Ich sich auflöst, beide Ichs lösen sich auf und werden eins mit der Natur → Ahnung von der kosmischen Zusammengehörigkeit. Allheit: kosmische Heimat. Ahnung von der Größe und Erhabenheit des Kosmos. Unerkennbar. Größte Näherung des Menschen: die blitzartigen Bruchteile von Sekunden solcher Erlebnisse.

Amanda

Mit Amanda betreten wir mythologischen Boden. Lauras hexische Hälfte wohnt nach ihrer Abtrennung nicht mehr unter den Menschen, sondern, wie im Buch Amanda *dargestellt, mit den andern Hexen auf dem Brocken. Genauer in einem Schloss unter dem Brocken, denn der sagenumwobene Berg, während der DDR-Zeit in Grenznähe zur BRD gelegen, ist militärisches Sperrgebiet. Alle übersinnlichen Wesen – Hexen und Teufel in Gestalt von Raben mit dem Oberteufel Kolbuk an der Spitze –, die auf dem Brocken lebten, sind in einer großangelegten Operation der Volksarmee evakuiert und in das verlassene Schloß verbracht worden, das im Bergesinnern liegt. Die Raben haben Schloß Blocksberg zu ihrer Residenz gemacht und die Hexen in ein zweites unterirdisches Schloß abgeschoben, das ihnen als Bordell dient: Schloß Hörselberg. Amanda verbringt ihre Zeit, wenn sie nicht gerade Laura einen illegalen Besuch abstattet, in ihrer Kammer im Hörselberg. Dort empfängt sie ihre Freier, unter ihnen den Stammkunden Konrad Tenner. – Auf dem Brocken, in uralten Zeiten Sitz der Elementargeister unter Führung der Brockenfee, wollen die Hexen, wenn sie die Macht zurückerlangt haben, ein Leben im Einklang mit der Natur einrichten, das frei sein soll von Unterdrückung und Krieg. Jedes Jahr an Walpurgis proben die Hexen in fasnachtsähnlichem Aufmarsch die Eroberung. Schließlich gelingt ihnen der Umsturz. Im »Silvesternachspiel« am Schluß von* Amanda *erfährt Beatriz, daß die Brockenhexen Schloß Blocksberg in der Nacht des 31. Dezember 1979 erobert haben und daß Amanda als Präsidentin über Blocksberg und Hörselberg eingesetzt ist.*

   Irmtraud Morgner hatte vor, in einem Buch mit dem Arbeitstitel »Amanda II« das zu erzählen, was auf die Eroberung des Brocken folgte. Dieses Buch sollte den Schlußband der Salman-Trilogie bilden. Sie brach das Projekt jedoch ab und begann von vorne (vgl. Nachwort). In ihrer neuen Konzeption ging sie davon aus, daß der Brockenumsturz gescheitert sei, und damit rührte sie an die Substanz der Amanda-Figur: Wo sollte nach dem Ende der Hexenherrschaft der Platz der abgesetzten Blocksberg-Präsidentin sein? Längere Textpassagen zu Amanda existieren nicht. Die Notizen geben Auskunft über die Suche der Autorin nach einer neuen Bestimmung für ihre Figur.

Vom Brocken nach Dschinnistan (Notizen)

In den Arbeitsmappen zu Das heroische Testament *fanden sich einige Notate, die dem aufgegebenen Konzept »Amanda II« nahestehen. Morgner dachte in zwei Richtungen. In der ersten Version gibt Amanda den Elementargeistern ihr Reich zurück und macht den Brocken zum Gelände der gelebten Utopie. In der zweiten wird Schloß Blocksberg aufgelöst, die Hexen kehren zu ihren anderen Hälften zurück und versuchen als »ganze« Menschen zu leben.*

Die übrigen Notate geben der Überlegung nach, daß der Sieg im Grunde eine Niederlage war. Nicht nur, weil die Hexen durch den Kampf um die Macht in ihrem Denken und Fühlen deformiert wurden, sondern auch, weil die Raben nach ihrer Niederlage noch stark genug sind und zum Gegenangriff übergehen können. Die Hexen werden vom Blocksberg deportiert, es bleibt ihnen die Wahl zwischen Avalun und Dschinnistan. Daß die meisten das hierarchische Männerland Avalun vorziehen, besiegelt das Scheitern der Hexenbewegung. Amanda ist wahrscheinlich die einzige, die nach Dschinnistan geht.

Nicht Oberengel und Oberteufel, sondern die Elementargeister haben nach dem Brockenumsturz dort die Herrschaft. Sie sind wie Mythen nicht eindimensional (wie die Märchen, die Religionen), sondern vieldimensional.
Einheit von Natur und Mensch.
Amanda setzt die Elementargeister wieder in ihre alten Rechte ein.

Sie wirken wieder zum Wohle der Menschen. Die Elementargeister (= Naturgeister) versuchen den Menschen die Liebe zu dem, was ihnen geschenkt ist (die Natur), zu erwecken. Statt daß sie ihre Werke anbeten.
Sie bringen ins Bewußtsein, daß Natur nicht etwas Unerschöpfliches ist. Und daß sie überhaupt da ist; nicht: daß der Wald vor lauter Bäumen nicht gesehen wird (sterbender Wald).

Anlaß zum Schnitt Mann (Frau) aus der Rippe:
1986: Die Deportation vom Blocksberg
     Tschernobyl
1979: Hexensieg auf dem Blocksberg. Amanda als Präsidentin. Was geschah dort von 1979–86?
Sie sahen plötzlich, daß ihnen der Sieg zugeschoben worden war. Daß sie mit ihm geschlagen worden waren, just in dem Moment, wo jeder froh sein kann, in der Opposition zu sein: bloß sagen zu müssen, was er nicht will.
Die Raben hatten die Herrschaft fahren gelassen wie eine heiße Kartoffel. Wollten in die Opposition, um sagen zu können: Die Hexen haben keine Konzeption. Auch keine.
*
1979: Sieg. Amanda will Blocksberg auflösen. Nach der Eroberung des Trinksilbers (= Ganzheit) schickt sie die Hexen »nach Hause« zu ihrer besseren Hälfte an die Basis. Schluß mit dem Spezialistentum. Die Zeit der Prophetie ist vorbei. Wir befinden uns mitten in der Katastrophe. Wenn überhaupt, läßt sich nur ganz überleben.
   → Widerstand bei Raben und Eulen.
Die Zeit der Zauberberge ist vorbei. Die Deportation 1986 wird nur eine Sache der Organisation. Aber als Bild noch eindrucksvoll. Amanda ging an die Basis zu Laura (um die Doppelbelastung zu tragen). Sie war jetzt Präsidentin in Abwesenheit – ohne daß sie fürchten mußte, gestürzt zu werden.

Ganz werden – mehr war jetzt nicht zu gewinnen, sagte Amanda nach dem Sieg.

Als der Brocken erobert war, merkten die Hexen, daß sie über den Mitteln das Ziel aus den Augen verloren hatten. D. h. nicht gemerkt hatten, daß es das Ziel längst nicht mehr gab: Übermorgen.
Auch die Raben merkten das. Waren plötzlich geradezu froh, besiegt worden zu sein: richte[te]n sich behaglich in der Niederlage ein.
*
Hatten einen wunderbar Schuldigen: die Hexen. Konnten alle Emotionen drauf abladen, die sie angestaut hatten.
Die Hexen (und Amanda) erkannten zu spät, daß das ein Pyrrhussieg war. Wollten Zusammenarbeit mit den Männern: Die lehnten ab.

Wenn der Zauberberg (Ort des Nachdenkens über Übermorgen) deportiert wird, heißt das: Es gibt kein Übermorgen: was ja stimmt.
Neue Aufgabe [*darüber*: Frau]: Wie lebe ich ohne Übermorgen.
Die Hexen haben sich verschieden entschieden:
a) Gingen in die Geehrtenrepublik.
b) Gingen als Monster auf die Erde.
c) Amanda als Querkopf unter den Querköpfen ging nach Dschinnistan.
Um zu dokumentieren: Es gibt Dschinnistan (ein Land, das es nicht gibt).
Ohne Übermorgen leben kann man nicht ohne Dschinnistan: meint Amanda. Der Traum von der Natur muß uns Wesen der Natur bleiben, sonst werden wir Monster.
Amanda räumt ein, daß sie sich auch irren kann.
Niemand will es (die Katastrophe) genau wissen. Zurschaustellung von Vorwärts statt Hinab. Da man nicht an (Entwicklung bzw.)

Wachstum glaubt inmitten des Sterbens, nennt man es dynamisches Wachstum. = Beweis im Begriff. Das Wort dynamisch systemübergreifend.

Da ein Mensch in Dschinnistan nicht mehr wert ist als jedes andere Lebewesen auch, wollte nur Amanda dahin.
Die andern können ohne Rangordnung nicht leben. Motto: Lieber eine schlechte Rangordnung als gar keine. Auch bei den Hexen: definieren sich letztlich auch nach dem, was andere von ihnen halten (Frauentradition).
Tenner hat Amanda geraten, nach Dschinnistan zu gehen. Er konnte nicht (braucht Rang und Spiel), findet es aber gut.

Dschinnistan = ein Ort, wo die Lüge nicht Staatsdoktrin ist. Wo Amanda nicht lügen muß. Es schwer [hat] zu leben zunächst. Denn sie ist es so gewöhnt, daß sie sich sehr anstrengen muß, um nach der großen Lügerei (Eroberung) nicht wegen Gewohnheit fortzulügen (auch wenn sie nicht muß).
Erste Zeit in Dschinnistan: hat Amanda aus Gewohnheit gelogen. (Obgleich sie das Lügen vorher beklagt hat. Aber die Zerstörung der Korruption durch Taktieren ist ungeheuer. = Demontage der Persönlichkeit durch Umgang mit der Macht: Darauf baut sie. Versucht Leute schuldig zu machen, um sie erpressen zu können.)
*
Die Schwierigkeit nach der Eroberung des Brockens und [der] Niederlage war das Verlernen des Lügens. Das Erlernen war schon schwer. Aber das Verlernen noch schwerer, fast unmöglich (eingefressen in die Natur wie Krebs).
Amandas Krebs: das Lügen. D. h. zweimal Krebs. Laura / Amanda. Sie muß ihn sich selbst rausoperieren, dafür gibt es keine Chirurgen. (Die ganze Welt leidet darunter.)
Ketzer / Hexen sind Leute, die versuchen, sich das Lügen abzuge-

wöhnen = ein tägliches Ringen. (Avalun-⟨x⟩ sich abgewöhnen.) Das
Sich-Selbst-Belügen. Methode: tägliche Gewissenserforschung.
Prozeß der Abgewöhnung des Lügens an zwei Ereignissen demonstrieren
a) Eroberung / Niederlage Brocken
b) Eltern
D. h. ständig sagen: Das war eine Lüge, es war so.

*

Ketzer / Hexe: ermutigen den Menschen, nicht in die Bewegung der
Katastrophe sich fallen zu lassen, sondern im Chaos ihrem einzelnen Leben Gestalt zu geben und diese Gestalt dem Chaos täglich
neu entgegenzustellen.

*

Ketzer / Hexe heute
In chaotischen Zeiten sind Ketzer nicht chaotisch, sondern in der
Stunde der Wahrheit (durch Krankheit: Laura, durch Weltchaos:
Amanda) erweist sich erst der Charakter.
Allein muß man da sein Gesetz finden, allein seine Würde.
Gegen die Ruchlosigkeit den Charakter setzen. Gegen das Chaos
die Form.
Z. B. die Form sich herausnehmen.
a) Hero: im wörtlichen Sinn herausnehmen
b) Amanda / Laura: im übertragenen Sinn.
Vorm Chaos nicht kapitulieren (indem man es schildert). Widerstand = vom Chaos sich nicht vereinnahmen, zeichnen lassen. Sich
dem Chaos verweigern. Kein Mitläufer (des Chaos) sein. Aussteigen aus dem Chaos: jeden Tag neu.
Amanda: als Dichterin: hat nicht die Verlautbarungen der Politiker
nachzudenken, nur ihre Handlungen. Den Rest für den täglichen
Widerstand aufsparen.
Sozial und privat eigenverantwortlich handeln (in den gegebenen
Grenzen). Keine vorgekauten Gedanken ungekaut [*darüber*: unverkostet] schlucken.
Von der allgemein herrschenden äußeren Tatenhuberei (die nur

Unordnung macht) sich nicht ablenken lassen von seiner scheinbaren »Faulheit«. Die andern sind zu träge zum »Faulsein«. D. h. zum Nachdenken. Sie rennen vor sich selbst davon.
↪ Ketzer: Stellt sich jeden Tag sich selbst. Das ist die eigentliche »Kleinarbeit« (des Kranken wie des Gesunden in kranker Zeit).

*

Warum schreibt Amanda?
(In Dschinnistan kann man nur apokryph erzählen, weil es das Land nicht gibt.)
Selbstverständigung (Tagebuch).
Das Land Dschinnistan gibt es nur insofern, als es Bericht von ihm gibt. Ohne Bericht ist es nicht. Ohne Bericht bin ich nicht als ein Wesen von Dschinnistan. Der Bericht beweist mir (und andern), daß ich bin. Ich schreibe, also bin ich.
Der Bericht beweist auch der Welt, daß es Dschinnistan, das Nichtland, gibt. Bzw. wir können nur leben, wenn wir glauben, daß es Dschinnistan noch gibt. Ohne die Lüge, daß es Dschinnistan gibt (= die noch lebende Natur), können die Menschen im Untergang nicht leben.
Dschinnistan ist eine fromme Lüge. Ist nötig, um ein Mensch zu bleiben. Auch für Laura in der Krankheit.
Amanda ging in der Katastrophe der Niederlage nach Dschinnistan, um den Leuten zu beweisen, daß es Dschinnistan gibt.

Amanda ist eine Art Faktotum am Hofe von Titania und Oberon. D. h. Minister mit allen Portefeuilles. D. h. ohne (bestimmtes) Portefeuille. D. h. mit allen. Je nach Bedarf. Außenminister, Wirtschafts-, Finanzminister (→ Manager). Konsul. Mit diesem Portefeuille reist sie in die DDR. Verhandlungen mit Prof. Harry Bronze. Offiziell.
Nebenbei: Laura besuchen privat.
Bilaterale Verhandlungen und Transit-Visum durch Avalun.

*

Oberon und Titania sind an Hero interessiert. Weil ein Mann aus der Rippe die Erde vielleicht retten, jedenfalls die patriarchalen Naturzerstörer mit ihrer Leistungsethik stören könnte. Deshalb schicken sie Amanda aus (Informationsminister. Kulturminister. Wissenschaftsminister: Historiker).
Puck nennt das: (Hero: Mann aus der Rippe) einen genialen Schabernack (das muß er neidlos anerkennen). Denn: am Hof ist es öde: kein Klatsch etc. Da braucht man Neuigkeiten. Gute. Leicht zu haben sind schlechte Neuigkeiten. Aus erster Hand aus Avalun. Aus zweiter Hand über Avalun: Erde.
Das Buch ist eine Art Communiqué über meinen Besuch auf der Erde. [...]
a) Für Oberon und Titania: Die Erde existiert noch.
b) Für die Erde: Dschinnistan lebt noch.

Amanda erzählt für Laura (Notizen)

Nachdem ihre soziale Utopie einer Hexenherrschaft auf dem Brocken gescheitert ist, sehnt sich Amanda wieder stärker nach ihrer abgetrennten Hälfte. Verschiedene Varianten der Annäherung werden in den Notizen durchgeprobt: Laura und Amanda gemeinsam in Dschinnistan; Laura und Amanda gemeinsam in der DDR; Laura von Amanda räumlich getrennt, aber in Briefkontakt. Als Laura schwer erkrankt (vgl. S. 287ff.), ergreift Amanda die Initiative: Sie verschafft sich das notwendige Transitvisum durch Avalun, um Laura im Ostberliner Krankenhaus besuchen zu können. Ihr Liebhaber Konrad Tenner versorgt sie mit Informationen zum Mann aus der Rippe, mit denen sie an Lauras Lager eilt, um der Kranken Mut zuzusprechen. Im Bild der getrennten Liebenden Hero und Leander begegnen Laura und Amanda ihrem eigenen Schicksal.

Im Sieg war die Niederlage schon zu wittern. Deshalb haben Amanda und Laura das Trinksilber zur Vereinigung nicht getrunken (ganze Menschen [*darüber*: Frauen] sind unlebbar in dieser Welt), sondern nur die Insel sich hergetrunken. In einer Welt des Hasses, Kampfes, der Angst, der Panik ist diese Liebe die Insel (privat).
*
Apokryph heißt: Geschichten von einer »Insel«, die es nicht gibt.
Erzählerin Amanda erzählt nicht ihre Liebesgeschichte mit Laura für Voyeure. Diese Liebe: dem Narzißmus verwandt. Beruht auf Ergänzung/Kontrast. Hat die Sehnsucht. Braucht die Distanz. Distanz wird bewußt hergestellt.
Amanda erzählt (d. h. schreibt es auf) für die Enttäuschten (nach der Niederlage). Ein Lebenszeichen (der Besiegten, die nie gesiegt hatten. Denn das gibt es nicht mehr). Ein Lebenszeichen in Erwartung anderer Lebenszeichen. Denn alle Hexen sind versprengt. Haben sich alle Geteilten vereinigt? Oder gibt es auch anderswo Liebeshürden?
Briefe von Amanda an Laura aus der Distanz
a) über Hero und Leander
b) über Barbara.
Wenn man sich nicht nach einer Zukunft sehnen kann, ist es wichtig, daß sich das Leben nach einander sehnen kann noch (Liebe). Das ist noch heil. Liebe ist eine Form, in einer heillosen Welt (Chaos) noch Form herzustellen. Es ist nicht nur kitschig, daß die Leute jetzt kitschige Liebesgeschichten lesen wollen (*Liebe in der Zeit der Cholera*). Es ist Ernst dahinter.
Insel: Dschinnistan.
Aber vereint: Da könnte man nur hier leben. Beide Hälften. Oder in Avalun. Lieber beide Hälften jede ein Bein da und dort durch die Liebe und mit der Liebe verbunden mit beiden Welten. (Die Welt von Oberon und Titania gibt es schon lange nicht mehr. Aber die Liebenden brauchen sie.)
Amanda ist eine Grenzgängerin. Für den Opernregisseur Bronze

= der offizielle Grund. Hat immer Durchreise durch Avalun (Tenner).
Amanda gibt Laura Tenners Schilderung von der Eroberung und Niederlage zum Besten. Amanda lacht darüber. Man weiß nicht, was wahr und nicht wahr ist. Apokryph.
Amanda wartet auf Nachrichten von den Versprengten. Die erste (gute): Hero (oder wieder eine). Amanda: Sobald ich mehr weiß über Hero, schreibe ich Dir. Oder reiße Dir einen Bericht aus meinem Tagebuch. Das ich für mich, also auch für Dich schreibe.

Amanda war immer eine Fremde, nicht nur in diesem Land oder zu dieser Zeit, sie war immer eine Fremde gewesen auf diesem Planeten, träumte vom Aufstand der Tiere gegen die Menschen, fühlte sich mit den Tieren und Pflanzen verbundener als mit den Menschen (eine unselige Spezies, Fehlentwicklung!).
*
Die närrische Amanda. Laura fehlt das Närrische (deshalb inserierte sie). Amanda hat es in größtem Maß. Die närrische Amanda. Labyrinthische Ausuferungen durch Aufzählungen, die in Nonsens münden. Amanda besucht Laura schließlich im Krankenhaus (Krebs durch Streß?).
Erzählerin Amanda. Wohnhaft: Dschinnistan. Schreibt die Hero-Geschichte auf. Weil sie annimmt, daß Laura sie nicht gehört hat. (Und lesen kann sie ja im Moment nicht, weil sie blind ist. Aber für die Zeit, da Laura wieder sehen kann, schreibt Amanda die Geschichte auf. Damit sie nicht verloren geht.) D. h. recherchiert.

Herokomplex schreibt Tenner. Tenner hat ja LauraAmanda zuerst *ganz* geliebt. Er war am meisten interessiert, daß sie wieder ganz wird (aber da täuscht er sich über sich selbst: Illusion).
Dann liebt er Amanda, den Teil. Er liebt sie immer noch. Sie kann alles von ihm fordern.

Was verspricht Amanda für Tenners Recherchen?
(Er hat es gern, wenn er ein bißchen leidet.) Er leidet darunter, daß Amanda Laura liebt. Aber gleichzeitig: Voyeur-Genuß.
Amanda zu Tenner: Ich brauche die Geschichte für Laura. Sie ist krank. Im Krankenhaus (und auch sonst): Geschichten erzählen ist alles inmitten einer Katastrophe. Wenn ich Laura besuche, kann ich nicht ohne Geschichte kommen.
Wenn Tenner keine Neuigkeiten über Hero hat, muß er etwas anderes erzählen. Von sich. Von Avalun. Von Giovanni.
Wenn Tenner nichts geliefert hat, erzählt Amanda von gemeinsamen Erlebnissen mit Laura. Salman-Geschichte: Es ist eine harte Wahrheit. Tut aber gut. Besser als Verdrängung (die Katastrophe aussprechen).

Oberon und Titania, das Königspaar von Dschinnistan

Dschinnistan ist das kleine Stück Land, das von der mit Elfen, Feen, Erdgeistern bewohnten Natur übrig geblieben ist. *Regiert wird es von Oberon und Titania, denen man, da sie unsterblich sind und nicht umgebracht werden können, diesen Deportationsort – von Titania auch als Hölle bezeichnet – zugewiesen hat. Als letzter angestammter Untertan ist dem Herrscherpaar der unbezähmbare Puck geblieben. Ihr Miniaturreich ist vollständig umgeben von Avalun, in dem eine bis ins letzte verwaltete, degenerierte Spezies lebt. Dschinnistan ist der erklärte Feind dieser mafiosen Gesellschaft, die eng mit den Mächtigen der Erde zusammenarbeitet.*

Avalun und Dschinnistan bilden den Hintergrund eines Handlungsstrangs, der parallel zur Hero- und Leandergeschichte verlaufen sollte und viele Berührungspunkte mit dieser Geschichte besitzt. Ein Teil davon ist geschrieben; verfaßt wurde er, als noch nicht feststand, daß Jacky Zettel die Hero-Geschichte präsentieren würde. Es ist Titania, die Stück für Stück von der Intrige um Hero erfährt und weitererzählt (in Formulierungen, die sich teilweise in Zettels späterer Einleitung wiederfinden).

Zwölf Briefe Titanias an Oberon

Titania ist aus Dschinnistan nach Avalun entführt worden und hat dabei menschliche Gestalt angenommen. Gefangen in einem lichtlosen Container, muß sie sich Verhören unterziehen. Nachdem sie anfänglich glaubt, sie solle den zweiten Apfel der Erkenntnis aus dem Paradies pflücken, der die Erde vor dem Untergang retten könnte, erkennt sie den wahren Grund ihrer Inhaftierung: Sie wird verdächtigt, Hero geholfen zu haben. Einer steht ihr im feindlichen Avalun bei: Puck. Er heitert sie mit Späßen auf und organisiert auch den verbotenen Briefwechsel zwischen ihr und Oberon.

Erster Brief

»Bekanntlich wurde unlängst ein Mann aus einer Rippe geschnitten – die Erde ist nicht mehr das, was sie mal war. Aber Avalun auch nicht, werte Titania! Wer Komplotte sät, erntet Knast: Abführen!«

Dergestalt die Rede zu meiner Begrüßung, lieber Oberon. Ich schreibe Dir den Wortlaut auf, weil ich ihn nicht verstehe – von der Drohgebärde abgesehen, aber die sind wir ja gewöhnt. Freilich hatte ich als Aufforderung zum Pflücken eine andere Tonart erwartet. Ein anderer Grund für meinen Rücktransport als die Ernte des zweiten Apfels ist aber ausgeschlossen.

Bislang allerdings weder ein Gras noch ein Baum in Sicht. Menschen auch nicht. Sollte ich mit einem Orakel begrüßt worden sein, wirst Du es spielend enträtseln. Denn Du kannst tanzen, lieber Oberon.

Ich dagegen muß sitzen. Auch ist mein Sitzbehälter, von gleicher Form wie mein Transportbehälter, nur etwas größer, wieder ohne Fenster, so daß ich die Erde mir immer noch herträumen muß. Obgleich ich drauf steh: Das steht für mich fest. Der Rest mag zweifelhaft sein. Egal: einer von uns ist raus aus der Hölle und somit wieder zu Hause. Mehr als einer sogar dank Deiner Neugier und der Unaufmerksamkeit der Bewachung beiderseits. Oder waren diese Grenzposten tatsächlich unfähig, Unsichtbares zu erkennen? Dein Puck passierte wie nichts und prompt kichernd. Ich dagegen, stumm und in Menschengestalt, wurde mißtrauisch durchgemustert und mit dem Export- beziehungsweise Importbefehl verglichen, der in zweifacher Ausfertigung geklebt war: auf meine Stirn und auf meine Kiste. Selbst wenn ich ein Mensch wäre – ist Dir irgendeine Ähnlichkeit zwischen einem solchen und einem Papier vorstellbar? Inzwischen hab ich keins mehr vor der Stirn. Den Abriß besorgte ein Kentaur. Der gleiche, der den Befehl »abführen« ausführte. Von unserem Fenster in Dschinnistan aus hab ich nie Kentauren gesichtet. Wirf doch bitte mal scharfe Blicke in die verschiedenen Abteilungen, lieber Oberon, möglich, daß mein Auge die äußerlichen Bilder der Hölle nur flüchtig wahrnahm, weil es von den innerlichen der Sehnsucht nie hat lassen können. Eine Sehgewohnheit vielleicht inzwischen? Diese Form partieller Unaufmerksamkeit ist bei meiner Mission, die Umsicht erfordern wird, mindestens hinderlich oder gar gefährlich. Denn dieser zweite Apfel wird ja, wie der erste, nicht nur zu pflücken sein und anzubeißen. Ich muß ihn auch zum Aufessen vergeben. An wen aber? Dunkel das ganze Unternehmen, da heißt es helle sein. Aufpassen.

Nicht zuletzt für Dich, lieber Oberon. Puck wird Deine Neugier dann so hurtig mit Briefen befriedigen, wie er die meinige jetzt mit Späßen zu mildern sucht. Auch Licht und Papier und Stift hat Dein Hofnarr in meine Finsternis gezaubert.

Er kann allein zaubern. Ich dagegen ... Bloß gut, daß wir beim plötzlichen Abtransport ohne Angabe von Gründen und Anweisungen die Menschengestalt für mich wählten. Blind. Spontan klingt natürlich besser. Intuitiv bedeutend. Aber auch wenn wir den Grund der Gründe erst beim Abschied erraten konnten – auf Königsebene zählen einzig Taten. Wäre ich unserem Nachfolger als Pflanze oder Tier unter die Augen getreten, er hätte vielleicht nicht nur geschnauzt, sondern mich gar zurückgeschickt. Zum Ummachen oder überhaupt. Aber auch als Frau werde ich wohl nur eine kurze Aufenthaltsgenehmigung zu erhoffen haben. Sei trotzdem nicht traurig, lieber Oberon. Briefbote Puck eilt, umgehend Deine Antwort erwartend

Deine Titania

Zweiter Brief

Lieber Oberon
Dank für Deine Orakelinterpretation, aber es soll kein Mann aus einer Rippe geschnitten worden sein, um die Genesis patriarchalisch zu überbieten und also auch unsere Hölle nebst Erde etc. Von einer weiblichen Rippe geht die Rede. Auch bei den Kentauren, die mich

zum Verhör führten. Alle Kentauren – halb Mensch, halb Maschine – nennen unsern Nachfolger Knochenkarl.

Er sieht auch so aus.

Die orakelhafte Rede zu meiner Begrüßung bellte er selbst. Die nachfolgenden ließ er bellen. Von Bierernst. Kein Hund. Eher ein Papagei – die Schönheit des Tiers weggesehen. Der Rest ein Verstärker für das Geklapper von Knochenkarl, der offiziell König Karl heißt.

Außer einem Nachsprecher beschäftigt der König auch einen Vordenker, offiziell Exzellenz Ortgeist genannt.

Zwar kann nur der König ungezwungen klappernd bellen, da einzig er nur Skelett ist, aber sein Hofstaat befleißigt sich allgemein, den knochentrockenen Ton nachzubilden. Ein Meister dieser Nachbildung – vom Original kaum zu unterscheiden: Exzellenz Ortgeist.

Er führt auch die Verhöre.

Dem ersten gab König Karl die Ehre seiner Anwesenheit.

Zu Beginn verlautbarte seine Exzellenz Ortgeist, daß die Massenmedien sich auf das Ereignis gestürzt hätten. Dem kapitalistischen Lager verpflichtete hätten es ausgeschlachtet und fertig.

Dem sozialistischen Lager verpflichtete warteten auf die Klärung des Sachverhalts, und die Überprüfungen wären noch nicht abgeschlossen, hätten jedoch eindeutig ergeben, daß das Ereignis inzwischen veraltet ist. – »Ortgeist weiß alles – raus mit der Sprache.«

»Mit welcher Sprache«, fragte ich natürlich. Wiewohl menschlich angesprochen.

Logisch bemüht, die Hofetikette nicht zu verletzen, richtete ich meine Frage an die höchste Instanz im Saal: an König Karl von Menschengnaden.

Pause.

Ich fragte nach, ob dem König der Natur deren Sprache geläufig wäre, oder ob er einen Dolmetscher benötigte.

Pause.

Ich übersetzt meine Frage selber aus dem Natürlichen ins Menschliche.

Wutausbruch des Königs ähnlich dem bei Primaten, wenn einem männlichen Tier, das eben die oberste Stufe der Rangordnung für sich freibekam, vom obersten weiblichen Tier – folglich dem gestürzten Pascha zugehörig vor der Verschwörung – danach die sofortige Anerkennung der Neuordnung verweigert wird.

Da König Karl in seiner Residenz Bäume zum Herausreißen nicht zur Verfügung stehen, mußte er sich an Geld auswüten. Er saß drauf, aber nicht nur sein Thron ist aus purem Geld gefestigt, auch der Thronsaal, der Gerichtssaal, das Schloß, der Schloßpark: alles pures Papiergeld.

Herausreißen leicht gemacht. Ich war eine Weile von Geldscheinen umflattert – wenn Dein Puck nicht – unsichtbar wie immer – mein Zeuge gewesen wäre, würde ich mir diese unglaubliche Welt, in die ich verschleppt wurde, selbst nicht glauben. Immer wieder trau ich meinen Augen nicht – und Du sollst meinen Briefen traun? Aber Du mußt, liebster Oberon, ich brauch Dein Vertrauen, Deinen Glauben an mich, wenn ich meinen an mich nicht verlieren will. Dem wütenden Knochenkarl gegenüber äffisch zu tun, um ihn zu beruhigen, kann das Selbstwertgefühl einer Titania nicht antasten. Von Übermacht erzwungene Untertänigkeit ist nicht ehrenrührig. Aber diese Verständnislosigkeit! Ich verstehe um so weniger, je mehr mir zu Ohren gebracht wird. Von diesem Komplott vor allem. Irgendein Komplott wird uns vorgeworfen, für das ich büßen soll. Warum ich? Nur ich? Falls wir gemeinsam etwas verbrochen hätten, müßten wir doch auch gemeinsam zur Rechenschaft gezogen werden? Fürs Apfelklauen zum Beispiel. Ich vermute, Knochenkarl vermutet oder läßt durch seine Vordenker vermuten, daß wir den zweiten Apfel auf die Seite schaffen wollten. Auf die Seite von Dschinnistan, wo er wertlos wäre, während ohne ihn die Menschen, denen König Karl untertan ist, absehbar untergehen werden. Leider nicht allein. Ich vermute stark – aber das Wort Apfel fiel im ersten Verhör nicht. Und als ich es fallen ließ, wurde mir schnauzend bedeutet, ich solle mich nicht dumm stellen. Auf Abruf zum zweiten Verhör

Deine Titania

Dritter Brief

Bloß immer in der Finsternis einer Kiste oder im Messerlicht der Verhörscheinwerfer – da kommt jede Sehkraft zu Schaden, lieber Oberon. Zuerst die geistige. Klar: wenn Knochenkarl uns beide vorgeladen hätte, wäre ja unsere Deportation aufgehoben. Von Dschinnistan aus ist das ganz klar, und Du hast es gesehen mit einem Blick, Liebster, ich brauche das Geleit Deiner Briefe, damit ich nicht geblendet in Löcher tappe und in Fallen. Bisher wurde ich nur mit Licht gefoltert. Aber Ortgeist hat klappernd gebellt, daß die königliche Folterkammer nicht nur über Lampen verfüge und mein Geständnis folglich nur eine Frage der Organisation wäre. So macht er mir Angst, die verdummt. Und das kann er nur, weil wir getrennt sind. Auch hier in der Kiste träume ich davon wie wir uns früher oft monatelang eigenbrötlerisch herumtrieben, jeder auf einem andern Erdteil: allein, aber nie einsam. Denn der Strom unserer Kommunikation floß. Die Grenze zwischen Dschinnistan und der Erde aber schließt ihn kurz. Soviel weiß Knochenkarl selbst oder in Gestalt seines Vordenkers. Genug um sich zu erinnern, daß wir nur gemeinsam zaubern können. Hätte uns Knochenkarl beide vorgeladen, hätte er sich selbst gestürzt. Nach dem zweiten Verhör vermute ich, daß er vermutet, wir wollten ihn stürzen. Ein Komplott in Gestalt einer gemeinsamen illegalen Grenzüberschreitung und die Vergabe des Apfels an Dich. Denn der zweite Apfel muß ja ebenso wie der erste nicht nur gepflückt und angebissen, sondern auch zum Aufessen vergeben werden. An ein Skelett?

Da aber der Apfel von Ortgeist nicht erwähnt und von mir erwähnt überhört wird, schließe ich: Tabu. Und Tabus wirken paradox: Nichts fällt dem Bewußtsein so ins Bewußtsein wie bewußt Ausgespartes. Ich nehme im Gerichtssaal nur ein riesiges apfelförmiges Loch wahr, während Ortgeist wortreich bemüht ist, mir eine Frau vorzuschwatzen. Eine ganz bestimmte, die er behauptet zu kennen, weshalb er sie genau von mir beschrieben haben will – »Seltsame Logik«, wagte ich zu bemerken.

»Ein terroristischer Anschlag«, schrie er, ⟨xxx⟩ »und da Bekennerbriefe, die gewöhnlichen terroristischen Anschlägen folgen, diesmal ausblieben, muß es sich um einen außergewöhnlichen Anschlag handeln. Aufenthaltsort?«

»Von wem«, flüsterte ich unwillkürlich vor mich hin.

»Na von der Frau«, bellte und klapperte Ortgeist, »von dieser Frau, über die wir die ganze Zeit reden, Menschenskind, wo ist das Weib, das sich den Mann aus den Rippen geschnitten hat?«

Ich bat zu erinnern, daß Titania – bekanntlich kein Mensch, wiewohl derzeit in Menschengestalt – kein Kind von einem Menschen sein könnte und folglich ...

»Folglich«, schrie Ortgeist triumphierend und verließ mit Bravorufen der Kentauren den Gerichtssaal.

Auch sonst: nur Kentauren – Knochenkarl ausgenommen. Da kann mich kaum noch erstaunen, daß Du vom Fenster unserer Deportationskammer aus keine gesichtet hast, lieber Oberon. Zu Dir hin sehnt sich
Deine Titania

Vierter Brief

Beinahe noch schlimmer als die Verhöre sind die Halbmenschen. Ständig von Wesen umgeben, die halb Mensch sind, halb Maschine – das hält keine Titania aus! Es gibt zwei Sorten: Eine ist oben Mensch und unten Maschine, die andere ist unten Mensch und oben Maschine. Sollte die ganze Erde inzwischen von solchen Kentauren bewohnt sein, kommt der zweite Apfel zu spät. Selbst wenn Du es sein könntest, der ihn aufißt, lieber Oberon.

Das dritte Verhör eröffnete Ortgeist mit der Behauptung, im zweiten wäre ich überführt worden. Prinzipiell. Und wenn prinzipielle Wahrheit herrsche, wäre die Herausarbeitung von Fakten nur noch eine Frage der Organisation: Ortgeists Ressort. Objekt der Herausarbeitung: ich. Am Wort »folglich«, das ich gestanden hätte, solle zugepackt und der daran hängende »Rattenschwanz« der Subversion rausgezerrt werden und her auf den »Tisch«. Mit »Tisch« ist der Papiergeldstapel gemeint, hinter dem Ortgeist mit seinen Richtern sitzt. Ortgeist und Bierernst von der Kentaurensorte, die oben Mensch sind und unten Maschine, die Richter reziprok gebaut. Mit »Rattenschwanz« scheint die Frau gemeint zu sein, die sich einen Mann aus den Rippen geschnitten haben soll. »Aber nicht allein«, bellte Ortgeist, von Bierernst verstärkt. Knochenkarl ist nämlich nicht mehr zugegen, nur Bierernst ist geblieben von ihm, der König setzt sein bestes Stück ein für die Aufdeckung dieses »Rattenschwanzes« – hältst Du für möglich, daß alle Könige der Erde inzwischen statt Hofnarren Hofpapageien halten, lieber Oberon? Würde Dein Puck mich nicht in der Kiste mit Beschimpfungen und anderen scharfzüngigen Späßen aufrichten, wäre ich längst zurückgeflohen. Wie gesagt: wenn besagte Frau das ganze Ereignis wäre, hätte die Welt es vermarktet beziehungsweise verschwiegen und vergessen – fertig: behauptet Ortgeist. Das {Mensch} vergessen, das Komplott vergessen und uns nachgesehen … Wieso »uns«? Ich höre immer »uns«, lieber Oberon. »Unser Komplott« hör ich immer. Aber nicht deshalb, sondern wegen seiner unabsehbaren Folgen würden wir verurteilt. Wir – das heißt ich. Und vorher müßte ich helfen, diesen Folgen auf die Spur zu kommen. »Wer Gedankenlesen kann und A gesagt hat, muß auch B sagen«, bellte Ortgeist abschließend und übergab mich Bierernst. Erbitte dringend Idee, wie ich ihn wieder loswerden kann.

Deine Titania ist ratlos.

Fünfter Brief

Mein lieber argloser Oberon, aber Du bist genau so naiv wie ich. Gegen einen Spitzel im Dienst, der den Befehl hat, sich an einen Spitzel in spe zu hängen, helfen doch keine Ideen. In Dschinnistan ausgebrütete jedenfalls nicht. Lies meine beiliegende Abschrift

der Abschrift aus den Prozeßakten, die mir Bierernst in die Kiste warf. Beweisstücke aus Knochenkarls übergeordneter Region: der menschlichen. Dem König und Vater offenbar übergeben zur Verwendung. Zu einer bestimmten, sicher genau vorgeschriebenen, muß ich nach allem, was ich bisher hier erlebt habe, annehmen. Ich frag Dich: zu welcher? Ortgeist kommentierte nur, ich solle mich von der diffamierenden Bezeichnung »Dunkelweiberbriefe« nicht irreführen lassen. Sie erkläre sich aus der Quelle. Die Briefe wären Beute einer Razzia in antipatriarchalischen Kreisen, die bereits in den Untergrund hätten abtauchen müssen und sowieso im Sterben lägen, tollwütige Hunde bissen gern, von tollwütigen Hündinnen ganz zu schweigen. Bierernst wartet vor meiner Kiste, bis ich die Papiere durchstudiert – nein: »zur Kenntnis genommen« habe und »quittiert«. Lies so schnell wie Dein Puck fliegt oder noch schneller, lieber Oberon.
   Deine verzweifelte Titania

Anlage: Dunkelweiberbriefe I/86–Din Z 8, TGL 36975–36979

Sechster Brief

Lieber Oberon, Du brauchst an diesen Dunkelweiberbriefen nicht mehr herumzurätseln, ich bin frei. Das heißt: freigesprochen. Das heißt: freigegeben für den Rücktransport nach Dschinnistan. Ich freu mich auf unser Wiedersehen, als ob wir jahrelang getrennt gewesen wären, ach. Eben noch in Angst und Schrecken und plötzlich ... Das vierte Verhör begann nämlich wieder mit einer Steigerung: Ortgeist steigerte seine Einschüchterungsmethoden von Mal zu Mal. Gerade hatte er verkündet, daß sich niemand so gut für den Geheimdienst eigne wie eine Königin der Natur, weshalb ich unverzüglich zur Entlarvung des »Rattenschwanzes« abkommandiert würde. Widerstand zwecklos. Begleitschutz: Bierernst. Der »Rattenschwanz« würde auf hundert bis tausend Stück geschätzt. Frauen; Männer wären vom Verdacht der Nachahmung ausgeschlossen beziehungsweise als Nachahmer ungefährlich und also keinen Lesungen zu unterwerfen. Nur Frauen hätte ich durchzulesen – so schnell wie möglich und so viele wie möglich, eigentlich alle, jawohl alle Frauen der Erde, sämtliche Frauen der Welt, ohne absolute Gründlichkeit wäre der Schaden nicht wieder gutzumachen, der mit außerirdischer Hilfe angerichtet worden wäre, ohne solche Hilfe wäre keine Frau in der Lage, sich einen Mann aus den Rippen zu schneiden, auch wenn diese Hero in irgendwelchen Interviews irgendwelcher Skandalblätter von einem Zufall geredet hätte, gefaselt von einem zufälligen Unfall mit unbegreiflichen Folgen – nun ja, für König Karl und seine übergeordneten Stellen ist gleichgültig, ob Madame Hero sich nur so dumm stellte oder tatsächlich so dumm war und nur ein Medium, ein Werkzeug in den Händen von Oberon und Titania zur Vorbereitung des Umsturzes ...

Ein Kentaur eilte in den Gerichtssaal und überreichte Ortgeist einen dicken Brief.

Ortgeist bellte klappernd weiter, wobei er das große Couvert erbrach, zusammengefaltete Papiere herauszog und flüchtig auf das Begleitschreiben schielte: »Wer den unabsehbaren Schaden angerichtet hat, muß ihn auch beheben. Das verlangt allein schon die Gerechtigkeit. Und in diesem Falle ist sogar nur und einzig der Urheber imstande, diesen Schaden ...«

An dieser Stelle unterbrach Ortgeist plötzlich seine Rede. Und las. Und hüstelte. Und las wieder. Und räusperte sich. Und setzte seine Rede fort mit der Behauptung, daß Schaden bekanntlich mitunter aber auch von Nutzen sein könnte, zumal wenn er sich in Grenzen hielte, wofür die übergeordnete Stelle garantiere. Mithin auch die Verantwortung trage. »Nicht mehr unser Bier«, bellte Ortgeist zu den Richtern gewandt und warf Bierernst die zusammengehefteten Papiere vor. Zu mir bellte er: »Schwein gehabt, Sie sind frei. Wir sprechen Sie frei – sagen wir mal: auf Bewährung, damit es Ihnen nicht zu wohl wird. – Bereithalten zum Rücktransport!« In den Saal schrie er: »Maßnahmen zur Rückführung einleiten! Abführen.«

Zwar sitze ich noch nicht in der Transportkiste. Aber die Bewachungskentauren befleißigen sich eines freundlichen Umgangstons. Und Bierernst hat mir sogar eine Lampe in meine Finsternis gebracht und was zu lesen. Damit mir die Zeit nicht so lang würde. Gemeint wird die Wartezeit sein. Für die Ausfertigung der Rückführungspapiere. Aber mit der Aussicht, meinen Oberon wiedersehen, -fühlen und -lieben zu können, kann mich selbst Bürokratie nicht betrüben. Bierernst hat mir die Papiere zum Lesen gegeben, die ihm von Ortgeist vorgeworfen wurden. Wieder Dunkelweiberbriefe. Gibts denn in diesem Papiergeldlandstrich keine andere Lektüre!

Deine Titania möchte so schnell wie möglich wieder in ihrem Oberon lesen.

Siebter Brief

Lieber Oberon
Die Ausfertigung der Rückführungspapiere scheint eine langwierige Prozedur zu sein. Da mir, um die Qual des Wartens erträglich zu halten, die Späße und Frechheiten Deines Puck unentbehrlich sind, schicke ich Dir, der durch die Ausblicke in die verschiedenen Abteilungen der Hölle und manchen Umgang mit deren Bewohnern ohnehin mehr Zerstreuung hat als ich in meinem fensterlosen Sitz- und Wartebehälter, den zweiten Stapel Dunkelweiberbriefe – als Puckersatz. Keine Abschrift, sondern das Original. Kannst es aber behalten. Bierernst hat gesagt, es würde nicht mehr gebraucht. Gestern ist mir das Warten so sauer geworden, daß ich Puck bitten mußte, kurz Deine Gestalt anzunehmen, lieber Oberon. Deine Elfengestalt und angezogen mit einer Rose in den Locken, Du weißt schon.

Auf baldiges Spiel brennt Deine Titania

Achter Brief

Es kommt alles ganz anders, lieber Oberon, in der Natur und somit in Menschen kann ich zwar lesen, aber in Kentauren? Die letzten Dunkelweiberbriefe mußt Du sofort zurückschicken, weil sie doch noch gebraucht werden beziehungsweise abgelegt werden müssen. Zurück in die Prozeßakten. Obgleich der Prozeß unterbrochen wird, hat mir Ortgeist eben versichert. Er öffnete meine Sitzkiste, ich dachte, er wolle mich persönlich verabschieden, und also erwartete ich die Rückführungspapiere und vielleicht sein Geleit zur Transportkiste – Titania denkt, Ortgeist lenkt. Mit Befehlen lenkt er, ich vermute, er kann gar nicht anders, »ganze Kompanie kehrt«, bellte er, aber nicht verbissen wie sonst, sondern eher heiter, »Irrtum vom Amt«, bellte er fast genüßlich, »soll vorkommen, auch Vorgesetzte können mal irren und die Lage falsch einschätzen, mitunter sieht ein Untergebener sogar eher klar, aber was nützt das ohne Anweisung – so etwa gings mir und meinem Gericht, aber nun ist die Anweisung da, noch rechtzeitig immerhin – der Schaden durch den Zeitverlust, wenn Sie bereits unterwegs wären, zurück oder gar schon wieder in Dschinnistan: unausdenkbar. Nun also: die Welt hat Glück gehabt und gute Chancen, wieder in Ordnung gebracht zu werden. Mit unserer Hilfe, was in dem Fall konkret heißt: mit Ihrer, Titania. Da Sie die Dunkelweiberbriefe selber einsehen konnten, ist Ihnen natürlich längst klar, daß sich diese Korrespondenz auf dem Holzweg befindet. Nun ja, nichts tut einem Angeklagten wohler als seine Richter auf einer falschen Fährte zu wissen. Sie hatten eine Weile Gelegenheit, diesen Spaß auszukosten – und wir nehmen Ihnen Ihre Pokermiene nicht übel. Aber jetzt wird aus dem Spaß Ernst, und wir verlangen Einsatz. Vollen Einsatz Ihrer Fähigkeit, in Menschen zu lesen. Die in den Dunkelweiberbriefen beschriebene Frau ist – wie Sie wissen – nur eine schwache Nachahmung. Eine sehr schwache sogar und deshalb kaum gefährlich. Faktisch. Prinzipiell dagegen –. Inzwischen hat Interpol endlich erkannt, daß prinzipiell alle Nachahmungen gefährlich sind und Terrorismus. Die provinzielle Betrachtungsweise in den Dunkelweiberbriefen ist auf internationaler Ebene unhaltbar. Ich erinnere an die übergreifenden Interessen auf der Grundlage der friedlichen Koexistenz der Gesellschaftssysteme. Im Bereich Abrüstung funktioniert die Koalition der Vernunft noch sehr schlecht – auf dem Gebiet des Emanzismus ausgezeichnet. Über die Notwendigkeit seiner Bekämpfung sind sich alle Staaten und deren Staatsmänner einig. Unsicherheiten, die zu solchen Fehlentscheidungen wie die in den Dunkelweiberbriefen dokumentierten führen können, sind menschlichem Versagen anzulasten, das selbst im Zeitalter der Technik noch nicht gänzlich ausgeschlossen werden kann. Beim Gros der Menschenmassen. Unsere Kentauren sind da zuverlässiger. Wie auch immer: König Karl hat wieder grünes Licht bekommen. Das heißt: rotes. Achtung! Alarm! Ausschwärmen! Statt Verhör Fahndung, Untersuchungshäftling Titania! Daß der Freispruch auf Bewährung ungültig ist, versteht sich von selbst. Aber wenn Sie gut fahnden und den Kern ausheben, könnte Ihr Prozeß nicht nur ausgesetzt, sondern sogar abgebrochen werden. Freispruch ohne Bewährung. Kronzeugenfreispruch sozusagen. Sie packen aus und knacken den harten Kern der ROF, und wir zeigen uns auch von unserer besten Seite – zeitweilige Erdaufenthaltsgenehmigungen für Sie und Oberon nicht ausgeschlossen. Natürlich kennen wir diese Hero, der Sie behilflich waren, einen Mann aus der Rippe zu schneiden – das Foto dieser Frau in delikaten Stellungen mit ihrem Sohn oder Liebhabersohn hat kein Boulevardblatt ausgelassen. Aber wo sich das Weib derzeit aufhält, ist unbekannt. Auch die endlich eingeleitete Großfahndung über Interpol blieb bisher ergebnislos. Titanias Auftrag folglich: Schlupfwinkel von Hero ausfindig machen, den harten Kern der bereits über die ganze Erde verbreiteten Rippenoperierfraktion ROF hochgehen lassen und deren praktizierende Anhängerinnen bis auf die letzte den zuständigen Polizeibehörden ausliefern. Das heißt den weltlichen. Für die Menschheit sind die Ordnungskräfte von König Karl nämlich nicht zuständig. Ihm untersteht nur die Wartung der Natur als

Nutzungsreservoir für die Menschheit. Vorbei die Anarchie von einst, als Sie mit Ihrem Oberon noch unumschränkt schalten und walten konnten. Nach Ihrem Sturz ist Ressort-Ordnung und Sicherheit eingekehrt. Naturressort-Oberamtsrat Bierernst wird Ihnen bei Ihrer Fahndungsarbeit stets zur Seite stehen und ist schon bereit. Wollen Sie gleich los, oder brauchen Sie noch etwas Bedenkzeit für die Austüftelung der Fahndungsoperation?«

So etwa der Wortlaut von Ortgeists unerahnbarer Eröffnung. Daß ich vom Angebot der Bedenkzeit Gebrauch machte, muß ich Dir nicht begründen, lieber Oberon. Alpha darf nicht rauskommen, daß ich die Dunkelweiberbriefe an Dich weitergegeben habe, demnach mit Dir in brieflicher Verbindung stehe und folglich einen Boten beschäftige. Und Beta bis Omega muß ich anstelle einer Fahndungsoperation eine Fluchtoperation austüfteln. Gerate trotzdem nicht in Panik, lieber Oberon. Deine Titania wird es schon schaffen. Da Puck aber der Witz jäh abhanden gekommen ist, wäre ich Dir dankbar, wenn Du ihn außer mit den Dunkelweiberbriefen auch mit einigen Späßen zurücksenden könntest. Ohne funktionstüchtigen Narren ist Bierernst tödlich.

Titania

Neunter Brief

Lieber O. – Bierernst abgeschüttelt – bin auf der Flucht zu Dir
  T.

Zehnter Brief

Lieber O.
Wurde eingefangen – soll Knochenkarl hei[ra]ten.
  T.

Elfter Brief

Lieber O., bin wieder auf der Flucht – in allen Städten und Dörfern Fahndungsplakate mit Foto, die mich als Spitzel beschreiben – da ohne Dich Verwandlung unmöglich, finde ich keine Unterkunft – übernachte im Freien – Nächte saukalt, Puck lacht über meine Schüttelfröste – Du glaubst nicht, wie unbequem die Menschengestalt eingerichtet ist –
   Deine T.

Zwölfter Brief

Lieber O.
Die Beschreibung als Spitzel hetzt alle Menschen gegen mich auf – werde von allen gejagt –
   T.

Dschinnistan (Notizen)

Titanias Verfolgung entspringt einem grundlegenden Zerwürfnis zwischen Avalun und Dschinnistan. Die beiden Reiche bildeten einst eine Einheit, und die darin wohnenden Wesen verkehrten mit den Menschen problemlos über das Medium Aberglauben. Mit der Entfremdung von der Natur entfremdeten sich die Menschen von Dschinnistan, koppelten Avalun von ihm ab und verstanden Avalun fortan als eigenes souveränes Gebiet, zu dem jedermann leicht Zugang hat.

   Während Avalun sich großer Beliebtheit erfreut und einen kontinuierlichen Einwanderungszuwachs verzeichnet, leben in Dschinnistan nur noch wenige Wesen. Irmtraud Morgners Notizen führen neben dem Königspaar, dem Hofnarr Puck und einigen aus der Welt Geflohenen (Amanda, Hanswurst, Leander), etwa das Einhorn oder Ariel, den Gott der Träume, an. *Diese Einzelwesen, weit davon entfernt, sich zu einer Art Hofstaat um das Königspaar zu verdichten, machen nur die Leere bewußt, die verschiedene Deportationen im Verlauf der Zeit hinterlassen haben. – Eine Vision der Autorin gilt einem weiteren Angriff: der vollständigen Vermarktung Dschinnistans durch die Medien.*

Dschinnistan = Reich der Poesie = Reich des Individuums. Unideologisches Denken. Globales Denken. Unideologisches Denken = poetisches Denken. Mensch als Kreatur der Natur. Poesie = Anwalt des Individuums.
*
In Dschinnistan gelten nur die Gesetze der Evolution. Es wird untergehen – nicht die Evolution. Aber nur die menschliche Seite an Dschinnistan wird untergehen, die Evolution wird weitergehen.
*
In Dschinnistan gibt es keine Geschichte (im Sinne von Wert), nur Evolution. Hier leben die echten Ketzer.

Die Erschaffung von Dschinnistan. Nicht von einem Dichter erfunden. Sondern als Deportationsort von Zeitgeist, einem »Denker«, erdacht. D. h. von einem Ideologen. Genauso, wie Ideologen etwas wegdenken, können sie auch etwas hindenken. Irgendwann in der Renaissance oder so, als das Messen modern wurde und die Eroberung der Natur durch den Verstand. Die Anbeter des Messens glauben an die unmeßbarsten Sachen. Statt Aberglauben Oderglauben. Der Schöpfer von Dschinnistan = einer der Begründer des Oderglaubens (auch unter dem Namen »exakte Wissenschaft« bekannt). Zeitgeist = Begründer des Oderglaubens.
Vorgehen bei der Eroberung der Natur
1) Enteignung. D. h. Absetzung der Führung: König und Königin entthront. Werden »entsorgt« und nicht geköpft: weil: die sind

unsterblich. Und die ganze Führungsschicht, Feen, Kobolde, Elfen etc. (wie in der Bibel steht): Deportation.
2) Diffamierung und Zensur. Alte Religion: Denunziation des Aberglaubens. Verboten. Neue Religion: Oderglauben → höchste Errungenschaft: Selbstvernichtung.

*

Das größte Wunder des Christentums: mit Worten Rom erschüttert.

Dann hat das Christentum geholfen, die Naturgeister zu deportieren. Jetzt wäre eine »neue Religion« nötig, um die Naturgeister wieder einzuführen und die Menschenmonster vom Thron zu stürzen.

*

Die erste Vertreibung der Elementargeister:
1) Durch das Christentum. D. h. verdrängt. Auch z. T. in den Untergrund. Oder verteufelt, dämonisiert.
2) Deportiert am 1. Sept. 1945

*

Erzähler Jean-Marie klagt: Bis zur Zeit Heines und Hoffmanns erinnerten wenigstens die Dichter noch an die Naturgeister, die schon sehr versteckt nur noch existieren konnten. Später wagten auch die Dichter nicht mehr dran zu erinnern, um nicht unmodern zu gelten (vgl. Heine: *Die Götter im Exil*, Elementargeister). Überhaupt: Entwicklung: Austilgung der Erinnerung mehr und mehr. Heute: nicht nur, daß wir deportiert sind. Von dieser Deportation ist nichts bekannt. (Wurde unter den Teppich gekehrt.)

Alle waren daran interessiert. Und die Massenmedien arbeiten ständig am Menschen ohne Erinnerung, indem sie ihn ständig mit Neuigkeiten vollstopfen. Was gestern war, ist schon eine Ewigkeit zurück. Auch das Gewissen wird so zerstört.

Die Wiederkehr von Titania und Puck erinnert an die Deportation. Und an die Deportation soll nicht erinnert werden = unangenehm.

Dschinnistan = ein Repräsentant der heiligen Natur. Es gibt keine heile Natur mehr, nur noch die Repräsentation von ihr. Braucht man als Vorzeigeobjekt. Aushängeschild. [...]
Reiche Firmen mieten sie für Werbespots. Die weniger reichen lassen Oberon und Titania durch Schauspieler darstellen, die reichen lassen die Originale spielen. Staatsmänner geben Oberon und Titania eine Audienz – steht in der Zeitung mit Bild. Dabei ist die »Audienz« herbeigezwungen. Oberon und Titania werden herbefohlen (= Rapport). Oberon und Titania müssen {Positiv-Harmloses} über das Trinkwasser, die Ozonwerte, das Klima und andere Umweltkatastrophen sagen. In der Zeitung (ND) steht allgemeines Gewäsch. D. h. Oberon und Titania als Imagepflege von Staatsmännern und Regierungen. [...]
Originalitätsdrang im Westen. Man holt sich nicht nur Dichter zum Konsumieren, sondern auch Oberon und Titania für Opern und Schauspiele. Gesponsert von AKW-Firmen, Chemie-Firmen.

Avalun, die Geehrtenrepublik (Notizen)

Avalun, das Land der Phantasielosigkeit und der Technokraten, hat den Aberglauben durch seine eigene Ideologie, den Oderglauben, ersetzt. Der Oderglaube, strengem Meßbarkeitsdenken verpflichtet, setzt einen bis ins Letzte funktionalisierten Typ Mensch voraus, der keine individuellen Züge mehr besitzt. Den Menschen in diesem Zustand zu halten, ist eine andauernde Unterdrückungsleistung. Denn die ursprüngliche Ganzheit des Individuums regt sich immer wieder, insbesondere im Traum, aber auch in der Poesie, die es beide entsprechend zu disziplinieren gilt, weil sie für Avalun eine permanente Bedrohung darstellen.

Avalun ist das einzige Land, das es nicht gibt, das darauf besteht, daß es es gibt. D. h. es setzt seine ganze Kraft in die Beweisführung.

Die andern Länder, die es nicht gibt, begnügen sich damit, daß an sie geglaubt wird. D. h. Quadratur des Kreises.
Der Oderglaube ist ein Glaube, der als Wissen gesetzt wird. Von diesem gesetzten Wissen wird dann deduziert
a) Fortschritt
b) Geschichte
c) Wissenschaft
Im liber mundi darf unter dem Aspekt der Nützlichkeit gelesen werden.
1) Den Finger auf die faulen Stellen legen.
2) Widersprüche aufdecken → modifizieren → wegbringen.
3) Widerlegen.
4) Entlarven, d. h. ihm seine Gesetze abpressen. Daumenschrauben anlegen, um ihm unter der Folter (Versuche z. B. an Tieren) Geheimnisse / Geständnisse abzuzwingen. Auch durch logische Tricks.
5) Entlarven, Geständnisse abzwingen durch Fangfragen = geistige Daumenschrauben oder geistige Folter (psychisch). Dieses Verfahren wird Diskussion genannt. Das Ergebnis steht vorher fest. D. h. Inquisition wie beim Hexenprozeß.

*

Trennung von Dschinnistan / Avalun. Grund: die Art, im liber mundi zu lesen.
Avalun: heute: genau vorgeschrieben, wie und was man zu lesen hat und zu welchem Zweck. Erbauung = größte Sünde. Der Oderglaube: hält den Fleiß als oberste Tugend, selbst wenn er die größte Unordnung macht. Erbauung gibt es nicht. Es gibt nur (gestattet): Unterhaltung = Zerstreuung. Zerstreuung = das Gegenteil von Erbauung (= Einkehr, Besinnung, sein Zentrum finden). Zerstreuung = für Schraube. Erbauung ist für das Individuum. Der funktionierende Staatsbürger darf nie zur »Besinnung« (Erbauung) kommen. D. h. er muß ständig beschäftigt werden. Beschäftigung (schon von klein auf).
Die Geehrtenrepublik ist im Gegensatz zu dem Wort »Republik«

eine Diktatur (Tyrannis). Diktatur des Oderglaubens. Nennt sich ständig: die Geehrtenrepublik Avalun GRA. Aber das Wort wird ständig in voller Länge ausgesprochen.
Die Geehrtenrepublik = der Staat von Knochenkarl = der Staat von relativen Wesen. Wer nicht geehrt (d. h. eingestuft) ist als irgendwas, existiert gar nicht. (Orden, Zensuren, Beurteilungen.) D. h. keine Probleme mit einer Opposition. Denn wer nicht existiert, kann auch nicht opponieren. Dies ist ein Staat der Perfektion, der alle Probleme, die Staaten nur irgend haben können, perfekt löst.
1) Problem der Opposition (= Kardinalproblem jedes Staates): durch Nicht-Existenz perfekt gelöst.
2) Das Problem des Rests der Welt (wie Abfall): Ausländer abgeschrieben. Pflicht: nicht wahrnehmen.
Der Diktator heiratet eine Frau zum Verachten. (Sie muß sich entsprechend benehmen: das schreibt die Etikette vor: so daß man sagen kann: ein schönes Stück Dreck, Fleisch.) = strenge Etikette: entsprechend strenge Kleiderordnung, die nur für Frauen gilt. Geil – passiv – dreckig – Strichnatur.
Die Geehrtenrepublik: der Idealstaat für jeden Menschen, der nichts ist oder dem Ideal nicht nachkommt, denn je weniger jemand ist, desto weniger Arbeit, einander anzugleichen.
Damit Struktur in den Staat der Gleichen kommt – d. h. damit der Staat Staat wird, also Hierarchie –, werden Ehrungen vergeben. Wodurch auch Abwechslung entsteht: Feste, Variationen in der Kleidung, im Gefühl.
Der Buchhalter Leporello bringt ideale Voraussetzungen für das Bürgersein in der Geehrtenrepublik mit. Denn – rundheraus gesagt: zum Geehrtenrepublikbürger muß man im Grunde geboren sein. Man kann sich natürlich auch bemühen – aber ganz ideal wird das nicht.

Avalun
Dahin alle Brockenpopulationen deportiert. = Koalition der Vernunft. Da waren sich Ost und West einig: so gewisse Leute besser unter Kontrolle, die Unruhe stiften. Mitten in einer Katastrophe ist nichts wichtiger als Ruhe bewahren.
Avalun ist ein Zeichen, daß wir uns mitten in der Katastrophe befinden. Die es sehen und vielleicht sagen könnten, wurden deportiert. Aber es ist wohl eh schon längst zu spät, etwas zu sagen.
Seit Jesus und davor hatte man schon das Endzeitgefühl. Auch bei den Kometen immer wieder Weltuntergangsängste. Die Messiasgestalt ist ein Zeichen dieses Endzeitgefühls (Bibelforscher). D. h. wir sind schon lange in dieser Endzeit. Sintflut! (Schon mal vorausgenommen) (= Abschmelzen der Polkappen.)
Nach Avalun gingen bei der Evakuierung alle relativen Wesen. D. h. alle, die aus der Wertschätzung anderer leben und nicht nach dem Gesetz in sich (alle Nicht-Individuen). Wie es sich zu Amandas Erstaunen zeigte: fast alle.
Seitdem man von Dschinnistan nach Avalun übersiedeln kann, ist Dschinnistan fast leer. Denn aus sich selbst können ganz wenige leben. Nur Oberon und Titania sicherlich.
Wie Orden funktionieren: Erst muß der Mensch zu nichts zusammengestrichen sein (Schraube): Dann erhebt man einige aus dem Staub mittels eines Ordens. D. h. Orden funktioniert nur bei vernichteten oder teilvernichteten Personen (nicht bei Persönlichkeiten). Der Ordensträger setzt den zertrümmerten Menschen voraus.
In Avalun sitzen die Selbsthasser. D. h. die nach der Teilung nicht ihre Teiler hassen, sondern sich selbst (der andere von sich selbst wird der Prügelknabe).

Die erste Aufgabe eines männlichen Wesens in der Geehrtenrepublik: den inneren Schweinehund töten: die weibliche Seite. →
Folge: Widerspiegelung im Gesicht: Die Leiche spiegelt sich wider.
Man kann den Gesichtern der Männer ansehen, wer gründlich war:

100%: lebende Leiche.
Andere: Halbleiche.
Diese Totenstarre. Ausdruckslosigkeit, die durch Biersuff noch gesteigert werden kann.

*

Der Herrscher hat nur Gattinnen, die Tacita heißen. Jetzt heiratet er gerade Tacita XII. Herrscher heißt schlicht Zeitgeist I. (bei völliger Abwesenheit von Geist).

Avalun (nach Krise der Ketzerei) die systemstabilisierende Ketzerei. Kämpft ständig um das Ansehen des Alleinvertretungsanspruchs der Ketzerei.
Ideologiekritik wie beim Marxismus: wollen die Leiden des Gegners sehen. Der größte Gegner: Dschinnistan: der sich nicht stellt. Der unideologisch ist: »globales Denken«. Wütende Entlarvungskampagnen gegen die »sogenannten Ketzer« (von Dschinnistan). Motto: »Was ein Ketzer ist, bestimmen wir.« → In die Welt integriert (Ausreise jederzeit).
Die Ketzer von Avalun: systemstabilisierend für Ost und West (scheinbar ketzerisch, sind sie nur da, um den Dampf folgenlos ablassen zu helfen).

Früher war Dschinnistan/Avalun ein Land (mit zwei Begriffen). Jetzt sind es zwei Länder: Erzfeinde. Avalun hat bessere Verbindungen zu Herrn Welt. Frau Welt gibt es nicht mehr.

Versuch von Avalun, Dschinnistan zu vernichten. D.h. Avalun kennt nur: wer/wen. Dschinnistan kann mit Widersprüchen leben. Avalun glaubt: Der Mann aus der Rippe ist das Zeichen, daß Dschinnistan wieder mit seinem Aberglauben (Überbau) Fuß fassen kann auf der Erde.

Avaluns Mitarbeiter (wiewohl aus einem Land, das es nicht gibt) sind ständige Gäste auf der Erde → wollen vermeiden, daß dieses Monopol verlorengeht.
Drohung [*darunter*: Plan]: ganz Dschinnistan in Avalun einkerkern. D. h. die Endlösung von Dschinnistan wird vorbereitet. [...] Titania ist die erste Deportierte. [...] Töten geht leider nicht als Endlösung. → D. h. die Forschung arbeitet noch an dem Problem: Wie man etwas, was es nicht gibt, wegbringen kann = großes Forschungsprojekt.

Traumbuchdeuter = Welttheaterkritiker. Vorsteher: Bierernst (= Trauminquisition). Leugnen, daß es Ariel gibt. D. h. schon der Gedanke, daß es ihn geben könnte, ist verboten.
Aber die Träume sind da. → Riesige Bürokratie von Traumüberwachern, die Bierernst unterstehen. Absolute Pragmatiker. Gehirnwäsche.
*
Grunddogma: Einheit der Person, obgleich jeder Traum die Auflösung der Person in viele Personen überwältigend beweist. Gibt nur eine Wahrheit (die von Bierernst / Knochenkarl). Das prosaische Bewußtsein ruht nicht, bevor der Träumer sein wahres Gesicht gezeigt hat (das es gar nicht gibt).
Traumdeuter haben die Aufgabe, den Leuten auszureden, daß sie geträumt haben. → Damit alle das Gleiche denken. Zur Vertreibung der Träume wird kaltes Wasser verordnet.
Vernunft: es gibt nur eine: die der Herrschenden = der Denkbefehl.
Da Kunst wie der Traum vieldeutig ist, wird auch sie bekämpft. Vorläufer: Platon. Alles Vielgestaltige, Vieldeutige, Vielstimmige wird bekämpft, geduldet wird nur noch das Eindeutige, Eintönige. Kunst: etwas geduldet (Staatsunterhaltung), im Traum nichts.
Die Traum- und Kunstdeuter deuten mittels des prosaischen Bewußtseins die »wahre« Meinung eines Autors heraus: d. h. sagen dem Autor, was er denkt und was das Publikum davon zu denken

hat. Das prosaische Bewußtsein der Traumdeuter (die selber nicht träumen) verlangt, daß das innere Bewußtsein dem äußeren gleich sei: dem des Diktators, der für alle denkt.
Die Zusammenschau, von der neuerdings geredet wird: Im Traum findet sie statt. Da wird der Spezialist zum Ganzen. Preis: er ist keine funktionierende Schraube. Funktioniert nicht. Der Spezialist = das zurechnungsfähige Subjekt. Der ganze Mensch in seiner Vielheit ist nicht berechenbar.
Der ganze Mensch ist ein Universum (unendlich, undominierbar). Die Welt (selbst am Abgrund) will die Schraube. Deshalb will man auch keine echten Theaterstücke (wo jeder »recht« hat), sondern Estraden, Revuen, wo Massen im Takt die Beine schwenken.
Lesungen der Schriftsteller: ein Mittel, das Mimetische der Literatur zu zerstören: »Was wollten Sie damit sagen«: Lesung macht den Schriftsteller zur Schraube, d.h. zum Spezialisten: zum Nicht-Künstler. Schriftsteller: das Medium des vitalen Seins. → Die radikale Opposition gegen die Eindeutigkeit (vgl. Diderot: *Rameaus Neffe*).

Die Aufgabe der Kunst kann nur sein: Unordnung machen, Anarchie. Gegen den Staat halten. Freiräume schaffen für das Individuum, das der Staat zu einer Schraube machen will.
Ein Künstler ist ein Feind des Staates und ein Freund des Individuums. Ein Staat ist ein Feind des Individuums und also auch der Kunst.

Titania auf der Flucht (Notizen)

Gelingt Titania die Flucht? Soll sie nach Dschinnistan zurückgebracht werden? Oder hindert man sie an der Rückkehr, damit sie nicht an der Seite von Oberon ihre frühere Macht wiedererlangt? Irmtraud Morgners

Notizen entwerfen unterschiedliche Szenarien zur Fortsetzung der Handlung. Gewiß ist, daß Titania bei Avaluns Herrschenden Angst und Schrecken auslöst und sie zusammen mit Puck eine heilsame Unordnung im Land anrichtet.

Titania wird Knochenkarl vorgeführt, der ihr befiehlt, den Vorgang (Mann aus der Rippe) aus der Welt zu schaffen. Hier nämlich kann man Vorgänge sowohl in die Welt setzen als auch aus der Welt schaffen. Unabhängig davon, ob es diese Vorgänge überhaupt gegeben hat und wenn ja, welcher Art sie waren.
Man nennt das »Geschichte machen«.

Titania: lehrt die Kunst, im Menschen zu lesen. Herauszulesen. Seinen Mikrokosmos zu erkennen. Sein Welttheater (das Ariel jede Nacht als Theatermeister eröffnet. Wo er den Vorhang hebt). Dadurch wird sichtbar: Nur ein winziger Teil darf leben am Menschen, der Rest ist unter Verschluß. Aber da. Bisweilen im abgestorbenen oder erstarrten, gefrorenen Zustand.
→ Bringt eine internationale Großfahndung nach ihr in Gang. Die Geheimdienste aller Staaten sind sich zum ersten Mal einig (Geheimdienste aller Länder, vereinigt euch). Denn hier ist der Staat (jeder) an seiner empfindlichsten Stelle getroffen: Jeder Staat kann nur funktionierende, berechenbare Bürger gebrauchen. Der ganze Mensch ist unberechenbar (wurde früher in Ritual / Ekstase oder im Karneval ausgelebt).

Titania und Puck dürfen keinen Schritt allein tun, kein Wort allein mit der Natur reden. Sie haben immer einen Begleiter = Bierernst = ein Mitarbeiter von Knochenkarl, kurz »Mitarbeiter« genannt. Die Natur ist mundtot gemacht: verstummt. Wenn sie ein Wort sagt: Pestizide, Entlaubungsmittel.

Puck ist der ganz große Feind der Ordnungsgesellschaft. Er ist ein Stück Natur, das Kreatürliche am Menschen, das Mutwillen haben will. Puck ist ein großer Empörer in den Augen der Ordnungs-Hüter. Deshalb verbannt nach Dschinnistan. = der Verteidiger des Poetischen am Menschen, des Unnützen, des Spiels (homo ludens), wertfrei. Nutzlos. Deshalb so gehaßt von Knochenkarl. Er wird verfolgt wie ein Schwerverbrecher (Fahndung, Steckbrief). Nur Bierulk ist als Spaß erlaubt.

Bierernst kann nur gehorchen und Befehle weitergeben. Bierernst weiß alles über sich, weils da nicht viel zu wissen gibt. Sein größtes Wissen: Er kennt die Uhr.
Puck kennt sich selber nicht, nicht mal genau sein Geschlecht und seinen Namen. Aber souverän. Hat seine eigene Zeit. Er ist maßlos, zuchtlos, aber unschuldig. Puck redet die Bäume an: »Erzähl mir was von dir.«
Der Bierernstspitzel staunt, versteht nicht: Verbot. Puck redet mit den Tieren. Bierernst: Bürger! das ist nicht erlaubt.
Puck ist nicht unfehlbar, fällt auch raus (= unschuldig), dumm, listig, verspielt, unbekümmert.
Bierernst ist feige: weiß nicht, was er von Puck denken soll. = das Schlimmste für Bierernst.
Puck ist eine ganz unkriegerische Gestalt. Er hat kein Ziel.
*
Leander = ein Puck auf Erden. = Nachwuchs für Puck. Das Trojanische Pferd.

Die größten Verdienste, die Titania und Puck für die Erde sich erwerben:
1) Unordnung machen. Die Staatswesen irreführen, in Unordnung bringen, damit die Subjekte wieder ein wenig Luft bekommen. Oder:

2) Staatsmaschinerien beschäftigen durch ständige Irreführung: Puck! Total beschäftigen, damit diese Maschinen keine Zeit haben für die Menschen und diese von dem Staatsdruck ein wenig erlösen.
(Wie Terroristen: Tag und Nacht tagen die Katastrophenstäbe, die immer größer werden, schließlich so groß wie der ganze Verwaltungsapparat und die Sicherheitsorgane.)
= die Sternstunde für die Menschen. Augenblicke der Freiheit und des Glücks. Anarchie / Utopie.
So erlöst, erkennen die Leute die wahren Irren. Das Irrenhaus, in das sie gesperrt wurden, haben die Irren eingerichtet. Da sie in Sitzungen beschäftigt sind (Katastrophensitzungen), kann man es endlich bewohnen. Natürlich nur für einen Augenblick.
Die Menschen hören ihre eigene Stimme. Tanz, Theater, Lachen, Ausbruch von Lebensanarchie. Titania liebt ganze Menschen.
Sobald Titania und Puck wieder deportiert sind, schlägt die Verwaltung wieder voll zu. D. h. Ordnung und Sicherheit: der Wahnwitz persönlich.
Alles wird zu Stein und Eis.
Ende: nachdem Titania und Puck zurück nach Dschinnistan geschickt wurden → Ordnung hergestellt. D. h. aus mit dem Tanzen, mit Musik, Spiel → Grau, Erstarren, Eis. Grabesstille in Lärmform und Unterhaltung und Geschwätz der Politiker.

Beatriz

Die Trobadora Beatriz de Dia, zu Beginn des ersten Bandes der Salman-Trilogie aus über achthundertjährigem Schlaf gerissen, durchstreift im Jahr 1968 von der Provence herkommend Europa in der Erwartung, daß die Diskriminierung der Frau überwunden sei. Der zweite Grund ihrer Reise ist die Sehnsucht nach dem besingenswerten Mann, eine Sehnsucht, die auch ihre mittelalterlichen Kanzonen durchzogen hat. Hoffnung und Enttäuschung wechseln sich im Buch Leben und Abenteuer der Trobadora Beatriz *ab. Beim Fensterputzen in Lauras Wohnung in Ostberlin stürzt die Trobadora zu Tode, ohne in ihrer Suche an ein Ziel gelangt zu sein. In* Amanda *sieht sie sich ein weiteres Mal auf die Erde versetzt, der bedrohlichen Weltlage wegen in Gestalt einer Sirene, deren Gesang von jeher als Zeichen dringlicher Warnung gegolten hat.*

Beatriz mit Désiré in Paris

Im dritten Band tritt Beatriz weiter als Sirene auf. Das Kapitel »Der Schöne und das Tier« hält den Moment fest, wo sie, durch die Liebe zu einem jungen Mann wieder menschlich fühlend, ihr Gefieder verliert, zur Frau wird und als solche ein weiteres Leben – ihr viertes – beginnt.

Die folgenden beiden Fragmente, ein Brief und eine tagebuchartige Passage, schildern die Begegnung mit Désiré während eines Kongresses in Paris. Sie entstanden im Vorfeld des Kapitels »Der Schöne und das Tier« (dessen Formulierungen sie teilweise vorwegnehmen).

Lieber Désiré

Wenn es Mut war, den ich Dir voraus hatte, dann könnte es der Mut der Verzweiflung gewesen sein, und an sowas will ich nicht denken. Ich kann auch nicht herausklügeln, was mich zu diesem selig-unseligen Geständnis trieb. Ich weiß nur, daß ich es trotz großer Anstrengung nicht unterlassen konnte. Immer was Gescheites macht Kopfweh. Zumal beim Abschied, da wir einander unter Aufsicht der Delegationen und Mummenschanz unausgesprochene Worte aus den Augen klaubten. Mein Mummenschanz: Küsse auf alle Münder, um an den Deinen einmal zu gelangen. Einmal und nie wieder! Nur Dir griff meine Hand dabei unwillkürlich ins Nackenhaar. Einmal und nie wieder? Im rechten Handteller noch immer und unauslöschbar das Brennen der Locken. Wolltest Du mir mit der Metapher, Du stammtest aus einer Rippe, zu verstehen geben, daß Du altmodisch bist? Denn daß der weibliche Mensch aus der Mode ist, bevor er ernstlich in ihr war, weiß inzwischen jeder Rotzlöffel – auch ohne sophologische Kongresse. Der weibliche Mensch, nicht die weibliche Arbeitskraft. Und wo Du wohnst, schwimmt auch dieses Fell weg ins Meer der Arbeitslosigkeit. Mir ist so kalt ums Hirn. In der Ausnüchterungszelle, wo die neue Tagesordnung hängt, zu der übergegangen werden soll. Die neue – der alte Hut. Wolltest Du mir mit der bizarren Metapher zu verstehen geben, daß Du meinst, die Hüte des Kongresses gehörten nicht auf Köpfe, sondern in den Ofen? Deine Meeraugen spazieren in der Rue Cherche-Midi, was Sehnsucht nach dem Süden heißt, und ich wohne im Osten. Grüß mir meine Bleibe, von deren Fenster ich Dich auf der Suche nach preiswertem Gemüse beobachten konnte, grüß mir das Eichenportal. Wenn ich es aufgezerrt hatte und mich durch den Spalt gezwängt, so wars, als ginge ich in einen alten Schiffsbauch ein. Und wenn ich starr von pragmatischen Theorien heimkehrte, gab mir die feuchte Kälte des Hausflurs den Rest. Und auch in der Wohnung der gleiche Modergeruch. Und das Bett war klamm. Und der Salon, in dem es stand, erschien so verwunschen wie alle Zimmer. Ungeheizt, weil heizen Geld kostet und meine Wirtin lieber wie ein König sparte und wie ein Bettler fror statt umgekehrt. Die Sehnsucht nach Dir magert mich.

Nicht genug, daß ich Désiré gestern einen Brief schrieb. Heute habe ich ihn auch noch angerufen. Vielleicht genau zu der Uhrzeit, da er mir vor einer Woche die Saaltür öffnete. Auf die Minute genau hätte ich Paris angewählt, wenn ich die wüßte – ich mag das Spiel mit unbedeutenden Bedeutungen, zumal im Ernst. Am letzten Kongreßtag würgte mich der Ernst derart, daß ich mit Scherzen nach Luft rang. Vorher beobachtete ich Désirés Wege, um sie zu meiden. Der Kongreß selber – ein Witz wie alle Sophologietagungen. Diesmal vielleicht ein schlechter. Oder mir fiel der Tod der Maschinerie auf, weil das Leben drin herumspazierte. In Gestalt eines anmutigen Mannes. Niemand außer mir scheint ihn deutlich bemerkt zu haben. Ordentliche Wissenschaftler, hochgradige Spezialisten heutzutage, Teilmenschen also, sind offenbar nur fähig, Teilmenschen wahrzunehmen: Kulturpflanzen. Der Rest ist Unkraut. Als Pförtner geduldet. Bei uns ist Pförtner in gewissen Kreisen ein Traumberuf, aber drüben? Ich vermute, Désiré jobt so, weil er in seinem Beruf arbeitslos ist. Sein Akzent verrät: kein Franzose. Als ich ihn heute fragte, woher er stamme, sagte er: »Aus einer Rippe.« Ich sagte: »Schicke mir eine Locke.« Über Telefon oder auf Papier Geständnisse machen ist leichter als ins Gesicht. Aber ich würde sein Gesicht und seinen Blick jetzt nicht mehr fürchten. Jetzt, da ich sicher weiß, was ich nicht wissen wollte. Ich war nicht nur vor ihm auf der Flucht, sondern auch vor mir. Siegfried, dachte ich unwillkürlich, als ich ihn zum ersten Mal vor seiner Saaltür erblickte. In Berlin nennt man einen lebenden Türöffner vor Hotels oder sonst »Grüßemich«. Während der Nazizeit, in der ich meine Kindheit verbrachte, war Siegfried der modischste Modename. Aber in mir ruft er nicht die Vorstellung eines blonden germanischen Rekken ab, sondern dessen Widerspruch. In meinem Kindergarten wollten alle blond sein, wer dunkler war, nannte das dunkelblond, alle Jungen trugen militärisch-kurzes Haar mit Seitenscheitel, Siegfried E. hatte einen blauschwarzen Pagenkopf und war meine erste Liebe. Wenn Désiré meine letzte Liebe ist, scheide ich versöhnt aus dieser Welt. Seine Telefonstimme höher als erwartet. Sie sagte »nein«. Immer wieder: »Nein, das gibts nicht, das darf nicht wahr sein.« »Warum nicht«, fragte ich stehend wie vor Gericht in Erwartung der Urteilsverkündung. »Weil ich zu sehr gehofft habe; mir fehlte der Mut«, hörte ich. Dann Stille. Sie kostete pro Minute drei Mark. Auch wenn sie meine ganze Barschaft gekostet hätte oder meinen Kopf, hätte ich das Lauschen nicht lassen können.

Ein Geliebter für die Trobadora (Notizen)

Die folgenden Notate gehören in die Frühphase der Arbeit am dritten Band. Die Trobadora ist sich unschlüssig, wie das männliche Wesen beschaffen sein müßte, nach dem sie sich sehnt. Im ersten kleinen Text sehen wir der Autorin zu, wie sie für ihre Figur einen Mann erfindet. Noch fehlt ihm der passende Name, noch fehlt eine richtige Geschichte. In einigen Passagen klingt das Hero-Motiv an. Später brachte Irmtraud Morgner dieses Motiv nicht mehr mit Beatriz in Verbindung. Ihr Interesse galt nach der Niederschrift von »Der Schöne und das Tier« (September 1984) vermehrt anderen weiblichen Figuren, sie kam nur noch sporadisch auf die Trobadora zurück.

Der Mann aus der Rippe = Vorspiel zum dritten Band der Salman-Trilogie.
Ich [...], I.M., schaffe Jean-Marie. Damit er der Gefährte von Beatriz sei. Der Harlekin.

Die dämonische Maske des Harlekin. Mythisch. Groteske Äuße-

rungen, akrobatische Sprünge. Hat was Teuflisches. Leitet mit Witz die Handlung (während die anderen glauben, sie leiten). Verbindet mythologische und reale Ebene.
Verkehrt mit Laura und Sirene Beatriz und Gaja etc.
Ambivalenter Charakter. Karnevalistische Weltsicht. Intrigant. Inkarnation der Verwandlung. (Er ist alles, was man will, das er sei: Was will ich mit ihm?)
Beatriz-Harlekin = eine Art Faust-Mephisto-Kombination.

Beatriz bildet den Harlekin aus. Erst mal als Menschen. Nichts Menschliches darf ihm fremd sein. Zeigt ihm die Welt. Die Liebe. Er wurde von einer DDR-Frau aus den Rippen geschnitten. In Paris. Auf einem Kongreß. Sie durfte natürlich nicht mit ihm einreisen. Durfte auch keine Verbindung zu West-Menschen haben: Das stand in ihrem Arbeitsvertrag.
→ Harlekin steht Mutter-Vater-Frau-Seelen-allein in der Welt.
Warum möchte ich ein Harlekinwesen? Weil ich sonst nichts zu lachen habe. Wie heißt er? Die DDR-Frau nannte ihn Désiré: der Verlangende, Sehnende, auch: der Erwünschte.
Ein Mann mit der unbeschriebenen Seele eines Kindes.
Deshalb ist es für ihn auch kein Problem, mit einer Sirene zu schlafen.
Er sucht die Fittiche.
Dämonie.
Ohne Lachen kann heute keiner mehr weinen.
Désiré möchte ein Harlekin werden. Die Welt braucht ihn. Aber wer bringt es ihm bei?
Ich.
Aber du wohnst jenseits des Wassers.
Ich schwimme zu dir.
Wer bist du?
Nenn mich Hero.
Dann muß ich Leander heißen.

Brecht (!): »Es ist nicht die Zeit zu lieben.« ↔ Beatriz: Gerade: jetzt oder nie und aller Welt zum Trotz.
Die Liebe: Das ist die Kraft der Utopie in uns. Das zeigt wetterleuchtend, wozu der Mensch fähig ist. Das zeigt den Entwurf des Menschen: ihn ganz. Dann schnitzt die Welt an ihm herum.
Also: die Welt muß geändert werden, nicht der Entwurf. Der Entwurf enthält alle Schönheiten in sich. Indem die Menschen sich von diesen Schönheiten erzählen, wird Beatriz in Gestalt einer neuen Hero unsterblich. Mündliche Überlieferung. Die Unsterblichkeit nicht auf dem Papier, sondern von Mund zu Mund getragen: d. h. in den Menschen sich fortpflanzend. Alle Kräfte haben die Liebe verzehrt. Bloß? Ist das nicht ein Werk?
Wenn die Liebe tot ist, kann man über sie schreiben. Nicht wenn sie lebt. Dann frißt sie den ganzen Menschen, ist selber Kunst. Lebenskunst: ein lebendes Kunstwerk. (Weshalb es wenigen Menschen gelingt. Sie glauben, es ist so ein Gefühl, das sich so nebenbei ergibt. Von selbst. Es ist aber eine große kreative Tätigkeit, vielstimmig wie eine Fuge.)
Wenn die Menschen diese große Kunst ernst nähmen, wären sie nicht nur besser zu sich und ihrem Geliebten. Sondern auch zu anderen Menschen. Und sie blieben heil. Denn große Kunst läßt sich nur von großen Menschen machen. D. h. die Liebe trägt die Menschen über sich hinaus.

*

Liebe *paßt* nicht in die Welt, sie *ist* diese Welt.

Der Riß, der durch die Welt geht, ist der Riß zwischen der Gegenwart und der Zukunft. Dazwischen liegen alle schönen und schlimmen Varianten. Beatriz durchschwimmt diesen Riß. Setzt die Zukunft dennoch als gegeben. Indem sie Harlekin dort ansiedelt. Durchschwimmt ständig diesen Riß (der alle Varianten in sich hat: alle Widersprüche ganz groß: das Grauen und die Schönheit). Mit diesem Widerspruch muß sie leben. Auch: daß sie Harlekin nicht

bei sich hat. Obgleich sie dadurch einsam ist. Aber sie erlegt sich die Einsamkeit auf. Weil die Zukunft ein Gesicht haben muß, damit man an sie glauben kann.
Harlekin: Das ist der Vorposten der Menschlichkeit. Harlekin ist ausgesetzt in die Zukunft.

Katharina Stager

In Amanda *heißt sie Katja S. und ist eine einsame, wenn auch bekannte Schriftstellerin. Während der Arbeit am dritten Band setzte sich für sie mehr und mehr der Name Katharina Stager durch, der mit einer Veränderung der Figur einherging: Stager ist zutiefst pessimistisch, was die Menschen betrifft, und hat das Schreiben aufgegeben. Da wird sie von Laura Salman dazu gedrängt, die Geschichte von Hero und Leander aufzuschreiben.*

Katharina Stager erhält Besuch von Laura

Laura, ausgerüstet mit einem Tonbandgerät, besucht die Dichterin zu Hause, um ihr im Gespräch das Hero-Buch zu entlocken, stößt jedoch auf Ablehnung. Mit Bedacht läßt sie jedesmal »Papiere« in Katharinas Wohnung zurück, um deren Interesse anzustacheln. Bei diesen (in den Manuskripten fehlenden) Dokumenten handelt es sich, Katharinas Reaktion nach zu schließen, um Informationen zu Hero, unter anderem auch um einen Teil der Dunkelweiberbriefe. – Der kompositorische Hintergedanke, Laura als Vermittlerin des Hero-Materials in der Rahmenhandlung einzusetzen, wurde später mit der Einführung Jacky Zettels als Präsentator hinfällig (vgl. Erläuterung S. 344).

Hero – nie gehört, behauptete Katharina Stager bei meinem ersten ordentlichen Besuch. Verhielt sich auch sonst befremdlich. Mittags.

Der Morgen gehöre anderem Besuch, war mir bei meinem außerordentlichen eine Woche vorher mitgeteilt worden.

»Und die Abende«, hatte ich gefragt.

Antwort: Schweigen.

Auch jetzt immer wieder diese Antwort. Und die andere, Panik machende, präzisiert: Die Sprache wäre die Heimat der Dichterin. Gewesen. Was bliebe: Vaterland ... Dann meßbare Kälte: Die Balkontür und alle Fenster des Zimmers, in das ich geführt wurde, standen offen.

Der erste Eindruck enttäuschte meine Erwartungen von den Lebensumständen einer renommierten Schriftstellerin, weshalb ich nicht mal die Kraft aufbrachte, meinem Instinkt zu folgen. Der befahl: Weg! Bloß weg hier.

Ich nahm gelähmt auf einem Sofa Platz. Schnappte nach Luft. Nach dieser stinkigen, die auf den Magen schlug. Weitergabe der Übelkeit von da an den Kopf. Der erinnerte an den Rekorder. Ich schob ihn mit dem Fuß unters Sofa. Papierstapel. Mappenhaufen. Büchertürme. Diese Frau machte mir Angst. Kopfdröhnen.

Katharina Stager reichte mir einen Milchbeutel, Pappe, handelsübliche Tetraederform. Ich dankte für die Mangelware H-Milch und ließ sie in meine Einkaufstasche fallen. Stager langte die Tüte raus – große, androgyne Hände –, riß sie auf und soff auch eine leer. Weil Milch das Gift neutralisiere, kommentierte sie.

»Welches Gift?« Die ersten Worte, die ich hervorwürgen konnte. Alle vorbereiteten lagen im Magen.

»Aah, Sie bewohnen Altbau«, entgegnete Stager, wobei sie einige der mir unbekannten Insekten mit einer zusammengerollten Illustrierten erschlug. Brutale Hiebe. Ich besah die plattgeschlagenen Tiere mit Ekel. Katharina Stager staunte. Über mein Staunen.

»Die Ratten verlassen das sinkende Schiff. Die Schaben besetzen die strahlende Zukunft.« Sprachs und wähnte mich aus dem Mustopf kommend; hätte sich nicht längst herumgesprochen, daß in allen Neubauten, die Komfortwohnungen mit Naßstrecke, Fernheizung und Müllschlucker böten, Schaben die ersten Bewohner wären? Und auch die letzten sein würden – wenn Wirkungen einträten ...

Ich: wahrscheinlich dummes Gesicht.

Sie (Vexiergesicht): Keine Kinder? Wer welche in der Schule hätte oder gehabt hätte, müsse doch die Sprachregelung »Wirkungen« und dergleichen aus den Lehrbüchern kennen.

Auch das Gift, das die kommunale Wohnungsverwaltung auf Ersuchen der Hausgemeinschaftsleitungen spendiere, vertrügen Schaben besser als Menschen. Das Gas müsse mindestens vier Stunden in den von Menschen geräumten Zimmern verbleiben, wenn die Plage auf mittlerem Niveau gehalten werden solle. Anschließend lüften und lüften und immer wieder lüften, um die Übelkeit der Mieter auf mittlerem Niveau zu halten.

»Nur mein Besuch bleibt unbeeindruckt.«

»Seh ich so aus«, fragte ich verstört.

»Wie Knochenkarl?« fragte die Stager.

»Kenn ich nicht«, sagte ich, »ist es eine Schande, wenn man den nicht kennt?«

»Ein Glück«, sagte die Stager und bat zu entschuldigen, daß ihr der Termin dieser Schabenaktion im Augenblick unserer Verabredung entfallen war. »Bei acht bis zehn solchen Terminen jährlich und massenhaft andern vielleicht verzeihlich –.«

Ich hob den Rekorder meines Sohnes Wesselin unterm Sofa hervor und mit Schwung auf den Tisch.

Katharina Stager winkte ab.

Ich mit Tuttiregister zurück: »Die Propheten gelten nichts im eigenen Land – das mag schmerzlich sein. Wichtig ist es nicht mehr. Würden in unserer klein gewordenen Welt nicht allerorten Zuhörer warten, hätten sie keine Chance …«

Katharina Stager trat den Bücherturm um, fischte ein Paperback aus dem Haufen und las vor: »Wenn alles in uns schreit, bringen wir keinen Laut hervor. Wenn wir keinen Laut hervorbringen, brüllt in uns die wild empörte Seele.«

»Goethe«, fragte ich dreist, weil ich irgendwo mal gelesen hatte, der wär Stagers Lieblingsdichter und Lieblingsdichterin in Personalunion.

»Robert Walser«, warf ein Gesicht aus, das verschiedene Menschenalter durchscheinend wie Lasuren übereinander trug. Die Mischung zwischen acht und achtzig {jetzt} brachte mich in Braß. So schrie ich: »Unsereins muß seine S-Bahn-Züge auch weiter fahren, und in Zeiten, da die Mehrheit der finsteren Neuigkeiten die Minderheit der hellen überstimmt, sind Sie geradezu verpflichtet ...«

»Verpflichtet, aber unfähig: ein jederzeit hoffähig gewesener Zustand.«

»Wer sich dienstreisend im NSW rumtreibt und lesen kann, hat – wenn nicht von Hero – mindestens vom Mann aus der Rippe erfahren«, entgegnete ich.

Echo aus dem Pelz: »Lesen kann ich auch nicht mehr.«

Ich sprach von der dichterischen Berufung und stellte den Rekorder an.

Katharina Stager sprach von Seelsorgerei, die Atheisten den Schriftstellern ehrenamtlich abverlangten, und stellte den Rekorder aus. Mit der Begründung, sich keines weiteren Schicksals mehr annehmen zu können. Die Kraft dafür, die einem erst spürbar würde, wenn sie verloren wäre – ähnlich wie der Körper sich erst deutlich wahrnähme, wenn er schmerze – habe sie verausgabt. Selbst Hunger melde sich nur noch spärlich, Appetit gar nicht – seltsamer Zustand bei einer wegen Verfressenheit einst berüchtigten Person. Aber Beistände von Kollektiven – allgemein als Kraftspender gepriesen – zehrten an manchen Menschen. Rieben die Haut vollends herunter, so daß nach deren Verlust ein Zimmer als Hautersatz dienen müsse: verschlossen.

Katharina Stager verschloß die Balkontür und beide Fenster. Stinkgaskonzentration schnell unerträglich. Ich hatte schon manchen Rausschmiß erlebt – Luftabdrehen als Mittel war mir neu.

»Aber Sie haben doch in Ihrem Einladungsschreiben ausdrücklich gesagt, ich könnte den Rekorder mitbringen ...«, stotterte ich beim Abgang.

»Ein Einladungsbrief an meine Eltern ist auch überfällig«, murmelte Stager.

Ich warf noch Papiere ab, bevor die Wohnungstür hinter mir zuschlug. Auf und davon. Zuletzt durch den Bürgerpark. Wo noch Eichbäume stehn wie ein Volk von Titanen. Ihre gewaltigen Arme amputiert. Die Stümpfe mit Krähen besetzt. Erdwärts Krächzen und Exkremente aus kahlem Geäst. Himmelwärts Blätterrascheln von meinem Gestiefel. Plötzlich Aufbrausen. Tausend, Abertausend Schwingen, schwarz vor eisblauem Firmament. Auf die Windstille schlugen sie ein. Auf die schon gefundene Ruhe in den Schlafbäumen. Wurde sie verworfen? Verspielt? Muß Ruhe erspielt werden?

Rosa der Horizont gegen Abend. Gegen Morgen die Mondscheibe auf einen Ast gespießt wie ein Schlagzeugbecken. Die Auswütgeräte hängen so hoch im Land wie früher die Brotkörbe.

⟨...⟩

Hero – ein alter Hut, behauptete Katharina Stager bei meinem zweiten Besuch. Aber sie kenne die Frau nicht persönlich. Und wer so einer nie begegnet wäre, könne nichts über sie schreiben.

Ich nahm diesen Widerruf, der mich innerlich aufwühlte, äußerlich cool. Um ihn als Widerhall auf Fleischtöpfe unbemerkt genießen zu können. Nicht die aus Ägypten. Welche aus meiner Küche. Das Ausbleiben von Appetit, ja Hunger läßt bekanntlich auf Lebensmüdigkeiten schließen. In solchem Zustand ist nicht herstellbar, was ich von Katharina Stager wollte.

Um gewisse Dichtungen beginnen zu können, war zum Beispiel Goethe die Einstellung eines neuen Kochs unerläßlich – das behaupten Quellen, die mir an der Universität in die Hände gefallen waren. Als junge Studentin der Germanistik hatte ich den alten Goethe belächelt. Nicht meinen Vater, der hielt sich eine Leibköchin gratis und verkündete, eine Hausfrau sei für einen Lokführer unerläßlich. Seit seiner Pensionierung {lebt} er, um schön zu essen – mit größter Selbstverständlichkeit, bar jeder Regung, dafür auch noch was Schönes hervorbringen zu müssen, etwa ein Wort des Dankes.

An seine neue Leibköchin.

Oder an seine Tochter.

Solche Erfahrungen bewirkten, daß ich lieber wilden Katzen Milchteller in den Keller stellte und Katharina Stager Fleischtöpfe vor die Wohnungstür.

Als ich die Töpfe prompt geleert fand wie die Teller, glaubte ich meine Kassetten schon so gut wie gefüllt. Mit Erzähltem. Tonbandprotokolle über Hero, frohlockte ich.

»Bin keine Rhapsodin«, sagte die Stager, »über Hero jedenfalls habe ich nichts zu sagen. Wenn Sie mich zu anderen Gegenständen ausfragen wollen – meinetwegen. Aber nicht sofort. Ich muß mich an das Gerät erst gewöhnen. Wenn Sie mir versprechen, es vorerst nur hinzustellen ...«

Ich versprach.

»Bekanntlich wird nichts deutlicher wahrgenommen als Verschwiegenes«, sagte Stager. »Im abstumpfenden {Strom} von Gewese und Geruch das Loch. Das Nichts, auf das reizmüde Augen fasziniert starren. Paradoxe Wirkung der Zensur.« Stager erinnerte apropos auch an Pascal, der verlautbart hätte: »Die Quelle aller Häresie ist die Ausschließung einiger Wahrheiten.«

Ich dagegen die Lesefrucht: »Alle Dinge suchen ihre Dichter.«

Das Duell fand im Flur der neunten Etage eines Elfgeschossers statt, Beton, Großplatten, Bautyp WBS 70.

Ich mit Rekorder bewehrt auf dem Abtreter. Katharina Stager hinter der Barrikade der Wohnungstür. Nur etwas Kopf gab sie preis.

»Wieder Schabenaktion«, fragte ich.

»Mäuse«, antwortete Stager. Ich sah in angststarre Augen. Eine couragierte Schriftstellerin mit Angst vor Mäusen?

»Fallen stellen«, entschied ich und verschaffte mir Zutritt.

Stagers Zorn wegen meiner Zudringlichkeit wurde aber gemildert durch einen Einfall, den offenbar ich ausgelöst hatte. Mir vorantappend murmelte sie: »Die Schaben – gut. Ich werde die Schaben erwähnen. Daß sie ins Bett kommen, werde ich schreiben.«

»Sie schreiben wieder«, folgerte ich erfreut. Stager: »Immer noch: am Brief an meine Eltern. Sie wollen mich wiedersehen ...«

Ich äußerte Verständnis für diesen Wunsch und daß ich ihn auch nicht hätte unterdrücken können. Stager zitierte einen Wahlspruch ihres Vaters. In sächsischer Mundart. Hochdeutsch verlören seine Wahlsprüche den apodiktischen Druck. Katharina Stager in der Baßlage: »Wenn mer ooch weiter nischt ham, sin mer doch wenschstens beisamm.«

Kommentar: »In einem Zimmer. Alle in einem Zimmer, auch wenns mehrere gibt, zehn gäbe, hundert: Immer alle in einem Zimmer, am besten in der Küche. Sich sehen von früh bis spät – ohne sich wahrzunehmen.«

Wahlspruch und Sound waren mir bekannt. Von meinem Vater. Ich bekannte das. Katharina Stager entleerte zwei Tüten auf dem Kühlschrank, einen Posten Metallfallen und einen Posten Holzfallen à zehn Stück. Vorbeugend gegen etwaige Verdächte in Richtung Hamstern setzte Stager eine kurze Beschreibung der gemeinen Hochhausmaus: Vorkommen, Eigenschaften, Verwendung ...

»Verwendung«, fragte ich unsicher.

Stager entschieden: »Wer Mäuse hat, hat weniger Schaben. Ich schließe: Sie können sich nicht riechen ...« Nachfolgend apropos die Beschreibung einer gewissen Menschenart, die Katharina Stager nicht riechen könne: Westmenschen, von denen manche auch ihre Lesungen besuchten, sie einlüden, sehr freundlich, überfreundlich –

»Sagten Sie nicht letztlich, Sie könnten nicht mehr lesen«, warf ich geistesgegenwärtig ein.

»Partielle Erdenfinsternis«, entgegnete Stager. »Meine Augen versagen seit geraumer Zeit gewisse Dienste, ohne daß Ärzte dafür Gründe ermessen oder durch Brillen Hilfe schaffen können. Ich bestreite Lesungen, indem ich in meine Texte starre und sie auswendig herunterrede. Anläßlich einer Buchausstellung meines Landes in Luzern zum Beispiel, die ich mit einem Schauvortrag zu umranken hatte, mußte ich derart verfahren. Und unerkannt wie immer. Tappte anschließend unsicher herum. Signierte ohne zu erkennen was wie. Antwortete in Fragen rein, nicht in Gesichter. Hielt den

Stiel meines Weinglases umklammert wie der Lichterengel die Kerze, damit es mir bei unvorhersehbarem Zuprosten nicht aus der Hand geschlagen würde. Diskrete Geselligkeit in ehrwürdigen Ausstellungsräumen. Der ich mich unauffällig hätte entziehen können, wenn mir der Abgang nicht verstellt worden wäre. Mit einem Hindernis. Ich bemerkte die Barrikade erst, als meine fluchtentschlossenen Füße sie rammten und Schwung zum Hinaushechten anstauen konnten. Ich flog aber nicht durchs noble Portal auf den von Touristen okkupierten Platz, sondern in die Arme einer Frau. So einer wie Sie ...«

Ich freute mich über die Nachricht, daß am Vierwaldstättersee auch S-Bahnen fahren.

Stager: »Dummstellen ist der klügste Frauentrick in einer Männergesellschaft. Die Herren vermasseln sich die Erfüllung ihrer Wunschträume nicht durch Mißtrauen. Ich kenne den Trick und ich kann nur empfehlen, ihn auch weiterhin anzuwenden – nicht bei mir. Selbst wenn Sie mich für einen KaVau halten sollten ...«

Ich: »Sagense bloß, Sie sind einer.«

Stager: »In bezug auf Männer gewiß.«

Bekenntnisse, die man nicht alle Tage hört. Ich also auch nicht faul und heraus mit dem Spruch: »Viele sind berufen, und wenige sind auserwählt.«

»Diese Luzernerin bemühte ebenfalls die Bibel«, entgegnete Stager. »Mit gleicher Hartnäckigkeit das gleiche Anliegen ...«

»Berufung aus beiden Lagern«, schrie ich und stellte den Rekorder an.

Stager stürzte sich auf ihn wie auf Einbrecher, klickte die Kassette raus und zertrat sie.

»Zwanzig Mark«, sagte ich. Erschrocken. Empört.

Stager erinnerte mich an mein Versprechen und versprach, sich zu bemühen nach Kräften. »Vielleicht kann ich mich an so ein Gerät wieder gewöhnen«, sagte Stager, »den Dritten im Bunde. Aber vorerst nur hinstellen, nicht anstellen. Angestellte Rekorder erzwingen Verlautbarungen. Ich kann derzeit keine machen. Jegliche

Öffentlichkeit verschließt mir den Mund. Nur unter vier Augen kann ich was reden. Oder laut vor mich hindenken, irgendwas, ins Unreine …« Stager beschrieb die gemeine Hochhausmaus als hochintelligent und grünstichig und die weltgeschichtliche Niederlage des weiblichen Geschlechts nach Engels – »[Der] Ursprung der Familie, des Privateigentums und des Staates«. »Seitdem haben Frauen Vaterländer«, erklärte Stager beim Fallensortieren, »Heimat ist was anderes.«

»Grünlich«, sagte ich.

»Grünstichiges Grau«, berichtete Stager, »der Pelz der gemeinen Hochhausmaus kann mit dem einer Feld- oder Waldmaus nicht konkurrieren. Äußerlich sind die Bewohner unserer Versorgungs- und Entsorgungsschächte nicht nobel. Aber in den Freßsitten! Die Tiere speisen nur aus Holzfallen – ein Engpaß. Metallfallen sind öfter im Handel, und die halten ja auch länger, während die Holzfallen beim ersten Zuschnappen schon auseinanderfliegen. Auch wenn bloß mein Daumen in der Klemme sitzt …«

Ich versuchte von den Mäusen eine Brücke zurückzuschlagen – über den Vierwaldstättersee und Wilhelm Tell zurück zu dieser mir unbekannten Verbündeten, die auch auf ein Buch Hero wartete. Hoffte. Für ihre allgemeine Hoffnung sicher spezielle Ermutigung brauchte. Auch meine Glaubenshoffnung in die Regenerationsfähigkeit der Menschheit baute – Abwendung einer Atomkriegskatastrophe wegen politischen, militärischen oder technischen Versagens gesetzt – auf schlummernde Potenzen.

Im Individuum vermutete ich welche gewiß. Der Qualitätssprung, jetziger Menschen-Quantität Erdbevölkerung abgefordert, ist von Mitläufern nicht zu bewältigen. Unvorstellbar gesagt: Nur Völkermassen aus ganzen Individuen können, indem sie die Wandlung in sich und außer sich als einen Prozeß begreifen, der nur gleichzeitig stattfinden kann oder nicht, für die erforderliche Wendung taugen. Eine schöpferische Wendung, die Erfindungs-Geist und -Phantasie der Menschen erstmals der Evolution ihrer Art hingeben wollen müßte.

So etwa dachte ich bei Katharina Stager laut vor mich hin und fragte, ob sie willentliche Hingabe an ein evolutionäres Geschehen überhaupt für möglich halte. Prinzipiell ...

»Prinzipiell«, fragte Katharina Stager. Zurück. Oder sich. Mehrmals. Dann verneinte sie kopfwiegend und stellte fest, daß sie nur hoffen könne.

»Also, Hoffnung haben Sie noch«, sagte ich.

»Ich hab keine Hoffnung. Die Hoffnung hat mich«, sagte Stager.

»Abends ...«

»Und morgens«, fragte ich.

»Morgens hat mich Knochenkarl. Aber sein Besuch kann sich auch hinziehen.«

»Warum werfen sie ihn nicht raus wie mich?«

»Diesem Tänzer ist nicht so beizukommen«, sagte Katharina Stager.

»Warumdennnichtwarumdennnicht«, redete ich um mich oder anderen Unsinn. »Angesichts unvorstellbarer Gefahren kann ich mich nur mit unvorstellbaren Wandlungshoffnungen behaupten und so weit erhalten, daß ich arbeitsfähig bleibe und meine S-Bahn-Züge zuverlässig durch die Hauptstadt Berlin fahre. Das Tuttiregister der Poesie ersehne ich als Beistand. Ihre zarten und gewaltigen Stimmen, ja Prophetendonner!«

Katharina Stager entgegnete, daß sie mit derlei nicht aufwarten könne und wandte sich wieder den Mausefallen zu. Genauer: dem Beködern. Mit Speck, nachgeräuchert an einer Kerzenflamme. Etliche Unfälle respektive Daumenproben. Schließlich ein blauer Fingernagel und zehn beköderte Holzfallen. Wozu der Vorrat?

Kein Vorrat, versicherte Stager, für den Fang einer gemeinen Hochhausmaus wäre nicht eine Falle, sondern ein Fallengebirge notwendig. Nur so könnte der Glücksumstand eintreten, daß beim Herausschmausen der Köder mal fehlgetreten würde und achtern getroffen. Mit der Schnauze unterliefen den Tieren keine Unfälle.

⟨...⟩

Abgesehen davon, daß Leute wie Ihre Eltern auch mal wieder was Neues von ihrer Tochter lesen wollen.«
»Meine Eltern lesen keine Bücher«, sagte Stager.
»Aber wenn sogar der Westen wartet.«
»Soll warten, bis er schwarz wird«, sagte Stager. »In einer Überflußgesellschaft wird auf Bücher gewartet? Auf ganz bestimmte? Just eines von mir muß es sein? Und nagelneu selbstverständlich – lest erst mal die alten, bevor ihr neue Wälder abholzt ...«
Ich wandte ein, daß ich nicht in einer Überflußgesellschaft wohne und deshalb sowohl das Recht als auch die Pflicht hätte ...
Stager stur weiter: »Dezent, aber schamlos lassen diese freundlichen Westmenschen durchblicken, daß sie im Gegensatz zu mir über die richtige Währung verfügten, mit der sie alles kaufen können, Landschaften und Sonne, Wetter nach Belieben, wenn einem das einheimische grad nicht zusagt, für den Bauch exotische Fressereien in Restaurants, die von sonst verachteten Gastarbeitern bewirtschaftet werden – und für den Kopf mal einen exotischen Vogel. So einen wie mich zum Beispiel. Zur Abwechslung, die man sich nicht nur leisten kann, sondern auch schuldig ist als solider Konsument. Dennoch blieb mir lange rätselhaft, was sich gewisse Wohlstandsbürger von mir erwarteten, ausgerechnet von mir – und als Person. Ein Autor ist ein Mensch, der Bücher schreibt, so lange er kann. Die Bücher sind das einzig Wesentliche an ihm, falls sie was taugen. Der Rest – uninteressant. Oder Tierschau. Ich gehe nie zu Lesungen. Mir genügt das Buch.
In Mannheim hat mir ein Ehepaar mal gestanden, daß es Echtheit suche. Es kam extra mit der Bahn zur Lesung angereist, um zu prüfen, ob meine Person mit dem, was ich schriebe, zur Deckung gebracht werden könnte. Rundum Design-Perfektion in der Präsentation von lebenden und toten Objekten, alle Fassaden tipptopp, was natürlich seinen Preis hätte. Bezahlt werden müßte irgendwie. Also mit dem dahinter, was man nicht sieht. Nette Leute, das Ehepaar, lügensatt und hungrig nach dem, was dahinter steckt. Auf Echtheit wollten sie mich durchmustern. Neugier mit ernstlichen

Hintergründen, die mir mindestens hätten Respekt abnötigen müssen.
Aber Widerwille schlug durch.
Außerdem – wenn ich schon mal am Schimpfen bin, dann gründlich – wozu ein Buch über eine Frau, die sich einen Mann aus den Rippen schnitt? Warum keine Frau aus den Rippen? Eine Renegatin ist die Sammlerin dieser Dunkelweiberbriefe sicher nicht. Ausgekocht ist sie auch nicht. Aber vielleicht naiv? Denkt nichts Böses und will mich arglos mit dieser Hero-Geschichte auf den neuen Zug verladen. Der natürlich längst abgefahren ist, nach einem Jahr der Frau plus einer Dekade war dieser neue Zug ja auch überfällig. Wer da weltmodisch mithalten will, muß ihn nehmen. Oder wenigstens versuchen aufzuspringen, wenn er die Abfahrt verpaßt hat. Manche wechseln die Züge im Westernstil. Im fliegenden Wechsel sozusagen, ein renommierter BRD-Sachbuchautor, der in seinen alten Wälzern alle Feministinnen links überholte, indem er an der gesamten Männergesellschaft und sich gleich mit nur einen guten Faden ließ: den zum Aufhängen als Sühne für alle Schuld, hat gerade einen neuen Wälzer gewebt, in dem er die Schuld verteilt. Auf breite Schultern. Von Frauen. Also differenziert. Nicht auf die Schultern aller Frauen, sondern nur auf die der starken. Auf diese starken Mütter nämlich, alle furchtbaren Diktatoren wären von starken Müttern hervorgebracht worden, beweist der Herr anhand reichlichen Materials. Und die Westverlage drehen tüchtig am neuen Trend. Statt Frauen-Reihen jetzt Männer-Reihen. Wieder. Endlich wieder, als ob von Männern ewig nichts zu lesen gewesen wäre. Unseren Verlagen mangelts an Papier, was mich in diesem Fall beruhigt – und mein Oberlektor Kunzmann hatte mir ja auch versichert, es läge nicht an der Papierknappheit, daß mein Manuskript läge. Ein anderer Verlag von uns hat einem männlichen Autor geraten, seinem Erzählband den Untertitel »Männergeschichten« zuzufügen – oja, so eine Ost-Frau wie mich mit einer Männergeschichte auf dem neuen Inter-Zug – das wäre für beide Lager ein gefundenes Fressen.«

Stager übergab sich im Spülbecken der Küche. Das große Kotzen wegen einer gewissen Sorte Westmenschen? Oder wurde hier ein Sack geschlagen und ein Esel gemeint? Die abgerissenen Tapeten im Flur von Stagers Haus, die zerkratzten Bedienungsanweisungen am Fahrstuhl waren auch Male von Sackschlägen. Großstadtkumpel und -jugendliche pflegen ihre Aggressionen an Gebäuden, Autos und Münzfernsprechern und leider auch an meinen S-Bahn-Zügen abzureagieren – seltsamerweise fast nur männliche Täter, wie auch in der Zeitung nach[zu]lesen ist: Schlucken normale weibliche Wesen ihre Aggressionen gegen Ekel? Kotzte Katharina Stager, weil sie nicht schlucken wollte oder konnte? Welcher Esel kotzte sie an, daß sie ihn ankotzte? Ich suchte. Als mein Verdacht auf mich fiel, versuchte ich mich angenehm zu machen. In einer Küche kann das nur heißen: nützlich. Der Abfluß war verstopft. Besuch im Haus erspart den Klempner. Sich regen bringt Segen. Übung macht die DDR-Frau. Meine Angst frißt mir das Leben weg ...

Letzteren Satz dachte ich laut.

Stager entsetzt: »Was für Worte?«

»Aus den Klageliedern Jeremias'«, antwortete ich. Stager ab ins Bad.

Später geduscht zurück.

Katharina schreibt Jean-Marie einen Brief

Im Verlauf der Entstehung des dritten Bandes entwickelte sich die Figur Jean-Marie vom Diener zu Katharinas Geliebtem. Ihm öffnet sie ihr Herz. Der vertrauliche Ton, den ihr (einziger) Brief an ihn anschlägt, könnte ein Hinweis darauf sein, daß Irmtraud Morgner dachte, via Briefwechsel Einblick in Katharinas Innenleben zu geben, über das wir aus den übrigen Stager-Notizen kaum etwas erfahren.

In dem Brief kommt ihr Verhältnis zu ihren Eltern zur Sprache, das an Lauras Beziehung zu ihren Eltern erinnert (vgl. S. 283 ff.). Die Nähe der beiden Figuren zeigt sich auch darin, daß der Text »Die Puppe« zuerst Katharina zugeordnet war und möglicherweise erst nach seiner Niederschrift, durch den Vermerk »SKB«, eindeutig Bestandteil der Salmanschen Kopfkissenbücher wurde.

Liebster Jean-Marie, die Behauptung »Ich mag nicht mehr kochen« ist Schönfärberei. Wahrheit ist: Ich kann nicht mehr kochen. Fini. Schluß. Aus.

Dreißig Jahre Kochen und Haushalt selbstverständlich und Schreiben irgendwie unauffällig nebenbei, das reicht. Kann meine Eltern schon deshalb nicht einladen, weil ich nicht mehr kochen kann. Kochphobie sozusagen. Meine Mutter hat Klaustrophobie: ein ärztlich anerkanntes Leiden. Daß sie sich nicht in Fahrstühlen, Tunneln, U-Bahnen und dergleichen aufhalten kann, respektiert jeder. Daß ich mich nicht mehr lange in der Küche aufhalten kann, glaubt mir niemand. Nicht einmal Du, fürcht ich – oder? Jedenfalls würde ich meine Eltern total verstören, wenn ich sie einlüde und dieses Geständnis machte. Und in eine Kneipe essen gehen? Erstens sind Eßkneipen bei uns rar und also hoffnungslos überlaufen, zumal im Sommer, da uns zu allem Überfluß auch noch diese Westtouristen kahlfressen – und dann will mein Vater seine Ordnung. Die natürlich nur zu Hause ordentlich stattfinden kann. 8 Uhr Frühstück, 12 Uhr Mittagessen, 18 Uhr Abendbrot. So könnte ich die Küche den ganzen Tag nicht hinter mir lassen, selbst wenn ich sie mal hinter mir ließe. Wozu auch? Die Frau gehört in die Küche, sagt mein Vater. Die alte Barbarei. Die gute alte, gemütliche im Gegensatz zur neuen, die verkündet, die Frau gehöre in die Küche zum Kochen und in den Betrieb zum Geldverdienen. So brutal hat mein Vater nie gedacht. Andernfalls hätte er ja sich und seine Ehefrau für Faulenzer halten müssen. Ein Mensch, dem Fleiß über alles geht! Wo er am Platz ist. Früher war der Platz meines Vaters draußen, wos Geld verdient wird, also im Betrieb, und der Platz meiner Mutter im Haushalt. Und heute ist der Platz meines Vaters draußen, wo die Rente und die Grundnahrungsmittel geholt werden und der Platz meiner Mutter unverändert – bis aufs Einkaufen. Weil sie nicht mehr schwer tragen kann, hat sie nur noch das heimzuschaffen, was aus dem Kopf eingekauft werden muß. Mein Vater kann nur einkaufen, was ihm aufgeschrieben wird. Auf Zetteln. Er hat da mit Gegenständen zu tun, die ihn »streng genommen« nichts angehen. Aber er nimmts jetzt in dem Punkt wegen der Spondylose meiner Mutter nicht mehr so streng. Bei mir schon. Und da mein Vater wie gesagt kein Faulenzer ist und auch sonst ein Mensch, der Harmonie braucht, hat er das, was diese Harmonie stören könnte, von je nicht wahrgenommen.

Daß ich schreibe und mit Schreiben mein Geld verdiene, hat er nie wahrgenommen.

Für ihn bin ich eine Hausfrau, die – manchmal verheiratet, manchmal nicht, aber ich glaube, davon sah er auch ab – eine Tochter aufgezogen hat.

Und auch in diesem Sommer wird die Welt für ihn in Ordnung sein wie je. Und wenn ich ihm sagen würde, Dir sei der Appetit vergangen, würde er sagen, »Stubenhocker« und »Wer jeden Tag an die frische Luft geht, hat auch Appetit«.

Natürlich wissen meine Eltern nicht, daß es Dich gibt. Meine Herzensangelegenheiten habe ich ihnen nie preisgegeben. Schon als Kind hat mich der Instinkt da sicher geleitet. Aber das sind eben so ihre Töne. Und ich wußte mich immer gut mit ihnen einzurichten. Meine Erzählungen über meine Eltern bisher haben Dir sicher den Eindruck vermittelt, daß ich ein sehr herzliches Verhältnis zu ihnen hatte und habe. Und das stimmt auch. Alles was ich Dir über sie erzählt habe stimmt. Aber das, was ich Dir jetzt schreibe – ich weiß gar nicht recht, warum ich das tue – stimmt auch. In so einem Weltzustand ist man doch froh über alles, was noch heil ist ...

Aber ich träume auch seltsam. Eigentlich fast nur Varianten eines Standardtraums, der mich von Jugend an plagt.

Und wie geht es Dir, Liebster? Du schreibst mir nur, daß es Deiner Gesundheit wohl täte, wenn ich Dir ein bißchen erzählte. Von mir und was in meinem Kopf so literarisch arbeite. Und auf Band gesprochen wünschest Dus Dir. Aber besprochene Bänder schicken ist unmöglich. Und ich kann auch über das, was dieser Kopf professionell treibt, nicht sprechen. Weder auf Bänder noch anders. Umstände haben es mir frühzeitig so gründlich abgewöhnt, daß ich in dem Punkt sprachlos geworden bin. Ausplaudern von Projekten erspart zwar viel Zeit, weil artikuliert und diskutiert Irrtümer schneller erkennbar sind als zu Papier gebracht und nur in Klausur mit ihnen. Aber mir ist die letztere Variante zugewachsen. Und Du brauchst Dich für Deine Neugier nicht zu entschuldigen. Von einem Menschen, den man liebt, möchte man so viel wie möglich wissen, auch seine Vergangenheit natürlich (erzähl mir mehr von Deiner, Liebster und von dem, was Du träumst), am liebsten alles. Glücklicherweise ist das aber unmöglich – das wäre das Ende jeder Liebe –, und der Mensch ist und bleibt ein Buch mit sieben Siegeln. Schön diese Gewißheit. Beruhigend. Also ein Märlein von mir über mich für Deine Gesundheit auf Papier erzählt, weil ich nicht an Deinem Bett sitzen kann. Oder drin. Oder drin liegen mit Dir, ⟨die⟩ Beine verknotet und die Arme, so daß nicht mehr auszumachen ist, was wem gehört. Mußt Dir diese Stellung mit Deiner Phantasie herholen und die Liebesgeschichte dazulesen. Keine Literatur. Ich kann jetzt nichts Professionelles machen. Ich kann nur was sagen für Dich.

Obgleich an diesem Herostoff wirklich viel dran zu sein scheint.

An Laura sowieso; weder naiv noch verbittert, sondern gefaßt. Hat die neue Wendung kommen sehen. Mit Moden schwimmen, dazu gehört kein Mut. Erst wenn sie vorbei sind und die Schalen fallen, zeigt sich, was die Erscheinung ausgemacht hat: Klamotten oder Charakter. Laura bedrängt mich hart.

Fahrt nach Leipzig

Ähnlich wie Laura will auch Titania die Autorin zur Niederschrift der Hero-Geschichte bewegen. Sie erkennt, daß die Weigerung der Dichterin mit ihrer Schreibkrise zu tun hat, die wiederum mit Katharinas Vergangenheit zusammenhängt. Stager, so Titanias Überlegung, könnte Auftrieb bekommen, wenn sie Leipzig wiedersähe. Sie schickt Rosa (eine in den Notizen nur schemenhaft umrissene Person) zu Katharina, um sie zu einer Fahrt nach Leipzig zu bewegen, deren Universität die Schriftstellerin seinerzeit zusammen mit Hero besuchte. Gleichzeitig schickt die dschinnistanische Herrscherin Puck zu Katharina, der ihr zu einer neuen Sicht ihrer Vergangenheit verhelfen soll.

Die Reise nach Leipzig ist in drei Textfragmenten überliefert, die vieles offen lassen, unter anderem die Frage, ob sie als Briefe, Tagebucheintragungen oder – auch das wäre denkbar – als Teile von Kapiteln eines von Stager geschriebenen Hero-Romans zu lesen sind. Nur das letzte ist als Brief identifizierbar, adressiert an einen »Achtundsechziger mit Bartrest« (Jean-Marie?). Die Fragmente setzen ein mit der Reise im Zug und enden mit einem Rückblick auf die Zeit an der Uni. Dazwischen meldet sich, nach der Ankunft in Leipzig, Puck als Genius loci zu Wort. Dessen erste Sätze stimmen fast wörtlich mit Jacky Zettels Einleitung des Romans überein. Es ist nicht ausgeschlossen, daß Irmtraud Morgner bei der Niederschrift mit dem Gedanken gespielt hat, das Buch mit dieser Passage beginnen zu lassen. Dann wäre der Schriftstellerin Katharina Stager die Rolle zugekommen, den Roman insgesamt oder zumindest Heros und Leanders Geschichte zu erzählen.

Freitagnachmittag. Zwischen Gleisen eine bahnsteigbreite Menschenschlange aus Männern. Auf den ersten Blick nur aus Männern gebildet erscheinend, auf den zweiten auch, der dritte konnte, durch Grölen geleitet, etwas weiblichen Durchschuß ausmachen. Wodurch die Einheitlichkeit indessen nicht gestört wurde: die Einheitlichkeit der Gesichter.

Da unsere das für Frauen höchstzulässige Alter von 30 Jahren weder vorweisen noch vortäuschen konnten, wurden wir von der Menge der Heimkehrer nur übersehen beziehungsweise verhöhnt. Sie war wenigstens zur Hälfte von Alkohol enthemmt und also sangesfreudig. Da aber das Volk der großen Dichter, Denker und Musiker keine Lieder kennt, wurde der kreatürliche Drang hier wie auch bei andren Gelegenheiten durch ⟨x⟩ von Bier- und Soldatenweisen befriedigt. Auch der inzwischen als systemstabilisierend anerkannte Witz »Wie die Republik heute arbeitet, wird Berlin morgen leben« half zersungen die Lautsprecheransagen niederlärmen. Diese Hinweise für Fremdlinge und andere gewissermaßen Unbefugte, die nicht durchsahen. Wer zur Truppe gehörte, sah durch und wußte, auch sternhagelvoll noch, wie er sich verhalten mußte, wenn die beiden schmalen Zugschlangen für die breite Menschenschlange hereingeschoben wurden, eine für Dienstreisende in Richtung Norden, eine für Dienstreisende in Richtung Süden. Die erste Klasse stürmten jetzt – und mit gleichem Einsatz wie die Mehrheit – auch solche, die von der Benzinspardirektion in Dienstwagen gefahren wurden. Die Sitzplätze der zweiten Klasse besetzten Arbeiter und niedere Militärchargen. Allgegenwärtig die ungeschriebene Losung: Wer gleichberechtigt sein will und sich im Nahkampf nicht durchsetzen kann, hätte sich die Konsequenzen früher überlegen sollen und ist selber schuld.

Als der D-Zug im Schrittempo aus Berlin herauslungerte und die Bierhol- beziehungsweise -fortbringbewegung im Wagengang Rosa und mich stetig, aber in freier Wahl, entweder mit dem Bauch gegen Fensterglas oder mit dem Hintern gegen Kabinenglas plättete, fühlte ich reiner denn je: verladen.

Rosa vermutlich in ähnlicher Stimmung, die sie aber nicht zum Schweigen brachte, sondern ins Gegenteil.

Redeschwall.

⟨...⟩

Einzug in den Ort unseres Auszugs. Neulich vor dreißig Jahren bei Hero. Bei mir etwas eher, ich habs an der Pädagogischen Fakultät nicht bis zum Abschluß durchhalten können. Die Medizinerin Franziska [*am Rand Fragezeichen*] ist wahrscheinlich zuletzt ausgezogen. Um das Fürchten zu lernen?

Diese Fähigkeit blieb jedenfalls die einzige, die mir das Leben ohne Bemühung schenkte.

Das Geschenk kam jetzt aber zustatten, indem es zur verschworenen Gruppe in einer verschworenen Truppe formierte, die vom Bier oder sonst inzwischen noch gründlicher verwüstet aus den Zügen sich entleerte. Die Erinnerung an unseren Philosophie-Professor erinnerte mich an Matthäus 6: »Das Auge ist des Leibes Leuchte. Wenn dein Auge lauter ist, wird dein ganzer Leib licht sein.«

Der Professor hatte Gläser mit eingeschliffenen Lupen vor seinen äußeren Augen getragen, wodurch sie unerkennbar gewesen waren. Von seinem inneren Auge waren wir erleuchtet worden.

In der Truppe den Bahnsteig entlang und die Treppe hinab – alle diese erloschenen Augen – zum Ausgang hinaus auf die Straße.

Großstadtstraße des Landes gegen Mitternacht. Leer.

Aber Leipzig.

Nach dem Prinzip des wohltemperierten Klaviers hörten wir die Litanei »Messestadt Leipzig« sofort zurecht, orchestrierten auch und unangefochten von der Tatsache, daß wir ebensolang auf ein Taxi warten mußten wie in Berlin, wenn nicht länger, aber hier, in der Provinz, wo der Nebel dichter ist, waren unsere Wurzeln. Und wir gingen mit dem Kopf durch diese Wand, und der Objektleiter sagte »meine Damen« und: »Besprechung nach dem Abendessen, haltense sich bereit.«

Federbetten. Kartoffelsalat mit Bockwurst. Kleinparis.

Rosa wollte mir das Unterhaltungsobjekt zeigen, von dem aus Hero gearbeitet hat. Zuletzt nur noch Auslandstourneen. Solo. Vorher kollektiv.

Als Teil eines Unterhaltungskollektivs hatte sie gegen Stücklohn, auch Gage genannt, eine Zaubernummer innerhalb eines Estradenprogramms zu liefern. Ihre Arbeitsstelle, die Unterhaltungsabteilung der Konzert- und Gastspieldirektion, fühlte sich aber durch einen gewissen Trend zum Kulturnabel des Landes erhoben, was den Leitungsköpfen zu Kopf gestiegen war und diesen durch Größenwahn derart blockiert hatte, daß ideale Arbeitsbedingungen für Heros Proteuskünste entstanden waren. Die zu[r] U-Kunst gerechnet werden. Ganz anders die Lage bei der E-Kunstsparte, der ich unterstehe, »in Anbetracht der neuen Etappe«. Mein Oberlektor Kunzmann pflegte immer »in Anbetracht der neuen Etappe« zu sagen, wenn er ein Buch ablehnen wollte oder mußte – nach seinen vielen Dienstjahren und Erfahrungen konnte er den Sinn der beiden Verben bei seinen Entscheidungen wahrscheinlich nicht mehr unterscheiden. Will ich mal zu seinen Gunsten annehmen. Jedenfalls sagte ich Rosa in der Objektkantine rundheraus, daß mir niemand einen Strich für ein neues Buch abverlangen könne, solange ein fertiges ungedruckt läge. Rosa konterte mit einer Bestellung. Wodka. Eine Flasche.

Der Verlust des Kopfes

»Die Massenmedien stürzten sich auf das Ereignis.
   Dem kapitalistischen Lager verpflichtete schlachteten es aus.
   Dem sozialistischen Lager verpflichtete warteten auf die Klärung des Sachverhalts.
   Die Überprüfungen sind noch nicht abgeschlossen, haben jedoch inzwischen eindeutig ergeben, daß das Ereignis veraltet ist.
   Das heißt heute: der Deponie des Vergessens überantwortet. Entreiße es ihr!«

Worte auf nächtlicher Straße.
Ich floh in den Nebel, der über dem Asphalt hing.

»Schreib auf, was du weißt.«
Worte aus Richtung Bahnhof, denen ich zu entkommen suchte.
Eine Stimme wie eine Posaune.

»Was du siehst und hörst und sinnst, das schreibe in ein Buch.«
Worte wie Wasserrauschen.

»Nein«, zeterte ich und wandte mich auf dem Pflaster zwischen den eisernen Linien eines Schienenpaares.

Da fuhr aus dem Nebel ein zweischneidiges Schwert und erleuchtete den menschenleeren Vorplatz des Leipziger Hauptbahnhofs, und ich fiel in die Nässe und verlor meinen Kopf.

Als eine Straßenbahn heranratterte, half mir jemand auf und weg von den Schienen. Den Kopf ließ ich liegen.

Aber er geriet nicht unter die Räder.

Die Straßenbahn fuhr nach Gohlis.

Ich war zum Ort meines Auszugs gefahren, um letztmalig die Wohnung zu tauschen.

Von Berlin nach Näthern hatte ich ziehen wollen. Dann zog es mich zurück zu den Fahrplänen.

Ich rannte zurück. Hinter mir her der Spruch: »Setz deinen Kopf auf.«

Ich befolgte die Weisung sprichwörtlich: stellte mich stur.

Donnergrollen aus dem Nebel, der den Asphalt zu einem Spiegel für Reklamen und andere bunte Losungen machte.

Da nahm ich meinen Kopf, den ich unterm linken Arm trug, und gehorchte.

Plötzlich Augen wie Feuerflammen im Smog und der Befehl: »Deinen Kopf sollst du aufsetzen, nicht den falschen.«

Ich gestand, daß der falsche jetzt mein richtiger wäre und der andere weg.

»Wo?« dröhnte es auf mich herab.

»Irgendwo«, stammelte ich.

»Also geh und such und setz ihn auf und schreibe, wie geheißen.«

»Von wem denn geheißen«, wehklagte ich, »wer ist denn so erbarmungslos.«

»Der Genius loci«, hörte ich und das Schlagen von Pappe auf Pappe.

Folge des Zusammenpralls zwischen Fahrplan und Kopf: eine Mulde in der Stirn und abblätternder Gips. Mein Kopf war nämlich – um der Trägerin Last zu ersparen – nicht aus Gips gegossen wie die Köpfe von Marx und Beethoven auf dem Aktenschrank des Sekretärs meiner Arbeitsstelle. Meine Prothese, aus Pappmaché gefertigt, hatte nur einen Gipsüberzug, wie Kuchen Schokoladenüberzüge haben, und bronziert war sie natürlich auch nicht, wer will schon als Denkmal rumlaufen.

Ich hatte überhaupt nicht mehr rumlaufen wollen.

Aber die Wissenschaft erzwingt mitunter Kompromisse.

Ihr war ich als Versuchskaninchen verpflichtet; nicht diesem Genius loci.

Dennoch verließ ich mit dem nächsten Zug seine Stadt und verwarf meine Umzugspläne.

Der nächste Zug fuhr nach Dresden. Egal. Hauptsache raus aus dieser Wortgewalt.

In Dresden-Neustadt empfing mich die Frage: »Nennst du das suchen?«

Ich warf mich in den Wagen zurück.

Endstation Dresden-Hauptbahnhof und kein Ende der Verfolgung.

Panik schlußfolgerte: Dresden – Vorort von Leipzig. Oder: ganz Sachsen messestädtisch annektiert.

Und kein Taxi zu kriegen. Also die Straßenbahn wie immer, und der Charitépförtner grüßte jovial und sagte, ich solle mir Zeit lassen, der Professor wäre noch nicht da.

Optimale Auskunft über optimale Bedingungen, die ich unbewegten Gesichts entgegenzunehmen bemüht war.

Ich konnte ungestört ins Labor einbrechen, meinen Kopf in einer Zinkwanne mit Spiritus übergießen und anzünden.

Als der Kopf verbrannt war, klirrten die Laborgläser von dem Spruch: »Noch heute beginne mit dem Buch Hero und sende es zu den fünfzehn Bezirken deiner Republik und zu den fünf Erdteilen des Planeten.«

Ich wies die Schädelknochen als Begründung für meine Unfähigkeit vor.

Gelächter als Antwort und die Versicherung, daß Gips- oder Pappköpfe für Diktate in Wort und Gesicht ausreichen.

So gegen meinen Willen von einem anderen geführt, berichtete ich, Katharina S., bis hierher.

Und weiter muß ich derart, Kapitel für Kapitel, denn die Zeit ist nahe.

Alle ordentlichen Studenten der Universität gehörten einer Jugendorganisation an, auf deren Fahne eine aufgehende Sonne genäht war.

Hero, auch Mitglied, zog wie eine leibhaftige Erscheinung des Emblems durch das Ruinengemäuer der alten Universität. Und nicht nur äußerlich wegen dieser Allongeperücke, wie aus Kupfer gefertigt, jedoch angewachsen. Auch innerlich befeuerte sie mit ihrem sonnenhaften Gemüt – nicht zu verwechseln mit einem sonnigen. Die Temperierung brachte Bewegung in Phantasie, Klatsch und Wachsamkeit der Philosophischen Fakultät.

Selbst meine Pädagogische Fakultät, in die ich aus Unkenntnis geraten war, wurde von erstaunlichen Gerüchten erreicht.

Schließlich von ungeheuerlichen.

Nämlich von einer FDJ-Versammlung, auf der diese Hero behauptet haben sollte, sie hätte einen Lieblingsphilosophen. Neben Marx. Die Präzisierung, die natürlich sofort als Bemäntelung entlarvt worden war, hätte die Szene erst richtig unaufhaltbar zum Tribunal gemacht, wurde herumerzählt. Hinter vorgehaltener Hand, denn die Kolportierung eines statuierten Exempels ist nie gefahrlos. Mithin immer lustvoll.

Ich hörte zunächst auch mit schönem Schaudern vom ungeheuerlichen Benehmen dieser Person – Gardemaß und kein Mann: Schon ihre Körpergröße verursachte Verlegenheit bei ebenerdiger Einordnung, keine maßgerechte Frau von dieser Welt und daher-

reden[d], als käme sie vom Mond – das war mehr, als ein grundlagengeschultes und beschlußfähiges Kollektiv mit dem Genossen Stalin im gewählten Ehrenpräsidium zulassen durfte.
Einstimmig.
Für mich war auch Einstimmigkeit derart selbstverständlich, daß die Disziplin in mir mitstimmte. Nachträglich, gegen die Wurzeln in mir. Die kleinbürgerlichen Wolfswurzeln im Liebespelz. Als zünftiger Achtundsechziger mit Bartrest von den wilden Zeiten an der Sorbonne wird Dir dieser oder ähnlicher politischer Rigorismus vertraut vorkommen.
Der Lieblingsphilosoph von Hero war übrigens Giordano Bruno.
〈...〉
»Überdies lehren nicht nur jedes Gesetz und jede Theologie, sondern auch alle gesunden philosophischen Systeme, daß es Zeichen eines weltlich gesinnten und unruhigen Geistes ist, sich in Untersuchungen über Dinge zu stürzen, die über die Sphäre unserer Vernunft hinausgehen, und sich feste Begriffe darüber bilden zu wollen.«
Laura und Hero haben über Giordano Bruno in einem Hörsaal Vorlesungen gehört. In Leipzig. Obgleich sich damals jede von uns dreien durchs Gestrüpp einer anderen Fakultät zu schlagen hatte – diese bequemen und berüchtigten Asphaltschneisen von heute waren noch nicht gebaut – Hero studierte Medizin, Laura Germanistik, ich wie gesagt wer weiß warum Pädagogik. Aber gewisse fakultative Vorlesungen über Geschichte der Philosophie haben uns zusammengeführt. Nicht des Stoffs wegen, über den da verhandelt wurde. Der Person wegen, die ihn verhandelte: Bloch. Pflichtveranstaltungen hinderten mich oft hinzugehen. Ich konnte Ernst Bloch nur selten erleben. Aber er war mein Lehrer. In höchstem Sinn: So etwas kann einem nur einmal im Leben zufallen; wenn man sehr großes Glück hat. Ich hatte es – und es ist mir nicht sofort bewußt geworden. Intensiv erleben und reflektieren gleichzeitig – dazu hat man kaum die Kraft. Zumal in jungen Jahren.
Bloch erlebte ich wie ein Naturereignis.

Ein Dichter auf dem Katheder! – der die Geschichte der Philosophie wie ein zaubrisches, erregendes, spannendes, hinreißendes Epos ausbreitete. Vor uns: die der Krieg übrig gelassen hatte; arm, ja, hungrig. Heißhungrig nach Schönheit, Wahrheit, Hoffnung, Enthusiasmus, Erstaunen. Tatendurstig.

In diesen Hunger, in diesen Durst hinein Blochs Persönlichkeit! Impulsiv – scharfsinnig, zart, drastisch, träumerisch, expressiv-pathetisch, mitreißend feurig.

Das Feuer eines fast Siebzigjährigen!

Unseres, das seiner Studenten, nahm sich vergleichsweise wie eine Funzel aus.

Blochs Persönlichkeit zündete. Entzündete.

Nicht nur mit *der* Energie, die sich in Sprachgewalt entlud – jeder Satz außerordentlich! – *mit Denkenergie*. Blochs freie Rede, also die Andeutung von dem, was dieser geniale Kopf im Moment produzierte, setzte die Zeugen dieses Prozesses – uns – unter Strom. Entfachte in uns Arbeitshunger. Wissensdurst. Leidenschaft. Unauslöschlich.

In anderen Vorlesungen war Marx zum Beispiel die große Autorität oder Gegenstand pädagogischer Erörterung oder beides vermischt. Bei Bloch erglänzte er als Stern erster Ordnung.

Wahrheit tut dem Kopf gut. Aber wenn sie einem so gezeigt wird, daß man sie zudem innig bewundern kann, wird der ganze Mensch von ihr ergriffen, Kopf und Gemüt – und so erst kann sie in uns fortzeugen.

Das ungeheure Wissen, das Bloch vor uns ausbreitete, hinwarf, hinstreute wie Blumen – unsere kleinen Köpfe waren nur fähig, einen winzigen Teil des Reichtums aufzunehmen. Eine Ahnung eigentlich nur davon. Aber die reichte. Mir zum Beispiel reichte sie und reicht sie.

Als Wegzehrung fürs Leben.

Die mir auch geholfen hat, immer wieder aufzustehen, ohne zu verbittern: immun zu bleiben gegen die Pest des Zynismus, die alle kreativen Kräfte frißt.

Nachdenken über Hero (Notizen)

Einige Notizen verfolgen den Gedanken weiter, daß die Dichterin den Hero-Stoff tatsächlich aufgreift. Ob Stagers Schreibimpuls Lauras und Titanias Initiative zu verdanken ist, geht aus ihnen nicht hervor.

Metaphorische Interpretation von Hero und Leander. Geht aus von der klassischen Hero/Leander-Geschichte. Erzählt sie. Und beschreibt dann: Leander oder Hero, einer von beiden, oder beide wechselseitig, oder beide sind durch das Meer geschwommen: die Grenze zwischen Ost und West. ⟨xxx⟩ Vermint. Minenfelder.
Heute ist dieses Meer kein Wasser, sondern Waffen, Verbote, Bürokratie, Willkür der Bürokratie, abgehörte Telephone.
In dieser Wüste sind sie ertrunken. In Verzweiflung. Er: keine Arbeit. Sie: keine Ausreise. Und wenn: dann nicht das richtige Geld. Er: Einreise unmöglich: kein Paß. Keine Kaderakte.
*
Dieses Meer heute: Meer aus Angst.
*
Katharina Stager: Interpretation des Mannes aus der Rippe (was Jean-Marie ihr erzählt). Sie versteht ihn metaphorisch (Stagers Variante).
1. Es wäre die Utopie, die jeder Mensch selber wäre, in sich hätte (virtuell wäre), herausgestellt. (Aber warum ein Mann?)
2. Es wäre gar kein Mann, sondern die schönste Frau der Welt. Und die wäre natürlich ein Mann. Während der schönste Mann der Welt natürlich eine Frau wäre. Das wußte schon Leonardo da Vinci (Mona Lisa). Weshalb er meist über Fragmente nicht herauskam, weil ihn nur diese Mischwesen interessierten (er gab ihnen die allgemein erlaubte Form von Engeln). Das Rätselhafte ist immer das Unauflösbare. Die nie zu Ende kommende Spannung.

Nichts ist so selten wie eine eigene Handlung. Die meisten Leute sind andere Leute. Ihr Leben ist eine Kopie, ihre Gedanken sind Meinungen anderer, ihre Leidenschaften Zitate.

Ich nahm in die Dunkelheit nur die Liebe mit, den Haß ließ ich draußen. Nicht aus Altruismus. Allein deshalb, weil die Liebe schöner ist als der Haß. Und weil der Haß, als Emotion betrachtet, eine Art Auszehrung ist, die alles tötet, nur nicht sich selbst.

Mein phantasieloses Leben war eine Form des Todes. ⟨xxx⟩

Das Schrecklichste am Leid ist nicht, daß es das Herz bricht, sondern daß es das Herz in Stein verwandelt.

Das größte Laster ist die Seichtheit.

Jean-Marie

In einer ersten Konzeption war Jean-Marie der Mann aus der Rippe. Beatriz, auch Vilma, schneiden sich ihn aus dem Leib. Dann wurde er zum Diener dreier Herrinnen und zum Erzähler, der den Roman präsentiert. Als er sich zu Katharina Stagers Geliebtem entwickelte, mußte er die Funktion des Dieners (und die des Präsentators) endgültig an Zettel abtreten, zusammen mit einigen Details aus seiner Biographie, etwa dem Hang zum Klauen. Seine endgültige Rolle im Roman hat er nicht gefunden.

Jean-Marie will Amanda sein Tagebuch anvertrauen

In der Arbeitsphase, der die nachfolgenden Fragmente entstammen, war Jean-Marie als Diener dreier Frauen angestellt. Auf Diktat seiner erblindeten Herrin Laura hat er Briefe an Amanda zu schreiben, die in ihm den Wunsch wecken, mit Amanda auch selber in Briefkontakt zu treten. Seine Schreiben reichert er mit verschiedenen Beilagen an, darunter Teilen aus seinem Tagebuch und den Dunkelweiberbriefen. (In Irmtraud Morgners Manuskripten sind alle an Amanda gerichteten Briefe durchnumeriert. Lauras Briefe, abgedruckt S. 130 ff., tragen die Nummern 1–3 und 7, Jean-Maries Briefe die Nummern 4–6.)

Vierter Brief Jean-Marie an Amanda

Sehr verehrte, liebe Amanda
Da ich von Ihrer anderen Hälfte die Erlaubnis gewonnen habe, Ihnen auch undiktiert zu schreiben, kann ich nicht säumen. Leider

erlaubt mir die Volkssolidarität nicht, auch Ihnen behilflich zu sein, aber vielleicht lachen Sie über solche Gedanken Tränen. Hoffentlich – und bitte um Verzeihung, unsereins kann sich was anderes als einen Männerstaat einfach nicht vorstellen. Die Phantasie braucht ein paar reale Details, um in Gang zu kommen. Und da Laura über die gemeinsame Vergangenheit mit Ihnen ungern zu mir reden mag – wegen des Endes vermutlich –, habe ich mir dieses Ende zusammenlesen müssen. In der Staatsbibliothek, aber das Buch kriegt man ab und zu auch im Volksbuchhandel zu kaufen. Ich habe nur in einem einzigen Buch was über den Vorgang beschrieben gefunden. Bei uns sucht Journalistisches und Philosophisches in der Belletristik Zuflucht. Weshalb ich für den Kometen Hero auch ein solches Unterkommen suche und also jemanden, der das verschafft. Vielleicht kennen Sie diese Hero sogar oder haben sie mal kennengelernt. Auf dem Brocken oder im Hörselberg vielleicht, denn sie ist natürlich kein richtiger Komet wie Halley, sondern ein metaphysischer, und metaphorisch wäre auch richtiger, von einem Doppelstern zu sprechen. Von dem Doppelgestirn Hero und Leander nämlich. Auch im Jahr 1986 erschienen wie Halley. Offiziell – und vielleicht etwas voreilig, wenn man nur die Katastrophen von Tschernobyl und Sandoz/Basel erinnert, aber das werden Sie ja beneidenswerter Weise nicht können, verehrte Amanda – offiziell war das Jahr 1986 zum Jahr des Friedens erklärt worden. Von der UNO, die auch schon Jahre dem Kinde, den Behinderten, der Frau und ähnlichen Wesen zugesprochen hatte.

Dem Manne nicht.

Zufall, daß der Mann Leander ausgerechnet ins Jahr des Friedens fiel?

Schöne Bescherung ...

Die Wiederkehr des Halleyschen Kometen hat für Beobachter Mitteleuropas kein großes Schauspiel geboten. Seine Sichtbarkeitsbedingungen, hauptsächlich vom jeweiligen Termin des Periheldurchgangs abhängig, blieb[en] diesmal ungünstig. Ohne Hilfsmittel war Eindrucksvolles kaum erspähbar.

Leander dagegen konnte mit bloßen Augen gesehen werden. Hatte Blindheit die meisten geschlagen? Nicht die Blindheit, die sehend macht und von der Laura befallen wurde, verehrte Amanda, sondern die von gewissen Massenmedien quasi infektiös verbreitete.

Wie gut, daß Sie in Dschinnistan von alledem verschont bleiben (hoffe ich). Und wie schlimm, daß ich Ihren Rat entbehren muß und die Möglichkeit, Sie zu befragen. Über Hero zum Beispiel.

Eine Triebwagenfahrerin ohne Einblick in die westlichen Presseerzeugnisse kann nicht einschlägig informiert sein; das Westfernsehen schwieg sich über Hero aus (sic!).

Frau Doktor Ortwin, die ich auch pflege, darf wahrscheinlich nichts wissen. Und die Schriftstellerin mit Reisekaderstatus Katharina Stager, der ich ebenfalls den Haushalt führe und auf die ich meine größten Hoffnungen gesetzt hatte, behauptet, sie wüßte von nichts.

Kurz und gut, ich stehe bei dieser Frau Doktor Ortwin zwar in Dienst, aber nicht allein, und ich gewahrte dies zu spät. Als ich den Arbeitsvertrag schon unterschrieben hatte. Und der Anlaß zum Klaun war zunächst eigentlich nur dieser Aufpasser, den ich neben dieser Frau auch mit zu bedienen habe – Scheißjob. Aber ich bin gelernter Schauklauer mit Ausbildung beim Komitee für Unterhaltungskunst, und dieser Aufpasser hat außer dieser kranken Frau auch ihre Papiere zu bewachen und die Einnahme ihrer Medikamente zu überwachen. Und da mußte ich zulangen. Die Schauklaukunst ist wie jede Kunst und jeder Spaß nicht ohne gewisse Nachwirkungen erlernbar. Jeder Leistungssportler muß mit chronischen physischen Leiden rechnen, jeder Schauklauer mit Kleptomanie. Bei der Ausbildung entwickelte ich zu wenig Ehrgeiz. Durchschnittlich fünfter bis siebter Platz in der Hackordnung, was mir von den Trainern als Charaktermangel angeschrieben wurde, als Faulheitsbeweis sowieso, nur der Erste zählte denen als Charakter, und wir waren zehn Dressurobjekte – fragen Sie mal Ihr Königspaar Oberon und Titania, ob die dschinnistanische Zahlenlogik ermöglicht, daß von zehn Artisten alle erste sind ...

Jedenfalls kann sich bei klauartistischem Mittelmaß die Kleptomanie auch nur auf mittlerem Niveau halten. Frauen wie Laura Salman oder Katharina Stager werden kaum zu Schaden kommen.

Anbei die gemausten Papiere. Laura haben sie weniger verblüfft als mich, als ich laut drin las ...

Ihr Jean-Marie

Fünfter Brief Jean-Marie an Amanda

Liebe hochverehrte Amanda
Bitte verzeihen Sie die Reihenfolge der Sendungen, das heißt meinen Egozentrismus, der die Reihenfolge der Briefe gewechselt hat. Zuerst hatte ich mich mit Frau Laura einverstanden, daß Sie von der Berichterstattung über die Teilung womöglich in Unkenntnis wären, aber vielleicht doch dran interessiert. Nicht sehr, glaubt Laura, aber ich hatte Frau Salman schließlich doch überzeugt, daß ein bißchen Information über Publicity an Orten, von denen man todsicher entfernt ist, wenn nicht belustigen, so doch unterhalten müßte.

Die Beschreibung des Ereignisses können Sie unmöglich kennen. Denn es ist sehr lange geprüft worden, so daß es, obgleich es von der Eroberung des Brockens durch die Hexen erzählt und vom Sieg berichtet, erst nach der Niederlage die Druckgenehmigung erhielt. Mißtrauische {Bürger} macht sowas mißtrauisch. Ich gehöre zu ihnen. Und keineswegs von Natur. Reiner Erziehungseffekt. Erfahrungsdefekt. Schwer kurz zu erklären. Aber ich wills trotzdem versuchen, damit Sie ein bißchen wissen, wie der Kerl öffentlich lebt, der Ihnen schreibt. Bei Laura bin ich zwar offiziell angestellt, aber unöffentlich tätig, meine Mutter schämt sich halb krank, wenn sie von jemandem nach dem Beruf ihres Sohnes gefragt wird, aber nicht deshalb hab ich mich für so eine Arbeit entschieden, sondern einfach bloß gedacht ... Nun ja, der Mensch denkt, das Organ lenkt. Ein gewisses Organ, wissen Sie, von dem niemand weiß und selbst

Frau Doktor Ortwin nichts wissen darf, und ein Organist sitzt immer neben ihr.
⟨...⟩
Trotzdem bin ich im Zweifel, ob der Teilungsbericht die Ereignisse wahrheitsgetreu schildert. Obgleich ich für mein Mißtrauen keinen direkten Anlaß habe. Nur einen indirekten: die lange Prüfungszeit für das Buch. Da gibt es drei Möglichkeiten: Entweder man will sich vor der Entscheidung drücken oder man will Zeit gewinnen oder man redigiert. Einen Beatrizischen Text – Frevel! Deshalb habe ich für Sie – wie mit Laura besprochen – das 37. Kapitel aus dem Hexenroman *Amanda* rausgeschnitten und schicke es jetzt. Erst jetzt – bitte verzeihen Sie die Verspätung
Ihrem vertrauensseligen
Jean-Marie

Teuflische Teilung
Eines Sonntagmittags, als Laura wieder einmal Tiegel auf dem Herd hatte und Folianten auf dem Küchentisch, begehrte ein Herr Einlaß. Tenner war abwesend: auf einem Treffen, das er »Séance« nannte. Der fremde Herr ging vor, als ob er sich auf einem Aufklärungseinsatz befände. Laura unterstellte deshalb guten politischen Willen und erlaubte, mit der Tür ins Haus zu fallen. Und direkt in die Küche.
Laura räumte die Folianten vom Tisch.
Der Herr legte ein Richtschwert drauf und sprach: »Sie hat sich strafbar gemacht.«
Laura starrte auf den Zweihänder. Der Herr winkte mit dem Daumen zum Herd.
»Kommen neuerdings Topfgucker von der Nationalen Front«, sagte Laura.
»Komme itzo vom Brocken«, entgegnete der Herr, »Kolbuk mein Name.«
»Angenehm«, entgegnete Laura erbleichend. Der Herr sah wie

ein Buchhalter aus. Und er benahm sich auch korrekt und penibel. Außer einer Brille keine Vorkommnisse in seinem Gesicht. Glatze. Fliege. Westenanzug. Auf dem Westenbauch hing eine Uhrkette. Der Herr zog dran. Als sich der Sprungdeckel seiner Taschenuhr aufgerichtet hatte, sagte der Herr: »Die Bestrafung erfolgt auch in Ihrem Interesse.« Ferner mußte Laura hören, daß jede Erziehung Eingriffe erfordere. Von je müßten die Menschen zu ihrem Glück gezwungen werden. Auch hätte der Feind in Laura was reingetragen, in Form eines Nebenwiderspruchs, der zu den anerkannten Hauptwidersprüchen aufsteigen wolle und also raus müßte und gleich mit wegoperiert werden könnte. Ein Aufwasch. Die Hälfte müßte weg. Weil die Hälfte Lauras Glück im Wege stünde. Nach der Operation könnte sie Mann und Kinder glücklich machen und zufrieden und geachtet leben.

Während des Geredes begann der Herr, Lauras Apparaturen zu zerschlagen und die Folianten mit Säuren zu durchlöchern.

Laura protestierte und wollte nach Hilfe schreien. Der Herr stopfte ihr den Mund mit einem Knebel und der Drohung, die Universität von einer Urkundenfälschung in Kenntnis zu setzen, falls Widerstand geleistet würde. Laura hätte verschwiegen, daß ihr Vater noch im Kriegsjahr 1942 in die Nazipartei eingetreten wäre. Verschweigen würde, wie sie wisse, als Lügen gewertet. Wenn die Sache parteilich genug angekocht würde, wäre Laura die Exmatrikulation sicher. Falls sie nach der Operation singen würde, wäre ihr der Schandpfahl sicher. Falls sie versuchen würde, mit dem abgetrennten Teil Verbindung aufzunehmen oder sich gar mit ihm wiederzuvereinigen, erst recht. Weiber, die an den Schandpfahl geschmiedet wären, würden täglich an delikaten Stellen zerfleischt. Von einem Wolf, der anschließend vergewaltige – Laura wäre die Foltermethode sicher aus Berichten über gewisse Militärdiktaturen bekannt. Auf Erden würde die Folter von speziell dressierten Polizeihunden ausgeführt. Höchstens solange, bis der Tod einträte. Auf dem Brocken garantiere die Strafe Schandpfahl Unsterblichkeit, weshalb die zerfleischten Stellen täglich wieder heilten und so weiter.

Nach der Teilung wäre Laura übrigens Geheimnisträger. Außerdem würde ihr die Operation sowieso auf Erden von niemandem geglaubt. Verräterinnen litten also sinnlos am Schandpfahl. Die Teilung dagegen wäre vergleichsweise schmerzlos. Kurz sowieso, ein Hieb und fertig, besser abrupt geteilt als mählich. Besser Präzisionsarbeit vom Oberteufel Kolbuk als Improvisationsarbeit von den Sitten. Gewöhnliche Damen würden von x-beliebigen Herren bedient. Laura aber wäre ein Querkopf. Deshalb stünde ein Stellvertreter Satans bereit, sich persönlich zu bemühen.

»Ehrensache«, sprach Oberteufel Kolbuk, »besser ein Ende mit Schrecken als ein Schrecken ohne Ende«, sprach er und hieb Laura mit dem Richtschwert in zwei Teile.

Sechster Brief Jean-Marie an Amanda

Hoch verehrte, vielliebe Amanda
Mein kleptomanischer Schaden hat mich verführt, schon wieder zu stehlen, aber – ehrlich zu sein – wie gern hab ich mich verführen lassen für einen Vorwand, mich Ihnen wieder nähern zu können. Sonst habe ich für intime Näherungen nur meinen Freund: das Tagebuch. Und demgegenüber bin ich schamhafter als Ihnen gegenüber, ob Sies glauben oder nicht. Dabei ist eigentlich kaum zu vermuten, daß mein Spind in meiner »Stall«-Kammer gefilzt wird – so viel Aufwand für so ein kleines Licht wie mich kann ich mir nicht vorstellen – nein, die Scham oder Selbstkontrolle oder was muß andere Ursachen haben. Die ich nicht kenne. Wer kennt sich schon! Aber dürfte ich Ihnen vielleicht trotzdem irgendwann mal was aus meinem Tagebuch anvertrauen? Ausgewähltes natürlich, Überarbeitetes, nicht Eintragungen in dem Zustand, in dem ich sie ausgekotzt habe in Eile oder Euphorie oder Verzweiflung usw. Mir würden solche Geständnisse an Sie eine große Lebenserleichterung verschaffen. Und Ihnen …? Ich kann ja keine Antwort von Ihnen empfangen. Niemals in meinem Leben habe ich je auf eine Antwort

von Ihnen zu hoffen. Daraus folgt neben dem Schmerz der Entbehrung auch die Freude, mir Antworten ausmalen zu dürfen. Gestern erkältete die Phantasie mein Gemüt nur mit Schattierungen von grau bis schwarz. Sie gaben mir reichlich zu tun über Nacht, und von Schlaf keine Spur. Heute morgen nun: todmüde, aber lebenswach. Konnte ich für die bittere Nachtarbeit süßer belohnt werden als mit gewissen rosigen Aufmunterungen, von denen mir jetzt noch die Ohren pfeifen? – Aber ganz anders als nach einem Rockkonzert. Da pfeifen sie, weil mir der für solche Konzerte erforderliche Gehörschaden noch fehlt. Folge: Pfeifschmerz. Jetzt dagegen: Pfeiflust. Liebliches Geflüster; sogar von Neugier ließ ich mir amandisch ins Ohr singen.

⟨…⟩

Aber was Wesselin weiß, kann ein Wesen Ihres Alters, teure Amanda, wahrscheinlich beim besten Willen nicht wissen. Schon weil bis zur Teilung fast die ganze U-Musik, die heute über unsere Sender und Säle geht, als amerikanische Unkultur verurteilt wurde – das weiß ich von Frau Laura. Heute wird solche Kultur in Musik- oder Filmform (Western!) importiert, soweit das Devisenkontingent reicht, bei Unterhaltung scheint die Ideologie systemübergreifend empfunden zu werden (Rundfunk und Fernsehen unterstehen den leitenden Organen der Propaganda), der Koalition der Vernunft zugehörig. Für Literatur und andere nichtzerstreuende Künste gelten natürlich andere Normen. Im Unterhaltungs-/Zerstreuungs- und Freßkonsumsektor gilt West als Spitze, der hinterhergebetet wird, solange die Devisen reichen, der Rest: Gestattungsproduktion. Das heißt, Ostproduktion mit Westflair durch Markenzeichen wie Salamander, Pall Mall (king size), bei Sarotti sah ich nicht durch, weil mein Budget Einkäufe in Delikatläden nicht aushält – aber von der Beschallung wußte ich genau, daß der größere Rest mit Nachgespieltem oder Liedermacherei in Schlagerform oder nature bestritten werden muß. Nature ist Wesselins Spezialität: »Fürn ordentlichen Text reichts nicht und für ne ordentliche Komposition auch nicht, und wer nicht zu faul ist zum Üben und sein Instrument beherrscht, kann in dem Genre sowieso gleich einpacken – Musikus mit Brotbeutel« – Original Wesselin-Worte über die Produktionen dieser Freak-Scene. Außerdem liebt Wesselin auch den DDR-Kellersound im Reggae-Stil. Kalte Probenkeller und klamme Finger versetzen jeden Musiker unvermeidlich in jenes gewisse südamerikanische Rumba-feeling ... Dazu das pomadische Temperament der Population, die selbstgebastelten Lärmwerfer ... Oh Elend, ich bin schon wieder abgeschweift, und vielleicht werden Sie mich schon endgültig für eine Quasselstrippe halten, die vom Hundertsten ins Tausendste kommt und Banalitäten von großen Ereignissen nicht unterscheiden kann – bitte nochmal inständigst um Verzeihung und viel Nachsicht, wie gesagt, wer in so einem unvorstellbaren Weltzustand lebt, braucht eben auch unvorstellbar viel Nachsicht, und wenn die Lage so ernst ist, daß man darüber keine Tränen mehr weinen kann, muß man ab und ⟨zu⟩ welche lachen, um nicht zu verstummen. Mit Wesselin kann ich das, mit seiner Mutter auch.

Bei Gracia Ortwin dagegen hört der Spaß auf. Dieser jedenfalls. Da muß ich mir Späße anderer Sorte möglich machen, zum Beispiel von der Sorte, die sich heute morgen ergab. Die schlaflose Nacht habe ich schon erwähnt, das Überleben des Berufsverkehrs mittels süßer amandischer Ohrwürmer auch – 4.30 Aufstehen und 6.00 Arbeitsantritt bei Gracia Ortwin respektive Bierernst. Ich nüchtern – mein Magen verweigert kurz nach Mitternacht Nahrungsaufnahme. Bierernst verlangte für sich Spiegelei, Knacker und Kaffee und »für unsere Frau Doktor« ein Süppchen. Das heißt das Süppchen. Jeden Tag Haferschleimsuppe ohne Frage, Bierernst besteht drauf, gefragt zu werden. Nach seinem Appetit. Obgleich er im Prinzip auch immer den gleichen hat, nur mit geringfügigen Formschwankungen muß ich rechnen, die im Ei-Bereich von Spiegelei über Rührei, hart gekochtes Ei, weich gekochtes Ei bis zu Ei im Glas ausschlagen kann, im Wurstbereich von Knack- bis Bockwurst oder Wiener, im Kaffeebereich von Kaffee türkisch, Kaffee komplett bis Kaffee mit Cognac. Die Abfütterung phanta-

sieloser Menschen macht mir keine Mühe, nur ihre übrige Bewirtschaftung. Habe mich wegen dieser Pein also wieder mittels Klauen schadlos gehalten und lege Ihnen die quasi unter Bierernsts Hintern weggemausten Papiere zur Ansicht bei.
In aussichtslosem Hunger
nach Ihrer Ansicht
Ihr Jean-Marie

Es wird Sie vielleicht befremden, daß ich ein Tagebuch führe. Und dergleichen ist selbst in meinem Alter sicher so gut, daß man Aggressionen auf sich zöge, wenns rauskäme. Alles was sich irgend dazu anbietet, zieht Aggressionen auf sich, weil die Leute voll davon sind und von der Pike auf lernen, wo sie nicht dürfen. Riesige Listen wurden den Menschen so in die Köpfe geschrieben – aber mein Typ steht nicht drauf. So einer wie Lauras Sohn auch nicht. Der wird in der Produktion, die er schulisch mittwochs abzuleisten hat, »Traumtänzer« genannt. Das Schimpfwort gehört zu den schlimmsten, die vom guten Bürger vergeben werden. Staatsbürger meine ich, nicht was Sie denken, ich rede selbstverständlich von der Mehrheit. Die sich einig ist beziehungsweise gemacht wird, mithin auch einheitlich – auch was Erinnerung betrifft. Die Maschinerien der Massenmedien mit riesigen Tagesproduktionen schütten täglich Erinnerung zu. Löschen im Gehirn des Individuums, um Platz zu schaffen für die Einspielung von zentral als Neuigkeit auserwählten und also gültigen Begebnissen. Eine systemübergreifende Gepflogenheit, die dem Menschen aber nur auffallen kann, wenn er ein Tagebuch führt. Da aber bekanntlich der Mensch bei uns im Mittelpunkt steht – nicht der einzelne –, muß das Tagebuchführen aus der Mode sein. Gesetzmäßigerweise. Bei uns verlaufen alle Geschehnisse gesetzmäßig. Von aus dem Ruder verlaufenden kann abgesehen werden, indem eine neue Epoche ausgerufen wird.

Als ich die Schriftstellerin Katharina Stager erstmals besuchte, wollte ich auch eine neue Etappe ausrufen – doch davon später. Weil ohne Vorgeschichte alles unverständlich bleibt. Vorvorgeschichte: Ich habe mein Tagebuch immer »Freund« genannt. Der Freund. Andere Freunde kann ich verlieren. Diesen nicht. Auch weil er mich fordert. Vertraulichkeit ohne äußere Zensur ist angenehm. Aber wie unangenehm, wenn aus dem Antlitz des Freunds einem die innere Zensur entgegengrinst. Die verinnerlichte. Der Freund hatte bisher keinen Namen. Würden Sie mir erlauben, ihn Amando zu nennen? Oder gar Amanda? Amanda wäre mir natürlich am liebsten. Und eine schriftliche Entscheidung von Ihnen kann zu mir nicht gelangen. Also erlaube ich mir, die Erfüllung meines Wunsches einfach zu setzen – so wie man jeden Morgen neue Hoffnung einfach setzen muß, um nur fortleben zu können. Ich erlaube mir wie gesagt, meinen Freund fortan Amanda zu nennen, und [werde] mir erlauben, nach Gutdünken aus ihm herausgerissene Seiten Ihnen zu verehren.

Jean-Marie und Laura / Amanda (Notizen)

Aus den folgenden Notaten geht hervor, daß Irmtraud Morgner an eine Liebesbeziehung zwischen Jean-Marie und Laura dachte. Längere Textpassagen existieren dazu nicht. War, als die Autorin mit der Niederschrift begann, bereits Katharina an Lauras Stelle getreten? Oder hätte Jean-Marie die beiden Frauen nacheinander in Liebesangelegenheiten besucht? Wie auch immer: Das Paar Jean-Marie – Laura / Amanda verkörpert die Verbindung zweier ganz gebliebener Menschen.

Einige Jean-Marie gewidmete Gedanken bewegen sich jenseits aller Rücksichtnahme auf Intrige und Zusammenspiel der Figuren. Es bleibt in der Schwebe, welche Erzählinstanz sie niederschreibt. Sie entwerfen eine Sehnsuchtsfigur, die dort zu Hause ist, wo die Sachzwänge des Alltags nicht hinreichen.

Einmauern / Verkrüppeln
1. Laura mußte den Stolz, das Selbstvertrauen, den Mut in sich einmauern, die Verletzlichkeit in dieser Hinsicht. Auch: das Gesetz der Kreativität in sich. = Blaustrumpf. D. h. das »Männliche« (vor allem weil sie eine stattliche, keine zerbrechliche Erscheinung ist). Gefühle konnte sie zeigen → Erscheinung: außen stark (innen verletzlich, daher ihr Panzer).
2. Jean-Marie mußte alle Gefühle, das Seelische, Weibliche in sich einmauern, vor allem weil er eine zarte Erscheinung ist, eine zerbrechliche Erscheinung ist. Dagegen den starken Kern, den beide haben, mußte er zeitig herausstellen.

Folgen: die heile Frau / der heile Mann ist nur im andern Geschlecht eingekapselt erhalten ⟨x⟩.

Laura entbehrt die sensible Seite an Männern so stark, daß sie sie optisch sehen will (Frustrationssehnsucht). Jean-Marie entbehrt die stolze, mutige, kluge, kühne Seite an Frauen so stark, daß er sie optisch sehen will (Frustrationssehnsucht).

Laura / Amanda als Utopie ist in den Augenblicken der Liebe mit Jean-Marie wirklich. Blitzartige Wirklichkeit tritt da aus der Möglichkeit (Utopie).

Schluß: Hero mit Désiré von Skins erschlagen [*zugefügt*: erstochen]. Das ist sicher. Ein Freund von Désiré hat es Jean-Marie beschrieben. = Bestrafung der Übertretung der patriarchalischen Gesetze. Faschistisch.

*

Hero und Leander sind tot (bei Leander zweifelhaft). Aber Laura / Amanda und Jean-Marie leben. D. h. Laura soll die Selbstverleugnung aufgeben und nicht wieder Triebwagenführerin (mit Brille) [werden] = Proteus-Beruf. Sondern sie soll Heros Stelle übernehmen. Philosophin werden. Ihr erster Schüler = Jean-Marie.

Schlußsatz
In einer unendlichen Welt ist der Mittelpunkt überall annehmbar.
Mein Mittelpunkt ist Jean-Marie / Laura / Amanda.
Vermutet: Hero und Leander sind tot. Da taucht Leander in einem Text auf, den offenbar Beatriz geschrieben hat. Hat er etwa doch überlebt? Mit dieser Hoffnung endet das Buch. Und der Sicherheit: Laura / Amanda und Jean-Marie jedenfalls leben.

Désiré: Orfeo / Jean-Marie
Mythische Figur: Er hat alles, was die Menschheit vergessen will. Die ur-menschlichen Regungen. Das ungebrochen Menschliche.
*
Suchen: extreme Situationen eines Naturwesens in der Stadt. Bilder!
Er ist das Lebendige gegenüber dem Funktionierenden. Der lebendige Mensch umgeben von funktionierenden Menschen.
Man kann nicht für die Natur kämpfen, wenn man nicht gleichzeitig für die Natur im Menschen kämpft.

Jean-Marie beschreiben wie ein Stilleben.
Viele Stilleben ins Buch bringen. Denn so hält man fest, was eben noch lebt, aber bald gestorben sein wird.

Jean-Marie: einsam wie alles Schöne.
Von dem, was wir lieben, können wir am wenigsten sagen, wie es ist: Wir lieben es einfach: die Fülle. Unentfaltet: das Versprechen.
Adam und Eva → entwickeln sich in eine Katastrophe.
Hero und Leander: das könnte ein neuer Anfang sein: etwa so: das Unsagbare auf eine Richtung hin.
Nicht ich habe Hoffnung: sondern die Hoffnung hat mich. Ich bin ein Medium dieser Hoffnung.

Jean-Marie: ich bin der Mund der Hoffnung, die aus mir zu ihm spricht. Er: im schweren Elend: ihn hat die Verzweiflung: Depression. Und das Aufleuchten (Animus/Anima): wenn der andere in ihm sich zeigt.

Jean-Marie: das ist der Mensch ⟨x⟩. In ihm: das Finstere und das Helle. Und: das Helle muß ich befreien. Oder doch daran erinnern. Das Finstere: da stecken wir drin. Für mich ist Jean-Marie die Menschheit.

Vilma

Aus Amanda *kennen wir Vilma, Gattin Konrad Tenners, als pflichtbewußte Frau, die ihr eigenes Leben verschiebt, bis sie vierzig ist. Sie hofft, von da an frei von Zwängen leben zu können. Worte und Sätze, die stören, schluckt sie hinunter; das Geschluckte kann in der Leibrede, einer Art Bauchreden, wieder heraufgeholt werden. – Vilma hat Zugang zur Hexerei und bietet hexische Dienste an, die sie in Form »närrischer Aktionen« ausführt. Durch ein Inserat stößt sie auf Laura Salman; sie weiht sie in hexische Praktiken ein und freundet sich mit ihr an.*

Ambrosius erbittet Vilmas Hilfe

Die folgenden Texte erzählen davon, wie Vilma, deren Künste noch immer gefragt sind, vom Zauberkünstler Ambrosius um närrischen Beistand gebeten wird. Vilma vermutet in Ambrosius, der seine eigene Stimme nicht mehr hört, einen ihr verwandten Fall, weshalb sie sofort bereit ist, ihm zu helfen. Worin ihre Hilfe bestehen könnte, ist aus den Aufzeichnungen nicht zu erfahren, sie brechen vorher ab.

Die von Vilma in Amanda *entwickelten Methoden des Wegschluckens, der Leibrede und der Einbläserei werden im ersten der nachfolgenden Texte als »Frühwerke« bezeichnet. Dieser Ausdruck kommt auch in Heros Promotionsunterlagen vor. Die Frühwerke sollen Vilmas Kunstfertigkeit in närrischen Dingen belegen, deren Höhepunkt der aus den Rippen geschnittene Mann darstellt. Wie aus einigen Notaten hervorgeht, ist der unter dem Pseudonym Herrad auftretenden Vilma hier die Rolle zugedacht, die später Hero übernahm.*

Vorstellung

Die Bescherung von Herrad. Unter diesem Namen wurde die Frau in ihrem zweiten Leben bekannt. Unbekannt im Sinne von publik, also weder be- noch verschrieen, blieben die Namen ihres ersten Lebens, die in ihrem Personalausweis eingetragen waren: Vilma Tenner geborene Gommert. In diesem ersten Leben arbeitete sie als Sekretärin und schwarz. Während einer Schwarzarbeit legte sie vor einer Kundin folgendes Geständnis ab:

»Bis vierzig vertagst du dich. Und ich war vierundzwanzig, als ich mir das gesagt hab, mit drei gesunden Kindern und zwei abgetriebenen – was heißt gesagt? Beschlossen hab ich. Ich weiß es noch heute. In Leipzig wars, in einer Vorlesung Geschichte der Philosophie. Da redete ein Professor über Hegel, und ich grübelte immerzu über Kinderschuhe und Klempner. Damals waren Kinderschuhe bekanntlich noch knapper als heute, und ich konnte doch meine Töchter nicht barfuß im Kindergarten abgeben. Und dreckig auch nicht. Der Sohn lag noch in den Windeln. Aber schlepp mal jeden Abend das Badewasser für drei Kinder vom Hof in den vierten Stock, weil sich kein Klempner findet, der den Wasserbruch behebt. Und deshalb hab ich damals bei Hegel beschlossen, bis vierzig steck ich auf und Schluß.«

»Schluß womit«, hatte die Kundin und Zeugin erschrocken gefragt.

Antwort: »Schluß mit dem ersten Leben natürlich, worin ich abarbeiten mußte, was Geschichte und Gewohnheit unsereinem aufgeladen haben. Spezialisierung. Das erste Leben hat mich spezialisiert auf Dienstleistungen und Verzicht. Das zweite gehört der Wissenschaft.«

Das Geständnis wurde 1976 abgelegt, als dieses zweite Leben bereits drei Jahre auf sich warten ließ und Vilma immer noch als Sekretärin ihr Geld zusammenverdiente. Jetzt bei der Zeitschrift »Neue Philosophische Blätter«.

Angestellt gab sie sich her für Interpretationen, schwarz für die Tat.

Schwarz, aber gratis bis 1976. Der Not gehorchend und einem dunklen Trieb. Der erste Teil von Vilmas Frühwerk entstand halbbewußt. Sie begann mit verschiedenen kleinen Kniffen, denen die Klaue der Löwin noch nicht anzusehen ist. Dann kam der Kanonenschuß – lautlos natürlich und gegen sich selbst: die Erfindung der Leibrede. Und wie bei jedem Erstlingswerk eines unausweichlichen Menschen, das heißt einem, der nicht anders kann, ist mit dieser Erfindung bereits die ganze Silhouette der Frau gegeben. Natürlich blieb alles unbemerkt wie bei großen Gestalten üblich – wenn man von gewissen Raubdrucken absieht. In einem gewissen Buch namens *Amanda* zum Beispiel ist als 57. Kapitel eine »Leibrede über die Erfindung der Leibrede« eingeschrieben. Und in andern Kapiteln anderes, das Vilma gesagt haben soll. Gesagt und geschluckt, wird eingeräumt. Damit war das Veröffentlichungsverbot so deutlich angezeigt, daß niemand auch nur den Versuch unternahm, Vilma um Druckgenehmigungen anzugehen. Sie ist für den formalen Stilbruch in ihrem Frühwerk also nicht verantwortlich zu machen.

Für diese apokryphe Schrift.

Die erste und nicht die letzte, mit der gelebt werden mußte. Ich schiebe sie deshalb als Zeitdokument zwischen das zweite und vierte Kapitel, um dem Wegsinken einer realistischen Vorstellung von der Gangart dieser Jahre ein wenig entgegenzuwirken.

Der Raubdruck blieb auch folgenlos; die Interpretation wurde für Spinnerei gehalten. Die Tat konnte ungestört weiterwachsen und die Leibrede, das heißt die spezielle Kunst des Wortschluckens, wurde nach und nach zu einer allgemeinen Kunst des Wegschluckens ausgebildet. Des Runterschluckens, die heute in informierten Kreisen allgemein unter der Bezeichnung »Vilma-Methode« bekannt und benutzt ist.

Zum intuitiven Frühwerk gehört auch die Einbläserei. Eine Fähigkeit, die zwar jede Sekretärin oder Ehefrau mit Charakter und

Befähigung etwas auszubilden sich gezwungen sieht. Allein Vilma entwickelte auch aus solchen gängigen Formen des Praktizismus eine Kunst. Weshalb sich gewisse Interpreten herausnehmen zu folgern, bei dem Werk handle es sich um eine Kunst der Tat, nicht eine Philosophie der Tat. Was einen gewaltigen Unterschied macht. Nicht im Wesen, sondern praktisch. Denn selbst hierzulande wird der Kunst etwas mehr Narrenfreiheit zugebilligt.

Und ab 1976 arbeitet Vilma närrisch. Schwarz, versteht sich. Schwarz wie bisher, aber nicht mehr gratis. Und halbbewußt auch nicht mehr, sondern vorsätzlich.

Der Vorsatz wurde angeregt durch einen Leserbrief an die Zeitschrift »Neue Philosophische Blätter«, in dem »eine Philosophie für Nichtfachleute« gefordert wurde. Die Chance, den Vorsatz zu fassen und ihm zu folgen, gab die »Berliner Zeitung«. Am 1. April 1976 veröffentlichte sie auf der Anzeigenseite ein Stellenangebot des Wortlauts: »Narr ges. 1mal wöchentl. 1–2 Std. Bildzuschr. mit Lebensl. erw. an Fil. 978 787 BEWAG 1054 Bln.«

Die Annahme des Stellenangebots setzt die Zäsur, von manchen Interpreten auch »laurenzianische Wendung« genannt. Das Frühwerk zweiter Teil wird mit einem diplomatischen Meisterwerk eröffnet, das der ersten Narrenschicht vorangestellt ist.

Die andere Wendung innerhalb des zweiten Teils, die seinen Abschluß vorbereitet und unter der Bezeichnung »herrenhutische Wendung« später ökonomisch Aufsehen machte, wurde ebenfalls durch einen Brief ausgelöst. Er erreichte Vilma im Januar 1985 und bat für Stundenlohn um närrischen Beistand, »weil die eigene Stimme nicht mehr zu hören ist«.

Der mit dem Datum 11. Januar 1985 versehene private Geschäftsbrief an Vilma hatte folgenden Wortlaut:
Hoch verehrte Dame vom {Markt} der Attraktionen, Sensationen, Millionen,
   bitte verzeihen Sie, wenn ich Sie trotzdem ersuche, aber ich kann

nicht kotzen, und das werden Sie verstehen. Auch wenn Sie mich nicht kennen, ich kenn Sie natürlich, und ob das genügt. Vom Hörensagen kennt Sie schließlich jeder, der heute auf dem laufenden ist, die paar Nasen wissen Bescheid, schön und gut, bloß was nützt das? Zuerst denkt man, es nützt was, und dann steht man da. Und deshalb hab ich mir von einem Freund Ihre Adresse geben lassen, und weil der behauptet, die Frau – als wie Sie – sieht außerdem noch durch. Durch dick und dünn, und ich bin vielleicht eher dünn, und wenn Sie sowas nicht mögen, mäste ich mir zusätzlich noch einen Bierbauch an oder so, ganz wie Sie wünschen. Schlucken hab ich ja gelernt, das mache ich mit links, und Ihnen zuliebe sowieso jederzeit jede Menge, wenn Sie mir helfen. Klar: Sie müssen, geschätzte Dame, wer A sagt, muß auch B sagen, am besten in meiner Wohnung. Oder wollen Sie zusehen, wie ein armer Knuffer erstickt? An Angst vielleicht extra noch, der Mensch lebt nicht vom Klumpen allein, wie Sie wissen, und ich bin wahrscheinlich ein einziger Klumpen, und ohne Resonanzraum kein Ton, steht in jedem Physikbuch fünfte Klasse oder sechste oder sechzigste. Da brauch ich mich nicht zu wundern, wenn ich nichts mehr hör. Keinen Pieps von mir hör ich, bei mir muß vielleicht ausgeräumt werden oder was. Sie wissen schon was, sagt mein Freund, der einen kennt, bei dem Sie auch irre eingeschlagen haben. Wenn Se vielleicht und Sie könnten bei mir so oder so ähnlich, egal wie, bloß weil die eigene Stimme nicht mehr zu hören ist.
Mit sozialistischem Gruß

⟨...⟩ Die Aura, von der die Sorte der Rumhänger umgeben ist, lähmt. Friedhelm Ambrosius gehörte offenbar zu dieser Sorte. Und nicht als Märtyrer, sondern als Mitläufer. Die nie ausstrahlen, sondern nur ein, weshalb Vilma sie mit dem kosmologischen Terminus »Schwarze Löcher« zu bedenken pflegte. Eine private Sprachregelung.
Das schwarze Loch Ambrosius nahm Vilma sofort alle Energie,

auch die zur Flucht nötige. Besteller und Bestellte ließen sich in die beiden Sitzgelegenheiten fallen, die erkennbar waren, denn nicht nur außerhalb des »Stalls« herrschte Finsternis, sondern auch in ihm. Wurde im Sektor Unterhaltung Strom gespart? In Polstern ein Mann und eine Frau mit zirka zwei Metern Abstand einander gegenüber wie geprellte Frösche.

So laberten sie hin.

Gegen Mitternacht jedoch fühlte sich Vilma vom Maulen und Räsonieren derart zermürbt, daß sie wieder Kraft spürte. Die Kraft der Verzweiflung. Die riß. Hoch. Mit. Fort. In eine Ahnung hinein. In ein Vorfeld. Wovor? Ein Drängen war spürbar, Getriebensein, Angst.

Um der dunklen Bewegung in sich zu entrinnen, machte sich Vilma äußerlich welche. Indem sie dem Sessel entsprang, tappend den Schalter für die Deckenbeleuchtung ermittelte, Licht schaffte und zum Angriff überging. Die beste Verteidigung ist der Angriff.

V. Seit wann schlucken Sie?
F.A. Seit wann genau? Schwer zu sagen – irgendwann gehts los, ohne daß mans merkt, und nach und nach gewöhnt man sich dann dran.
V. Woran?
F.A. An alles, auch an die harten Sachen.
V. Und seit wann können Sie nicht mehr erbrechen?
F.A. Eigentlich konnte ich nie richtig kotzen. Was mein Wanst einmal drin hat, das gibt er nicht wieder raus.
V. Sie schrieben in Ihrem Brief von einem Klumpen ...
F.A. Richtig, genau, manchmal komme ich mir vor wie ein Klumpen Lehm. Besonders wenn ich aufs Seil muß.
V. Seiltänzer?
F.A. Schön wärs.
V. Haben Sie so viel drin, daß Sie fürs Seil zu schwer sind?
F.A. Manchmal ja. Aber äußerlich ist mir nichts anzumerken.

V. Und seit wann schlucken Sie nach meiner Methode?
F.A. Was denn – Sie schlucken auch! Und ich dachte immer, die Frau läßt sich nicht kaputt machen. Aber Sie brauchen ja auch keine Angst zu haben.
V. Wovor?
F.A. Vorm Tod natürlich. Alles andere läßt sich heutzutage mit jedem vernünftigen Menschen besprechen. Nur wenns mal ernst wird ...
V. Soll das heißen, daß Sie mich für unvernünftig halten?
F.A. Klarer Fall. Als ein Kollege irgendwann mal von Ihnen erzählte, hab ich gesagt: Bei der piepts. Und dazu steh ich noch heute. Ich wechsel doch nicht meine Ansichten wie die Hemden: Ich hab Charakter. Aber da eben kein Aas zuständig ist, wenns mal ernst wird, mußte ich ausnahmsweise gegen meine Überzeugung handeln und von dem erwähnten Kollegen Ihre Adresse erbitten.
V. Ist der Kollege auch Narr?
F.A. Sie!
V. Ich meine nebenbei, nebenberuflich sozusagen.
F.A. Wir sind keine Schwarzarbeiter, wir sind sauber hauptberuflich, mein Kollege und ich, und verkehren auch nur in sauberen Kreisen. Zauberkünstler sind nämlich viel sauberer als Sie denken. Außerdem gibts gar keine männlich Narren, oder? Und weibliche gibts auch nur wenige und immer weniger – furchtbar.
V. Was?
F.A. Na diese Angst. Ich muß nämlich neuerdings ohne Netz arbeiten. Als Reisekader, eine ehrenvolle Beförderung im Rahmen der Richtlinie nichtmaterieller Export ins NSW, Sie verstehen, Zauberkunst verbucht der Außenhandel als nichtmateriell, weil sie keine Rohstoffe verbraucht, die wir nicht haben – den Rohstoff Nahrung, den ich wegfreß, haben wir offenbar so, daß er anders verbucht werden kann. Entfernt von der ⟨x⟩ in Devisen, für die ich auftrete neuerdings. Im KA.

Aber ohne Netz, was bei uns und in anderen sozialistischen Ländern verboten ist. Beim Klassenfeind natürlich engagiert keine Künstleragentur einen Artisten, der mit Netz arbeitet oder mit Longe. So einen wie mich jedenfalls nicht, der kann, was Hunderte können. Tausende oder so gut wie jeder. Und ich hätt ja nicht zusagen müssen. Wenn Kunzmann wüßte, daß ich unsicher auf dem Hochseil bin, hätte er mich sicher gar nicht gefragt. Was ich auf dem Hochseil mach, ist für die meisten Seiltänzer risikolos. Aber ich bin kein richtiger Seiltänzer: Dazu reichts nicht. Und ein richtiger Zauberkünstler bin ich auch nicht: Kaninchen aus dem Hut ist zuwenig. Nur Kaninchen aus dem Hut auf dem Hochseil ist zur Not vertretbar. Vorm Publikum. Nicht vor mir. Deshalb sauf ich.

V. Sie saufen?

F.A. Also hörnse mal. Wenn ich mir schon was Närrisches miete, müßte ich eigentlich verlangen können, daß mir wenigstens zugehört wird. Für mein gutes Geld ...

V. Ja. Aber ja. Aber natürlich. Entschuldigen Sie bitte. Verzeihung.

F.A. He, Sie, was ist denn los: Warum starren Sie mir ein Loch in' Bauch. Noch nie einen Säufer gesehen? Mahlzeit, ich dachte, Sie wohnen in Berlin ...

V. Wo denn sonst – aber ... Sie saufen wirklich bloß?

F.A. Bloß ist gut. Sie machen mir Spaß. Dachten Sie vielleicht, Sie sollten sich über mich lustig machen? Also lustig bin ich selber. Wer nicht zu lachen hat, hat genug zu lachen. Und wenns mal nicht reichen sollte, les ich Zeitung. Für Dummheiten schmeiß ich mein Geld nicht zum Fenster raus. Schließlich muß ichs mit Leistung verdienen. Immer diese Angst und trotzdem raus auf die Bühne und rauf aufs Seil – Leistung ist gar kein Ausdruck. Und deshalb verlang ich auch welche, wenn ich mein Geld ausgeb. Tausch verlang ich, kann ich verlangen und genauso ordentlich wie das Geschäft, das der Anzeigenteil unserer Presse in Gang bringt, zum Beispiel:

Biete Trabant-Auspuff, suche Wartburg-Radkappen oder Ziegel, Wertausgleich.
V. Warn Sie schon mal beim Arzt …
F. A. X-mal Arzt, zweimal Entziehungskur. Mag gut sein für Leute, die nicht wissen, warum sie saufen …
V. Also: Sie wissen warum …
F. A. Klar.
V. Und der Arzt weiß es auch.
F. A. Ich habs ihm jedenfalls zu erklären versucht, aber er schien dafür nicht zuständig zu sein oder das Thema lag ihm nicht – verdammich: Ihnen paßts wohl auch nicht?
V. Erlauben Sie mal – ich weiß ja gar nicht, wovon Sie reden.
F. A. Haben Sie meinen Brief nicht gelesen?
V. So genau, daß ich sofort gekommen bin. Normalerweise müssen meine Kunden mit Wartezeiten zwischen zwei und fünf Monaten rechnen.
F. A. Und warum sind Sie sofort gekommen?
V. Warum? Ja … naja … haben Sie nicht unter anderem geschrieben, Sie könnten nicht kotzen?
F. A. Kein Problem! Aber daß ich meine Stimme nicht hör, verstehen Sie … Zauberkünstler mag ein Beruf sein, sogar Kaninchen aus dem Hut und Drahtseil, nur eben nicht meiner. Wenn ichs mach, ist es Knuffen: Beschäftigung zum Geldverdienen. Und das kann nicht alles sein, denk ich mir, selbst wenn viele Leute auch nicht wissen, was sie wollen, so wie ich, aber ich kann mich nicht damit abfinden, daß ich meine Stimme … Ich mein nicht die, die mit Stimmbändern erzeugt wird und Lärm macht für draußen. Ich mein die andere, wissen Sie. Ich hör mich nicht. Oder vielleicht bin ich unfähig zu lauschen? Oder der Außenlärm ist zu groß? Menschenskind, so ein Leben muß doch auf was hinauswollen, auf was Bestimmtes und nur das, wenn Sie verstehen, was ich meine. Und dieses Bestimmte muß sich doch auch mal melden früher oder später. Bei mir wahrscheinlich später, dachte ich nach der

Schule und wählte für den Übergang den Zauberkünstlerjob. Aber jetzt bin ich 37, und ich warte immer noch und wahrscheinlich bis ich schwarz werde, und deshalb sauf ich.

Ambrosius

Wie andere Figuren erlebte auch Friedhelm Ambrosius im Verlauf der Romanarbeit am dritten Band ein wechselndes Schicksal. Als einer, der zuviel geschluckt hat und darüber verstummt ist, erbittet er sich Vilmas närrischen Beistand. In späterer Konzeption ist ihm die Rolle dessen zugedacht, der das Buch präsentiert. Die Einleitungspassage des Romans trug ursprünglich den Namen Ambrosius Zettel. Erst im Moment, als die Autorin im fertigen Typoskript den Namen Ambrosius durchstrich und Jacky Zettel als Unterzeichnenden festlegte, trennte sie die beiden Figuren, deren Biographien sich in den Notizen teilweise überschneiden, voneinander. Ob Friedhelm Ambrosius diesen Schnitt überlebt hätte, ist fraglich; zumindest wäre ihm wohl der Auftritt als Experte in Sachen Unterhaltungskunst in Heros Promotionsverfahren erhalten geblieben.

Laura besucht Ambrosius im »Stall«

In den beiden folgenden Texten ist Ambrosius der Mann, bei dem die Informationen über Hero zusammenlaufen. Laura besucht ihn, weil sie mehr über die von Gerüchten umstellte Frau wissen will. Ihren Berichten ist eine Stelle aus den Notizen, die Ambrosius charakterisiert, vorangestellt.

Lauras Gang zu Friedhelm Ambrosius

Er ist ein großer Mann wie St. Ambrosius. Denn er hat – obgleich das verboten ist – alle Dokumente über Hero aufbewahrt. Und auch ein Bruchstück der geplatzten Verteidigung. Und die Zeitungsausschnitte. Er hat Hero den Trick: Kaninchen aus dem Hut verraten.

Ambrosius hat Angst. Verwahrt die Dokumente in einem Tresor,

der wieder in Kisten ist etc. Absurd oft versteckt. Er weiß: Das ist eine Zeitbombe.
 Ein ängstlicher, aber letztlich mutiger Mann. Denn wer keine Angst hat, dem mangelt es nur an Phantasie.

Die fündige Antwort auf meine Suchbriefe kam schließlich aus dem »Stall«. Einer Einrichtung, für die ein Nomen Singularis auf den ersten Blick unangemessen erscheinen mag, da sie aus mehreren Häusern besteht. Aus verschiedenen, die verschiedenen Gewerken zugeteilt sind und entsprechend beschriftet. Definiert.
 Ein Mensch wie Vilmas Vater, der sich zeitlebens mit der unwissenschaftlichen Berufsbezeichnung Dreher durchs Leben hat schlagen müssen, könnte – vom Schicksal des Zuspätgekommenseins verschont – heute definiert als Facharbeiter für Zerspanung eine sehr ordentliche Existenz darstellen. Mit der überall Staat zu machen wäre. Selbst im »Stall«. Dort freilich nicht an der Spitze. Die wird daselbst von der Verwaltung repräsentiert. Dringt aber auch durch. Bis zum Grund, erfüllt alle Bereiche und vereinheitlicht sie, weshalb ein Nomen Singularis auf den zweiten Blick nicht nur einleuchtet, sondern erleuchtet.
 Ein Zustand, ohne den das Buch Hero nicht in die Welt gesetzt werden kann. Der Zauberkünstler Ambrosius hatte geantwortet, er stünde im »Haus der Zauberkünste« für Auskünfte zur Verfügung. Es war inzwischen in »Haus der Zerstreuungskünste« umbenannt worden. Die Bronzetafel über dem Eingang war jedoch noch nicht auf den neuesten Begriff umgegossen, der der neuesten Linie entspricht.
 Der Antwortbrief in handschriftlicher Form, die Anstand verriet: Alle Buchstaben saßen fest auf der Linie.
 Strenger Anstand auch sonst im »Stall«, der folglich nicht aus Häusern bestehen kann, sondern aus Objekten. Von Objektleitern geleitet. Die ebenfalls geleitet werden.
 Die Objekte in Bereiche untergliedert, die Bereiche in Sparten

und so fort, der Volksmund ist natürlich unfähig, derart feine Strukturen in Feinkorn abzubilden. Der nimmt Grobkorn und schießt gelegentlich um sich. Selbstvergessen, als ob er keine Aufsicht hätte. Preußisch-wild, von Amokwildheit weit entfernt, aber mitunter passiert eben doch noch was. Und was passiert ist, ist passiert. Ein Toter läßt sich nicht wieder lebendig machen, egal ob er einen Namen hat oder ein Name ist. Wobei – um dem Volksmund Gerechtigkeit widerfahren zu lassen – der Name »Zentrum für Erfindung, Erforschung und Gestaltung der Freizeit Wladimir Majakowski« nie anders als tot war. Berliner pflegen ein konservatives Maulwerk. Was von dem mal auf einen Begriff gebracht wurde oder auf einen Begriff gebracht angenommen wurde, das bleibt. Der Name Majakowski zum Beispiel bleibt in Pankow, war und ist vergeben an das erste Regierungsviertel des ersten deutschen Arbeiter- und Bauernstaates, das bekanntlich Majakowskiring heißt. Wenn jemand diese Kirche nicht im Dorf lassen will, sondern nach Oberschönhausen verpflanzen, darf er sich nicht wundern, wenn ihm der Volksmund über den Mund fährt. Grob, aber respektvoll. Denn auch hierzulande sind die Leute stolz darauf, wenn sie aus einem guten Stall kommen. Aus einem risikofreudig geleiteten Betrieb etwa; oder aus einer noch wenig verschulten Universität; oder aus einer Bezirksleitung mit einem Ersten Sekretär, der einst Klavierbauer gelernt hat und den Sinn für Harmonie in seinem Gemüte so offenbar bewahrte – von Kindheit an vielleicht gesetzt gegen das Geschrei der Mörder seiner Eltern –, daß man nach dem, wie er spricht und sich gibt, versucht ist zu glauben, er wäre nicht nur in Marxismus und politischer Oekonomie, sondern auch in den sieben freien Künsten unterrichtet. Trivium: Grammatik, Rhetorik, Dialektik als Disputierkunst. Quadrivium: Geometrie, Arithmetik, Astronomie, Musik.

Aus dem »Stall« von Oberschönhausen – nicht zu verwechseln mit Niederschönhausen – kommt bekanntlich alles, was gut und teuer ist und zum Sektor Unterhaltung gehört.

Wer aus Unterhaltung Philosophie entwickelt, fällt aus dem Rahmen. Der landläufig langweilt und von den Philosophieprofessoren gehängt wird. Auch gepflegt sowie vergoldet.

Es war spätabends, als ich ankam. Oberschönhausen lag im Schnee. Vom »Stall« her war nichts zu sehen. Nebel und Finsternis umgaben ihn, auch nicht der schwächste Lichtschein deutete den großen »Stall« an. Lange stand ich auf der Sackgasse, die zum Pförtnerhäuschen führte, und blickte in die scheinbare Leere. Dann ging ich und ersuchte um einen Passierschein.

Der Pförtner, ein junger Mann über Büchern, riß sich langsam und deutlich widerwillig von seinem Text los und richtete Augen auf mich, die die Störung ansahen, als ob sie nicht wahrnähmen. Der Blick kam von weither und näherte sich auch nicht, als der Passierschein ausgeschrieben, ausgehändigt und mit einem Armhieb die Richtung angezeigt war, in der das »Haus der Zauberkünstler« zu suchen sei.

Wollte sich der Blick nicht schmutzig machen? Sollte die Verweigerung jeglicher Beachtung anzeigen, daß der Pförtner meinen Besuch mißbilligte? Hatte eine Nachricht ihn verschlossen, ein Schmerz, ein Unfall?

Ich tappte blind in die angezeigte Richtung und fühlte mich auf der Flucht, aber wovor?

Die Stiefel wie mit Blei ausgegossen. Magendruck. Jedoch anders als vor Aussprachen im Elternbeirat oder in Lehrersprechstunden. Nicht zu vergleichen mit dieser Last.

⟨...⟩

das war mir deutlich. Der Rest: undeutlich. Bis auf die Gewißheit, nichts Gewöhnliches drücke aufs Gewissen. Der Umstand etwa, daß im Land nur freipraktizierende praktische Ärzte und Hausärzte zugelassen waren, keine freipraktizierenden praktischen Philosophen – von schwarzpraktizierenden ganz zu schweigen.

Philosophen lebten angestellt.

Ich forschte also einer Frau nach, die nicht existierte.

In unserer Medienlandschaft.
Die es also nicht gab.
Hatte der Pförtner mein sündhaftes Vorhaben erahnt? War er zur Wachsamkeit angehalten deswegen, gar informiert?
Jenseits der Mauer Smogalarm, hier Nebel außen wie innen. Smog, der bei jedem Atemzug in den Rachen griff, als wärs das Schicksal selber. Stille. Dicht, die schnurpsenden Schneelaute unter den Sohlen kamen kaum dagegen an, der Herzschlag gar nicht. Oder war da schon gar kein Puls mehr? Längst Mehlsuppe in den Adern ...?
Der Zauberkünstler hieß Friedhelm Ambrosius, nicht Sankt. Aber Katharina hatte mir erzählt, von ihrem Philosophieprofessor einst und für allemal ermutigt worden zu sein, in einem gewissen Punkte möglichst nichts zu denken – von sich und anderen.

Prompt verschaffte ich mir aus der Speicherung der *Legenda aurea* in meinem Gedächtnis lindernde Zerstreuung.

Der Legendensammler und -erzähler Jacobus de Voragine hatte im 13. Jahrhundert viele große Namen mit Geschichten um einen Zweck zusammengeordnet. Auch ein Ambrosius war darunter. Sanct Ambrosius, Sohn eines römischen Präfekten.

Ich war bemüht, mir die erbaulichen Stellen recht bildhaft vors innere Auge zu bringen. Doch schlecht gelangs, eine Szene drängte ungerufen immer wieder dazwischen, überlagerte: die Kindheitsszene. Ambrosius liegt in seiner Wiege im Hof des Palasts, da fliegt ein Bienenschwarm daher und läßt sich nieder auf sein Antlitz und bedeckt es ganz und gar, also daß die Tiere zu seinem Mündlein ein- und ausgingen, als wäre es ihr Bienenstock. Darnach flogen sie auf so hoch, daß kein menschlich Auge sie mehr zu sehen vermochte. Als der Vater das sah, erschrak er und sprach: »Ist es, daß dies Kind am Leben bleibt, so wird Großes aus ihm.«

Als ich mich durch das Massiv aus Nacht, Nebel und Stille durchgeschlagen hatte bis vor Ort und den Zauberkünstler lebend vorfand, war ich erschrocken.

Gegen 22 Uhr, er versicherte flüsternd, wobei er das Haustor wieder zusperrte, daß er noch wach gewesen wäre. Im Gegensatz zu den andern Hausgenossen und der Hausordnung.

Ich entschuldigte mich wegen meiner Verspätung und strebte dann einem breiten Hintern und einer Parfümwolke über Treppen und Stiegen nach bis unters Dach.

Die Wolke assoziierte Etymologie.

Jede Legende beginnt der Erzbischof von Genua de Voragine bekanntlich mit der Gedankenmusik einer Namenserklärung. Die keine wissenschaftliche Erklärung ist und für den heutigen Etymologen oft schlechthin falsch. Des Wortsinns, der dem lateinisch schreibenden Verfasser ja selbstverständlich war, wird kaum oder gar nicht gedacht. Etymologie ist hier mystische Interpretation der Namensbestandteile nach ihrem irgendwie möglichen sinnlichen Anklang.

Der vom Parfümduft angeregte sinnliche Anklang aus meinem Gedächtnis: »Ambrosius kommt von Ambra, das ist eine Spezerei gar wohlriechend und kostbar: denn Sanct Ambrosius war der Kirche teuer und breitete einen Wohlgeruch um sich in seinem Reden und seinem Tun.«

Als Friedhelm Ambrosius seine Kammer erreicht und sie als Wohn-, Arbeits- und Schlafraum definiert hatte, ahnte ich, daß er erstochen war.

Denn er verbreitete außer dem Geruch nach Rasierwasser aus der Herrenkosmetikserie »Ambra« von VEB Florena nichts. Weniger als nichts, genau gesagt, denn nichts ist neutral, während Friedhelm Ambrosius eine negative Aura hatte: Sog.

Ein Märtyrer, dachte ich. Das nachfolgende Gespräch gebe ich als Dialog wieder. Eine klassische Form, von Platon zu nie wieder erreichbarer Schönheit ausgebildet, aber auch von Giordano Bruno benutzt, der [mein] Lieblingsphilosoph war. Nach Laudse.

Wenn ich die Form hier und an anderer Stelle trivial benutze, so habe ich also keinen Grund, mich dessen zu schämen. Unklassische Zeiten können keine Klassiker des Worts hervorbringen. Nur Klassiker der Tat. Was mit Leander längst bewiesen ist. Aber vom Buch

Hero festgeschrieben werden soll, damit ⟨es⟩ weniger leicht vergessen werden kann.

Das Gespräch fand am 16. Januar 1987 statt. Ich gebe den Wortlaut gekürzt nach der mündlichen Überlieferung des Friedhelm Ambrosius und seines Zeugen [wieder]: der Abhöranlage, die Zimmernachbar Gregor bei dieser Gelegenheit zuverlässig darstellte.

Die Abkürzung L steht für Laura, F. A. steht für Friedhelm Ambrosius.

⟨…⟩

Zettel

Über seinen Lebenslauf gibt Zettel in seinen »Erläuterungen vom laufenden Meter Zettels (ELMZ)« am Beginn des Romans Auskunft: Nach dem abgebrochenen Studium der Journalistik schlug er sich als Schauklauer durch und wechselte, um beim Publikum den Kitzel zu steigern, auf das hohe Seil. Von diesem heruntergefallen und mit gebrochenem Hals liegengeblieben, wurde er zum Invaliden. Jetzt arbeitet er bei der Volkssolidarität, einer staatlichen Sozialeinrichtung der DDR, und betreut drei Frauen: Laura Salman, Katharina Stager und Gracia Ortwin. Um an Informationen über den Fall Hero heranzukommen, klaut er von Ortwins Schreibtisch Dokumente und bedient damit die beiden andern Herrinnen, wobei auch Laura von seiner früheren Tätigkeit als Schauklauer ihren Teil abbekommt: Er entwendet ihre Kopfkissenbücher.

Zettel dient bei Laura und klaut bei Ortwin

Die beiden folgenden Fragmente führen ihn in der uns vertrauten Rolle dessen vor, der der einen Frau Dokumente zugänglich macht, die er der andern gestohlen hat. Vermutlich wurden die Texte, die ihm wie auf den Leib geschrieben sind, als Texte für Jean-Marie verfaßt. Zumindest greifen sie Themen auf, die bei anderer Gelegenheit in Jean-Maries Kontext auftauchen, etwa wenn er seiner Herrin Laura Träume verordnet (Lauras 3. Brief an Amanda), Lauras Standardtraum von der Prüfung erwähnt (ebd.), mit Laura über den »Vaterkomplex« debattiert (2. Brief) usw. Der Fundort der Fragmente weist aber darauf hin, daß diese am Ende in Zettels Dossier übergegangen sind. Sie landeten in jener Mappe, die auch die ELMZ-Texte enthält. Vielleicht dienten sie als Hilfe bei deren Nieder-

schrift. Oder die Autorin behielt sie im Hinblick auf spätere ELMZ-Texte zurück – falls sie sie nicht verworfen hätte.

Gute Nacht«, sagte mein Pflegefall Laura, nachdem ich ihr die Dunkelweiberbriefe zu Ohren gebracht hatte.

Bei Laura Salman arbeite ich offiziell. Als angestellte Haushaltshilfe der Volkssolidarität bessere ich legal meine Invalidenrente auf.

Anfangs war ich als Essensträger der Volkssolidarität im Einsatz.

Jetzt verpflege ich meine Pflegefälle selber.

Ärzte verordnen ihnen Medikamente.

Ich verordne ihnen Träumen.

Wenn ich komme, frage ich also nicht zuerst nach Stuhlgang, Appetit, Schlaf und was ich zu tun habe, sondern ich will wissen, was meine Herrinnen geträumt haben.

»Immer das gleiche«, pflegt die Triebwagenführerin Laura Salman dann zu sagen.

Katharina Stager wirft sich eine Hand auf den Mund, Gracia Ortwin stemmt beide Hände gegen die Ohren.

Ich gehe am liebsten zu Laura Salman.

Bei der Schriftstellerin Stager und Wissenschaftlerin Ortwin arbeite ich schwarz.

Der Standardtraum von Laura Salman ist ein Prüfungstraum. »Ich unvorbereitet in die Abiturprüfung oder auf dem Weg hin«, sagt sie oder so ähnlich. »Dabei war ich tatsächlich immer vorbereitet. Keine einzige Prüfung nicht, verließ mich nie auf Glück. Der Konsulsohn Thomas Mann konnte sich leisten, viermal sitzenzubleiben, ha, aber von einer Lokführertochter wurden Höchstnoten erwartet. Gefälligst, haha. Der Vater hielt sie nicht einmal der Aufmerksamkeit würdig, geschweige eines Lobes. Die Mutter – zwischen Zuneigung und Neid hin- und hergerissen – entschied sich für den Mittelweg: Leistungszwang. Dabei war dem in der Schule schon deshalb nicht auszuweichen, weil wir unserer sozialen Blöße einzig mit Stolz Bedeckung schaffen konnten, eine Schutzbekleidung, die ohne beständiges fleißiges Flicken nicht ganz zu halten ist. Da hätte uns das Gefühl, zu Hause wenigstens ohne Bedingungen auf Liebe rechnen zu können, wohl getan. So eine Vorgabe – und notfalls wäre sie uns vielleicht sogar gewährt worden. Aber immer diese Unsicherheit ... hahaha.

Knochentrockenes Gelächter.

Wer so lacht, hat nichts zu lachen. Deshalb bot ich mich an.

»Zu jung«, sagte Laura, »haben Sie einen Mutterkomplex?«

»Kaum«, sagte ich, »haben Sie einen Vaterkomplex?«

Vorgestern hat mich Lauras Sohn Wesselin gefragt, ob ich in seine Band eintreten wolle, und einen Probentermin abgemacht. Obgleich ich zu alt bin. Und mein Name ginge auch nicht. Deshalb nennt mich Wesselin »Freak«. »Na Küchenfreak, mal sehen was du draufhast«, sagte Wesselin vorgestern. Gestern sagte er: »Erst mal sehen, ob das Feeling paßt, Scheuerfreak, und ob du losgehen kannst und Druck machen« –, und heute höre ich: »Der Bart muß natürlich ab. So ein Waldmensch auf der Bühne – Hausfreak, da kommt Wurfbier.« Und total in Keyboards einbauen, so daß vom Moosbart nichts zu sehen wäre – das koste ein Vermögen. Umgerechnet. Der nötige Westkrempel würde derzeit im staatlichen Einkauf-Verkaufladen eins zu zehn und höher gehandelt. Eine Punkband aus verbissenen Sparern könnte mit sechzig ihre Anlage zusammen haben.

»Sie haben einen Bart«, sagte Laura ungläubig in die Richtung, wo sie mich vermutete.

»Seit ich bei Ihnen arbeite, hab ich mir einen wachsen lassen«, erwiderte ich.

Wesselin lauschte mißtrauisch.

Ich bin auch ein mißtrauischer Geselle. Jeder durchschnittliche Mann zwischen vierzehn und vierundzwanzig hat seinen Mißtrauenskomplex weg.

In Polikliniken werden Typen meines scheinbaren Alters im allgemeinen – Ausnahmen kommen natürlich vor – prophylaktisch erstmal für Simulanten gehalten. Polizeistreifen verlangen den Personalausweis, wenn man in Eile ist. Nicht torkelnd, Suff ist im Prinzip nicht ehrenrührig für Bürger, nur für Bürgerinnen, jeder Mann über vierzig könnte auf allen Vieren über die Straße klettern und würde nicht behelligt – zwanzig Jahre jünger genügt schon ein wenig Eile, besonders abends, wenn eine irgendwo wartende Freundin vermutet werden kann, wird der Diensteifer entfacht, oder nachts, wenn man die letzte Straßenbahn noch erreichen will. Rennt man ihr hinterher, genügt gewöhnliche Ausweiskontrolle, erwartet man sie an der Haltestelle, kann das Fahndungsbuch durchgeblättert werden, bis die öffentliche Verkehrsmittelruhe ausbricht. Unter solchen Umständen würde ich mir nicht-mißtrauisch als schwererziehbar vorkommen, und Menschen mit solchen Eigenschaften werden bekanntlich in Heimen gehalten. Der unter dem Namen »Stall« bekannte Objektkomplex, in dem viele Unterhaltungskünstler wohnen, also ich nur noch so lange, bis ich ein anderes Obdach gefunden habe [*am Rand*: (bei Laura?)], hat mein Heimgefühlbedürfnis auf Lebenszeit gesättigt. Schon die Pförtnerloge ... Das Amt, das Katharina Stager die Manuskripte geprüft und die Druckgenehmigung erteilt oder auch nicht, hat natürlich auch so eine Pförtnerloge. Alle Ämter haben eine, und der Pförtnerberuf gehört neben Totengräber zu den derzeit begehrtesten unter gewissen jungen Leuten dieses Landes, die vielleicht nur noch Mißtrauen haben, weshalb ich nicht zu ihnen gehöre, noch nicht und hoffentlich nie, meine Arbeitgeberinnen – das Wort hat Klassenfeindgeruch, aber damit kann es nicht ein für allemal unbenutzbar sein, wenn man es mal braucht im ursprünglichen Sinn – also meine Herrinnen, Laura, Katharina und Ortwin sind alle vertrauenswürdig. Und ich bin vertrauenshungrig. Vertrauensseligkeit wäre mein Idealbefinden, ein Rauschzustand geradezu, nach dem ich mich sehne, auch erotisch, ja der mich geradezu sexuell anmacht, wenn ich nur bloß drüber schreibe schon ...

Bei Frau Dr. Ortwin werde ich nur kleptomanisch angemacht. Von den Kerlen, die sich ablösen. Normaler Dreischichtbetrieb wie in der Produktion auch, nur daß die Herren nichts produzieren, sondern aufpassen, daß nichts produziert wird, Frau Doktor Ortwin darf weder am Schreibtisch noch im Bett schreiben, das hat sie mir mal zugeflüstert, als sie zufällig einen wachen Moment hatte und der Gesellschafter auf dem Klo war, normalerweise liegt die Frau in den Kissen wie tot, und einer der Diensthabenden flößt ihr nach Vorschrift Pillen ein oder liest Zeitung oder telefoniert mit der Psychiatrie undsoweiter und ißt, was ich gekocht habe. Diese ganze Arbeit findet in Frau Dr. Ortwins Arbeitszimmer statt, das überfüllt ist mit Büchern und Papieren und nun auch noch mit ihrem Bett. Ihr Schlafzimmer mithin bettlos, aber ich würde drin wahrscheinlich auch andernfalls keinen Schlaf finden. Wenn mirs in der Wohnung zu still wird, schließ ich mich im Klo ein und rede ein bißchen mit mir. Denn Gespräche zwischen der Ortwin und mir sind sowohl mir als auch ihr verboten. Von den Wachhabenden, ich kann sie immer noch nicht auseinander halten. Und einer von ihnen hat dieses Problem, wiewohl es meins ist und ganz und gar nicht in sein Ressort gehörig, und verglichen mit ihm ist doch ein Zivilist – und gar so einer wie ich – weniger als nichts – also jedenfalls muß er dieses totale Privatproblem doch irgendwie wahrgenommen haben. Und sogar bedacht. Anders ist nicht zu erklären, daß eine Wache eines Tages eine Hand auf meinen Rücken gehauen hat und gesagt: »Geht in Ordnung, Junge, brauchst dir keen Kopp zu machen« – geduzt wurde ich von Arbeitsantritt an –, »ich heiß Ernst. Für dich heiß ich hier Ernst, und draußen kennen wir uns nicht wie abgemacht, also Ernst Bier mein Name, aber der Einfachheit halber kannste uns alle drei Bierernst nennen, klar? Rationalisierung, klarer Fall, hahahaha, das Essen, was du baust, ist auch einwandfrei, und für dein Äußeres bin ich nicht verantwortlich, aber getränkemäßig ... Also ab morgen ist immer ein Kasten Bier im Haus, damit das klar ist.«

Nach so viel Klarheit war ein Griff zum Schreibtisch Ehrensache. Ausbeute: wieder Dunkelweiberbriefe. Ich schrieb den zweiten Fund über Nacht ab wie den ersten und schob ihn am folgenden

Morgen beim Auftragen des Frühstücks unbemerkt zurück an seinen Platz.

Ein Leben aus zweiter Hand (Notizen)

Obwohl Zettel eine bewegte Vergangenheit hat, leidet er am Gefühl, keine Identität zu haben. In Selbstgesprächen versucht er diese zu finden, aber noch lieber bezieht er sie aus fremden Lebensläufen, indem er sich Dokumente anderer Leute aneignet und sie zu Hause aufstellt. Die Notizen sehen ihn in der Nachfolge literarischer Figuren, die einen ähnlichen Hang zu einem Leben auf Papier haben: Don Quijote und Tschitschikow aus Gogols Die toten Seelen.
Dem Namen Zettel haftet nicht nur Papiergeruch, sondern auch Stallgeruch an. Erinnerungen an Shakespeares Sommernachtstraum *werden wach, an den Esel Zettel, in den sich Titania verliebt. Irmtraud Morgner greift auf das Stegreiftheater im* Sommernachtstraum *zurück, in dem der Handwerker Zettel den Esel spielt, bevor er von Oberon in diesen verzaubert wird, und sie erschließt eine weitere Seite der Identitätsproblematik: Der Schauspieler Zettel weiß nicht, wer er ist, wenn er keine Rolle spielt.*
Von der Romangenese her gesehen entwickelten sich Zettel, Ambrosius und Jean-Marie aus einer einzigen Figur, deren Name zunächst nicht festgelegt war. Die drei weisen ähnliche Berufserfahrungen auf (Unterhaltungskünstler), treten im Buch nacheinander in der Rolle des Präsentators auf, der die verschiedenen Geschichten erzählt, Zettel und Jean-Marie überdies in der Rolle des Dieners. Die Autorin wies Zettel schließlich klare Funktionen zu: Diener dreier Frauen, Sammler von Lebensgeschichten, Präsentator.

Kein heller Kopf, der nicht ab und zu das dringende Bedürfnis hat, sich mit einem hellen Kopfe zu unterhalten. Zum Beispiel mit seinem. Nichts kurzweiliger als lange Selbstgespräche. Nichts Leere füllender. Allein mit Selbstgesprächen habe ich die Blöße einer meiner vier Wände füllen können. Das Leben ist die Fülle, nicht die Dauer – ein kluger Satz von irgendwem, zu dumm nur, daß wir Lebensfülle nicht beweisen können, lLlL (Parteinamen tragen auch keine Abkürzungspunkte), was nicht schwarz auf weiß beweisbar ist, existiert bekanntlich nicht, ein Mensch ohne Ausweis ist wertlos, ein Menschenleben dito, ich kann meins ausweisen, das heißt beweisen, die Papierform unseres öffentlichen Lebens ist die Zeitung, die Papierform meines Privatlebens ist der Hefter. Wer seine vier Wände mit Heftern möbliert wie ich, steht nicht nur mitten in seinem eigenen Leben; er kann es auch messen. Auf Meter, Zentimeter und Millimeter genau kann ers ermessen, ausweisen und sich beweisen.

Zettels Versuch, mit der Zukunftslosigkeit fertig zu werden → umgibt sich mit Vergangenheit.
(Zettel) – Don Quijote. Don Quijote hat seinen Grundbesitz verkauft, um sich zahlreiche Ritterbücher anzuschaffen. »(...) daß er viele Morgen Ackerfeld verkaufte, um Ritterbücher zum Lesen anzuschaffen; und so brachte er so viele ins Haus, als er ihrer nur bekommen konnte.«
(Zettel:) Da er keinen Grundbesitz hat, muß er sich die Bücher selber schreiben. [...]
Zettel = Aussteiger, weil die Zukunft weg ist. D. h. die Utopie. = seine Form, den Tod zu bewältigen.

Zettel hat starke Identitätsprobleme (hält sich schließlich für pervers). Er ist psychisch übriggeblieben aus einer alten Zeit. Kommt sich veraltet vor (psychisch unmodern). Wird als Softie nur von älteren Frauen geschätzt, jedenfalls offiziell. Liebt starke Frauen, von denen er sich durchschleppen läßt.
Hat im »Cosmopolitan« gelesen: Dort steht genau beschrieben:

wie man sich einen reichen Mann angelt. Ausgehen in teure Bars: Da muß man was ausgeben. = der neue Zug. Die neue Frau will wieder durchgeschleppt werden (Nutten-Mode: hörig!).
Zettel arbeitet bei älteren Frauen = dünnstes Brett, bequem. Aber: verbirgt es vor den andern. Vor allem weil sie älter sind. (Früher hätte man sich damit interessant machen können, heute ist man damit out.)
Zettel: Ich bin zu spät geboren. Ein Mann, der nicht in die Welt paßt.
Zu Laura: Er weiß: das ist eine Schriftstellerin, die out ist. Die müßte der Fall Hero interessieren.
Zu Ortwin: Stasi-Frau: d. h. ohne Rückgrat. So eine, die im Westen auf den Pornozug aufspringen würde und dafür von den Männern umso mehr verachtet.
Zettel hält sich für pervers, obwohl die andern es sind.

Zettel-Gogol
Zettel ist ein ganz durchschnittlicher Mensch, der sich für was Besonderes hält (vgl. Tschitschikow, *Tote Seelen*: Gogol). D. h. der gern ein Aussteiger sein möchte, aber zu sehr gebrochen ist. Er ist guter Durchschnitt mit dem Flair des Aussteigers. Sagt niemandem, daß er bei drei Frauen arbeitet. Noch nicht: höchstens bei günstiger Gelegenheit (handelt nach der Mehrheit wie Johann – dann ist er da: wenn es grünes Licht gibt). Ist deshalb auch erpreßbar.
Bei der Durchschnittlichkeit Zettels dürfen die andern Personen grell sein.
Zettel ist ein »Repräsentant« der DDR. Man möchte »Weltspitze« sein, »in« sein, »anders« sein. Aber in der Kindheit ist alles gleich gemacht = »Gleichrichten« ⟨x⟩.
Zettel: ganz blaß, auch äußerlich. Aber er möchte mokant sein. Witzig. Ausgefallen. Z. B. den Vorschlag, die Wohnung mit seinem Geschriebenen zu möblieren, hält er für den Gipfel des Originellen.

Dabei: ist es nur ein Vielaufschreiben (Fluß statt Genialität). Witzelt giftig über Wenig-Schreiber. Unsicher: gibt sich Flair der Sicherheit. Artist war so ein Flair: Er ist natürlich keiner im Gegensatz zu Hero: hatte sich völlig übernommen. Er fand das schick.

*

Schnapsideen hält er für Genialität. Zettel ist ein Gernegroß im DDR-Format. Originalitätssucht. Exotisch: »Ich bin ein lesbischer Mann«, sagt er kokett.
Seine Haltung: dumm-dreist. Wichtigtuer. Stiehlt und schreibt es seiner Kleptomanie zu.
Auch Dissi-Koketterien. »Samisdat« – sein Aufgeschreibsel. Lügt, um sich interessant zu machen. [...]
Zettel = ein scheinbarer Aussteiger ↔ Amanda: die echte Aussteigerin. Zettel (Gogol) führt Amanda wie Vergil in Dantes *Göttliche Komödie*. Der Weg von Dschinnistan in die »Welt« ist wie eine Anabasis in die Hölle.
Zettel: geschäftig, Gernegroß, Großsprecher. Freak. Hat alles gelesen und nichts. Farblos. Oder: bunt in seiner Farblosigkeit. Hat Läuten gehört und nicht Zusammenschlagen.
Alle wichtigen Nachrichten haben bei ihm etwas Ungefährliches. Alles wird zum Sensationellen (Quantum) aufgemacht (Stille-Post-Prinzip). Seine Rede: »Haben Sie schon gehört ...« Wenn dann Amanda sagt: Ja, erzählt er die Geschichte trotzdem nochmal. Und wenn sie etwas anderes gehört hat: egal! seine Version gilt.
»Ich bin tolerant«: Dabei ist er so intolerant wie seine »Feinde« = der Durchschnitt.

Das Paar Amanda / Zettel
Er tut beschlagen und ist es gar nicht. Er erklärt ihr Dinge, die er nicht begreift (absurd). Er verläuft sich ständig in Berlin, von dem er behauptet, er kenne es.
Hat eine Allround-Bildung. Er ist der wissenschaftlich »gebildete« Mensch der DDR wie Johann Salman: Die Bildung hat Salman aus der Aktuellen Kamera, Zettel aus der Tagesschau.

Zettel = Durchschnitt mit Originalitätsdrang. Johann Salman: ein direkter Mitläufer. Zettel: einer wider Willen, der es gar nicht merkt, daß er einer ist.

Zettel ist viele Figuren. Aber wer er »eigentlich« ist, weiß er natürlich nicht.
Er kann sich auch in eine Frau verwandeln. Er spielt den furchtbaren Tyrannen (Herodes), den Stasimann etc.
Sein Glück: er muß die vorgeschriebenen Bürger etc. der jeweiligen politischen Epochen nicht *sein*, er muß sie nur spielen. D. h. er braucht bißchen Text. Ohne Text freilich gehts nicht.
Welcher Lieblingstext?

*

Zettel spielt die Rollen nur. Die andern müssen sie leben. Lebenslang. Das ist die Tortur. Auf Zettel schaut man herab (als Narr). (Aber er möchte nie tauschen.)

Eine überzeitliche Figur (spielt gern alle Rollen, komische Figur). (Ehren-) Spion von Titania und Oberon. Ehrenhalber: Oberon hat ihn mal zu einem Esel durch Puck machen lassen. Titania hat sich in ihn verliebt.
Zum Zeichen, daß der Spaß verziehen [ist] (von Titania) und daß Oberon sich bei Zettel für sein »Zum-Spaß-Herhalten« entschuldigt (Folge war Versöhnung zwischen Titania und Oberon) → in den Rang eines Spions erhoben. Ehrenspion = Kundschafter. Dadurch: mit dem Königshaus verbunden.
Zettel: ein Engländer aus Athen.
Zettel meldet die ersten Sätze (als Hero fünfzig Jahre alt war) nach Dschinnistan. Natürlich wird Zettel beschattet. Von wem? Die Beschatter kommen und gehen, Zettel bleibt.

Jean-Marie: ein Esel, der bei den heiligen drei Affen arbeitet. Jean-Marie Zettel, der Lacher, der alle Rollen spielen will und von einer Titania geliebt wird. D. h. der nicht einen Beruf haben will. Abenteurer in einem Staat nach Vorschrift. Der erfindungsreiche, übermütige Zettel.

Hilfe, es spukt.

Vereselter Zettel.

Er träumt von einer Titania, die einen Esel liebt. Er wartet auf, sucht Leander. Diesen Mann, der auch so geworfen ist. Macht sich auf die Suche nach ihm. Zu zweit diese Welt bestehen.

Grete

Grete und Hanswurst – das Paar bevölkerte mit andern burlesken Gestalten die barocke Volksbühne, bis der puristische Frühaufklärer Johann Christoph Gottsched die derben Figuren der Commedia dell'arte bürgerlich-deutschem Geschmack nicht mehr zuträglich fand und sie aus dem Theater verbannte. Hanswurst wurde öffentlich verbrannt. Grete entging diesem Schicksal – für Irmtraud Morgner Grund genug, sich der Heimatlosen zu erinnern und sie in ihren Roman einzubeziehen.

Grete erzählt aus ihrem Leben

Auch Grete war in einer bestimmten, zeitlich nicht genau zu fixierenden Phase der Romanarbeit als Figur gedacht, die das Material präsentiert. In Briefen an Hanswurst hätte sie die anfallenden Texte vorstellen und kommentieren sollen. Möglicherweise sind alle nachfolgenden Briefe aus dieser Gestaltungsabsicht heraus entstanden, gewiß aber der erste von ihnen. Vermutlich war er (mit oder ohne Anhang) als Auftakt des Romans gedacht. Einige seiner Formulierungen sind in den jetzigen Anfangstext eingeflossen, den die Autorin dem Grete-Nachfolger Jacky Zettel in die Feder diktiert hat.

Die weiteren vier Briefe erzählen Gretes Abenteuer vor und hinter den Bühnenkulissen von 1737 bis heute. Zusammen mit einer Reihe von Grete-Notizen, die möglicherweise einem nicht realisierten Bühnenstück gelten und hier nicht wiedergegeben sind, bilden sie einen Komplex zum Thema »Theaterkrise«, dessen Handlungsgang sich in Umrissen zeigt: Am Theater wird ewig das gleiche Repertoire gespielt – das Adam und Eva-Stück »Die Frau aus der Rippe« –, und die Zuschauerzahlen sinken. Während einer Krisensitzung der Theaterleitung macht Grete den Vorschlag, zur Unterhaltung des Publikums ihren Kater mitzubringen, der *sich jedoch als Löwe entpuppt. Der Leu Nobel wird zur Sensation, Grete bekommt eine eigene Pausenbühne, die mehr Leute anzieht als die Hauptbühne. Mit immer perverseren Nummern, in denen sie sich vom Löwen fressen läßt, bringt sie das Spiel auf der Hauptbühne ganz zum Erliegen. Daraufhin schließt die Direktion die Pausenbühne und lanciert auf der Hauptbühne* ein Hystorical neuen Typus', *in dem Grete verbrannt wird* – ein Theaterstück ohne Pause.

Es wäre denkbar und innerhalb von Irmtraud Morgners Romanform nicht unpassend, daß ein Stück um Grete zu einem den Gang des Romans unterbrechenden Intermezzo ausgearbeitet worden wäre. Ein ausgereiftes Projekt existiert dazu jedoch nicht. Dagegen läßt der letzte Brief an Hanswurst die Absicht erkennen, Grete und Laura einander anzunähern: Grete mietet in Lauras Schlafzimmer die Hälfte des Betts. Wie diese Schlafgängerei sich weiter entwickelt hätte, darüber geben die Notizen indessen keine Auskunft.

Natürlich kann selbst ein Schwein nicht ständig auf Deponien herumkrauchen, sagt Grete, ein Schwein ist schließlich auch bloß ein Mensch. Der in die Welt paßt. In die Grete nicht passen kann, weil sie zu Hanswurst gepaßt hat.

Auf der platten Deponie des Vergessens nach ihm zu suchen wäre eine Schande.

Für nicht schandbar halte ich die Suche nach einem Rezept zur Herstellung eines Doubles vor Ort.

Wo jeder das Fürchten mühelos lernen könnte. Wenn er wollte. Ich würde jederzeit wollen, wenn ichs nicht könnte. Aber ich kanns. Grete ist der einzige Mensch hier, ders kann.

Dort kanns Hanswurst. Ich vermute ihn in Dschinnistan und schreibe ihm Briefe nach dort.

Mein 7698. Brief zum Beispiel hat folgenden Wortlaut:

Natürlich geht es immer um die Wurst, lieber Hans, aber nun wird sogar der Schmalz knapp, so daß ich Dir wieder einen Brief schreiben muß.

Schau nicht so dumm aus der Asche, Du Held, ich erklär Dir doch fix noch, warum.

Nicht in einem Satz. An sowas Kurzem müßte ich jahrelang sinnieren.

Wer keine Sekunde hat wie Deine Grete, erklärt sich in einem Roman.

In schweren Zeiten werden nämlich auch Feinde gebraucht, Liebesromane und Feinde und Stichworte gemäß. Mein Lieblingsstichwort derzeit: Hero.

Gegeben zu Berlin aus alter Freund- und Feindschaft anno 1989 und für alle Fälle. Falls Du zum Beispiel in Deiner Asche wie auf dem Mond sitzt und nicht erfährst, was auf der Erde gespielt wird.

Theater, was sonst, wirst Du sagen aus dem Aschentopf nicht anders als aus dem Mustopf. Und ich sag, recht hast Du, was sonst, Freßsack, erleuchteter, so eine Weisheit kann keine Aufklärung dulden. Drum bleib was Du bist und rühr Dich nicht wie Phönix aus der Asche. Niemand beneidet Dich inständiger um Deinen warmen Arsch als Dein Eheweib in Ruh, der der Wind ins Gesicht weht. Kalt. Und das seit 252 Jahren.

Ein Jahrestag!

Nach so einem eckigen tät sich jeder eckige Kopf die Finger lecken. Zu den Gewohnheiten, die das Theater hier strukturieren, gehört nämlich das Feiern von Geburts-, Todes- und Jahrestagen.

Es lebe der 252. Jahrestag der Verbrennung von Hanswurst!

Während der Feierlichkeiten anläßlich des 750. Geburtstages der Hauptstadt Berlin begann Deine Grete bekanntlich nach Leuten zu suchen, die sich auf Hero einen Vers machen können.

Dunkelmänner können das natürlich nicht. Weshalb ich schon wieder die Bekanntschaft von zweien gemacht habe, die einen Roman hergeben. Garantiert aus dem Leben gegriffen. Dialogform Zufall.

Füllest wieder Busch und Tal

Ein Dunkelmännergespräch
(Dialogus obscurorum virorum)
(Erlauscht in einer Schlange am Taxistand Berlin-Friedrichstraße, wo mir der Zufall einen Platz zwischen zwei Zeitgenossen bescherte. Sie sorgten während der Wartezeit für meine Unterhaltung, indem sie sich unterhielten. Zwei Studenten, wie sich bald herausstellte, akademischer Nachwuchs auf den Gebieten Psychologie und Sprachen. Der angehende Psychologe ein analytisches Temperament, der Sprachenspezialist ein dionysisches. Da ich die Namen der beiden landläufigen Erscheinungen nicht ermitteln konnte, weil sich die jüngeren Männer nicht anredeten, sondern anstießen, wenn sie ihr Gespräch fortsetzen wollten, kennzeichne ich bei der folgenden Wiedergabe des Dialogs anläßlich einer gerade stattfindenden Mondfinsternis den Rationalisten mit der Abkürzung R und den Gefühlsmenschen mit der Abkürzung G.)

G: (Hände in den hinteren Jeanstaschen, stößt mit dem linken Ellbogen Rs linken Oberarm. Dann Aufwärtsbewegung von Gs Kinn.)
R: (Hände im Konsumparker, wirft den Kopf in den Nacken und läßt ihn dort liegen.)
G: (Nimmt die gleiche Stellung ein.)
R: (Nachdem die Wartezeit auf zwei Taxen vergangen ist) Weg.
G: (Rülpst.)
R: Stimmt. Ein wegger Mond am Himmel is wie ein abber Knopp am Mantel dran.
G: Einwandfrei.
R: (Nimmt seinen Kopf aus dem Nacken.)
G: (Nimmt seinen Kopf aus dem Nacken.)
(Drei Taxen, durchschnittliche Wartezeit à fünf Minuten, kommen, waschen in der Pfütze entlang dem Stand ihre Räder und fahren beladen ab.)
G: (Stößt seine linke Schulter gegen Rs Brustkasten.)

R: Was weg ist, brummt nich mehr.
G: (Gähnt.)
R: Nischt los hier, sag ich doch die ganze Zeit.
G: Einwandfrei.
R: Und Mondsüchtige solls geben, das gibts gar nicht.
G: Ham mir gelacht.
(Sieben Taxenwartezeiten später)
G: Da, eh (tritt R mit dem linken Schuh gegen das rechte Schienbein).
R: Was denn sonst. Der Mond kommt und geht, aber 's Bier bleibt.
G: (Röhrt.)
(Zwei Wartezeiten danach beide ab mit einem auf Gas umgerüsteten Wolga. Duett aus dem sich entfernenden Taxi verhallend:)
Mond bleibt Mond, und Bier bleibt Bier.

Erstes Kapitel
Das erzählt, wie sich Grete 1737 bis 1977 durchgeschlagen hat

Da mich der Herr Professor Gottsched 1737 seiner Endlösung nicht für würdig befunden hatte, mußte ich vogelfrei überwintern. Immerzu erfrieren und auftaun und erfriern und auftaun, x-mal, x-millionenmal, x-milliardenmal – das kriegst du satt. Da scheißt du auf deine Unsterblichkeit. Da möchtest du sie zerscheißen – vergebliche Liebesmüh. Die Theaterdirektoren kamen und gingen, Grete blieb. Natürlich ohne ihre Rolle, seitdem Du verbrannt wurdest. Hanswurst solo, haha. Grete solo – das war nicht mal vor der ersten Aufklärung erlaubt. Jetzt findet die zweite oder zwanzigste statt. Alle Aufklärungen unter der Losung: Spaß beiseite – Späße her.
  Zum Beispiel Fräulein Kummer: die einzige Stegreif-Rolle, die mir von diesen Theaterdirektoren angeboten wurde. Dagegen war Stichwortgeberin für Hanswurst Charakterfach.
  Ich entschied mich für direkte Prostitution. Auf Hauptbühnen,

wo vorgeschriebener Text gelernt und hergesagt werden muß. Alleweil ein neuer Text für alleweil das gleiche Stück. Potzmord, solche Hirngespinste hält kein Schwein nicht aus, kein Roß, kein Leu. Statt Wurst – Wursttheorien. Historische.
 Oh Haupt voll Graus und geflügelter Worte! Text rein – kein Problem. Aber raus!
 Hab den Kopf zum Kotzen voll bis zum Jüngsten Tag. Die Menschheit wartet schon zweitausend Jahre auf ihn. Aber doch nicht vergebens, wie es nun scheint. Dazu fällt Grete kein Stichwort ein. Bis Sankt Nimmerlein müßtest Du warten drauf an meiner Seite. Ein Glück, daß Herr Professor Gottsched Dich beizeiten von meinem Tisch und Bett getrennt hat. Das warn noch Theater, als Hanswurst und Grete die Welt auf den Topf gebracht haben. Seitdem darf sie nur noch auf den Begriff gebracht werden. Ein Weniger-als-Nichts, aber dehnbar. Die vorgeschriebenen Texte haben meinen Kopf mit dehnbaren Begriffen so angefüllt, daß er nicht mehr kurz und grob denken kann respektive kurzgeschlossen reden. Aus Grund und Boden, wo Maximen mit einem Henkel wachsen. Zwei an der Zahl. Erstens »Wurst wider Wurst«. Zweitens »Quark oder Speck«. Das war noch Scharfsinn! Dann ließ der Stumpfsinn grundsätzlich und bodenlos nur noch Maximen mit zwei Henkeln wachsen. Unzählige. Auch in meinen armen Kopf hinein.
 Aus dieser dreckigen Menscherei hab ich mich eines Tages davon gemacht in eine saubere Schweinerei.
 Nichts für ungut, aber ein öffentlich verbrannter Mann gilt für so tot, daß seine Witwe ledig gesprochen wird.
 Nichts für ungut, aber wer sich öffentlich ewig und einen Tag lang hat wiederholen müssen, der giert privat nach Abwechslung. Eheweib eines armen Hundes – dieses Possenspiel kenn ich. Bin deshalb nicht auf den Hund, sondern auf die Katz gekommen.
 Da alle sozialistischen Länder nach Weltniveau streben und auf demselben Ehen unter Frauen verboten sind, habe ich mich freiwillig für einen Kater entschieden.

Zweites Kapitel
Was lange dauert, wird endlich solo

Besser bei den Tieren die erste als bei den Menschen die letzte, sagte sich Grete in katastrophaler Lage.
Und was sagte das Theater? Es erklärte die Lage zur Etappe, berief Sitzungen ein, die Kampagnen beschlossen, und spielte fort.
Daher der Name Fortschritt.
Auf solchen Sitzungen schlief ich fester als im Bett.
Und die Tagesordnung ließ mich schnarchen.
1977 wurde ich plötzlich geweckt und gebeten, zur Tagesordnung zu sprechen.
Vom Theaterdirektor persönlich. In Referaten pflegte er mich gelegentlich als dumme Grete zu erwähnen, wenn er anhand eines negativen Beispiels ein positives Ereignis lehrreich herausschildern wollte.
Plötzlich nannte er mich »kluge Grete«. »Unsere kluge Grete will auch was zu melden haben«, sagte er.
»Auf der Hauptbühne«, fragte ich schlaftrunken.
»Jawohl«, sagte der Theaterdirektor.
Wenn ich nicht gerade saß, stand ich nämlich auf seiner Hauptbühne. Als Gretchen. Eine Schande, mit so einer Endung herumstehen zu müssen.
Zu unserer Zeit, lieber Hans, wünschte ich Dir schon die Pritsche auf den Nischel, wenn Du mich Gretel riefst. Das war vorvorgestern.
Nun werde ich gar »kluge Grete« genannt. Das hätte mir zu denken geben müssen. Aber wenn du aus dem Schlaf gerissen wirst, denkst du nicht, da gähnst du.
»Bravo«, rief der Theaterdirektor.
Die Versammlung applaudierte.
Der Sitzungsleiter bedankte sich für meinen Diskussionsbeitrag.
Die beschlossene Kampagne wurde unter die Losung »Mach mal Pause« gestellt.

Die Rolle der Pause wurde an mich vergeben.
Fräulein Pause: Gretes erste Solorolle.

Viertes Kapitel
Zum Fressen gern

Mein Ehemann in Ruhe saß warm. Mein Ehemann in Äktschen saß ein. Im Brehmhaus. Vorgeschriebene Besuchszeiten. Gespräche interessierten die Wärter noch nicht. Wer mehr wollte, mußte sie bestechen.

Aber nach zwei Stunden Proben und drei Stunden »Adam und Eva« und neun Stunden Sitzung ist jedermann froh, wenn er nicht mehr muß, selbst wenn er eine Frau ist.

Da staunst Du, lieber Hans, da stierst Du tramfabet, da bleibt Dir nicht nur die Spucke weg, was? Ja, ja, was wegbleibt, stört nicht mehr. Zumal in Preußen. Aber wenn Du vielleicht denkst, das Publikum blieb weg? Ewig und einen Tag das gleiche Stück, und geschluckt wurde es trotzdem. »Wie gegen die Gewohnheit ankämpfen, die die Vernunft der Dummköpfe ist«, soll ein Preußenkönig gefragt haben. Einen Gelehrten! – Sowas konnte natürlich nicht 1977 passieren. Das hat sich 1769 ereignet. Und bereits zu unserer Zeit hat das Publikum bei dem Stück die Zähne gehoben. »Adam und Eva« ohne Hanswurstiaden hätte damals niemand geschlungen. Weil damals noch Geschmack unter den Leuten war. 1977 war nur bißchen Langeweile unter den Leuten. Die Deine Grete als Fräulein Pause vertreiben sollte.

Ich berichtete es stolz meinem Ehemann. Er fraß mich.

Fünftes Kapitel
Durch Krach zum Licht

Wie Phönix aus der Asche, so steigst Du, lieber Hans, wenn Du Lust hast. Aber Du hast keine mehr respektive noch keine wieder.
Ich dagegen hatte immer welche und stieg nicht nach einem fremden Vogel, sondern nach meinem eigenen. Wie? Na wie Grete aus der Scheiße, guten Morgen.
Dann verließ ich das Brehmhaus und wanderte bettwärts.
Das Bett, von dem ich eine Hälfte gemietet hatte, stand 1977 im dreiundzwanzigsten Stock eines Hochhauses.
In der linken Betthälfte Frau Salman, vor meiner rechten ihr Sohn.
Laura Salman schimpfend.
Wesselin Salman trampelnd. Auf einem Ranzen.
Laura hatte das Behältnis in meiner Begleitung gekauft, weil ihr auch mitunter in Geschäften schwarz vor Augen wurde respektive auf Wegen von einem Geschäft zum andern. Wir hatten uns lange vor dem Einschulungstermin auf die Suche begeben und schließlich auch eine gefüllte Federtasche, Temperafarben, Buntstifte und Hefte nach Vorschrift für Wesselin erkauft und Bücher nach Gutdünken für seine Mutter.
Seitdem Laura nicht mehr jederzeit lesen konnte, kaufte sie mehr Bücher als zuvor.
Wesselin hatte darauf bestanden, die Bücher im Ranzen nach Hause tragen zu dürfen.
Er hatte glücklich und so auffällig geschleppt wie möglich, auf daß viele Leute das rote Anzeichen seines Erwachsenseins zur Kenntnis nahmen.
Dann hatte er sein Einschlaftier gegen den Ranzen ausgewechselt und alle Farben und Papiere aufgebraucht, so daß neue Unterrichtsmaterialien beschafft werden mußten.
Im Jahr vor der Einschulung hatte er sich zu Weihnachten und zum Geburtstag einen echt ledernen roten vollen Ranzen gewünscht.

Drei Wochen danach trampelte er auf ihm herum und schrie: »Ich brauch keinen Ranzen auf dem Buckel, ich will keinen roten Ranzen, ich will echtlederne Flügel.«

Und seine Mutter schrie: »Ella bella Suppentella.«

Und ich schrie: »Ein feiner Empfang. Ich werd euch den Brotkorb hochhängen.«

Wenn ich weder Probe noch Theater noch Sitzung hatte, ging ich nämlich einem zweiten Beruf nach. Bei der Triebwagenführerin Salman, die ein Pflegefall geworden war. Aber sie war nicht immer blind. Nur immer vor Gleisen. Für vierzig Mark Pflegegeld monatlich, das Vater Staat für diese mehrfach dekorierte Vorbildfrau auswarf, bewirtschaftete ich Lauras Haushalt.

»Ich laß euch verhungern, wenn ihr nicht sofort kopfsteht«, brüllte ich, »ein feiner Empfang für eine Beförderte.«

Wesselin stellte seine Füße neben den Ranzen und seinen Kopf drauf.

Laura flüsterte: »Was denn, du bist wirklich befördert worden, wirklich und wahrhaftig, ja von wem denn?«

»Vom Theaterdirektor persönlich. Eure Grete spielt ab heute die Hauptrolle.«

»Auf der Bühne?« fragte Laura.

»In der Pause«, antwortete ich.

»Mit Pausenbühne?«

»Ohne.«

»Mit Text?«

»Ohne.«

»Mit Stegreifsprecherlaubnis?«

»Ohne.«

»Und da nimmst du dir derart den Mund voll«, brüllte Laura Salman lauter als zuvor und gewann augenblicklich ihre Sehkraft zurück.

Grete und Hanswurst (Notizen)

In einer frühen, eng an die Brockengeschichte angelehnten Konzeption sind Grete und Hanswurst als willenlose Objekte des patriarchalisch-autoritären Oberteufels Kolbuk angelegt, sie markieren nach traditionellem Muster die unterste soziale Ebene, das Volk ohne höheres Bewußtsein, mit dem man nach Belieben umspringen kann. Die beiden harmlosen Toren wachsen während der Romanarbeit zu zwei Querköpfen heran, deren Späße unverhofft gefährlich werden können, ihnen selbst nicht weniger als der bloßgestellten Gesellschaft.

Ein anderer Ansatz geht davon aus, daß Hanswurst in Dschinnistan überlebt, für Grete aber unerreichbar ist. Grete spielt mit dem Gedanken, sich – die Handlung des hohen Paars Hero und Leander in volkstümlicher Version nachvollziehend – einen Ersatz für Hanswurst aus der Rippe zu schneiden. Schließlich findet sie in ihrem inneren Bühnenraum das eigene weibliche Traumtheater, auf dem sie unangefochten von Regeln und Kunstsprache spielen kann. Darin erinnert sie an Laura, die im Traum ihre Ganzheit findet. Gretes Weigerung, in der gegebenen Ordnung weiterzuspielen, variiert ein Thema des Buches, das ihr als zeitloser Figur ohnehin nahe ist – das Heraustreten der Frau aus der Geschichte.

Einführung dieser beiden »Volksfiguren« auf dem Brocken, um Volkstümlichkeit zu spielen. In Hanswurst legt Kolbuk immer mal Ideen rein, die dann, als Meinung des »Volkes«, von Kolbuk durchgeführt werden. So entstehen die Hanswurst-Initiativen.
Hanswurst ist stolz, daß er ungebildet ist (aber einiges weiß) → deshalb kann man alles mit ihm machen. […]
Grete redet Hanswurst nach (DFD-Ausgabe). Beides Manipulationsfiguren. Die Marionetten aller Regierungen, auch die proletarischen, denen im Sozialismus eingeredet wird, sie übten die Diktatur aus, hätten Macht (Arbeiter- und Bauern-Macht!), dabei sind sie nur Marionetten.

Hanswurst und Grete: zwei Kluge, die sich dumm stellen, um zu überleben (= List). Aber: bei Hanswurst kriegt man (nach der Französischen Revolution) heraus, daß er sich nur dumm stellt. → verbrannt. (Nach Revolutionen hören die Späße auf, vor der Revolution finden Revolutionäre Späße gut, soweit sie nicht sie, sondern den Gegner betreffen. D. h. das Feindbild. Nach der Revolution hören Späße auf – über die Revolutionäre.)
Bei Grete (Wurst) war man überzeugt, daß sie sich nicht nur dumm stellte, sondern dumm war.
Hanswurst/Grete haben globales Denken (unideologisch). Dieses Denken hat heute nur noch Grete.

*

Unhistorisches Denken. Einem Mann (selbst Hanswurst) kann man unhistorisches Denken nicht zugestehen. Historie = die heiligsten Werte.

*

Nur auf dem Theater kann eine Frau viele Rollen spielen. Im Leben gibt es für sie nur eine.

Hanswurst wurde nicht verbrannt = eine Legende. Er wurde nach Dschinnistan deportiert (wie später Amanda) zu Oberon und Titania.
Grete: wenn er kein Transitvisum durch Avalun bekommt, muß ein Stellvertreter Hanswurst auf Erden her. Woher nehmen und nicht mausen? (Denn woher mausen!) Selbsthelfer – Nothelfer. Hero soll eine[r] sein → aber keiner weiß das genau. Ich bin nicht keiner. Ich will Genaues wissen.

*

Grete fragt überall herum nach Hero, der Selbsthelferin, und sie erfährt, wie andere Leute anders, aber doch irgendwie auf den Zukunftsverlust reagieren.
Wie lebt man als Einzelner, wie als Menschheit, wenn die Stunden gezählt sind? Am schlechtesten mit Lebenslügen.

Hero = Selbsthilfefrau in schwerer Zeit.

*

Die Suche nach Leander (= Mann aus dem Volk) = die Suche nach Hanswurst.

*

Weil nur noch das Gelächter hilft, braucht Grete Hanswurst so dringend. Deshalb möchte sie sich Hanswurst aus den Rippen schneiden. Hanswurst wird als neuer Mann gebraucht.

Das geheime (illegale) Theater der Frauen
Das offizielle ist Männertheater, und Hanswurst ist daraus verbannt. Das Frauentheater findet nachts statt in den Träumen. Dort tritt Grete auf. Die Träume der Frau = Gretes Bühne. Denn: den Frauen ist der Humor vergangen. Versklavte Wesen haben keinen Humor. Grete bringt den Frauen das Lachen in die Träume. Das ist ihre Mission. Eine Nachtarbeiterin.
Grete erkennt in Olga eine weibliche potentielle Anhängerin von Robespierre (vgl. »Sinn und Form« I/89). Lauras Kindheit/Jugend der Eltern: ein Greuelstück.
Haß erkältet → Fanatismus, Hirngespinste, Rache. So erklärt sich, daß die Opfer von Gewalt (oder Gewaltpornographie) selber Lust an der Gewalt (oder Gewaltpornographie) haben. Sie wollen die erlittene Gewalt auch an andern ausleben. (Schauder, wenn die Haßausbrüche bei Olga irrsinnige Augen zeigen. → Klaustrophobie als Folge dieses Hasses auf alles. Und sie selbst ist just wie Robespierre.)
Der alltägliche Faschismus in der Ehe führt zum politischen Faschismus. Wer privat seinen Haß nicht ausleben kann oder sich privat den Haß auflädt, der versucht ihn politisch auszuleben. Die Ehe = beste Voraussetzung für Faschismus (eine Ehe zwischen Ungleichen).
Gewalt imponiert den Feigen (Olga und Johann). Wenn sie können, wenden sie sie an (gegeneinander: sich ausradieren ⟨xxx⟩).

Grete spielt auf dem (Traum-) Theater der »illegalen« Hälfte der Menschheit. Ebenso wie es die Frauen eigentlich nicht gibt, gibt es auch dieses Theater nicht.

*

Am Tag herrschen die Herrscher (Virtuosen) des Machbaren: nachts die Freunde des Denkbaren.

Grete wandert nicht durch den Raum, sondern staunend durch die Jahrhunderte.

*

Grete (wie Ahasver: der ewige Jude) die ewige Frau: d. h. die in der Männergesellschaft nicht dazugehört. Und die Männer glauben ihr nicht, daß sie nicht dazugehören will. Wie schön ist es außerhalb der Hackordnung.

Wesselin

Lauras Sohn besucht am Ende des Amanda-Romans *den Kindergarten. 1970 geboren, wäre er 1977 eingeschult worden und stünde mit Einsetzen des dritten Bandes (1989) am Ende der obligatorischen Schulzeit.*

Wesselin macht Musik und liest Zeitung (Notizen)

Irmtraud Morgner beschreibt mit Wesselin einen Jugendlichen, der in der Kasernenatmosphäre von Schule und Berufslehre zu überleben versucht. Wesselin rettet sich in die Beschäftigung mit Musik. Doch Lauras Sohn versteht sich auch aufs Rechnen. Wesselin macht sich den Spaß, eine Zeitungsmeldung auf ihre Stichhaltigkeit hin zu überprüfen, und kommt zu erstaunlichen Ergebnissen.

Er will nicht erwachsen werden. Weil: er fühlt: Die Erwachsenen erzählen einem Sachen, die nicht stimmen. D. h. Erwachsene lügen.
→ Ich will nicht so ein Mensch werden.
*
Wesselin ist nicht erziehbar = die frohe Botschaft seines Seins. Aufgabe: nicht: auch noch an ihm rumerziehen, sondern: ihn gewähren lassen: = viel mehr Arbeit. (↔ Eltern! Glauben, Laura hätte versagt. Dabei haben die Eltern an Laura versagt: obgleich sie glauben, großartig erzogen zu haben.)

Die Schule darstellen als die Institution, die den Menschen zur verwertbaren, befehlbaren, funktionierenden Maschine macht. Zu dem, was eine Diktatur einzig an ihm braucht.

Mein Sohn: jeden Satz muß man nachfragen, nachdichten, spricht so, daß man ihn kaum verstehen kann. Ein Kleinkind kann man besser verstehen.

*

Wesselin, Sprache (über Malen → Musik). Von einem Sprachliebhaber (beschrieb alles ganz genau beim Spiel) ist er [zu einem Jugendlichen geworden, der] verstummt [ist] in der Schule.
Dann nur noch Brocken. Genuschel, um sich nicht zu genau festzulegen.

*

Er hat gemerkt: In einem Polizeistaat sollte man nicht sprechen. Denn was zu sagen ist, ändert sich nach der Linie (Angst davor, sich genau festzulegen). → Musik (= abstrakt). Der Umweg über das Malen half auch nicht (wurde angeklagt).
In einer Diktatur ist den Menschen alle Sprache verboten. Nur die Musik hat noch eine Chance → daher: die Rock-Exzesse. Sehnsucht nach starken Gefühlen. Inmitten des Mittelmaßes.
Wesselins Entwicklung: von einer Überschätzung der Sprache (Schlichtung einer Rauferei) → bis zum Verstummen → dann als gemäßigte Form des Verstummens: nuscheln (sich nicht festlegen).

Wesselin: ein Don Quijote von heute. Unerziehbar. Durch Erfahrung unheilbar. Bevor man ihn kaputt macht, macht er zu und malt. Das Erbärmliche kommt gegen die Traumschicht, die allein einleuchtende und verschüttet-wartende, nicht an.
Er kann sich nicht gewöhnen. Staunt jeden Tag wieder aufs neue. Ein Anti-Titan.
Er ist ein Stiller. Er geht still seinen subversiven Weg. Sein inneres Gesetz findet ihn.

Wesselin und das Welttheater
Das Kind ist unsterblich, denn es weiß vom Tode nichts (Unschuld).

Aber das können die Menschen nicht leiden. Also zwingen sie es, so schnell wie möglich erwachsen zu werden. D. h. es aus dem Paradies zu verjagen. Verlust der Unschuld. Jeder scheitert an der kollektiven Gewalt, jeder wird gebrochen. Kind = ungebrochene Subjektivität = Paradieszustand. Preis: permanente nagende Unsicherheit vor dem Spiegel, die sich als Eitelkeit äußert.
→ Entgötterte, ernüchterte, verzweifelte Kinder. (Wesselin: kannst du nicht mal mit der Natur reden. Ich möchte nicht erwachsen werden.) Kind: lebt die Beseelung der Welt. Verwandelt sich in alles. Ist alles. Spiel: »Wenn ... lebendig wäre« (»lawentsch wär«). → Entzauberung. Kind hat das Welttheater in sich. Zuerst *ist* das Kind alles. Dann *hat* es etwas (Besitz).

Wesselins Kunst, Zeitung zu lesen. Liest Amanda vor.

[*Eingeklebter Zeitungsausschnitt, BZ*]
»Zwei Telefonknacker wurden verurteilt
Zu Freiheitsstrafen von drei Jahren und zehn Monaten sowie zwei Jahren verurteilte das Stadtbezirksgericht Prenzlauer Berg den 29jährigen Detlef Sp. und die 47jährige Rosemarie B. Beide hatten in rund 40 Fällen im Bereich Prenzlauer Allee, Kollwitzstraße, Christburger Straße, Rykestraße, Marienburger Straße Münzfernsprecher geöffnet und dabei 10 000 Mark erbeutet. Dem Vorbestraften Sp. wird der Aufenthalt in Berlin für drei Jahre verboten.«

Wesselin rechnet
40 Einbrüche → 10 000 Mark
1 [Einbruch] → 250 Mark
20-Pfennigstücke → 1250 [Stück]
à 10 Gramm → 12½ kg
mal 40 → 500 kg = ½ Tonne

Olga und Johann Salman

In den beiden vorangehenden Bänden der Trilogie gibt Laura eine positive Beschreibung ihrer Eltern. Unter anderem widmet sie ihnen in Amanda *zwei der drei »Idealberichte«, die von den Vorbildern ihrer Jugend handeln. Als Erwachsene geht sie zu den Eltern zwar etwas auf Distanz, doch Johann Salman, der kurz vor Kriegsende aus Opportunismus noch in die NSDAP eingetreten ist, bleibt für sie der ehrliche Kumpel. Am Schluß muß sich die Tochter eingestehen, daß auch ihr Portrait von Olga eine Tendenz zur Beschönigung aufweist.*

Zwei Spießer, zwei Mitläufer (Notizen)

Gegen Ende des Romans Amanda *wird der toten Mutter Olga in ihrer Gartenlaube von Melusine – wie vor ihr Beatriz – ein Schlafelixier verabreicht, damit sie* schlafweis auf bessere Zeiten fürs Frauendasein *warten kann. Was Olga im dritten Band vorzeitig ins Leben zurückruft, ist ihre Sorge, es könnte zum Aufwachen auf einmal zu spät sein. Doch gerade sie hat nichts zu verpassen. Johann und Olga hielten sich immer im Windschatten der Geschichte auf. Sie haben Hitler überlebt: durch Selbstverleugnung. Sie haben den Wechsel zum Sozialismus geschafft: durch Anpassung. In ihren Notizen entwirft Laura im Gegensatz zu früher jetzt das Psychogramm zweier innerlich abgestorbener Menschen, die für andere nur zynische Reden übrig haben.*

Dritter Band: Wieder Neuansatz von Laura / Amanda. Wieder eine Art Neubeginn – Geburt. Diesmal: wie besonders die Mutter alles tat, um zu verhindern, daß die Tochter wurde, was in ihr steckt.
D. h. das Patriarchat ist in den Frauen. Deshalb ist auch der größte

Feind der Frau die Frau. Besonders in regressiven Perioden. Olga war auch eine Art Dunkelweib. [*Am Rand*: Wenn Reaktion im Patriarchat, dann ist die von Frauen schlimmer als die von Männern.] Neusicht von Olga. Diesmal steht eher sie im Mittelpunkt als Johann.
Wird gesagt: Olga falsch gesehen. Zu tendenziös. Selbstzensur, was die Frauen betrifft.
Gerade während der Reaktion merkt man, wie bösartig Frauen sein können.

Johann Salmans Kindheit / Olga Salmans Kindheit: wahrscheinlich Gewalt: in der Herde sich zu behaupten durch Wegsehen. Liebloses Aufwachsen produziert Liebesunfähigkeit.
*
Olga: Leben = konsumieren. Große Erwartungshaltung im Leben: »Man muß mir etwas bieten.«
Wenn das Leben nicht gut war, dann sind immer die andern schuld. Nie in den Spiegel sehen.

Olga Salman erklärt die ganze Welt aus ihrer Welt: die Bewohner ihres Hauses. Andere Beispiele kennt sie nicht. Was im Haus nicht vorkommt, kommt auch in der Welt nicht vor.

Olga läßt sich wieder auftauen, als unsicher wird, ob Zukunft Zukunft hat.
Olgas Motto: »Was mer hat, hat mer.« Lieber täglich die Hölle des kleinen Kriegs als gar kein Leben.
*
Politik ist etwas, was sie nichts angeht. Also auch kein Grund zur Aufarbeitung. Dafür ist der Mann zuständig. Nur Meckern ist ihr Ressort.

Märtyrerrolle […] = einfacher als Verantwortung übernehmen. Nur keine Details. Nur im Vagen das Ganze. Trost am Elend der andern.

*

Verteidigt die totale Privatisierung von Energie. Schon einen Futterkübel rauszustellen einmal in vier Wochen hält sie für unzumutbar.
Sie macht keine Einsprüche, damit sie leiden kann. Auch dort, wo sie Chancen hat. »Der macht doch sowieso, was er will.« (Und wehe nicht: Da müßte ja sie wollen, was sie will.)

*

Laura hatte keinen Vater: Der war eine Erfindung wie ihr Land 1945.

Viele denken, wie andere maulfaul sind, ist Johann Salman ohrenfaul. Er geht nach. Aber es scheint nur so. Er ist mit Bedacht so. D. h. er wählt genau aus, was er hören will und was nicht. D. h. was ihn beunruhigen könnte, was sein Gewissen berühren könnte.

Nur Kadavergehorsam (Angst). Wären sie kirchlich-religiös, wären sie wenigstens routinemäßig zur Verehrung angehalten: D. h. diese Seite würde nicht völlig verkümmern (Gebet).
Die platten Materialisten (»Ich bin Marxist« – ohne eine Zeile Marx je gelesen zu haben: Zeitung genügt) sind Monster. Seelisch verwahrlost.

Salmans: sind getröstet, wenn sie sich (rasende Angst vorm Tod) vorstellen, daß diese scheußlichen jungen Leute auch vom Tod gleich mitgenommen werden.
= die Bosheit dieser alten Leute. = Trost in der riesigen Angst.

= Mangel am Aussprechen, am Erzählen. Am Lesen. Jetzt werden sie bestraft für ihre Verachtung der Bücher.
Das Erzählen löst den Menschen seelisch. Das Aussprechen der Angst (Freuds Sofa). Auch wenn die Not nicht zu ändern ist, ist sie durch Erzählen zu erleichtern = die Sendung der Schriftsteller: Aussprechen, Erzählen, damit der andren innere Zunge sich löst (nicht Prophetie).
Salmans sind krank am Nicht-Erzählen, am Verdrängen (→ Aggressionen). Wie dieser Staat krank dran ist (Aggressionen). Auch in dieser Beziehung sind sie Repräsentanten dieses Staates. (Wenn Amanda nach Hause kommt, kommt sie zu Vater Staat.) (Die Lage im Land wäre besser, wenn gesprochen werden dürfte. Obgleich dann genau so arm.)
Der Dichter als Löser der »seelischen Zunge«. Salmans ersticken am Verdrängen.

Laura und ihre Eltern (Notizen)

Mit dem Text »Die Puppe« beginnt Laura im dritten Band ihre neue Sicht der Eltern festzuhalten. Ihr wird auf einmal der versteckte Haß bewußt, der ihr zu Hause stets entgegengeschlagen hat. Die Tochter erkennt, daß ihre positive Sicht in den ersten zwei Bänden nur einen Teil der Wahrheit enthielt, und reicht eine gnadenlose – auch für sie selbst schmerzhafte – Berichtigung nach (vgl. auch das folgende Kapitel S. 296 ff.).

Der sich hier anschließende Bericht ist aus Jean-Maries Optik geschrieben, dann folgen Laura-Notizen, die mal in der ersten, mal in der dritten Person verfaßt sind.

Wenn sie einen Brief von ihren Eltern gelesen hatte, murmelte sie bisweilen so. Lachte auch manchmal über die Bilder, die sie ⟨sich⟩ von ihren Eltern gemacht hatte – sich und anderen. Wunschbilder, als Vorgaben beschrieben. »Ich dachte, wenn sie lesen, was ich in sie hineinlese, finden sie Gefallen an ihren Möglichkeiten und machen die wirklich – und was war, kann vergessen bleiben: Schwamm drüber«, sagte Frau Salman mal mit einem eignen Buch in Händen. »Und da ich wußte, daß Lokführer Salman keine Bücher von Schriftstellern liest, nahm ich Arbeit als Triebwagenführerin, um vertrauenswürdig zu erscheinen. Als ob meine ganze Schreiberei von einem einzigen Leser abhängig wäre, ausgerechnet von dem – so naive Vorstellungen können Lebensweisen beeinflussen. Bestimmen auf Dauer natürlich nicht, dafür war der Verlust einer gewissen Naivität durch die Erfahrung nötig, daß erpreßbar wird, wer seinen Lebensunterhalt freischaffend von ideologischen Linien abhängig macht.«

Über Jean-Marie merkt Laura: Katharinas Eltern und Lauras Eltern sind sich sehr ähnlich. Im Selbsthaß.
Beide Mitläufer.
Wie denn auch sonst: Der Faschismus hätte ja sonst gar nicht zur Macht kommen können, wenn es nicht so viele Mitläufer gegeben hätte.
Laura: Auch deshalb bin ich keine Schriftstellerin geworden. Habe das immer, wenn ich es für Beatriz tat, heimlich getan, um dem Hohn zu entgehen, der Kunstfeindlichkeit, dem Intelligenzhaß.
Von Kindheit an wurde mir als Frau – und vor allem durch meine Mutter – das Selbstbewußtsein geradezu zerstört (Militärstaat – Maschinerie).
Aus den Trümmern habe ich mich selber aufgebaut (d. h. alles verdrängt). Jetzt in der Schwäche des Abgearbeitetseins, holen mich die Fratzen und Schläge ein. Erst jetzt merke ich, wie viel ich bezahlt habe.
Der beste Überlebensmechanismus: Humor = Aggressionen im Spiel abbauen, ohne zu verbittern. In einem Militärstaat gibt es allerdings keinen Humor.

Eltern: Wenn ich nach Hause kam, kam ich zu Vater Staat persönlich. Gewaltlose Gewalt. Wer die Macht hat, kann schweigen wie eine Wand.

Grundhaltung: Verdrängen, Vergessen, Wegsehen, Weghören. Stellvertreterkriege (Haß auf die Homosexuellen, Juden, Polen, jetzt auch wieder: Russen, Katholiken).

→ Deshalb lesen sie keine Literatur. Denn sie ist ein Mittel gegen das Verdrängen und Vergessen.

*

Lauras Tod ist unausweichlich, weil sie unbedingte Ansprüche an das Leben stellt (keine Mittellage schätzt). Dieses Land des {Mittelmaßes} ist aber ein Land der Mittellage. Eltern: »Machs nur halb.« Tod als die Grundsituation menschlicher Ohnmacht. Muß von der real sozialistischen Gesellschaft verdrängt werden.

Meine Eltern = der Staat.

Brasch: »Vor den Vätern sterben die Söhne.«

Laura: »Vor den Müttern sterben die Töchter.«

Mein Leben (Kind Jugend Erwachs[ensein]) = eine Flucht vor Alpträumen.

*

In den Alpträumen haben sich meine Eltern eingerichtet. Kriegsgefahr. Ökologische Katastrophe. Tschernobyl.

Jetzt der Zusammenbruch der Abwehr der Alpträume.

Elternhaus = die Kontinuität des Alptraums in der Gemütlichkeit.

Meine Eltern sind der personifizierte Zweifel am Sinn von Literatur. D. h. am Sinn meines Lebens (Künstler).

Ich kann nur schreiben – werde immer nur schreiben –, wenn ich sie vergesse.

Und jetzt wiegt dieser Zweifel ungeheuer. Kann ich ihn nicht mehr wegschieben.

»Kriege hat es immer gegeben«, sagt mein Vater jetzt {ruhig}.

»Bloß gut, daß wir schon so alt sind«, sagt meine Mutter.
Aus der chronischen Verletzung wird eine akute.
Die Puppe: bei diesem Anlaß bricht die Wunde auf.
Gegen die kleinen Verletzungen ist man nicht vorbereitet.
Die treffen viel tiefer als die großen.

Es ist jetzt »in«, Trauer zu empfinden. Ich empfinde keine. Warum? Da ist etwas gestorben, wozu ich nie gehörte. Ich empfinde allerdings »Ekel«.
Und: daß mich das Theater total nichts angeht. Vorher ging es mich nur *nichts* an.
Ich bin weder eine Vatertochter noch mit der Mutter identifiziert.

*

Wer den Alpträumen der Realität keine Wunschträume der Utopie entgegensetzt, verkommt, verludert, verwest bei lebendigem Leibe, entartet als Mensch.

*

Meine Eltern sind mir ein Vorbild. Wie man nicht leben soll.
Aus meinen größten Alpträumen meiner Kindheit, Jugend, meines Frauseins machte ich die kleinen Wunschträume, diese Alpträume zu überleben. D. h. Kunst zu machen war: der Versuch, zu überleben trotz meiner Alpträume. D. h. Kunst als Zwang: lebenswichtig, überlebenswichtig.

Laura und der Tod

Nachdem sich Laura mit den Folgen ihrer Erblindung abgefunden hat, verändert sich ihr Leben noch einmal grundlegend. Sie wird mit Ileus (Darmverschluß) ins Städtische Krankenhaus eingeliefert. Die Diagnose lautet auf Krebs, und in der Folge muß sie mehrmals operiert werden. Laura, die ihre Sehkraft zeitweise zurückgewinnt, setzt sich mit der Situation im Krankenhaus, dem Krebs, dem Gedanken an den Tod in tagebuchähnlichen Aufzeichnungen auseinander, die sie ihren Kopfkissenbüchern anvertraut. Mehr und mehr kommt auch ihre Jugend ins Blickfeld, vor allem ihr Verhältnis zu den Eltern Olga und Johann Salman, die sie einer schonungslosen Beurteilung unterzieht.

Aus laurenzianischen Kopfkissenbüchern

Als ich fünfzig Jahre alt war, erblindete ich und wurde sehend. Und kündigte. Wer keine Geleise mehr erkennen kann, ist untragbar für die S-Bahn. Jedenfalls zum Triebwagenführen. Und andere Arbeit in dem Betrieb kam für mich nicht in Frage. Die Fahrerei schon war als Verkleidung mehr gewesen als die Gesundheit erlaubte. Schluß mit dem Doppelleben, beschlossen meine Augen eines Tages und verschafften mir noch fünf ungeteilte Jahre.

Seitdem Aufenthalt im Zwischenreich. Niemand glaubt einem, daß man da sich einrichten kann. Am sichersten in ihrem Zweifel die Fachleute.

Replam trägt Pokergesicht. Er hat mich dreimal operiert. Und er hat mir reinen Wein eingeschenkt – meinem Wunsch gemäß. Nicht ein Glas voll; eine Badewanne voll.

Trotzdem bin ich ruhig.

Ruhiger war ich nie in meinem Leben.

Das wundert mich. Anderes auch. Möchte gern mehr wissen über den seltsamen Zustand. Aber nur von Hinterbliebenen fand ich drüber was zu lesen.

Also muß ich selber schreiben.

Kopfkissenbücher. Wer so schreibt, erzählt sich, was er nicht weiß. Was er wissen will. Muß. In hoffnungslosem Zustand neugierig? Ich kanns mir selbst kaum glauben. Obgleich ich schon mal in solchem Zustand war – aber das ist mir gestern erst bewußt geworden. Jäh.

Ich hatte – um anzuzeigen, daß der Krach weggesteckt war – bei der Chefvisite ein paar Dankworte über den Einsatz im allgemeinen fallen lassen und im besonderen über den Replams, er stand hinter dem Professor oder stellte sich dabei hinter ihn. »Wo ist er denn«, rief der Klinikchef, »das ist doch unsere Pflicht, Frau Salman, wir tun doch nur unsere Pflicht oder versuchens jedenfalls und improvisieren so gut es irgend geht, naja, Sie wissen schon, von Ihrer früheren Arbeit her schon, denk ich, denn ich kann mir nicht vorstellen, daß es ausgerechnet bei der S-Bahn anders sein soll als überall im Lande ...«

»Keine Ahnung, wie es jetzt da ist«, murmelte ich.

»Besser kaum«, rief Professor W., »ist der Oberarzt gar nicht da?«

»Doch«, sagte Replam und trat mit gesenktem Kopf hinterm Rücken hervor wie gescholten. Jedenfalls unangenehm berührt, las ich aus dem wie immer verschlossenen Gesicht und ärgerte mich. Über mich natürlich. Ein Patient, der abhängigste Mensch im Krankenhaus, kann sich keine diplomatischen Fehltritte leisten. Und wie klein Replam von Natur war, fiel mir auch erst jetzt auf.

W. tätschelte meine Hand unter Zeugen. Nicht viele sahen zu. Die meisten Teilnehmer der Chefvisite können nur ahnen, weil die Krankenzimmer viel zu klein sind für solchen Andrang, mein Zimmer konnte höchstens ein Viertel des Rituals fassen, den Rest hörte ich palavern durch die offenstehende Tür, die hohen Räumlichkeiten des Stationsflurs trugen und verstärkten das Geflüster wie ein Konzertsaal aus Bauzeiten, da Architekten die akustischen Mängel ihrer Konstruktionen noch nicht mit Lärmwerftechnik kaschieren konnten.

Ich versuchte, meinen Ärger wegzuschlafen, aber es gelang mir nicht. Schließlich wegen Replam. Er schoß unverhofft ins Zimmer, sagte zwischen Tür und Angel: »Danke fürs Kompliment. Na, Frau Salman, ham Se nu Ihre Vorurteile über die Chirurgen bißchen verändert« und hastete fort. Hast ist der Bewegungsstil aller Stationsmitarbeiter. Auch wenns mal nicht pressiert, rennen sie. Die Ärzte am meisten. Als ob sie was verpassen könnten. Im Operationssaal, als ob sie immer einen Fuß dort drin haben müßten, für alle Fälle auf den interessanten Fall hin, der zu schneiden gibt – oder rannten sie auch vor etwas davon? Rätselhafte Leute, diese Chirurgen, dachte ich nach Replams Reinraus gestern. Und dann plötzlich: Dieses Rätsel ist meine Rettung gewesen, das Rätseln über sie in hoffnungslosem Zustand vor einem Jahr, Wille und Disziplin allein hätten nicht ausgereicht, die Neugier hat mich damals dem Tod entrissen. Und worauf will sie heute hinaus, da er mein Begleiter ist? Natürlich sollte ich damals gar nicht entrissen werden. An Ileus könne man niemanden sterben lassen, sagte Replam neulich, nachdem ich informiert war, daß jede weitere Operation sinnlos wäre und Ileus jederzeit wieder eintreten könnte.

»Was also würden Sie in dem Fall tun, da Sie nichts tun können«, fragte ich wie ein Stratege am Sandkasten, wenn er über fremde Leben befindet.

Und Replam antwortete ebenso – es war die Form, die sich eingespielt hatte zwischen uns, wenn über mich verhandelt wurde –: »Morphium.« Er hieb mit der rechten Faust noch durch die Luft, um den Vorgang des Spritzens als Entscheidung zu verdeutlichen, »Morphium rin«.

Ich hatte mich damals ohne Morphium schon so gut wie hinter mir, den Zustand jenseits des Schmerzes endlich erreicht, eine Art Schmerzohnmacht, da ist der Tod ein Freund, der ersehnte Freund, die Erlösung. Und die wurde durch die Notoperation erst mal plötzlich verhindert und dann durch die elenden Schindereien mit Tröpfen und Schläuchen, die mich buchstäblich ans Bett fesselten, so schwer gemacht, weil hingezogen – zunächst zum Wahnsinn hin nämlich, der schon im Zimmer unter mir Tag und Nacht schrie –, daß Rückzug die größte Folter war und die Flucht nach vorn weniger erwählt wurde als erzwungen. Wobei sowas wie Ehrensache mich für diese Variante zusätzlich motivierte. Immerhin wußte ich, daß Replam schon einen Arbeitstag hinter sich hatte, als er 20 Uhr zur Notoperation antrat, fünf Stunden, heute weiß ich, daß er auch hätte sagen können, zu spät; damals wußte ich nur, daß er statt eines freien Wochenendes auffällig oft an mein Bett gerannt kam. Nicht um zu trösten, um zu fordern. Mitmachen nämlich, die Sache wäre keineswegs überstanden, ich wäre noch längst nicht über dem Berg, iwo, jetzt begänne die Arbeit erst richtig, eine Woche müsse ich mindestens ackern, mitmachen, Frau Salman, mitziehen, nicht hängen lassen, sagte Replam. Wenn er gesprächig war. Meist durchmusterte er jedoch nur stumm das am Fußbrett des Bettes hängende Kurvenpapier oder knurrte schwer deutbar. Zur Morgenvisite erschien er in Begleitung der anderen Stationsärzte. Jeden Morgen ein Strauß Charakterköpfe überm Fußbrett meines Bettes, elf Tage lang.

Wird Schmerz übermächtig, erstirbt der Schrei und die Träume versiegen. Als ich mit Ileus ins Krankenhaus eingeliefert wurde, konnte ich nur mit so dürren Worten und offenbar ausdruckslosen Gesichts meine Qual vermitteln, daß man mich für eine Simulantin hielt. Zumal der zu dem Krankheitsbild gehörende Trommelbauch von mir nach Ansicht des einzig weisungsbefugten Arztes nicht erfüllt wurde. Von dem Bauch einer Frau meines Alters hatte er eine bestimmte Vorstellung, die er sich durch meinen gestammelten Einwand, der Bund meiner Jeans wäre mir um einen halben Meter zu eng, nicht modeln ließ. »Jeans«, wiederholte er mit etwas Gelächter, und der Schwarm der Visite lachte nach im Chor, alle weiblichen Mitglieder übrigens jung, die Stationsärztinnen grazil, aber unterschiedlichen Typs, die Schwestern blond und ebenfalls nach Stewardeßnormen ausgewählt – später erfuhr ich, daß in der Einrichtung die Absolvierung eines Schminkkurses für Schwestern obligatorisch ist. Jedenfalls für die Schwestern, die in der sogenannten Devisenstrecke beschäftigt sind, die frei konvertierbare Währung von Ausländern zu erwirtschaften hat und somit zwar ihrer äußerlichen Erscheinung nach durchaus zum Gesundheitswesen gehört, ihrem Wesen nach jedoch dem Ministerium für Außenwirtschaft, Abteilung Export untersteht. Und das muß scharf drauf sehen, daß die Exportpläne erfüllt werden. Zum Beispiel von Arabern, deren Urteil, die Einheitsverpflegung des Klinikums wäre unzumutbar, respektiert werde, weshalb pünktlich zu den Abfütterungszeiten Lieferwagen vom Grandhotel in der Friedrichstraße vorfahren, die für die Devisenpatienten Diät in erlesenem Geschirr auftragen.

Ich, eine Patientin ohne Devisen, auch Währung genannt, ja nicht einmal mit genug Geld, da Invalidenrenten knapp bemessen werden, ich also – durch einen unglücklichen Zufall, vielleicht durch den Blaulichtwagen und die Rettungsarztdiagnose Herzinfarkt oder Ileus verursacht – ich wie gesagt, es ist kaum zu glauben, mit dem falschen Paß und dem falschen Geld auf unerklärliche Weise geworfen in ein Einzelzimmer. Und nicht irgendeins. Man erklärte mir, daß es, bevor ich es beziehen könnte, erst noch gelüftet werden müsse, weil es so lange nicht belegt gewesen wäre. Der durchdringende Geruch nach verstaubtem Plüsch war jedoch auch mittels Durchzug nicht herauszuzwingen. Die Einrichtung war nämlich der von Zimmern gewisser amerikanischer Hotelketten nachgearbeitet, die ich nicht nur von Seifenopern des Fernsehens kannte, sondern – als Invalidin reisebefugt – sogar mal selbst erlebt hatte. In Hannover wars. Da hatten wir zu später Stunde unsern Anschlußzug verpaßt, Jean-Marie und ich, und da sich die Reiseberechtigung im Lande normalerweise umgekehrt proportional zur

Reisefähigkeit ereignet, Jean-Marie mithin alles Gepäck tragen mußte, beschlossen wir im nächsten Hotel zu übernachten. Das war zur Kette Holiday-Inn gehörig. Sein Ausstattungsmotto nicht: wenig, aber echt, sondern viel, aber falsch. Die Fülle der Stilmöbel-, Blumen- und Ölbildimitationen, die Überfülle der Tisch-, Stand-, Wand- und Deckenlampen, sämtlich unter Strom minimaler Wattstärke, verwirrte mich Ahnungslose derart, daß ich mich für Augenblicke in einem düsteren Speicher verlaufen und verloren glaubte. Die gleiche Verwirrung beim Betreten des Devisenkrankenzimmers. Es befand sich zwar auf dem Gelände des Klinikums Buch, das ein gewöhnliches städtisches Krankenhaus ist, freilich in einem außergewöhnlichen Gebäude, das einer staatlichen Forschungseinrichtung unterstand.

Mutmaßungen über einen Chirurgen

1

Der Beruf der Chirurgen erschien mir einen Charakter zu erfordern, zu dem ich bisher keinen Schlüssel hatte. Sie gehörten zu einer von mir unbeschreibbaren Menschenart. Und auch heute, nachdem ich einige von ihnen über lange Zeiträume kurzangebunden neben meinem Bett habe stehen sehen oder ausdauernd, aber für mich unsichtbar im Operationssaal mit mir habe beschäftigt gewußt, sind sie mir rätselhaft. Und die herausragenden unter ihnen werden es auch immer bleiben, denn diese Eigenheit gerade deutet etwas von ihrem Wesen an. Von der Dämonie ihres Wesens. Das Wort Dämonie nehme ich hier natürlich ohne sein sensationsschauderliches Assoziationsfeld in Gebrauch, das sadistische oder masochistische Vorstellungen abruft, Grundgefühle von psychischer Gewalt unter vier Augen in Form von Massenpsychosen. Im Begriff Dämonie will ich lediglich das Unauflösbare fassen, das gewissen Menschen eigen ist, die nicht nur willentlich stark zu wollen in der Lage sind, sondern in denen außerdem Es will. Der Philosoph Kant

– lebenslänglich in die Metaphysik verliebt, aber sie nicht in ihn, wie mein Lehrer Ernst Bloch zu sagen pflegte – hat dieses Es beschrieben. Als eins von den beiden Phänomenen, die ihn täglich neu mit den Freuden der Ehrfurcht erfüllten und die er, wiewohl in ihren Dimensionen ungeheuerlich verschieden, in unfaßlicher Verbindung ahnte. Er benannte diese beiden Phänomene: »der bestirnte Himmel über mir und das moralische Gesetz in mir«.

2

Der Chirurg, über den schriftlich zu mutmaßen ich plötzlich geradezu gezwungen bin, ist ein Oberarzt des Klinikums Berlin Buch. Ich will ihn Replam nennen, Dr. Replam, da der Gebrauch seines wirklichen Namens den falschen Schluß noch heftiger als gewöhnlich provozieren könnte, die Beschreibung einer Person sei mehr als das Bild, das sich die Schreiberin/der Schreiber von dieser Person gemacht hat. Eine Beschreibung kann nie mehr sein, gibt also immer mehr Auskunft über das schreibende Wesen als das zu Beschreibende. Ich erinnere an diese Binsenwahrheit an dieser Stelle sicherheitshalber wegen einer gewissen Unsitte des Landes, die anläßlich von Erzählungen über einen Menschen mit einem bestimmten Beruf die ganze Berufsgruppe, die sich dadurch beurteilt – natürlich falsch beurteilt – glaubt, sogleich auf das Sofa wirft, auf dem übelgenommen wird.

»Sind Sie immer noch traurig, daß Sie keinen Triebwagen mehr fahren können«, fragte der Professor im Gehen.

»Vorbei«, rief ich ihm nach, »wirklich vorbei, als Triebwagenführerin konnte ich nicht mehr genug schlafen, seit ich invalid bin, kann ich sogar reisen, wer kann mehr …?«

Dieser Wortwechsel fand bei meinem dritten offiziellen Abschied von der Chirurgischen Station statt.

Beim zweiten hatte mir der Professor nachgerufen: »Nu könnse 'n Roman schreiben.« Unüberhörbar der scherzhafte Ton des Satzes. Und dennoch traf er mich wie ein Hieb. Und wie eine Fangfrage. Volltreffer auf mein Zentrum, das in eine Lebenslüge eingemauert war. Immer noch. Obgleich ich stets nebenbei geschrieben hatte. Als Schülerin schon, als Studentin auch, als Assistentin der Germanistik sogar, und mit Arbeitsverhältnissen in verschiedenen Berufen auf Großbaustellen der DDR sowieso, aber als Triebwagenführerin dann natürlich erst recht, freilich immer nebenbei und geheim gehalten, auch mittels verschiedener Pseudonyme. Beatriz de Dia eines von ihnen, wenn die Frau gerade mal selber wieder am Schreiben gehindert war.

Wußte der Chef der Chirurgischen Klinik etwa von diesem Geheimnis? Woher denn bloß um Gotteswillen und wenn ja, dann kam doch ernstlich nur einer in Frage, obgleich die Notoperation natürlich nicht allein von diesem einen hatte gemacht werden können, wer weiß, wie viele mithören, wenn man bei einer so großen Operation unter Narkose plaudert, aber Replam hatte sicher am schlechtesten gehört, ein skalpellführender Arzt kann seine Aufmerksamkeit nicht auf Patientengemurmel verplempern, der Anästhesist muß freilich auch wohl damit beschäftigt gewesen sein, den von ihm eingeleiteten Vorgang der Bewußtlosigkeit wieder rückgängig machen zu können, erst vier Wochen später traf ich mit dem Mann jäh zusammen, ich sagte erschrocken: »Sind Sie nicht mein Anästhesist gewesen?« Er sagte erschrocken: »Sie leben?« Nach solcher Frage erschien mir auch der Anästhesist über jeden Verdacht erhaben, war dem Chef mein großes Geheimnis etwa von dieser kleinen Pflichtassistentin hinterbracht worden, die offenbar damals hatte zusehen dürfen, obgleich sie mich mitunter so ansprach, als ob sie es gewesen wäre, die mir das Leben gerettet hatte.

Diese Pflichtassistentin sagte mitunter, wenn ich herbeigeklingelt hatte und die Bitte um eine Schmerzspritze murmelte – mit großer Anstrengung, übermäßiger Schmerz verschließt mir den Mund und macht das Augenwasser versiegen, so daß ich stumm und tränenlos und wahrscheinlich auch mimisch bar jeden Ausdrucks dagelegen haben muß, starr ganz und gar, denn ich war gefesselt von Schläuchen und Tröpfen –, zu so einer wie ein Brett im Bett liegenden Frau sagte die Pflichtassistentin mitunter: »Reißense sich zusamm', Frau Salman, wat Sie an Antibiotika drin hamm und noch rin kriejen, da is jede zusätzliche Spritze eine Spritze zuviel, Menschenskind, nu beißense mal noch bißken die Zähne zusamm' und schlafense mal noch bißken ...« Manche wegen Personalmangel mit gewissen Arztverantwortungen belastete Pflichtassistenten stützten sich durch solche forsche künstliche Autorität ab, um den Mangel an natürlicher zu überspielen. Manche Schwestern stützten sich auch so. Allgemeiner Umgangston überaus hart. Warum? Für die oberflächliche Beantwortung der Frage boten sich selbst dem nur oberflächlich informierten Patienten schnell Gründe an, zum Beispiel zu wenig Schwestern, zehrender Dienst bei relativ geringer Bezahlung, keine Küchenfrau, Mangel an Diät, Wäsche, Verbandsmaterial, Medikamenten, faule Putzteufel, Streß in Vorbereitung von Operationen und danach, unausweichliche Ansichten von gewissen Wunden beim Verbinden, Diagnosen mit letzten Konsequenzen, Patienten, vor deren Krankheit die Kunst der Mediziner kapitulieren muß, Sterbende.

Und in chirurgischen Kliniken wird oft gestorben. Aber auch hier gibt es für dieses Geschehen keinen Raum. Betten mit Sterbenden werden in den Flur geschoben oder ins Bad. »Bis es ausgestanden ist.« Schwester Elionor sagte »geext« und hat dann bald den Bezug gewechselt.

Schwester A. sagte zur zweiten Frau, mit der ich das Zweibettzimmer teilte, vor deren Operation: »Machense sich doch nich' verrückt, Mann, weinende Patientinnen ham wi gar nich gern.«

Als nach deren Entlassung das Bett neben mir zum dritten Mal neu belegt worden war, sagte mir Schwester B., mit der ich am vertrautesten war: »Wenn ick det hätte wie Sie und son schön' jung'n Mann dazu, ich tät mir umbringen.« Oberarzt B. sagte bei einer Abendvisite: »Frau Salman, Sie dürfen nicht so Ihre Gefühle leben.«

Oberschwester X. sagte: »Ick bin Ihnen wohl zu fix?«

Ich sagte bei dieser Gelegenheit und auch später noch manchmal »Preußisches Feldlazarett«. Replam sagte von allen Mitarbeitern der Station am wenigsten. Mitunter auch mal gar nichts. Da schoß er nur herein, raffte das auf Pappe geklemmte Papier, von der Schwester »Kurve« genannt, vom Fußbrett des Betts, brachte diese für einen Augenblick in ⟨...⟩

Der Dichter Kafka lebte, als er wußte, daß seine Tage gezählt sind, erstmals und bis zu seinem Ende leichter. Glücklicher jedenfalls als je zuvor. Mir war dieses Geschehen unverständlich. Ich konnte mir nicht erklären, wie einen Menschen die Leiden einer Krankheit mit sicherem Todesausgang aufheitern können. Jetzt weiß ich: Kafka wurde nicht von den Leiden der Krankheit, sondern von der Aussicht auf die Endlich[keit] der Leiden des Lebens erleichtert. Prüfungen, deren Dauer nicht absehbar erscheint, sind, selbst wenn sie nur mäßig lasten, schwerer zu bestehen als unmäßig lastende mit absehbarem Ende. Die Prüfungen eines endlichen Menschenlebens weiblicher Art in Männergesellschaften müssen jeder Frau in allen Augenblicken, da die Verdrängungsarbeit mal ruht, unabsehbar erscheinen. Zumal wenn das Alter sich nähert. Da Wert systemübergreifend in Geld ausgedrückt wird und der Mensch seine mehrwertschaffende Eigenschaft mit dem Rentenalter oder bei Invalidität verliert, wird er wertlos. Mehr als wertlos sogar, denn als Nichts würde er nicht stören, als negative Größe jedoch muß er als Last empfunden werden, die stimmungsmäßig und materiell herunterzieht. Weshalb man sie hierzulande ziehen läßt. Über die Grenze zum Beispiel (fast nach Belieben, was einer Arbeitskraft bekanntlich verwehrt ist).

Angehörige, die sich um Patienten derart Sorgen machen, daß sich die um ihre Angehörigen Sorgen machen müssen, sind in der Mehrheit. Und meine Mutter gehört natürlich dazu. Meine Eltern haben immer zu Mehrheiten gehalten. Die sterbende Steffi neben mir log ihrer Mutter vor, was die hören wollte: Besserung. Vor jedem Besuch Angst, daß eine Schmerzattacke in die Zeit fallen könnte und Vorsorge durch Betteln um einen großen Schuß. »Helfen denn die Spritzen nun endlich«, sagte die Mutter. Und Steffi sagte: »Ja.« – »Warum lügen Sie«, fragte ich Steffi nach dem ersten Besuch. »Weil meine Mutter sonst zusammenbricht und mich nicht mehr besuchen kann.«

Mutter Olga schrieb mir in ihrem Brief: »Wenn es Dir gut geht, geht es mir auch gut.« Eine Feststellung, die mich unter Druck setzte und mich schuldig machte. Früher fühlte ich mich schuldig, wenn es [mir] zu gut ging, das heißt besser als meiner Mutter.

Leute, die dichten, schreiben nicht nur dichter als andere, sie leben vor allem dichter. Das heißt, sie schätzen mittlere Gefühlslagen nicht und meiden die wenn möglich. Höhen müssen natürlich mit den entsprechenden Tiefen bezahlt werden. Das zehrt an den Kräften. Meine sind aufgebraucht.

Meine Eltern haben unter der Devise »Machs nur halb« ein biblisches Alter erreicht.

Ich beneide sie nicht.

Ich bin auch so eine wie die, von der mir Zettel ständig erzählt. Märchen. Aber eine Frau, die sich nicht verausgabt, als hätte sie die Kräfte eines Riesen, kann kein Doppelleben führen. Und ohne Doppelleben wär ich vielleicht grad so verbittert wie meine Mutter. »Die ham ihr Lähm genossen«, sagt sie von Leuten, als ob sie von Lumpen spräche. Mies macht sie nur in Mundart. Und genießen kann sie sich nur passiv vorstellen. Einer Frau, die genießt, muß also was geboten werden. Von einem Mann natürlich. Da ist sie bei meinem Vater an die falsche Adresse geraten. Ich bin auch immer an solche falschen Adressen geraten. Ja an noch falschere. Denn Johann Salman hat seine Frau Olga immerhin durchgeschleppt. Meine Männer dagegen haben sich mehr oder weniger alle von mir durchschleppen lassen. Sie gehörten sämtlich nicht zu der von meinen Eltern einzig geschätzten Menschensorte, der sie das Werturteil »paßt in die Welt« zuerkannten. Vielleicht gefielen Hero auch keine Männer, die in die Welt paßten, weshalb diese Rache nahm. Mit dem Gerücht vom Mann aus der Rippe. Ein Rufmord mit chirurgischem Akzent ist kaum überbietbar. Die einzige Chirurgin hier hat auch einen schweren Stand.

Natürlich wußte ich längst, daß ich für meinen Vater Luft war. Für meinen Vater und für mein Vaterland. Aber erst kürzlich begriff ich den Vorteil der Lage. Und ich verließ die Gesellschaft von Fremden und begab mich in die von meinesgleichen, also von Luft, was mir die Bezeichnung »fliegende Holländerin« eingebracht haben soll. Unten. In den ernsthaften Gefilden. Für Dummheit genügt Ernst, sagt Shakespeare. Ein Mann mit Humor, also mit Geist, hat da schon nichts zu lachen. Eine Frau dagegen ... Nun ja, Luft wie gesagt – aber etwas Besseres als Luft zu sein und zu bleiben ... War etwas Besseres je möglich? In geschichtlichen Zeiten sicher nicht, weshalb neulich vor etwa 2000 Jahren schon Menschen den Weltuntergang witterten. Und sich nach Luftzuständen sehnten. Also nach himmlischen Zuständen. Und aus dieser Gegend erhofften sie sich auch den Messias – woher denn sonst? Zu solcher Witterung war natürlich nur eine Minderheit fähig, doch läßt das Vorhandensein einer solchen Befähigung auf instinktive Wahrnehmungspotentiale schließen, die der jetzt die Erde bevölkernden Menschheit längst verloren gegangen sind. Die Menschheit braucht dieses Potential ja inzwischen auch nicht mehr; sie muß nicht mehr sehnen, sie kann sehen. Wenn sie will. Aber wer will schon? Der prozentuale Bevölkerungsanteil derer, die heute wollen, wird kaum größer sein als der, der damals den Mut hatte zu ahnen. Mut zu Wahrheiten bringen von je nur Minderheiten auf, auch wenn die Mehrheit gewohnheitsmäßig danach schreit. Auch heute wieder. Die Mehrheit – das ist das Reservoir der Mitläufer. Geschmiegt in die Nacht der Menge erkühnt sich der Mitläufer sogar zu der Forderung »Freiheit«, einem Zustand steter Unbequemlichkeit, der ständig Verantwortungen und Entscheidungen abfordert – wie soll da Gemütlichkeit aufkommen? Jeder weiß, daß Feigheit der Vater der Gemütlichkeit ist, aber nur sehr wenige wollen, was sie wissen, auch wissen.

Vor etwa 2000 Jahren haben Ahnungsvolle einen ethisch-moralischen Rettungsversuch angeregt, der so gut gemeint war, daß auch heute noch viele an ihn glauben und in dessen Namen ungeheuerliche Verbrechen begangen werden. Vor etwa 150 Jahren hat ein Rationalist einen ökonomisch-philosophischen Rettungsversuch angeregt, der so gut gemeint war, daß auch heute noch etliche an ihn glauben und in dessen Namen nicht minder ungeheuerliche Verbrechen begangen werden. Die Familie ist die kleinste Zelle des Staates. Lebenslänglich vor diesen beiden Mächten auf der Flucht. Die Grundsätze der kleinsten Zelle eines Männerstaates schreibt selbstverständlich ein Mann vor. Haushaltsgrundsätze. Weshalb sich mein Vater auch als Haushaltungsvorstand bezeichnet. Seitdem ich ihn kenne und bis heute. Natürlich gibt es zwei Sorten von Grundsätzen. Ebenso wie es zwei Sorten von Menschen und zwei Sorten von Lokführern gibt: Oberlokführer und gewöhnliche Lokführer.

Der Obergrundsatz der kleinsten Zelle, der ich entstamme, lautete:

»Machs nur halb.«

In ihm sprach sich nicht nur eine persönliche Vorliebe für Mittelmäßigkeit aus, sondern eine verbindliche Anweisung für normales Verhalten, also nicht nur Zelle und Staat betreffend, sondern auch den Rest der Welt.

Eines Tages kam mir zu Ohren, daß mein Vater einem Menschen, das heißt einem Lokführer gegenüber behauptet hat, seine Tochter hätte ihm ein Denkmal gesetzt.

Eine Lüge. Leider.

Aber wenn ein Mensch jahrzehntelang Zeit hat, seine häßliche

Wahrheit einer schönen Lüge anzunähern und diese Chance vertut – Versäumnisse solcher Größenordnung erzwingen eine Gegendarstellung.
Die nachfolgend geliefert wird.

Als ich während meines letzten Besuchs bei meinen Eltern Vater fragte – nicht direkt, sondern wie nebenbei, und auch nicht sachlich oder gar streng, sondern kameradschaftlich, ja geradezu kumpelhaft-hochachtungsvoll, [in] ein[em] Ton, passend fürs Lob seiner Bevorratungsordnung im Keller, die sein ganzer Stolz war – als ich wie gesagt im zweiundfünfzigsten Jahr Vater erstmals fragte, weshalb er in meinen seit 30 Jahren anfallenden Büchern nicht mal bißchen herumblättere, jetzt; früher war er Lokführer und hatte Wichtigeres zu tun, aber jetzt als Rentner seit zwanzig Jahren ...

Vater schnellte sich aus seinem Sofaplatz, nahm vor mir Aufstellung, breitbeinig, die Füße in Filzpantoffeln, die Fersen hoben und senkten sich, die Hände in die Hosentaschen gestoßen, das Gesicht mir abgewandt, so bellte er seitlich hinaus: »Is mer zu hoch.« Wütende Unteroffiziere auf Kasernenhöfen bellen nicht besser, nur geradeaus, dem Gegner ins Gesicht.

Und die Antwort »Ist mir zu tief« fiel mir natürlich erst Tage später ein. In Berlin. In Karl-Marx-Stadt antwortete ich in der Tonart der Frage. Und in ihrer Haltung. Etwas von wegen macht nichts, gar nichts, überhaupt nichts, aber natürlich jederzeit zur Verfügung, falls du doch irgendwann mal irgendwie Lust, und du brauchst ...

Die Antwort meines Körpers allerdings war würdevoll. Seine Krankheit ersparte mir weitere Erniedrigungen.

Als die Diktatur des Mittelmaßes perfekt wurde, mit Hilfe des flächendeckenden Überwachungsapparats der Stasi, nahm das Wohlbefinden meines Vaters optimale Formen an, und er steigerte sich in seinem gesellschaftlichen Selbstverständnis hinauf zur Spitze und nannte sich fortan »Prolet«. Als er einer gewesen war, hätte er sich eine solche Bezeichnung als ungeheuerliche Verleumdung verbeten. Lokheizer Salman fühlte sich als Beamter. Und nachdem Hitler an die Macht gewählt worden war – ich vermute auch von meinem Vater –, fühlte er sich als arischer Beamter. Da sein Beamtenstand amtlich bescheinigt war, für seine Zugehörigkeit zur Herrenrasse jedoch ein Papier fehlte – ein Mensch mit Papieren war schon immer mehr wert als einer ohne –, kaufte er beim Schreibwarenhändler {Pülke} eine Ahnentafel ⟨...⟩

Wie der Mensch gelebt hat, stirbt er auch«, gehört zu gewissen Sprüchen, die ich irgendwann mal gehört oder gelesen haben muß und die in mein Gedächtnis gefallen sind, ohne daß ich ihnen jemals nachgedacht habe. Jetzt stellt meine Erinnerung sie mir unwillkürlich zur Verfügung. Ungerufen, und meist am Morgen, wenn ich arglos aus Träumen erwache. Selten aus skeletthaften, die ich schwarz-weiß nenne und zweitklassig. Meist aus erstklassigen: farbigen. Aber nicht selten sind jetzt auch die farbigen mit Musik, denen ich das Wertetikett »Sonderstufe« zuspreche, eine Qualifikationsbezeichnung, von deren Erlangung Amateurmusiker dieses Landes, zu denen ich – seine Großeltern gewahren es mit einer Mischung aus Schrecken und Staunen – nun auch meinen Sohn Wesselin zählen muß, geradezu giepern. Nicht weil sie ihre Musik erst dann für von Wert halten können, wenn sie von einer Kommission bewertet wurde. Einzig aus Geldgründen. Die Gagen für Amateurmusiker werden – das ist Vorschrift – nach den Qualifikationsurteilen von aus Profimuckern gebildeten Prüfungskommissionen bemessen, aber selbst die Höchstqualifikation »Sonderstufe« kann die Unkosten einer Band, die in Räumen größer als ein Zimmer auftritt, nicht decken. Wesselin behauptet, wenn ein Rockmusiker ungeheuer knufft und ungeheuer spart, ist es bei etwas Glück möglich, daß er noch vor der Rente das Zeug zusammen hat, womit er seine Kompositionen und seine Virtuosität hörbar machen kann. Deshalb konnte meine Großtante Lina auch kein Fan eines einheimischen Rockidols werden, sondern mußte sich, den allgemeinen Gepflogenheiten des Landes entsprechend, ausländische Idole halten. Die gelegentlich sogar auch mal life importiert werden. Ein, zwei Auftritte und wieder ab über die Grenze. Bei einheimischen Idolen müßte mit mehr Auftritten gerechnet werden, wodurch Interferenzen zwischen diesen schwer regelbaren Repräsentanten eines gewissen massenpsychologischen Potentials und den regelrechten politischen Repräsentanten theoretisch möglich würden, praktisch sowieso.

Das Rockidol meiner Großtante Lina war Whitney Houston. Solange sie die Sängerin noch aus dem Radio hören konnte. Das war bis zu ihrem 92. Lebensjahr. Bis zu ihrem 78. Lebensjahr hatte Lina natürlich auch stille Idole gehabt. In Büchern gefangene, die sie am liebsten beim Ausschlürfen einer Kanne schwarzen Tees entfesselte. Als der graue Star ihr jedoch das Lesen schließlich auch nicht mehr mit der Lupe gewährte und sie schließlich ganz erblindete, sagte sie sich und anderen: »Ich hätte nicht für möglich gehalten, wie einem Sehen beim Hören stören kann.« Und sie gab ihre ganze Aufmerksamkeit und Geistfähigkeit fortan dem Hörsinn derart hin, daß sie nicht nur ihn, sondern auch ihr Gedächtnis zu außerordentlichen Befähigungen ausbildete. Dergestalt, daß sie ihre Lieblingsgeiger Menuhin und {Kogan} und ihre Lieblingsgeigerin Anne-Sophie Mutter sofort heraushörte und sämtliche Sendezeiten von Features oder Vorträgen über Naturwissenschaften, Technik, Philosophie, Religion, Geschichte und Medizin oder von Lesungen aus Roman-, Erzählungs- oder Geschichtsbüchern, die ihr Radioapparat hergab, im Kopf behalten und also nicht versäumen konnte.

Alle Weltanschauungen, die den Tod nicht als ein dem Lebendigen zugehörendes Phänomen begreifen, sind lebensfeindlich. Ja lebenszerstörerisch. Denn indem sie das Sterben verdrängen, züchten sie die Angst vor dem Sterben, diese stete im Hintergrund allen Erlebens lauernde Panik, die in die Flucht der Zerstreuung jagt, wo oberflächliche Reizungen anstelle tiefer Empfindungen zu gewärtigen sind. Ein Phänomen ähnlich dem der Zensur. In der Aussparung, die sie verfügt, ist die nicht gedruckte Aussage deutlicher lesbar als die gedruckte. Unsere Zeitungen, Kunstwerke der Verdrängung, meiden im Falle des Ereignisses Tod möglichst sogar das Wort. Aus Angst vor beschwörender Wirkung? Wie fremd sich fanatische Atheisten und fanatische Theisten in ihren Denkweisen auch sein mögen – in ihren existentiellen Ängsten fühlen sie gewiß ähnlicher als alle übrigen angenehmeren Menschenarten. Und das Nichts, das der platte Atheist nach seinem Tode gewärtigt, ist vielleicht eine noch schrecklichere Vorstellung als die Hölle. Daher ist das Wort Ableben für Tod im Gebrauch, wie früher das Wort Gottseibeiuns für Teufel.

Die Leute erzählen sich, daß vor dem inneren Auge eines sterbenden Menschen sein Leben – nein, seine Lebenszeit, Erlebnisse vieler Jahre, Jahrzehnte erschienen wie in einem Punkt. Ich weiß nicht, ob das eine Fabel ist oder auf Berichten von Menschen gründet, die bereits klinisch tot waren. Bestätigen jedenfalls kann ich, daß ein Mensch, der von seinem baldigen Ende weiß – nein, ich sollte aufhören zu generalisieren, ich kann in dieser Sache wirklich nur von mir sprechen, also: Seitdem ich weiß, daß meine mir noch verbleibende Zeit sehr begrenzt ist, ist das Zeitgefühl verschwunden. Mein Leben erscheint mir, als wär [es] ohne Raum und Zeit gewesen – vergleichbar vielleicht dem Vorgang des Komponierens, von dem mir Wesselin einmal erzählt hat, es fände buchstäblich in einem Augenblick statt, ganz gleich, wieviel Zeit dann nötig ist, um dieses musikalische Werk mit Instrumenten hörbar zu machen.

Nachrichten aus dem Zwischenreich (Notizen)

Ihrer letzten Prüfung sieht Laura gefaßt entgegen. Krank, vorgerückten Alters und dazu eine Frau: Für die Gesellschaft ist sie nutzlos geworden.

Das soziale Leben rückt für sie in eine unwirkliche Ferne; die Zeit im »Zwischenreich« steht still. Laura verwendet alle ihre geistigen und seelischen Kräfte darauf, die Schmerzen und den nahenden Tod würdig zu bestehen.

Mein Leben: ein Versuch, Alpträumen zu entkommen. Natürlich mußte dieser Versuch scheitern, weil die Realität aus Alpträumen besteht. Aber das kann man erst erkennen und anerkennen, wenn die Abwehr zusammengebrochen ist.
Laura sagt, daß sie nicht alt wird. Denn sie hat ja doppelt gearbeitet und gelebt:
a) Triebwagenfahrerin
b) das Leben, von dem die Leute behaupten, sie hätte es auf dem Brocken bzw. Hörselberg verbracht.

Laura merkt: als sie das Testament schreibt und alle ihre Dinge: Es ist das gleiche Streßgefühl im Bauch, das sie auch immer hatte, wenn sie einen Koffer packen mußte (Perfektionsstreß; Entscheidungsstreß). D. h. vor einer Reise (Wohnung »ordnungsgemäß« verlassen: Kühlschrank! Herd abgeschaltet, Licht).
Es ist ja auch die letzte Reise, der letzte Koffer –
fällt ihr da ein.

Alles, was mit »künftig« zu tun hat, bekommt mir nicht. Das Zukünftige ist die Sache der andern. Ich habe nichts mehr vor als das Ende, und ich darf auch nichts *mehr* vor mir haben. Die Last des *Mehr* kann ich nicht mehr tragen. Das Nichts vor mir in dieser Welt nimmt riesige Lasten von mir, die ich nicht mehr tragen kann. Verwickle ich mich ins Weltgeschehen, wird mir sofort schlecht. Es ist nicht mehr das mir Gemäße. Ich kann keine Zeitung mehr lesen. Ich habe nacheinander verschiedene Leben gelebt, und nebeneinander immer zwei. (Jean-Marie hat auch schon drei Leben gelebt und tritt jetzt ins vierte. Wieso wundert er sich, daß er schwächer ist als andere, die nur ein Leben leben, aber das lange, z.B. meine Eltern.) Leute mit vielen Leben wirken jünger als andere, obgleich sie mehr verbraucht sind. Jugend = nicht leer und starr. D.h. fundamental bewegt.

*

Es ist kein Zufall, daß ich krank wurde. Es wäre ein Zufall, bei alledem nicht krank zu werden. Vor allem: krank von den Entmutigungen. Zunehmend: Angst davor. Seit meiner Kindheit: von Eltern her mein Schreiben betreffend nur Entmutigungen.

*

Ich gehe nicht an den Schreibtisch, wenn ich nur das Grauen der Welt sehe und nicht sagen kann, warum ich dennoch lebe.

*

Ich muß mit der Bombe leben. Nicht die Kriegsbombe, sondern der ökologische Kollaps in mir: der Darmverschluß, der Krebs nicht nur schleichend, sondern auch als jähes Geschehen möglich.
Die Zerstörung der Natur
a) schleichend
b) das Schleichende als jähe »Entladungen«, Katastrophen, Kollapse sich manifestierend.
So lebe ich im wahrsten Sinne des Wortes als Teil der Natur: als Teil der in Zerstörung befindlichen Natur.

Diese Gesellschaft ist krank, weil sie die Angst vor dem Tod (vor der äußersten Erfüllung), vor den großen Gegenständen ausgrenzt. Wegredet (wie andere Ereignisse auch).

*

Wenn die großen Gegenstände ausgegrenzt, weggesehen werden, wird alles banal, nur Stückwerk, Detail. Denn es fehlen die großen Zusammenhänge, die große Bedeutung.

Die Poesie des Lebens ist weg, wenn die großen Konstanten weg sind (Rettung in den Zynismus und das Machbare).

*
Viele alte Leute sagen: Das Alter ist eine Lebenszeit, in der man nichts mehr vor sich hat […].
Das Gegenteil stimmt: Man hat das Unerhörteste (im wahrsten Sinne des Wortes) vor sich: das letzte Rätsel. Und man nähert sich ihm: bis auf den letzten Rest. Der muß gelebt werden. Aber schon die Näherung ist interessant, die Ahnung vom Geistigen der Schöpfung. Von der Einheit mit diesem Geistigen. = Hochgefühl des Alters. (Gibt es ebenso wie Hochgefühl der Jugend.)

Das Alter des Menschen: hier erlebt er eine immer größere Annäherung an die Zeitlosigkeit. Bis zum Tod = Vereinigung der Zeitlosigkeit.
Abneigung im Alter gegen das örtliche Reisen: weil die Bewegung hin zur Zeitlosigkeit die Bedeutendere ist.

Erinnerung bevorzugter Genuß verglichen mit der Gegenwart.
Mit zunehmendem Alter sieht sie erst später, was sie sah.
Zu Hause in Berlin fühlt sie sich in Paris sehr wohl.

Laura / Amanda: Hero-Geschichte als Bild der Krebskranken.
Jeder Tag: eine Kreation.
Gleichnis: Umweltkrebs – dennoch leben. In mir Krebs – dennoch leben.
Das ist die Insel, die ich (Laura) mir täglich destillieren muß. Aus mir herausnehmen. Ich muß mir täglich den Sinn und den Mut aus den Rippen schneiden. In Gestalt eines schönen Mannes, einer schönen Frau. Ich brauche die Schönheit als Spiegel. Darin ich mich spiegeln kann. D. h. ich will der Schönheit gefallen: Und die-

ses Gefallen gibt mir Mut. = Sinnbild des heilen Lebens (inmitten des Verfalls, des Krankseins).
Setzen: daß es nicht Krebs ist, nur das natürliche Alter. Eine Lebenszeit, mit der man wagen sollte im Einklang zu leben. (Nicht gegen sie: Was ist Besonderes an ihr? Nicht sich als kranke Jugend fühlen.)
Die Angst schnürt mich früh zusammen. Ich muß mich aus der Umschnürung befreien. Das kostet meine ganzen Kräfte. Abends stehe ich mit leeren Händen. Mein Gewinn = mein Gefühl: froh.

*

Meine Mutter hat immer meine Werke zerstört: Das höchste meiner Werke ist der Mut trotz alledem.

Krankheit Lauras dramatisch. Amanda bringt ihr körperliche Nahrung, aber noch wichtiger ist geistige Nahrung. Amanda erzählt gegen den Tod an die Geschichte von Hero und Leander (Scheherezade-Motiv).

III. ANHANG

Fliegen ohne Flügel

Zur Entstehungsgeschichte des Romans

Im Mai 1984 sichtete Irmtraud Morgner die Papiere, die sich zum Roman, an dem sie seit Jahren arbeitete, angesammelt hatten. Darunter gab es Material, das bis in die Entstehungszeit der Romane *Leben und Abenteuer der Trobadora Beatriz* (1974) und *Amanda* (1983) zurückreichte und damals nicht verwendet worden war, vor allem aber lagen zahlreiche neue Ideen und Konzepte vor. Das Buch hatte außer dem Arbeitstitel »Amanda II« noch keinen Namen. Es sollte die Abenteuer der Hauptgestalten aus den beiden voraufgegangenen Bände der Salman-Trilogie weiterführen und war auf über hundert Kapitel angelegt, von denen einige handschriftlich ausgeführt, andere in ihrem Beginn, wieder andere nur als Titel oder als Idee vorlagen. Einen ansehnlichen Stapel brachte die Autorin zusammen, fünfzehn Kartonmappen prall gefüllt mit Texten, Entwürfen, Exzerpten, Zeitungsausschnitten, die sie aufeinander stapelte und verschnürte. Dann nahm sie das über acht Kilogramm schwere Paket und trug es vom Arbeitsraum ihrer Wohnung hinüber in ein Zimmer, wo schon andere Schriften lagerten. Quer über das oberste Blatt steht in ihrer Schrift geschrieben: »Dies Buch gehört dem Harlekin.« Sie rührte das Manuskript bis zu ihrem Tod nicht mehr an.

Seit dem Ende ihrer Leipziger Studienzeit lebte Irmtraud Morgner in Berlin. Hier hatte nach der Teilung Deutschlands die unmittelbare Nachbarschaft der Großmächte ein Klima erhöhter Gespanntheit geschaffen; jede Veränderung der internationalen Lage war besonders deutlich zu spüren. Mit geschärftem Bewußtsein registrierte die Autorin die politischen und gesellschaftlichen Entwicklungen in Ost und West, die den Hintergrund zu ihren Büchern bildeten. Ihre Notizen aus der Mitte der achtziger Jahre zeigen, daß die ideologische Verhärtung der beiden Systeme, aber auch die schonungslose Ausbeutung der natürlichen Ressourcen sie zunehmend pessimistisch stimmten. Die Zurückdrängung der Emanzipationsbewegungen im Osten wie im Westen empfand sie als Bedrohung der letzten Chancen für das »Mögliche von übermorgen«. Besorgt verfolgte sie den Rollback gegen die Frauenbewegung, deren Aufschwung sie in den sechziger und siebziger Jahren mit Enthusiasmus begrüßt hatte und für die ihre Bücher zu wichtigen Zeugnissen weiblicher Identitätssuche geworden waren, besorgt nicht zuletzt darüber, daß der Angriff auch von Frauen mitgetragen wurde. Diesen Frauen, die sich ohne jeden Anspruch, politisch mitbestimmen zu wollen, den bestehenden Machtstrukturen in gut »weiblicher« Tradition andienten, setzte sie in den »Dunkelweiberbriefen« ein ironisches Denkmal. Der Zyklus, entstanden im Zusammenhang mit dem aufgegebenen Projekt »Amanda II« und damals erst einen Teil der späteren 29 Briefe umfassend, gibt einer Reihe reaktionärer DDR-Frauen das Wort, denen ein Gerücht genügt, um gegen die Frauenbewegungen insgesamt Stimmung zu machen: das Gerücht, eine Frau habe sich einen Mann aus der Rippe geschnitten. Die Briefe vermitteln etwas von der Atmosphäre, unter der Irmtraud Morgner in ihrem Land zunehmend litt: jener Feindseligkeit gegenüber allen Formen individueller Autonomie, die eine Arbeit wie die ihre permanent in Frage stellte.

Beatriz stürzt ab

Mit der Machtlosigkeit der Schreibenden war die Autorin wiederholt konfrontiert worden. Ihr dritter Roman *Rumba auf einen Herbst*, dessen Veröffentlichung für das Frühjahr 1966 geplant und der vom Mitteldeutschen Verlag bereits angekündigt war, wurde nach der kulturpolitischen Wende, die das 11. Plenum der SED vom Dezember 1965 einleitete, aus dem Programm gestrichen. Alle Interventionen bei Verlag und Partei blieben erfolglos, die Schriftstellerin erhielt nicht einmal ihr Typoskript zurück. Mit *Beatriz* gab es erneut Schwierigkeiten. Langwierige Verlagsverhandlungen ließen die Autorin befürchten, daß sich die *Rumba*-Auseinandersetzungen bei diesem Roman, dessen frecher Ton und verspielte Form die Forderungen des sozialistischen Realismus unterliefen, wiederholen würden. Auch für *Amanda* hatte Irmtraud Morgner drei Jahre zu kämpfen, bis die Druckgenehmigung der Hauptverwaltung Buchhandel und Verlage endlich vorlag. Ihre Erfahrungen verarbeitete sie laufend in ihrem Werk, mit keiner Figur so deutlich wie mit Beatriz, deren Profession von je her das Dichten war. Schon daß die Trobadora im ersten Band beim Fensterputzen zu Tode stürzt, war als Hinweis darauf zu lesen, daß Sängerinnen nicht in diese Welt passen. Der zweite Band brachte dann einen deutlichen Bruch in der gesamten Tonlage um die Figur: Die Trobadora ist wiedererweckt als Sirene, hat aber die Stimmkraft ihres Geschlechts eingebüßt und muß den Sirenengesang, diesen letzten Warnlaut an die Menschen, mühsam wieder lernen. Die beständig sich fortdrehende Spirale des Wettrüstens bringt die Trobadora an den Rand des Schweigens: »Kriegslieder konnten die Sirenen mühelos niedersingen. In Kriegen verstummten die Wesen.« Als im Verlauf des Buches Unbekannte dem Menschenvogel die Zunge herausschneiden, fällt Beatriz in den Zustand des Lallens zurück. Zu guter Letzt erhält sie immerhin eine Ersatzzunge. Die trotzige Zuversicht, zu der sich der Schluß von *Amanda* aufschwingt, verdankt sich vor allem dem Handlungsstrang um die Titelfigur. Amanda, Anführerin der Hexen, erobert mit ihren Getreuen das Stammland der Teufel, den Brocken, und macht der jahrhundertealten patriarchalischen Herrschaft ein Ende. Das »Silvesternachspiel« des Romans, das die Vorgänge rapportiert, schafft für den dritten Band eine erzählerische Ausgangslage, die trotz Vorbehalten eine gute Portion Euphorie bereithält. In »Amanda II« beflügelt dieser Optimismus die Autorin, sie holt zu einer genußvollen Beschreibung der neuen Machtverhältnisse aus: Während Amanda als Präsidentin der neu ausgerufenen Hexenrepublik die Reste des Patriarchen vom Brokken fegt und Laura die Leute ihrer Umgebung durch spektakuläre Aktionen aus der Lethargie weckt, gewinnt Beatriz ihre Ausdruckskraft zurück und betätigt sich als Berichterstatterin. Irmtraud Morgner hatte zu einem weiteren Sechshundertseitenroman genügend Stoff und genügend Ideen, aber ihr fehlte mehr und mehr der Glaube an die Tragfähigkeit des Entwurfs: Konnte man sich den Umsturz als wirklich geglückt vorstellen? Es entsprach nicht ihrer Art, an einem Konzept festzuhalten, das mit ihrer sich verändernden Einschätzung der Realität nicht in Übereinstimmung zu bringen war. Im Winter/Frühling 1984 fällte sie über das Projekt das Urteil: »Auf den dritten Band der Trilogie ist nicht zu hoffen. Denn es ist unnötig, den Brockenumsturz zu beschreiben, der nichts Wesentliches bringen kann. Vielleicht hat Sirene Beatriz deshalb aufgegeben weiterzuschreiben. Ihr Schweigen ist auch eine Antwort.« Nicht nur mit dem Buch »Amanda II« glaubte sie sich am Ende, sondern mit dem Schreiben überhaupt, das ohne Perspektive auf eine mögliche Zukunft hin keinen Sinn machte. Ultimativ und ernüchternd ihr Schluß: »Einzig Verzweiflung möglich.«

Das Schweigen wurde in den Notizen dieser Zeit zu einem der wichtigen Themen und kehrte in denen der folgenden Jahre periodisch wieder: das Schweigen und die Revolte dagegen. Denn mochten es die Verhältnisse auch nahelegen, die geborene Erzählerin Morgner konnte mit ihm nicht leben. Einige Partien des aufgegebenen Projekts, darunter die Dunkelweiberbriefe, hatte sie im Hinblick auf eine mögliche Überarbeitung zurückbehalten, doch um weitererzählen zu können, war sie auf einen vollständig neuen Ansatz angewiesen. Während einer Lesereise in die Schweiz Ende Mai/Anfang Juni 1984 sah sie diesen sich abzeichnen, und sie begann ihn sogleich auf seine Tauglichkeit hin zu prüfen. Die erste Figur, auf die sie sich einließ, war Beatriz. Gegen Ende September war das Kapitel vollendet, mit dem sie neu eingestiegen war, das vielleicht berauschendste des Buches, das jetzt entstehen sollte: »Der Schöne und das Tier«. Darin erhebt sich die Sirene Beatriz ein letztes Mal in die Lüfte, den Mann ihrer Wünsche mit sich führend, und stürzt in einen Vorgarten ab. Sie verliert ihr weißes Federkleid, büßt die Sirenengestalt ein, gewinnt dafür ihre Stimme zurück, eine »ganz leicht überhörbare Menschenstimme«. Die Trobadora findet sich als Mensch wieder, redimensioniert, ohne Flügel – außer denen der Liebe. Hier lag der Neuansatz: Der Zauberberg, von dem der Band erzählen sollte, war nicht der Brocken, wo Hexenheere für eine bessere Gesellschaftsordnung kämpften, sondern die Liebe zwischen zwei Menschen. Von ihr war kein Sieg zu erwarten, allenfalls ein letztes Stück Hoffnung: »Lieben ist wie einen Baum pflanzen in aussichtsloser Lage«, notierte Irmtraud Morgner. Aber auch: »Liebe ist subversiv.« Wie nebenbei klingt im Beatriz-Kapitel das Liebesmotiv an, das für das weitere Schicksal des Buches bestimmend wurde. Als die Trobadora ihren jungen Liebhaber fragt, wer er denn sei, gibt er die undurchsichtige Antwort, seinen Namen habe er von der Frau, »die mich aus den Rippen geschnitten hat«. Wer die Frau ist, erfahren wir nicht. Irmtraud Morgner, als sie den Text schrieb, war sich über sie auch noch nicht schlüssig. Aber sie wußte sehr wohl, wovon sie redete.

Harlekinade

Zu den Schriften, die sie dem aufgegebenen Band »Amanda II« entnommen und in der Nähe ihres Schreibtisches behalten hatte, gehörte unter anderem ein Komplex, in dessen Zentrum die Volkstheaterfigur Columbine steht. Columbine brachte die unverwüstlich vitale Seite der Frau zur Sprache: Des Alleinseins überdrüssig, der bloßen Hoffnungen auf einen Liebhaber müde, schneidet sie sich in Paris einen Harlekin aus der Rippe und spediert ihn in der Absicht, aus ihm einen durchtriebenen Komödianten zu machen, heimlich über die Grenze in den Souffleurkasten des Deutschen Theaters in Ostberlin. Auf diesen Komplex nahmen die »Dunkelweiberbriefe«, nahm auch »Der Schöne und das Tier« Bezug. Irmtraud Morgner setzte sich, wie es scheint, mit der Geschichte vom

Mann aus der Rippe bald nach Abschluß des Beatriz-Kapitels weiter auseinander, intensiv sicher vom Herbst 1985 bis zum Mai 1989. Der Grund, der zur Tat führt, erfuhr dabei, wie ein Vergleich des frühen Texts mit späteren Entwürfen zeigt, eine Umdeutung. Während sich Columbine den Schnitt aus einer Laune heraus beibringt, ist es nun deutlich Verzweiflung, die das Messer führt. Mehrere Fragmente beschreiben den aus der Rippe Geschnittenen als Ergebnis eines mißlungenen Selbstmordversuchs, und auch die letzte Fassung schließt nicht aus, daß der Schnitt zum Leben sich letztlich dem Schnitt zum Tod verdankt. – Mit der Geschichte griff Irmtraud Morgner auf ein Motiv zurück, das in der Salman-Trilogie in verschiedenen Formen eingeführt, ja für den *Amanda*-Roman konstituierend geworden war: das Motiv des geteilten Menschen. Im Gegensatz zu Lauras Teilung, die mit dem Schwerthieb des Oberteufels Kolbuk von ihrer hexischen Hälfte Amanda auf immer getrennt bleibt, steht diesmal nicht die Trennung im Vordergrund, sondern ihr Gegenstück, die Ganzheit. Nur weil sie ganz ist, Männliches und Weibliches in sich trägt, kann die Frau sich den Mann aus der Rippe schneiden. Indem sie ihn befreit, kann sie ihn lieben, kann sie sich als Ganzheit annehmen: Das ist die positive Botschaft, die mitschwingt.

Das Bild des weiblichen Schöpfungsakts wurde von der Autorin nicht als Konkurrenz zum biblischen Mythos verstanden. Es entstand nach der Vertreibung aus allen Paradiesen und zielte nicht auf ein besseres Reich, sondern darauf, »die Katastrophe zu bestehen«. Fast alle Figuren im dritten Band, insbesondere die weiblichen, sind mit einem ausgeprägten Katastrophenbewußtsein geschlagen und haben das Kunststück fertigzubringen, dieses irgendwie mit ihren vitalen Lebensbedürfnissen zu vereinbaren. Sie haben die gleiche Herausforderung zu bestehen: Wem unter ihnen aber sollte definitiv der Part zukommen, sich den Mann aus den Rippen zu schneiden? Irmtraud Morgner zögerte mit der Antwort. Notizen aus dem Vorfeld des Beatriz-Kapitels lassen vermuten, daß sie nach Columbine zunächst die Trobadora dazu vorsah, sich bei der Niederschrift von »Der Schöne und das Tier« andere Optionen jedoch weiter offenhielt. Was, wenn Katharina zum Messer griffe? Der Gedanke wurde durchgespielt und fallengelassen. Laura? Vilma? Durchgespielt, fallengelassen. Auch die Idee, eine neue Figur einzuführen, wurde verworfen, wieder aufgenommen, verworfen. Die Suche verlief nicht kontinuierlich, sondern, wie Morgners Schreibprozeß generell, in zyklischer Bewegung. »Die Kunde von Herrads Tat ging um die Welt«, verkündet der Beginn eines Fragments, datiert auf den 25. Oktober 1985, eine frühe Spielform von Heros Namen verwendend. Ein halbes Jahr später, am 6. März 1986, beginnt ein anders mit den Worten: »Als Vilma fünfzig Jahre alt war, ging sie nach Paris und schnitt sich einen Mann aus den Rippen.« Zwei Monate darauf nimmt ein drittes diesen Wortlaut fast wörtlich auf und gibt als Person wiederum Hero an, diesmal unter ihrem vertrauten Namen. Bei Hero blieb die Autorin fortan. Damit legte sie auch die Identität des Geliebten Leander fest, der zuvor je nach seiner Partnerin Harlekin, Jean-Marie oder Leandro geheißen hatte.

Hero und Leander

Mit der Wahl des Paars Hero und Leander war ein weiteres Liebesmotiv eingeführt, das in den Notizen seit dem Beatriz-Kapitel immer wieder auftauchte, sich aber in keiner Handlungssequenz niedergeschlagen hatte. Der altgriechische Mythos von den getrennten Liebenden erfuhr durch Morgner eine bedeutsame Aktualisierung. Ihr Leander wohnt nicht an einem andern Ufer, sondern auf der andern Seite der Mauer. Und statt seiner ist es die Frau, die von einer Seite auf die andere wechselt, nicht schwimmend, sondern mit agilem Witz. Sie hält dem staatenlosen Geliebten den Weg offen durch die Stromschnellen der Bürokratie und holt ihn über das »Meer aus Angst« her zu sich. Das Wiedersehen der beiden ist jedoch nur von kurzer Dauer; als Leander vor einem Spezialausschuß der Ostberliner Akademie der Wissenschaften steht und Hero ihn zu ihrer Dissertation erklärt (die sie entsprechend ihrer Philosophie der Tat nicht schriftlich, sondern als Tat-Sache vorlegt), werden die Liebenden wieder voneinander getrennt. Den Dunkelweibern und Dunkelmännern auf beiden Seiten der Mauer ist eine Frau, die sich mit ihrer Tat über alle Regeln der Vernunft hinweggesetzt hat, ebenso wenig geheuer wie ein Mann, der nie etwas von gesellschaftlicher Konvention gehört hat.

Alle Vorgänge um Hero erreichen die Öffentlichkeit indes nur als Gerücht. Auch jene Figuren, die in Erfahrung bringen möchten, was wirklich geschah, auf welche Weise sich Hero den Mann herausschnitt, ob die Geschichte überhaupt stimmt, dringen nicht bis zur Wahrheit durch. Das gehört zur Strategie des Romans. Irmtraud Morgner hatte vor, Heros Auftritte auf ein Minimum zu beschränken. In den Reaktionen auf die Tat geben die Protagonisten etwas von ihrem Innern preis, verraten ihre Sehnsüchte, Aggressionen und Ängste. Heros Akt wird zum Spiegel für die Befindlichkeit der Menschen in zwei Gesellschaftssystemen, die das, was die Norm verletzt, beide als Bedrohung ihrer Ordnung empfinden.

Die Anlage des Romans, der den Lesenden den zentralen Vorgang partiell offenlegt und den Figuren gleichzeitig verbirgt, stellte die Autorin vor die Frage, wer denn die Geschichte erzählen würde. Bei wem sollten die verschiedenen Informationen und Gerüchte, die Briefwechsel, offiziösen Gutachten und Tagebücher zusammenlaufen? Irmtraud Morgner zog praktisch jede der vorkommenden Figuren irgendeinmal – oder mehrmals – in die engere Wahl. Nach Harlekin und Beatriz in der Frühphase ihre Arbeit favorisierte sie (in einer nicht exakt zu rekonstruierenden Reihenfolge) Amanda, Tenner, Vilma, Laura, Titania, Katharina, Jean-Marie, Ambrosius und Grete, bevor sie die männliche Dienerfigur Jacky Zettel mit der Generalintendanz des Erzählens betraute. Die Suche hat in zahlreichen Texten ihre Spuren hinterlassen, deutlich etwa in den Briefen, die Titania ihrem Oberon schickt, oder in den Partien, die Lauras Besuche bei der Dichterin Stager zum Gegenstand haben. In Titanias und Lauras Berichten, als Rahmenhandlungen konzipiert, sind

Sätze eingeflochten, die ein neues Dokument ankündigen oder auf ein zuvor erwähntes anspielen, von der Art: »Ich bestückte Stagers Schreibtisch mit folgendem Text« oder »Die letzten Dunkelweiberbriefe mußt Du sofort zurückschicken«. Die zugehörigen Dokumente fehlen, sie wurden in der Folge wohl in andere Textzusammenhänge verschoben. Ähnlich weisen auch Passagen anderer Figuren Merkmale auf, in denen ein Stück Entstehungsgeschichte mitzulesen ist und die bei einer Überarbeitung weggefallen wären, nachdem Jacky Zettel als Präsentator feststand. Mit Zettel fiel Morgners Wahl auf eine Person, die Schwierigkeiten mit der eigenen Identität hat und sich fremde Papiere aneignet, um zu einer Ersatzbiographie zu kommen. Zettel sollte im Gewebe des Buches, seinem Namen treu bleibend, den neutralen Kettfaden bilden, der die andern Fäden zusammenhält und die verschiedenen Figuren zur Geltung bringt, ohne sich selber in die Hero-Geschichte einzumischen.

Das letzte Thema

Die Arbeit am Roman wurde abrupt unterbrochen, als Irmtraud Morgner an Krebs erkrankte. Im April 1988 mußte sich die Schriftstellerin einer schweren Operation unterziehen; drei weitere folgten und ließen ein kontinuierliches Schreiben nur noch zeitweise zu. Das Notieren und Disponieren, das sie auch im Krankenhaus fortsetzte, stand mehr und mehr im Zeichen der Krankheitserfahrung. Irmtraud Morgner ließ sich auf die existentielle Herausforderung ein und versuchte sie schreibend zu bewältigen. Die Fülle dessen, was nach Aussage drängte, hatte für sie Vorrang, auch wenn dadurch die Romanarbeit in eine ganz neue Richtung gelenkt wurde. Vor die Alternative gestellt, sich um die Integration der vielen Erzählansätze in ein stringentes Ganzes oder um die Genauigkeit in der Wiedergabe des Stoffes zu bemühen, der zur Bewältigung anstand, entschied sich die Autorin für das zweite. »Zwang zum Perfektionismus nimmt zu«, kritzelte sie auf ein Blatt. Sie arbeitete am Detail, was immer mehr auf Kosten der Gesamtanlage ging. Selbst als absehbar wurde, daß ihr nur noch wenig Zeit bleiben würde, ließ sie sich nicht auf einen Wettlauf mit dem Tod ein, suchte vielmehr auf ihn zuzugehen, ihn als Thema in das Geschehen einzubinden. Die Absicht, den Roman zu vollenden, rückte in den Hintergrund, wurde schließlich fallengelassen.

In den letzten zwölf Monaten vor ihrem Tod konzentrierte die Autorin ihre Gedanken auf Laura Salman, deren Leben in der Trilogie am ausführlichsten von allen Figuren erzählt wird. Laura erkrankt an Krebs. In ihren Kopfkissenbüchern führt sie Protokoll über einen Prozeß, der sie aus der sozialen Realität allmählich herausholt, ihre Rolle als Frau, als Arbeitskraft in Frage stellt, sie dazu zwingt, angesichts des Todes ein neues Selbstverständnis zu finden. Ein neues Selbstverständnis fordert ihre Situation auch andern ab. Ähnlich wie Heros Tat provoziert Lauras Erkrankung ihre Umgebung, insbesondere Amanda, die ihr am nächsten steht. Die Figur Amanda war, nachdem Irmtraud Morgner das Buch »Amanda II« aufgegeben und die Konzeption einer Hexenherrschaft fallengelassen hatte, in ein erzählerisches Vakuum geraten. Die Autorin hatte ihr in den Notizen als Aufenthaltsort Dschinnistan zugewiesen, das Restreich der Naturgeister, aber ein Leben als Rentnerin konnte für die umtriebige Hexe keine Lösung von Dauer sein. Wo sollte fortan ihr Platz sein?

Zahlreiche von Morgners Notizen beschäftigen sich mit der Frage, wie sich Laura / Amanda, die geteilten Hälften, nach der gescheiterten Eroberung des Brockens in der veränderten Erzähllandschaft des dritten Bandes zueinander entwickeln könnten. Laura bewegt sich, das bringen ihre Briefe und Kopfkissenbücher zum Ausdruck, wieder ein Stück weit auf Amanda zu, indem sie sich aus ihren Gewohnheiten löst und einen neuen Handlungsspielraum gewinnt. Die disziplinierte S-Bahn-Angestellte versäumt ihre Pflicht, muß wegen ihrer schwindenden Sehkraft den Dienst quittieren, entdeckt statt dessen die Welt der Tagphantasie und der Träume.

Als sie mit Krebs im Bett liegt, nähert sich Amanda ihrerseits der Kranken. Ihre Sorge gilt nicht mehr der Menschheit, sondern Laura, diesem einen Menschen. Statt als Oberhexe große Taten zu vollbringen, erzählt sie von der Tat einer andern, von Hero. Ähnlich Beatriz beginnt Amanda menschlich zu empfinden. Sie tritt aus den Dimensionen des Sagenhaften heraus und entdeckt das Mögliche: die Wiedervereinigung mit Laura – eine punktuelle Wiedervereinigung, die auf einzelne Momente besonderer Nähe beschränkt ist.

Eine Poetik des Apokryphen

Der allererste Satz der Trilogie durfte in den frühen siebziger Jahren mit Blick auf den DDR-Alltag noch kühn drauflos lügen: »Natürlich ist das Land ein Ort des Wunderbaren.« Das Wunderbare als komplementärer Bereich zur Realität hat zwanzig Jahre später nichts von seinem Charme eingebüßt, aber der Umgang mit ihm ist anders geworden. Ihm sind in der Erzählrealität des Romans Grenzen gesetzt, sei es, daß das Wunderbare – wie die Wiedervereinigung von Laura und Amanda – nur für Augenblicke herstellbar ist, sei es, daß es vom Bewußtsein seiner Versehrtheit begleitet wird, etwa in den Vorgängen um die von entarteten Wesen gejagte Naturgöttin Titania. Oder sei es, daß es im Zwielicht des Ungewißen erscheint: Heros Schnitt, obwohl vom ersten Satz an gesetzt, bleibt zweifelhaft, bleibt Andeutung, während der vergleichbare Akt in *Amanda* – Lauras Teilung – mit einer Selbstverständlichkeit beschrieben wird, als gehörten Schwertstreiche des Oberteufels zur täglichen Erfahrung einer Frau. Für das Ungesicherte, nicht Nachprüfbare in ihrem Buch braucht Irmtraud Morgner den Begriff apokryph. Das Wort hat bei ihr etwas Schillerndes an sich und entzieht sich der exakten Definition, dennoch lohnt sich die Frage, was sie damit auszudrücken versuchte. In einem Notat, das Hero und ihre Tat als Ärgernis beschreibt, an dessen Beseitigung gewisse Kreise arbeiten, nennt die Autorin Hero »eine Frau die es nicht geben darf« und setzt in Klammern hinzu: »die apokryph bleiben muß«. Sie stellt das Apokryphe damit in eine Reihe mit dem von offizieller Seite her Unerwünschten, dem, was es zu unterdrücken gilt. Ein anderes Mal hält sie fest: »Alles, was aus dem Stegreif ist, ist apokryph. Das heißt nicht geprüft und nicht genehmigt.« Der Ort des Apokryphen ist der Untergrund. Indem Heros Tat sich aller Kontrolle entzieht, wird sie den Herrschenden unheimlich, und um so mehr, als sie sich bei vielen Leuten gerade deshalb großen Interesses erfreut. Sie ist wirksam, weil sie ein Gerücht ist. Als Ereignis, das zweifelhaft bleibt, das vielleicht nur in den Köpfen der Protagonisten existiert, kann sie nicht aus der Welt geschaffen werden, selbst wenn Hero – was die Notizen andeuten – umgebracht werden sollte. Das Apokryphe bleibt subtile Gegenmacht zur Macht des Gesicherten.

Gelegentlich bezeichnet Irmtraud Morgner das entstehende Buch insgesamt als apokryph. Eine Arbeitsmappe aus dem Jahre 1987 ist überschrieben mit einer früheren Version des Buchtitels, die lautet: »Die cherubinischen Wandersfraun / Ein apokrypher Salman-Roman«. Ein apokrypher Roman? Was damit gemeint ist, erschließt sich über ein Zitat, das sich in derselben Mappe befindet und das zunächst darüber aufklärt, welche Bewandtnis es mit den cherubinischen Frauen hat. Das Zitat stammt aus Kleists Schrift »Über das Marionettentheater«: »Doch das Paradies ist versiegelt und der Cherub hinter uns; wir müssen die Reise um die Welt machen, und sehen, ob es vielleicht von hinten irgendwo offen ist.« Kleists Aufsatz handelt davon, daß dem Menschen die Fähigkeit, den Regungen seiner Seele in kindlich-spontaner Art Ausdruck zu geben, abhanden gekommen ist, daß seine Wahrheit, »seitdem wir von dem Baum der Erkenntnis gegessen haben«, nur indirekt, in Annäherungen, darstellbar ist. Die cherubinischen Wandersfrauen, wäre zu schließen, sind unterwegs in einer Welt, in der es keine Wahrheit gibt, nur Wahrheiten. Und die Form des Romans – dies der Zusatz des Untertitels – hätte dem Rechnung zu tragen, hätte das Mehrdeutige, das Nicht-Endgültige als Element der Gestaltung mit einzubeziehen. Morgners Salman-Romane haben diese Forderung eingelöst. *Beatriz*, deutlicher noch *Amanda*, lassen Unabgeschlossenes stehen, bringen miteinander Unvereinbares zusammen, stellen Gesichertes in Frage. Offenbar hatte die Autorin vor, noch einen Schritt weiterzugehen. In den Notizen spielt sie mit dem Gedanken, die Trilogie in ihrer Geschlossenheit aufzugeben und den ersten beiden Teilen anstelle eines Schlußbandes mehrere Bücher folgen zu lassen. Die Stoffülle, die sich in den Notizen abzeichnet, legte einen solchen Gedanken durchaus nahe, doch nicht sie war der Grund zu Morgners Überlegung. Die Aufsplitterung des Bandes war eine konsequente Fortführung des Prinzips, die Erzählrealität aus einem Spektrum verschiedener Perspektiven entstehen zu lassen und auf das Abschließende, Abgerundete zu verzichten. Zu diesem Verzicht trug die Erschütterung der Hoffnung auf die Zukunft, die schon das Projekt »Amanda II« zu Fall gebracht hatte, entscheidend bei. Daß die Aufgabe von »Amanda II« und die anschließende inhaltliche Umorientierung eine kritische Überprüfung auch der Form nach sich zogen, läßt sich unter anderem einer Passage aus den Notizen entnehmen, die sich mit der Rolle der Trobadora im neu zu gestaltenden dritten Band beschäftigt. Das Notat geht von der immer sichtbarer werdenden gesellschaftlichen Katastrophe aus, die Beatriz die Sirenenstimme verschlagen hat, und resümiert: »Der Beruf des Propheten ist beendet.« Es schließt mit den Worten: » = Antwort, weshalb es keinen dritten Band gibt, nur apokryphe Romane.« Die Gleichung, die sich hier auftut, ist von apodiktischer Schroffheit: Wenn es keine letzte Gewißheit gibt, kann es keinen letzten Band geben. Zwei Alternativen boten sich an, die eine davon war das Verstummen. Die Autorin rettete sich, indem sie sich vor der Versuchung des Schweigens für die andere entschied. Anstelle eines letzten Bandes viele letzte Bände, die, sich relativierend und ergänzend, keinen Anspruch auf Ganzheit erhoben.

Ob es zu mehreren Büchern wirklich gekommen wäre und wie die Romanfiguren, wie deren Abenteuer sich in sie integriert hätten, ist aus den Notizen nicht herzuleiten. Mit ihrem Tod am 6. Mai 1990 hinterließ Irmtraud Morgner ein Werk, das zu seiner Vollendung monatelanger, wenn nicht jahrelanger Arbeit bedurft hätte, ein Großprojekt in wahrhaft apokryphem Sinn, reich an Geschichten, ungesichert hinsichtlich ihrer Verknüpfung, offen auf ihre Fortsetzung hin. Ein Buch, dem nun das Fragmentarische als Stilprinzip innewohnt und dem das Vorläufige seinen Stempel aufgedrückt hat. *Das heroische Testament*, gerade weil es für seine verschwenderische Vielfalt keinen Schluß hat, räumt den Lesenden jene Freiheit ein, die Literatur so kostbar macht. Es lädt dazu ein, Angefangenes weiterzuspinnen, Unfertiges zu Ende zu denken, in einer Landschaft aus Möglichkeiten spazieren zu gehen. Nichts, was einem Werk Irmtraud Morgners gemäßer wäre als diese Einladung, die Phantasie spielen zu lassen und sich einer Lesereise hinzugeben, bei der man auf der letzten Seite noch lange nicht an ein Ende gekommen ist.

Schreibtisch Irmtraud Morgner, Berlin 1990
© *Bettina Flitner / laif*

Irmtraud Morgner

Dunkelweiberbriefe
(Epistolae obscurarum feminarum)

An die hochgeschätzte
Frau Doktor der Schweigologie Gracia Ortwin

~~von verschiedenen Orten~~
~~zu verschiedenen Zeiten abgesandt~~
~~und hier in einem Band vereinigt~~

Titelblatt der Dunkelweiberbriefe 11–26

Beginn von »Der Schöne und das Tier«

Katharina Stagers Reise nach Leipzig, Ausschnitt aus dem ersten
Fragment: »(…) für die breite Menschenschlange (…)«

*Lauras erster Besuch bei Katharina Stager;
Beginn des Fragments. »Hero – nie gehört (...)«*

Aus den laurenzianischen Kopfkissenbüchern,
Beginn des Fragments »Diese Pflichtassistentin sagte mitunter (…)«

Aus den Notizen zu Laura:
»Im Traum Lauras ist Amanda immer anwesend. (…)«

Aus den Notizen »Titania auf der Flucht«:
»(...) So erlöst, erkennen die Leute (...)«

Erläuterungen

Erläuterungen zu Teil I

Als Hero fünfzig Jahre alt war

BIS GESTERN VOR 252 JAHREN Anspielung auf die Verbannung von Hanswurst und Grete aus dem deutschen Schauspiel durch Johann Christoph Gottsched im Jahr 1737. Gottscheds Empörung über die derb-komischen Harlekine hatte 1724 anläßlich eines Theaterbesuchs begonnen und führte schließlich dazu, daß er zusammen mit Friederike Caroline Neuber den Hanswurst in einem eigens dafür zurechtgemachten Stück von der Bühne vertrieb. Vgl. auch Gretes Briefe an Hanswurst S. 267 ff.

Dunkelweiberbriefe 1–5

DUNKELWEIBERBRIEFE Zum historischen und philosophischen Hintergrund der Dunkelweiberbriefe merkte Irmtraud Morgner in einer (undatierten) Einleitung zu einer Lesung an:
Der Text wurde angeregt von Gegenwart und einer Streitschrift aus dem 16. Jahrhundert. Damals, im Zeitalter der Renaissance, des Humanismus, begann sich die Wissenschaft von kirchlicher Bevormundung zu befreien, verloren die Denkgewohnheiten der mittelalterlich-kirchlichen Philosophie, die Scholastik und ihre Lehre von der Einheit zwischen Glauben und Wissen immer mehr an Einfluß. Die Wissenschaften von der Natur und vom Menschen, die studia humana, *begannen ihren Siegeszug gegen die kirchlichen Wissenschaften, die* studia divina. *Die Scholastik verteidigte sich vor allem mit Machtmitteln, mit der Inquisition. Die Humanisten schlugen sich mit der Feder.*

Die bekannteste satirische Streitschrift ist ein Gemeinschaftswerk der deutschen Humanisten, die in Küchenlatein geschriebenen »Epistolae obscurorum virorum«.
»Obscuri viri« heißt »unbekannte Männer«. In deutsch hat »obscur« jedoch, auf Personen angewandt, zusätzlich einen negativen Sinn. Ein Obskurant ist ein Feind von Aufhellung, Aufklärung. Daher die Übertragung »Dunkelmänner« bzw. »Dunkelmännerbriefe«, die am Ende des 18. Jahrhunderts, zur Zeit der Französischen Revolution, üblich wurde.

Die atomare Bedrohung zwingt uns Menschen heute – wenn wir nicht mit unserem Planeten untergehen wollen – jetzt und sofort eine Art neue Renaissance, neue studia humana ab: ein Verlassen von Denkgewohnheiten, ein rigoroses Umdenken und entsprechendes Handeln, das weltweit friedensfähig macht, das den Krieg tabuisiert.

Eine satirische Reaktion auf diesen beängstigenden Leistungszwang und auf gewisse gefährliche repressive Erscheinungen die Emanzipation der Frau betreffend sind meine Dunkelweiberbriefe (Epistolae obscurarum feminarum).

Über die historischen Zusammenhänge berichtet auch der 15. Dunkelweiberbrief S. 62 ff.

GRACIA ORTWIN   Der Name nimmt Bezug auf die in der letzten Anmerkung erwähnte Streitschrift, die das intolerante Denken der kirchlich-fundamentalistischen Ideologen entlarven sollte. Die fingierten, von Autoren des Humanismus verfaßten Briefe täuschten eine Autorschaft aus dem Umfeld des Dominikanerordens vor. Sie waren an den Wortführer der konservativen Kölner Theologen, Ortwin Gratius, gerichtet.

In Irmtraud Morgners Notizen gibt es Ansätze dazu, Gracia Ortwin über die Dunkelweiberbriefe hinaus als eigenständige Figur zu gestalten. Vereinzeltes über sie teilt uns der Diener in Ortwins Diensten mit (vgl. Jean-Marie S. 221 ff., Zettel S. 253 ff.). Am ausführlichsten äußert sich die folgende in Notate eingebettete Briefstelle, die ebenfalls auf Aussagen des Dieners zurückgeht. Schrei-

berin ist vermutlich Laura; ein Entwurf des Brieffragments nennt als Empfängerin Amanda.
Jean-Marie arbeitet außer bei mir auch noch bei einer andern Frau. Auch als Pfleger, aber diese Frau hat außerdem noch einen Betreuer. »Und der arbeitet nicht«, sagt Jean-Marie, »der sitzt nur neben ihrem Bett und liest Zeitung oder ähnliches. Und er ist weisungsberechtigt«, sagt er. *Und urteilsberechtigt offenbar auch, jedenfalls kriegt Jean-Marie von dem Mann gesagt, was er zu tun und zu lassen hat. Dumme Fragen zum Beispiel hätte er zu unterlassen, die Frau spinne, eine Professorin mit klimakterischem Knall, die ohne Medikamente gar nicht tragbar wäre. Der Betreuer wäre beauftragt, die Medikamente zu verabfolgen.*

Die Mutter der Professorin hätte ihm unter vier Augen sowie dem Siegel der Verschwiegenheit – einzig weil die alte Frau niemanden hatte, dem sie das Herz ausschütten konnte – vom Ausbruch der Krankheit berichtet.

Die Frau hätte bisher ordentlich ihre Arbeit gemacht – keine Beanstandungen, kein Urlaub, nur Arbeit, Arbeit, Arbeit – und eines Tages hätte sie gesagt, der Mensch lebe seit Beginn der Klassengesellschaft in einer biologischen Krise.

*

Dr. Gracia Ortwin ist gelähmt. Ein Mensch, der nur auf Vorschriften, Verbote, Hinderungen, Mängel, Murks etc. stößt (wo die kleinste Kleinigkeit zum Problem wird). Der umstellt ist von solchen »Problemen« *(die um[so] quälender sind, weil sie aus Nichtigkeiten bestehen), eingekerkert in solche Problemketten, der sich eines Tages wie eingeschnürt vorkommt, geknebelt, gefesselt: Und da kann er sich nicht mehr bewegen. Marionette.*

Die Krankheit teilt ihr den Zustand mit, in dem sie sich befindet. Nachdem sie ihn jahrzehntelang nicht wahrhaben wollte und sich scheinbar bewegte. Sogar ganz ungeheuer bewegte, gescheucht wurde wie die Hasen in der Akademie.

Eines Tages sagt ihr der Körper: Du bist doch ganz starr in deiner Bewegung. [...]

Daher das Erwachen in Angst. Umstellt. Sie ist »gesund«: *weil sie krank wurde.*

[...] Es wird behauptet, sie rede wirr. Immer mal stationär, wenn sie sich weigert, Medikamente einzunehmen. Aber wenn sie wirr redet, redet sie einzig vernünftig. Gracia Ortwin ist ein Nomenklaturkader. D. h. sie gehört sich nicht, stürzt sich schließlich aus dem Fenster.

Auszüge aus apokryphen Promotionsunterlagen

DER HANDLUNGSANSTOSS VON MARX   Die 11. These von Marx zu Ludwig Feuerbach lautet: »Die Philosophen haben die Welt nur verschieden *interpretiert*, es kömmt drauf an sie zu *verändern*.« (Hervorhebungen von Marx)

FRIEDRICH ENGELS   »Der Umsturz des Mutterrechts war die *weltgeschichtliche Niederlage des weiblichen Geschlechts*.« Aus: Der Ursprung der Familie, des Privateigentums und des Staates. In: Marx / Engels, *Werke* Bd. 21, Berlin 1962, S. 61 (Hervorhebung von Friedrich Engels)

LAUDSE   Von Laudse (Laotse) stand in Irmtraud Morgners Bibliothek das *Tao te king* (*Daudedsching*, Reclam jun. Leipzig 1970).

ODERGLAUBE   Genaueres dazu im Zusammenhang mit Avalun S. 175 ff.

KA   In der DDR: Kapitalistisches Ausland.

Siegfried

SEMIPHIL   Intendiert ist wohl die Neubildung »semitophil« oder »semitiphil«, judenfreundlich.

Dunkelweiberbriefe 11–29

GVS   In der DDR: Geheime Verschlußsache.

SPONDULOSE   Salopper Sprechstil für Spondylose, eine degenerative Erkrankung der Wirbelsäule.

Der Schöne und das Tier

RAIMBAUT D'AURENGA   *Beatriz de Dia war die Gattin von Herrn Guilhelm de Poitiers, eine schöne und edle Dame. Sie verliebte sich in Herrn Raimbaut d'Aurenga und dichtete auf ihn viele gute und schöne Lieder,* hebt der erste Band von Irmtraud Morgners Trilogie an. Beatriz erinnert sich im Verlauf der Handlung immer wieder an die große Liebe ihres ersten Lebens, das sie, 1230 geboren, in der Provence zugebracht hat.

Erläuterungen zu Teil II

Hero und Leander

NSW   In der DDR: Nichtsozialistisches Währungsgebiet.

UNTERSCHIED BRUNO/GALILEI   In Irmtraud Morgners Notizen findet sich (vor »Dokument III«) ein Ausschnitt aus Karl Jaspers' 1948 erschienenen Buch *Der philosophische Glaube.* Jaspers geht darin auf den Unterschied der beiden Gelehrten ein. Der handschriftliche Auszug, angefertigt vom Berliner Schriftsteller Jens Sparschuh, folgt der 6. Auflage (München 1974, S. 11).

»Giordano Bruno glaubte und Galilei wußte. Äußerlich waren beide in der gleichen Lage. Ein Inquisitionsgericht verlangte unter Drohung des Todes den Widerruf. Bruno war zum Widerruf mancher, aber nicht der für ihn entscheidenden Sätze bereit; er starb den Märtyrertod. Galilei widerrief die Lehre von der Drehung der Erde um die Sonne, und man erfand die treffende Anekdote von seinem nachher gesprochenen Wort: Und sie bewegt sich doch. Das ist der Unterschied: Wahrheit, die durch Widerruf leidet, und Wahrheit, deren Widerruf sie nicht antastet. Beide taten etwas dem Sinne der von ihnen vertretenen Wahrheit Angemessenes. Wahrheit, aus der ich lebe, ist nur dadurch, daß ich mit ihr identisch werde; sie ist in ihrer Erscheinung geschichtlich, in ihrer objektiven Aussagbarkeit nicht allgemeingültig, aber sie ist unbedingt. Wahrheit, deren Richtigkeit ich beweisen kann, besteht ohne mich selber; sie ist allgemeingültig, ungeschichtlich, zeitlos; aber nicht unbedingt, vielmehr bezogen auf Voraussetzungen und Methoden der Erkenntnis im Zusammenhang des Endlichen. Es wäre ungemäß, für eine Richtigkeit, die beweisbar ist, sterben zu wollen. Wo aber der Denker, der des Grundes der Dinge inne zu sein glaubt, seine Sätze nicht zu widerrufen vermag, ohne dadurch die Wahrheit selber zu verletzen, das ist sein Geheimnis. Keine allgemeine Einsicht kann von ihm fordern, Märtyrer zu werden. Nur daß er es wird, und zwar, wie Bruno, nicht aus schwärmerischem Enthusiasmus, nicht aus dem Trotz des Augenblicks, sondern nach langer, widerstrebender Selbstüberwindung, das ist ein Merkmal echten Glaubens, nämlich der Gewißheit von Wahrheit, die ich nicht beweisen kann wie wissenschaftliche Erkenntnis von endlichen Dingen.«

Irmtraud Morgner hatte vor, diesen Text ganz oder in Teilen in ihr Feme-Kapitel einzubeziehen und den Bezug zu Bruno herauszustellen. Sie notierte zu Heros Haltung:

(Nach der Folter)
Steht zu ihrer Tat. Zu ihrem Werk: Leander. Zitiert Unterschied Bruno / Galilei.
Hero kann nicht abschwören, weil das ihre Liebe zu Leander verriete. Nicht

ihn: *Er existiert, wie die Erde sich um die Sonne dreht. Aber daß er wertvoller ist als die andern Männer, daß er die Zukunft verkörpert: Das ist nicht beweisbar. Zukunft ist nicht beweisbar. Deshalb muß Hero durch ihren Tod den Glauben an diese Zukunft bekräftigen. Andernfalls würde Leander eine Zirkusnummer, d. h. ein Kunststück. Keine leibhaftige Prophetie.*
Über die Parallelen zu Brunos Prozeßakten vgl. die textkritischen Bemerkungen S. 374 f.

PL-ABTEILUNGSLEITER   Möglicherweise: Leiter der Abteilung Planung.

JAGO   Die Notizen bezeichnen jene Menschen als Jagos, die ihren Lebenssinn darin finden, andere kleinzukriegen, zu übertrumpfen oder ihnen Schaden zuzufügen. Jagos sind vornehmlich in der Geehrtenrepublik Avalun anzutreffen, wo sie versuchen, sich gegenseitig psychisch zu vernichten. Das Wort tritt auch im Singular auf, was ein Hinweis darauf sein könnte, daß eine eigenständige Figur namens Jago geplant war.

Laura

JEAN-MARIES INTERESSE HEISST HERO   In einem anderen Brieffragment schreibt Laura dazu:
Jean-Marie möchte die Wahrheit über Hero an den Tag bringen, und er scheint unfähig zu erwägen, ob sie jetzt oder eine Weile oder überhaupt in der Nacht besser aufgehoben ist. Unsere Wahrheit jedenfalls, liebe Amanda, ist in der Nacht bestens aufgehoben. Ein Ort, den die Zensur uns gestiftet hat. Nicht auszudenken, wie wir uns befänden ohne Irreführungen, Verdunklungen und Falschmeldungen in diversen Druckerzeugnissen.
Im Trüben fischen ruiniert den Charakter.
Im Trüben lieben adelt die Leidenschaft.

HYPERION Der Ausschnitt entstammt dem zweitletzten Brief des zweiten Teils (»Hyperion an Bellarmin«), ebenso der Ausschnitt im folgenden Laura-Brief.

IN DEN SOGENANNTEN »STALL« Im »Stall«, dem Haus für Zerstreuungskünste, wohnen auch Ambrosius und Zettel. Das Haus wird anläßlich eines Besuchs von Laura bei Ambrosius S. 245 ff. näher beschrieben.

PROF. KARPFEN Anspielung auf Prof. med. Karl Hecht, dessen Artikel über Streß in der Ausgabe des *Neuen Deutschland* vom 21./22.3.87 sich unter den nachgelassenen Papieren befindet.

INTERVIEW ÜBER ERZIEHUNGSPROBLEME »Erziehung zu selbständigem Denken«, in: Albert Einstein, *Mein Weltbild*, Ullstein Materialien 1986, S. 23/24

FRIEDRICH ZWOS WORTE Friedrich II. am 25. November 1769 an d'Alembert. Aus: *Friedrich II. von Preußen. Schriften und Briefe*. Reclam Leipzig 1985, S. 301 (in Irmtraud Morgners Bibliothek).

ASPIRANTUR In der DDR: Vorbereitungszeit auf die Erlangung eines akademischen Grades an Hochschulen.

BACHMANN: STATT SEELENRUHE – AUGENRUHE »Sie träumt nicht, sie ruht einfach aus. Denn was den andern ihre Seelenruhe ist, das ist Miranda ihre Augenruhe.« Ingeborg Bachmann: »Ihr glücklichen Augen«. In: *Ausgewählte Werke in drei Bänden*, Bd. 2 Erzählungen (aus dem Band »Simultan«), Aufbau 1987, S. 256 (in Morgners Bibliothek).

LAURA/AMANDA: GETEILT, GETRENNT, UND GANZ Vgl. Kapitel Amanda S. 156 ff.

VON FRIEDRICH II. ZITIERT   Friedrich II. am 5. Oktober 1777 an d'Alembert: »(...) aber Sie kennen das Sprichwort: Man verliert die Hoffnung, wenn man beständig hofft.« Op. cit., S. 354

Amanda

KONRAD TENNER   Konrad Tenner ist in *Amanda* zunächst Lauras Jugendliebe, später Vilmas Gatte, schließlich, im Gefolge Kolbuks, Nebelkrähe und regelmäßiger Kunde bei Amanda im Hörselberg-Puff. Er erkennt als Historiker die Problematik dessen, was die Menschen Geschichte nennen und was im totalen Vernichtungskrieg enden könnte. Die Frage, ob die Frauen in die Historie eintreten sollten, verneint er mit aller Schärfe. Diese Position nimmt er auch in den (wenigen) ihm gewidmeten Notaten zum dritten Band ein. Aufgrund seines kritischen Blicks, der die Hohlheit der patriarchalischen Herrschaftsgestik Avaluns durchschaut, müßte man ihn eigentlich in Dschinnistan vermuten. Allein Tenners Bequemlichkeit sowie seine Schwäche für Haupt- und Staatsaktionen, Rangordnung und Ehrenzeichen lassen ihn nach der Brockenevakuation in Avalun ansässig werden. Die Notizen entwerfen ihn als Zyniker, der, von den Machtritualen gelangweilt, sich dem Kitzel eines Spiels als Doppelagent hingibt und Nachrichten von Avalun nach Dschinnistan sowie von diesen beiden Gebieten zu den Menschen verschiebt. Auch von der Hero-Geschichte hat er bald Kenntnis und erzählt sie Amanda weiter.

PROF. HARRY BRONZE   Daß der Opernregisseur Harry Bronze (Anspielung auf den Regisseur Harry Kupfer) an Amandas Einreise in die DDR Interesse hat, liegt daran, daß er eine Aufführung von Shakespeares *Ein Sommernachtstraum* plant, die, naturalistisch inszeniert, mit einer Sensation aufwartet. Die Notizen führen aus: »Sommernachtstraum« mit Original Titania und Oberon und Zettel und Puck. *Aber inszeniert als Sommernachtsalptraum mit Oberons und Tita-*

nias Bluthochzeit. → *Plan: Blut muß fließen. Echter Mord auf der Bühne. Da als einzige Sterbliche in Dschinnistan noch Amanda lebt, soll sie abgeschlachtet werden. In der Rolle der Titania. Deshalb Einreise. Dazu: Milliarden Fernsehzuschauer: alle privaten Fernsehstationen (und Aufzeichnung) beim echten Mord angeschlossen. (Man verlangt »Qualität« und man bekommt sie geliefert vom Osten.)*

BARBARA   Gemeint ist Barbara, die Heiratsschwindlerin aus *Amanda*. Die spärlichen Notizen zu dieser Figur lassen Barbara als Frau erkennen, deren Stern am Sinken ist. Zum einen haben sich die Zeiten geändert, die Männer flüchten sich in die Arbeit. Zum andern ist Barbara als alternde Frau für Heiratskunden nicht mehr attraktiv. Und sie hat Krebs. – Aus den Notizen:
Jetzt wäre es lebensgefährlich, als Heiratsschwindlerin zu arbeiten. Jetzt würde mir der Prozeß gemacht. Jetzt steht man wieder zu der guten alten Sitte. Und: meine Handlungen sind nicht verjährt. Also: untertauchen. Man sucht nach mir: Im Krankenhaus bin ich sicher.
*
Warum macht man mir keinen Prozeß? Weil kein Mann mich anzeigt. Weil es nicht im Staatsinteresse ist. […]
Ich, obgleich »das Letzte«, halte die Kerle doch mit sich selbst in Schach. Ich weiß zu viel. Freilich: man trachtet mir platt nach dem Leben. Dafür: Tarnkappe. Ich lebe fast nur noch mit Tarnkappe.

LIEBE IN DER ZEIT DER CHOLERA   Gabriel García Márquez, *Die Liebe in den Zeiten der Cholera*. Roman, deutsch 1986 (Kiepenheuer & Witsch).

DESHALB INSERIERTE SIE   Laura sucht in *Amanda* (Kap. 41) per Inserat einen närrischen Beistand, der ihr in der Folge in Gestalt von Hilde Felber und Vilma Gommert zuteil wird.

Oberon und Titania, das Königspaar von Dschinnistan

DSCHINNISTAN, AVALUN   In der Ausgestaltung der beiden fiktiven Staaten hält sich Irmtraud Morgner an kein bestimmtes literarisches Vorbild. Während ihr Dschinnistan dem utopischen Charakter des tradierten Bildes im großen und ganzen entspricht (wenn auch, angesichts der akuten Bedrohung des zusammengeschrumpften Reiches, in stark eingeschränktem Maß), steht Avalun ganz außerhalb von Utopie und Verzauberung. Die »Geehrtenrepublik« zeigt schon in ihrem Beinamen die Fallhöhe vom Ideal zur Pervertierung an. Gewisse Anregungen bezog die Autorin unter anderem aus zwei Werken Christoph Martin Wielands: der Verserzählung *Oberon* (erschienen 1780) und dem Erzählband *Dschinnistan oder auserlesene Feen- und Geistermärchen* (erschienen 1786–89; in ihrer Hausbibliothek in einer Ausgabe des Aufbau Verlags von 1982), ferner aus Heinrich Heines, *Die Götter im Exil* (s. Anm. unten). Der Bezug zu Arno Schmidts »Kurzroman aus den Roßbreiten« *Die Gelehrtenrepublik* (1957) beschränkt sich auf das Spiel mit dem Namen.

DEPORTIERT AM 1. SEPT. 1945   An einer andern Stelle präzisieren die Notizen: *1. Sept. 1945: Zündung der Hiroshima-Bombe = Beginn des neuen Dschinnistanischen Kalenders.*

ERZÄHLER JEAN-MARIE KLAGT   Jean-Marie ist an dieser Stelle als (für die Menschen unsichtbarer) Hofhistoriograph bei Titania und Oberon konzipiert. Diese Konzeption wird in den Notizen nicht weiter verfolgt.

HEINE: »DIE GÖTTER IM EXIL«   In: Heinrich Heine, *Werke in zehn Bänden*, Hrg. Hans Kaufmann. Aufbau, Berlin und Weimar 1980, Bd. 7, S. 55 ff. (in Morgners Bibliothek)

Beatriz

LIEBER DÉSIRÉ   Die Grundkonstellation des Briefes entspricht dem früher entstandenen Brief Columbines an Harlekin (abgedruckt S. 350 ff.): Columbine, Teilnehmerin an einem Kongreß in Paris, hat sich in der Stadt an der Seine in Harlekin verliebt und schreibt ihm, der inzwischen in Berlin ist, aus der Distanz. Von der Entstehungsgeschichte des Buches her ist es wahrscheinlich, daß Beatriz hier Columbines Nachfolgefigur ist. Sie hat sich im Unterschied zu Columbine den Mann nicht selber aus den Rippen geschnitten und schreibt in umgekehrter Richtung, aus Berlin nach Paris.

SIEGFRIED   Der Junge findet sich ausführlich beschrieben in »Siegfried«, einem Kopfkissentext Laura Salmans (S. 52 ff.). Offenbar war für die Autorin nicht von Anfang an entschieden, aus wessen Erinnerungsschatz diese Figur abgerufen werden sollte.

Katharina Stager

LAURA ALS VERMITTLERIN DES HERO-MATERIALS   Ein aufgegebenes Manuskript, das Lauras Bemühungen um Kontakt zur Dichterin beschreibt, ist in der Form der Einleitungspassage zum Buch gehalten. Es nimmt wörtliche Passagen aus Zettels nachmaligem Anfangstext voraus und führt Laura in der Funktion der Präsentatorin vor. Datiert ist es auf den 8.3.87, paginiert 1–6. Sein Wortlaut:
Als Hero fünfzig Jahre alt war, ging sie wohin und schnitt sich einen Mann [darüber: *Menschen*] *aus den Rippen.*
Massenmedien stürzten sich auf das Ereignis.
Dem kapitalistischen Lager verpflichtete schlachteten es aus.
Dem sozialistischen Lager verpflichtete warten auf die Klärung des Sachverhalts. Die Untersuchungen sind noch nicht abgeschlossen, haben aber inzwischen eindeutig erwiesen, daß das Ereignis veraltet ist.
(Der Deponie des Vergessens überantwortet.)

Entreißen Sie, bat ich Katharina Stager, als die zum Jahr des Friedens erklärte Zeit sich neigte.
Auf meine schriftliche Bitte antwortete die Dichterin mit Bedauern.
Die Absage empörte mich.
Denn der Zustand der Welt hatte meine Skepsis gegen die Behauptung, Dichter wären Gewissensstimmen der Völker, gelöscht.
Als ich dem Schriftstellerverband die Telefonnummer der Dichterin abgerungen hatte und meine Bitte fernmündlich wiederholte, wiederholte die Stager ihr Bedauern mit der Begründung krank zu sein.
Ich erkundigte mich nach der Art des Leidens.
Katharina Stager sagte, verschiedene Ärzte hätten nichts ermessen können und das auf den Begriff Depression gebracht.
Die Auskunft deprimierte mich.
Wer rief wann denn sonst wenn nicht jetzt in den Lärm schrecklicher Botschaften hinein die wahrhaftige von Hero?
Trobadora Beatriz war begraben, tatenlos auf Wunder warten mir nicht gegeben, so suchte ich Katharina Stager heim, um ihr einen Krankenbesuch zu machen und mich zu vergewissern, ob sie ausreichend Pflege hätte beziehungsweise Zuwendung benötige.
Eine Dichterin, die Beatriz gegen Ende ihres Lebens kennengelernt und bewundert hatte: bessere Referenzen für mein Anliegen besaß niemand.
Ich fiel nun also direkt mit der Tür ins Haus.
Da gestand mir Katharina Stager, daß sie als Dichterin verstummt wäre.
Das Geständnis versetzte mich in Panik. Schlecht fuhr ich meine S-Bahn-Züge durch die Hauptstadt Berlin. Nach den Diensten lag ich lange schlaflos im Bett, davor fand ich schwer raus, weshalb ich erstmals in diesem Beruf unvertuschbar zu spät kam.
Als ich schließlich sogar ein Signal überfuhr und ein Disziplinarverfahren gegen mich eingeleitet wurde, beschloß ich, eine neue Etappe der Beziehung Dichter-Leser einzuleiten.
Unter der Losung:»Völker, hört die Signale und rettet eure Stimmen, bevor Ohr und Gewissen ersterben.«
Katharina Stager versuchte, meine Wünsche zu erfüllen.
Anfangs vergeblich, später mühsam, dann gern, mit Freude gar, so daß sie

vor ihrem Tode den ersten Satz des von mir abverlangten Buchs von Hero und Leander schließlich noch niederzuschreiben ermutigt war. Er beflügelte mich, den Rest herzustellen nach meinem Vermögen. In Fundbrocken aus der Deponie des Vergessens also hier die Geschichte der Liebenden zwischen Tonbandprotokollen und anderen Aufzeichnungen vorgelegt von
Laura Amanda Salman
Triebwagenfahrerin

ROBERT WALSER   Aus: »Einmal geschah es«, *Aus dem Bleistiftgebiet*, Mikrogramme Band 1, Hrsg. Bernhard Echte und Werner Morlang, Frankfurt 1985, S. 146

ECHO AUS DEM PELZ   In einem Entwurf zu diesem Text trägt Katharina Stager einen Pelz.

KAVAU   In der Lesbenszene Bezeichnung für die dominante Partnerin (Kesser Vetter).

KUNZMANN   Irmtraud Morgner vergab diesen Namen verschiedentlich an Männer in Nebenrollen. In *Amanda* ist Kunzmann Gynäkologe und Abtreibungsgegner (97. Kapitel), hier Lektor, im Gespräch zwischen Vilma und Friedhelm Ambrosius (S. 242) der Mann, der den Zauberkünstler engagiert.

NÄTHERN   Ortsteil der Gemeinde Kretzschau südwestlich von Leipzig.

Jean-Marie

DIE LANGE PRÜFUNGSZEIT FÜR DAS BUCH   Irmtraud Morgners Manuskript zu *Amanda* war Gegenstand langwieriger und aufreibender Verhandlungen mit dem Aufbau-Verlag. Das Typoskript, im September 1980 eingereicht, wurde nach längerer Prüfung zurückgewiesen, unter anderem aufgrund gewisser Passagen, die um den Brocken, damals militärisches Sperrgebiet der DDR, spielten. Eine zweite, schließlich eine dritte Fassung hatten dasselbe Schicksal, bevor das Buch schließlich 1983 erscheinen konnte.

SAROTTI   Schokoladenmarke, die in der DDR nur in Delikatläden erhältlich war.

DASS ICH EIN TAGEBUCH FÜHRE   Im Fragment eines Briefentwurfs schreibt Laura ihrer anderen Hälfte: *Jean-Marie fragt mich, ob er meinen Liebesbriefen an Dich ab und zu Seiten aus seinem vertrauten Freund beilegen dürfe. Dieser Freund ist nämlich sein Tagebuch. Die Vorstellung, diesem Freund Nachrichten für die Zukunft anzuvertrauen, mache das freundschaftliche Verhältnis noch vertraulicher.*

Vilma

ICH SCHIEBE SIE   Wer ist das Ich, das hier das Wort führt? Weder der Text selber noch seine Umgebung geben schlüssig Antwort. An anderer Stelle ist es Beatriz, die von Vilmas »leibhaftigem Testament« berichten will, so daß sie auch hier als Erzählerin in Frage kommt. – Das entsprechende Fragment lautet:
Da die Mehrheit der finsteren Neuigkeiten die Minderheit der hellen derzeit überstimmt, wurde ich also von einem Hilferuf in mir oder sonst genötigt, auf dieser Deponie nach Vilmas hinterlassenen Kopfkissenbüchern zu graben. Und was ich von der Geschichte der Liebenden bruchstückhaft habe herausklauben können, lege ich hier vor.
Vilmas leibhaftiges Testament gehört nämlich zu jener Minderheit.
i. A. Beatriz de Dia
Herausgeberin
Genaueres zum Dokument, das die Erzählerin einfügen will, S. 385 ff.

»VILMA-METHODE« Ein Fragment, das vermutlich aus derselben Zeit stammt, präzisiert:
Nach dieser von einer gewissen Tafelrunde im Berliner Hugenottendom patentierten Methode können sowohl störende Wörter als auch Hälften weiblicher Menschen in Selbsthilfe geschluckt werden. Weggeschluckt. Runtergeschluckt und daselbst verwahrt. Mit der Kunst des Wortschlukkens oder Leibredens wurde es Vilma und ähnlichen Frauen möglich, ihr geistiges Kommunikationsbedürfnis selbst zu befriedigen. »Sobald ich einen philosophischen Gedanken habe, spreche ich ihn aus und schlucke«, erklärte Vilma ihrer Freundin Laura, der sie bald gratis närrischen Beistand gewährte. »Die Technik des Redenschluckens ist leicht erlernbar. Geschluckte Rede, geprüfte Rede. Selbstprüfung kann zwar Fremdprüfung oder geistige Geselligkeit nicht ersetzen, aber sie kann bei Verstand halten. Ohne die Kunst des Leibredens hätte ich mein vierundzwanzigstes Jahr nicht bei Verstand erreicht. Ohne Leibrede wäre ich damals zur Selbstmörderin geworden. Meine These: die Leibrede der Frau – ein stabilisierender Faktor unseres Arbeiter- und Bauernstaates.«

LESERBRIEF Verfasserin dieses Leserbriefs, der in *Amanda* unter anderem im Kapitel 48 »Erste Narrenschicht« erwähnt wird, ist Laura Salman.

STELLENANGEBOTS Laura, die das Inserat aufgegeben hatte (*Amanda*, Kapitel 45 ff.), lernte dadurch Vilma kennen, die in der Folge eine »laurenzianische« – durch Laura beeinflußte – Wandlung erlebte.

»HERRENHUTISCHE WENDUNG« Da wir nicht wissen, was Ambrosius' Brief, auf den hier angespielt wird, in Vilma auslöste, ist der Ausdruck nicht zu deuten. Möglicherweise ist damit, in Anlehnung an die pietistische Bewegung der Herrenhuter Brüdergemeinde im 18. Jahrhundert, eine Wendung nach innen gemeint – nach innen, zur Rippe, aus der ein neuer Mensch entstehen wird?

Ambrosius

OBERSCHÖNHAUSEN   Erfundener Ortsteil des Berliner Stadtbezirks Pankow, gebildet in Analogie zu Niederschönhausen.

NIEDERSCHÖNHAUSEN   In diesem Ortsteil von Pankow lag das im Text erwähnte erste Regierungsviertel der DDR. In der Honecker-Ära verlor es seine zentrale Bedeutung, doch brachte man es wegen seinen vielen staatlich genutzten und von Funktionären bewohnten Gebäuden weiterhin in Verbindung mit Regierung und Partei.

LEGENDA AUREA   Religiöses Erbauungsbuch, geschrieben zwischen 1263 und 1273, anonym unter dem Titel: *Vitae sanctorum a praedicatore quodam* (»Leben der Heiligen, von einem Predigermönch«) erschienen. In späteren Handschriften wurde Jacobus de Voragine, Bischof von Genua, als Verfasser genannt. Den ehrenvollen Beinamen erhielt das Werk im Spätmittelalter.

Zettel

LLLL   liebe Leserin, lieber Leser.

Grete

BREHMHAUS   Das Alfred-Brehmhaus ist das Haus der Raubtiere im Tierpark Berlin-Friedrichsfelde.

TRAMFABET   benommen, durcheinander.

DAS HAT SICH 1769 EREIGNET   Vgl. Anm. zu Laura: »Friedrich zwos Worte«, S. 340.

DFD   In der DDR: Demokratischer Frauenbund Deutschlands.

SINN UND FORM 1/89   *Sinn und Form*, Beiträge zur Literatur, Hrg. Akademie der Künste der DDR, Berlin (Rütten & Loening). Angespielt ist auf den Artikel von Carl Gustav Jochmann, »Robespierre«, S. 24 ff.

Olga und Johann Salman

»VOR DEN VÄTERN STERBEN DIE SÖHNE«   Thomas Braschs Erzählband erschien 1977 im Rotbuch Verlag.

Laura und der Tod

ZWEIBETTZIMMER   In den Genuß des zuvor genannten Einzelzimmers kam Laura nur bei der ersten Einlieferung.

WHITNEY HOUSTON   US-Rocksängerin, *1963 in Newark, NJ

KOGAN   Leonid Borissowitsch Kogan, russischer Violinist, *1924

Erläuterungen zum Nachwort

COLUMBINE   Neben diversen Notaten existiert insbesondere der nachfolgend abgedruckte Brief aus Columbines Feder an Harlekin, datiert auf den 27.3.84. Über die erste Seite hat die Autorin später den Vermerk *Brief Heros an Leander* angebracht, doch ist kaum anzunehmen, daß sie den Text für ihr Buch weiter bearbeitet hätte, dafür hatten sich seit der Niederschrift die Handlungsprämissen allzu sehr verändert. Das Fragment ist schon deshalb von Interesse, weil es das zentrale Motiv des Romans von einer Figur her gestaltet, die in einer ganz andern historischen Traditionslinie steht als Hero. Von der Commedia dell'arte herkommend, hat sich Columbine einen derb-volkstümlichen Bühnenton bewahrt, der an Gretes Briefe erinnert. Es ist kein Zufall, daß sie, wie Grete, ein Stück Romanhandlung ins Theater verlegt. Sie steckt Harlekin in eine Flasche, damit er ausreift, und bringt ihn über die Grenze nach Berlin, ins Deutsche Theater an der Schumannstraße. Dort soll er im Souffleurkasten fürs erste eine Bleibe finden.

Irmtraud Morgner trug sich eine gewisse Zeit mit der Absicht, ein Columbine-Stück zu schreiben. Ob dieses, hätte die Autorin den Gedanken weiterverfolgt, zum eigenständigen Bühnenwerk gediehen oder als dramatisierte Episode in den Roman integriert worden wäre, bleibt offen.

Ohne Lachen kann heute keiner mehr weinen, Liebster, und daß ich Dir den Tort zumute, just eben jetzt in die Welt zu müssen, wirst Du mir schon noch verzeihen. Denn was soll das, Columbine allein? Wer A sagt, muß auch B sagen, heißt es, und Du, mein ⟨x⟩ B, mußt ja nicht solo tanzen auf dem gemütlichen Pulverfaß. Wir zwei geben ja ein Duett her und hin und rumtata krachdudeldidelei, Optimismus ist Pflicht, sagt Bier Ernst, aber auf diesem letzten Loch pfeifen wir besser, wir zwei beide – ach die Sehnsucht bringt mich auf den Hund, so daß ich pudelwohl in Paris herumhetze nach einem Wams für Dich. Denn irgendwann bist Du ja reif und der Stöpsel fliegt aus der Flasche und was dann? Fertig und ausgewachsen und da in der Blöße Deiner Herrlichkeit, das könnte der Menschheit so passen. Mit Pomp wird sie schlicht abgespeist, die nur Respekt vor Uniformen hat; der nackte Harlekin ist reserviert für mich und für die Zukunft, wenns die gibt. Oh Appetit! Was sag ich: Hunger. Heißhunger, Kalthunger, brüllender Hunger, flüsternder Hunger, schwarzer Hunger, weißer Hunger, hungriger Hunger, satter Hunger, summa summarum Universalhunger, freust Du Dich drauf? Oder hast Du etwas Angst?

Oder wächst Du nur? Da ich mich nicht mehr erinnern kann, ob Wachsen eine anstrengende oder eine lustige oder gar keine Beschäftigung ist, schreibe ich Dir jeden Tag einen Brief. Damit Du Dich in Deiner Flasche nicht langweilst oder was. Ich bin im Moment gottlob zu arm für Langeweile. Ein Croissant würde sich in meinem Magen ausnehmen wie eine Mücke im Louvre. Potzmonalisa ja, kein Moos für Mücken, geschweige denn für Pomp, der her muß, daß Neid dem generalischsten der Generäle noch die Prunkmontur verleidet. Meine letzten Westmöpse sind zack auf dem Flohmarkt verblieben, wo alle Kostüme der Welt im Winde baumeln, ritsch ratsch zack bei den Dieben vom Flohmarkt, vor denen über Lautsprecher gewarnt wird, Himmel und Menschen und ritsch schneiden dir diese Künstler ein Loch in die Handtasche und ratsch grapschen sie dich hohl und zack sind sie verduftet. Was nun?

Bist Du wenigstens schon in der Schumannstraße angekommen? Das DT-Ensemble hat nämlich in der Comédie-Française gastiert, und ich hab die Souffleuse gebeten, Dich mit über die Grenze zu nehmen. »Wofür halten Sie mich«, hat sie gesagt. »Für schlauer als die Polizei erlaubt«, hab ich gesagt. »Und warum wollen Sie mich trotzdem für dumm verkaufen«, hat sie gesagt. »Dummstellen hilft mitunter überleben«, hab ich gesagt und daß sie Dich als Sofapuppe in die Zollerklärung eintragen soll. Wenn Du bei der Kontrolle stramm gestanden hast, liegst Du jetzt im Souffleurkasten. Ruhig: denn auf der Bühne wird oft »keine Vorstellung« gespielt. Sicher sowieso. Oder kannst Du Dir einen einzigen Menschen auf dieser Erde vorstellen, der vermutet, das Deutsche Theater brüte einen Harlekin aus?

Meine Ökonomen sind natürlich in Panik, suchen ganz Paris nach mir ab, 105,16 Quadratkilometer, der Delegationsleiter fürchtet Konsequenzen, wenn er vom Konzert ohne mich zurückkommt et cetera, derlei geht natürlich über Deinen Flaschenhorizont, du liebe Unschuld von Wüstlingshausen. Das wirst Du nur langsam begreifen oder nie. Aber daß ich als Columbine nicht so aussehen kann wie Frau Doktor Mohrdieck, das müßte Dir eigentlich sofort einleuchten, oder? Nicht daß ich mit meinen Haaren unzufrieden gewesen wär beziehungsweise die Figurnorm zu weit über- oder unterboten hätte, was für Zauberkunstökonominnen bezie-

hungsweise Ökonomiezauberkünstler ebenso wertmindernd ist wie für andere Frauen, Glatzen und Bäuche bei Wissenschaftlern deuten auf seriöse Fachkapazität –. Nie wurde dem Aberglauben so inbrünstig vertraut wie in unserem Zeitalter der Wissenschaft. Erst schafft er Sachzwänge, dann werden sie angebetet, und schließlich hofft man, daß sie, die in die Katastrophe treiben, von irgendwem daran gehindert werden, der auch alles andere sonst irgendwie in Ordnung bringt. Etwa die Endlagerung von Plutonium mit einer Halbwertzeit von ... Jahren, was bedeutet: von Generation zu Generation muß ... über X Generationen weitergesagt werden, wo was liegt und daß es neu verpackt werden muß.
Von den Tagungsteilnehmerinnen war natürlich keine zu bewegen. Von uns keine und aus westlichen Ländern auch keine. Alle stöhnen rum, wenn die Herren außer Hörweite sind, alle meckern, daß die Emanzipation für passé erklärt wird, wie eine Mode dort, weil alles gelöst ist bei uns, alle lamentieren hinter vorgehaltener Hand. Aber zum Messer greifen – Gott bewahre. Ich mußte Geneveve überreden, die noch ein Skalpell in der Hand gehabt hat, aber die Feder führt wie ein Starchirurg und ein Mundwerk wie Cicero und die »Coupole« zusammen. Als ich auf dem Zahnfleisch in Paris ankam, hat mich die berühmte Geneveve nämlich sofort in die berühmte »Coupole« auf den Boulevard Montmartre geschleppt. Raus aus dem Bahnhof, rein in den Bahnhof, mußt Du Dir vorstellen, bloß lauter. Und ich sag das auch noch in meiner Einfalt. Oh heiliger Scheißdreck, denk Dir einen Fettnapf so groß wie die Lutherstadt Wittenberg oder Oklahoma, in den bin ich reingetreten.

Ein Blick in Irmtraud Morgners Dichterwerkstatt

Editorische Notiz

Leben und Schreiben waren in Irmtraud Morgners Alltag nicht zwei getrennte Welten, gingen vielmehr auf organische Weise ineinander über. Die Dichterin schlief im gleichen Raum, in dem ihr Schreibtisch stand, um wie Goethe ihren Figuren auch im Schlaf nahe zu bleiben. Während der schweren Krankheit, die ihren Bewegungsradius in den letzten zwei Lebensjahren zunehmend einschränkte, war das Schreiben, das schöpferische Plänemachen, eine ihrer wesentlichen Energiequellen. Ihr Interesse galt bis zum Schluß den literarischen Gestalten des Romans, an dem sie arbeitete, galt deren Beziehungsgeflecht und inneren Konflikten. Die Frage dagegen, wie das immer umfangreicher werdende Material in eine bestimmte Ordnung gebracht werden könnte, war kein Thema. Der Kranken fehlte die Kraft zur Strukturierung eines Stoffbergs, von dem sie noch gar nicht absah, ob er zu einem, zu zwei oder mehr Büchern führen würde. Einige Wochen vor ihrem Tod kamen schließlich alle Arbeiten zum Erliegen, und damit war in den Augen Irmtraud Morgners das Schicksal des dritten Bandes ihrer Salman-Trilogie besiegelt: Das Buch würde nicht erscheinen. Einzig für die säuberlich getippten fertigen Texte, die in der von ihr festgelegten Reihenfolge beisammen lagen, erhoffte sie sich eine Publikation. Sie versah die Blätter mit einer Widmung und dem handgeschriebenen Titelblatt »Das heroische Testament / Fragmente vom / dritten Band der Salman-Trilogie«. Diese Typoskripte bilden die Grundlage zu Teil I dieser Ausgabe; es handelt sich, neben Jacky Zettels Einleitung, um die »Auszüge aus apokryphen Promotionsunterlagen«, die drei Folgen Dunkelweiberbriefe sowie »Der Schöne und das Tier«. Die Texte schließen nicht direkt aneinander an, zwischen ihnen waren weitere Kapitel vorgesehen. Die entsprechenden Lükken konnten zumindest für den Anfang des geplanten Romans durch einzelne handschriftlich abgefaßte Manuskripte aus den Notizen, die als fehlende Zwischenstücke zu identifizieren waren und die vollständig ausformuliert sind, geschlossen werden. Die der zweiten Hälfte von Teil I zugehörigen Kapitel stehen dagegen ohne direkten Anschluß zu den vorangehenden Kapiteln, sie stellen nur noch Schrittsteine in einer ungesicherten textlichen Umgebung dar.

Während die Typoskripte immerhin eine klare Richtung vorgeben, läßt sich aus den Fragmenten und Einzelnotaten, die den Großteil des Nachlasses ausmachen, eine eindeutige Gestaltungsabsicht nicht herauslesen. Der Ort, an dem die Texte mit dem Tod der Autorin liegenblieben, war durch die Zufälligkeit des im Fluß befindlichen Schreibprozesses bestimmt, nicht durch ein klar definiertes Ordnungsprinzip. Irmtraud Morgner bewahrte die handschriftlichen Blätter in Mappen aus leichtem Karton auf, die eigentlich dazu bestimmt waren, Texte zu einem bestimmten Geschehen, einem Thema oder einer Person zu sammeln. Zwischen den Mappen fand indes ein beständiger Austausch statt, sei es, daß ihr Inhalt zusammengelegt, sei es, daß ein Teil davon ausgelagert wurde, so daß ihre Aufschrift immer wieder geändert und dem Inhalt angepaßt werden mußte. Ein Beispiel dafür gibt jene Mappe, die zunächst für das »Kopfkissenbuch« einer Franziska (die später nicht mehr in Erscheinung tritt) vorgesehen war. Im Verlauf der Arbeit wurde sie, den wechselnden Aufschriften nach zu schließen, vorübergehender Aufenthaltsort von Lauras Tagebuch sowie von Texten zu einer Käte Salman (nachmals Katharina Stager), den Eltern Salman und Siegfried. Dann war der Platz für Überschriften erschöpft, Irmtraud Morgner beschriftete ihre Rückseite, wiederum für Franziska, dann für ein »Kopfkissenbuch Vilma«, für Siegfried, bevor sie die Mappe mit der Überschrift »Lauras Liebesbriefe an Amanda« einer letzten Bestimmung zuführte. Man sucht darin die angekündigten Liebesbriefe allerdings vergeblich, findet statt dessen Notizen zu Lauras Blindheit, zu Fakal, zu geteilten Liebespaaren, Lauras Beziehungen zu Amanda und Jean-Marie, ferner Gedanken zu

Chagalls chassidischem Glauben, zu Gesundheit und Krankheit, zu einer Tagebuchnotiz Ernst Jüngers über die Bedeutung von Büchern.

Ein Korpus in Bewegung

Diese Mappe ist keine Ausnahme. Der rege Austausch beschriebener Papiere führte dazu, daß Material zu verschiedenen Themen in unmittelbare Nachbarschaft geriet. Das machte Untergliederungen nötig. Die Autorin griff zum Hilfsmittel der Büroklammer, in einigen Fällen kurzerhand auch zur Stecknadel, mit der sie einige Seiten zusammenheftete, um innerhalb einer Mappe Schwerpunkte zu schaffen. Auf diese Weise entstanden Texteinheiten kleineren und größeren Umfangs, die – oft sehr locker – um einen gemeinsamen Kern angelegt sind. Sie werden im folgenden »Dokumente« genannt. In Morgners Wohnung lagerte sich das Material allmählich zu Stößen mit insgesamt 259 Mappen ab, die eine Anzahl von schätzungsweise 12 000 bis 13 000 Blättern enthalten.

Das Schriftbild der Blätter wechselt mit der Verfertigungsstufe des jeweiligen Textes. Während das gültig ausformulierte Kapitel, das darauf wartete, in die Schreibmaschine getippt zu werden, in kompakter, relativ gut leserlicher Schrift gehalten und mit definitivem Titel versehen ist, weisen Vorstufen nicht nur längere Einschübe auf oder brechen mitten auf der Seite ab, sondern sie sind auch flüchtiger geschrieben. Aber doch so, daß sie zur Abschrift taugten. Für die Notate gilt dies nicht. Aus dem Moment heraus entstanden, hielten sie einen ersten Gedanken, eine flüchtige Idee fest, retteten Einfälle vor dem Vergessen oder testeten ein Motiv auf seine Möglichkeiten. Es waren Denkstützen, die sich jedem Formwillen entzogen. Sie eilen unbekümmert in großer Schrift über die Seite, stehen am Rand oder in einer Lücke zwischen Geschriebenem. Da Irmtraud Morgners Ideen, kaum waren sie notiert, gleich nach der nächsten riefen, sind viele von ihnen als Weiterführung, aber auch als Kommentar oder Widerspruch zu anderen zu lesen, was sich optisch niederschlägt in Pfeilen, in Zeichen, die einen Gegensatz ausdrücken, in Fragezeichen am Rand. Die Schrift, den Gedanken hinterhereilend, ist auf Tempo hin angelegt, weniger auf Lesbarkeit. Die Autorin griff zum erstbesten Schreibgerät, das sich ihr darbot, so daß Farbe, Breite und Qualität des Strichs von Abschnitt zu Abschnitt wechseln können; nicht selten wurden Nachträge in einer andern Farbe zwischen die Zeilen gesetzt. Die Farbwahl, vom Zufall diktiert, erlaubt weder Rückschlüsse auf die inhaltliche Zusammengehörigkeit noch auf die Entstehungszeit des Geschriebenen. Dagegen verrät das bunte Erscheinungsbild der Notizen einiges über die Prozesse, die da stattgefunden haben.

Schreiben als zyklischer Prozeß

Die Autorin ließ die Notizen nach der Niederschrift nicht einfach liegen, sondern las sie durch, rief sie sich in Erinnerung, sei es bei der Wiederaufnahme der Arbeit, sei es zu einem späteren Zeitpunkt, in vielen Fällen sicherlich mehrmals. Mit Unterstreichungen, Strichen am Rand, Markierungen durch Leuchtstift hob sie hervor, was ihr wichtig schien. Beim Durchlesen entstanden Zusätze, wurden Notizen am Rand angebracht, Verschreiber dagegen nicht berichtigt, fehlende Satzzeichen nicht eingesetzt, Orthographie blieb Nebensache. Die Durchsicht war oft von der Frage begleitet, zu welcher Figur das Notierte gehöre. Viele Notate entstanden zunächst unabhängig von einer bestimmten Romangestalt, als tagebuchartige Reflexionen, als Auseinandersetzungen mit politischem Zeitgeschehen, Filmen, einem gelesenen Buch, oder sie ergaben sich im Zug des Nachdenkens. Nun wurden sie probeweise mit einer Figur assoziiert, deren Name nachträglich oben an die Seite zu stehen kam oder innerhalb des Notats auf einmal auftaucht. Ihren Bezug zu einer Figur erhielten sie oft allein schon dadurch, daß sie in ein bereits bestehendes, inhaltlich festgelegtes Dokument integriert wurden. Bei Bedarf, etwa nach einer Konzeptänderung, trennte sie die Autorin von der Figur wieder ab, um sie für eine andere freizumachen. Der alte Name wurde gestrichen, der neue darüber gesetzt, zumindest bei der ersten Nennung oder im Titel. Die entsprechenden Blätter wechselten die Umgebung, wurden einem andern Dokument einverleibt, welches Notizen enthielt, deren Entstehung vielleicht Monate oder Jahre zurücklag. So kamen Blätter unterschiedlichen Alters zusammen, im Zeichen verschiedener Konzepte geschaffen, in vielen Details nicht zueinander passend, sich widersprechend, sich ausschließend. Ziel der Zusammenlegung war nicht Stringenz und Stimmigkeit, Ziel war eine Bündelung des Materials, auf das die Autorin zurückgreifen wollte, wenn sie ans Formulieren ging.

Diesem Konzentrationsprozeß wirkten zentrifugale Kräfte entgegen. Die Arbeit vollzog sich nicht nach den Gesetzen des Holzschnitzers, der eine Figur nach der andern fertigstellt, bevor er sie zur Gruppe montiert, sie vollzog sich zyklisch. Ihr Schwerpunkt verlagerte sich von einem Thema auf das nächste, von diesem auf ein drittes, um später wieder zum ersten zurückzukehren, von dem aus sich jetzt Bezüge zu den andern ergaben. Diese Bewegung schlägt sich in den Notizen darin nieder, daß Unterlagen zu einer Figur in diversen Mappen lagern. Laura-Dokumente tauchen beispielsweise im Umfeld von Notizen zu den Eltern Salman ebenso auf wie im Umfeld von Reflexionen über das Altern, wo auch Dokumente zu Vilma oder Katharina Stager ihren Platz haben. Figuren und Themen, Motive und Handlungsansätze verbinden sich zu einem weitläufigen Netz. Wer Laura kennen will, muß das ganze Netz kennen. Erst aus der Optik des Ganzen verdichten sich ihre einzelnen Aspekte zur kohärenten Person. – Erinnert dieses stückweise Hervortreten einer Figur nicht an die Erzählweise der beiden früheren Salman-Romane? Auch sie führen eine Annäherung an die Hauptgestalten in wiederkehrenden Begegnungen herbei, legen Stück für Stück von ihnen frei, bis wir ihr vollständiges Bild vor uns haben. Die Notizen stellen so etwas wie eine rohe, durch keinen Rhythmus, keinen Formwillen bestimmte Vorform des Morgnerschen Erzählprinzips dar. Oder wohl richtiger: Das Morgnersche Erzählprinzip ist die meisterliche Weiterführung der schöpferischen Prozesse, die sich erst zaghaft, dann immer bestimmter auf dem Papier abspielen. Es folgt den beim Schreiben entstehenden Gesetzen, ruft diese ins gestaltende Bewußtsein und arbeitet mit ihnen, bis sie, sorgfältig austariert, kompositorisch fruchtbar gemacht sind.

Es dauerte in der Regel sehr lange, bis das Nachdenken, Notieren, das Umschichten der Notizen einen Reifegrad erreichte, der zum eigentlichen Formulieren führte. Die entsprechende Zeitspanne läßt sich zwar nicht genau angeben, aber doch indirekt erschließen. Den rund hundert Seiten abgeschlossener Typoskripte stehen jene 12 000 oder mehr von Hand beschriebenen Seiten gegenüber, von denen die Rede war. Das heißt, auf hundert Seiten Notizen kommt, rechnerisch betrachtet, gerade eine Seite Maschinenschrift: So vieles wollte durchdacht, so vieles erwogen sein, bevor das Gültige gefunden und in die Form gebracht war. Das Formulieren durchlief mehrere Fertigungsstufen, unterbrochen von Notierungsphasen, doch von einem bestimmten Moment an scheinen sich die Prozesse beschleunigt zu haben. Die ausformulierten Manuskripte bringen nicht nur Durchdachtes auf den Punkt, sondern setzen es in überraschende, vollkommen neue Zusammenhänge. Es ist, als ob in der schriftlichen Überlieferung hier einige zuvor existente Entwürfe fehlten. Die Fertigstellung eines Textes erfolgte, wie die Datierungen zeigen, in wenigen Tagen. Sprachliche Richtigkeit wurde jetzt auch im Detail angestrebt. Die Komplexität der Sätze und die Dichte der ineinander verzahnten Themen verlangten insbesondere nach einer genauen Zeichensetzung. Mögen in den abgeschlossenen Manuskripten noch Inkonsequenzen vorkommen, Anführungszeichen fehlen, überflüssige Wörter nicht gestrichen sein: Die Typoskripte, die nach außen gehen sollten und zu diesem Zweck in mehreren Durchschlägen geschrieben wurden, sind fast fehlerfrei. Irmtraud Morgner gab nichts aus der Hand, was sprachlich nicht ihren strengen Qualitätsmaßstäben genügte.

Wo bleibt das Konzept?

Das rapide Anwachsen des Stoffbergs verlangte von Zeit zu Zeit nach einem Innehalten, einem Überdenken der weiteren Schritte. Wie sollte die Romanhandlung insgesamt aussehen? Gelegentlich auftauchende Gliederungen und konzeptuelle Entwürfe sollten Ordnung in das unübersichtlich gewordene Gewirr der verschiedenen Fäden bringen. Sie versuchen, was die Notizen an Zusammenhängen bereits geschaffen haben, nochmals zu strukturieren und die nächsten Züge im Spiel der Figuren festzulegen. Irmtraud Morgner liebte es, Entwürfe zu machen. Noch lieber verwarf sie diese. Sie nahm sie von Anfang an nicht ganz ernst, was ihr erlaubte, ganz unbekümmert mit ihnen zu verfahren. Beim Entwerfen kannte sie keinerlei Rücksichtnahme, weder auf irgendwelche Prinzipien realistischen Erzählens noch auf psychologische Stimmigkeit, Handlungslogik oder Verhältnismäßigkeit. Wohl wissend, daß die Eigengesetzlichkeit der Figuren ihr früh genug Beschränkungen auferlegen würden, behinderte sie die Eingebung nicht in ihrem Lauf. Gerne ließ sie sich mitten aus der Beschäftigung mit einer literarischen Gestalt heraus von Ideen forttragen, welche Zusammenhänge auf der Ebene der Haupthandlung erschlossen. Das führte zu zahlreichen ad hoc-Konzeptionen, die, ähnlich wie die Notizen insgesamt, Möglichkeiten boten, auf die bei Bedarf zurückzugreifen war. Ein Entwurf war eine Denkstütze, nie ein Imperativ.

Man wird ein verbindliches Konzept darüber, wie es mit Hero und Leander hätte weitergehen sollen, wie die andern Figuren in die Geschichte integriert worden wären, in den nachgelassenen Schriften zum *Heroischen Testament* also vergeblich suchen. Statt dessen stößt man auf eine Reihe anregender, in alle möglichen Themen verstrickter Gedankenspiele. Irmtraud Morgner mochte das Schreiben als fortwährendes Abenteuer, auf das sie sich mit ihrem ganzen Denken und Fühlen einließ, und suchte dem Schreibprozeß in jedem Moment die größtmögliche Freiheit zu erhalten. Konzeptuelle Zielvorgaben, die nur Sachzwänge schufen, standen solchem

Wagemut im Weg. Die Notate mit konzeptähnlichem Charakter, die sich in Teil II dieser Ausgabe im Umkreis vor allem von Hero, Titania, Laura finden, geben denn auch nicht Auskunft über die Fortsetzung des Romans, sie sind vielmehr als Diskussionsbeiträge in einem fortlaufenden Abwägen der weiteren Schritte zu lesen. Da sich ihre zeitliche Aufeinanderfolge nicht genau bestimmen läßt und da jede nur Teile des Gesamtprojekts aus einer eingeschränkten Optik beleuchtet, mußte die Idee, die Notizen entsprechend eines Handlungsverlaufs anzuordnen, der die Intentionen der Autorin zum Ausdruck brächte, fallengelassen werden. Zu viele Ansätze wären sich in die Quere gekommen.

Auch für eine Präsentationsform, die sich auf die Entstehungschronologie der einzelnen Texte abstützt, fehlten die Voraussetzungen. Um den Entstehungsprozeß des Romans sichtbar zu machen, hätte es entsprechender Angaben auf den Manuskripten bedurft. Notate und Typoskripte tragen nie, Fragmente nicht oft eine Datierung, eine solche ist den letzten ausformulierten Manuskripten vorbehalten. Ab und zu verrät ein Text, der Bezug auf ein datierbares Ereignis (wie die Sandoz-Katastrophe vom 1. November 1986) nimmt, wann er ungefähr entstanden ist. Oder Formulierungen, die in mehreren Texten die Runde machen, liefern gewisse Anhaltspunkte, die freilich kaum über ein vages Vorher und Nachher hinausführen. Auch der Fundort eines Papiers gibt nur in Ausnahmen über dessen Entstehung Auskunft, da sowohl innerhalb eines Dokuments wie innerhalb einer Mappe und eines Stoßes beständige Umschichtungen stattfanden. Dabei fehlt es nicht an datierten Beigaben, die Aufschluß geben könnten. Irmtraud Morgner pflegte Artikel aus Zeitschriften und vor allem aus den beiden in Berlin erscheinenden Tageszeitungen »Neues Deutschland« und »Berliner Zeitung« auszuschneiden und in eine der Mappen zu legen, manchmal steckte sie gleich die ganze Zeitung oder Zeitschrift hinein. Auch Briefe, die sie erhalten hatte, Programmhefte von Theateraufführungen, Broschüren von Ausstellungen fanden den Weg in die Materialhalden des dritten Bandes. Was sagen aber die in Frankfurt/Main erschienenen »Marxistischen Blätter« vom Juli / August 1982 über das ihnen folgende beschriebene Blatt aus? Daß es 1982 entstand? Während einer Westreise geschrieben wurde? Das Notat liegt seinerseits neben der Ausgabe von »Emma« vom Januar 1984. Wir wissen nicht, ist die Nachbarschaft zufällig oder gewollt. Auch auf die Frage, ob es zwischen August 1982 und Januar 1984 entstanden ist, liefert es keine Antwort, den Sekundärmaterialien fehlt die Verbindlichkeit der direkten Datierung. – Diese Situation legte der vorliegenden Edition eine ebenso einfache wie klare Regelung nahe: Alle von Autorinnenhand vorgenommenen Datierungen sind in den textkritischen Bemerkungen verzeichnet, auf weitere Datierungsversuche wird verzichtet. In den Einleitungen zu einzelnen Fragmenten und Dokumenten in Teil II gibt der Herausgeber, wo immer dies möglich ist, Hinweise auf das Früher und Später der vorliegenden Texte, wenn es darum geht, unterschiedliche Arbeitsphasen durchschaubar zu machen.

Die Textauswahl

Das Buch ist in zwei Teile untergliedert. Den Kern von Teil I bilden die eingangs erwähnten Typoskripte, welche die Autorin aus den Materialmappen herausgenommen hatte und gesondert aufbewahrte. Grundlage der übrigen Kapitel und Zwischenkapitel des Teils I sind handgeschriebene Manuskripte, die von Herausgeberhand an die Stelle gesetzt wurden, die für sie aller Wahrscheinlichkeit nach vorgesehen war. Mit ihrer Hilfe läßt sich der Anfang des Romans bis zum Kapitel »Siegfried« lückenlos wiedergeben. Von da an fehlen weite Partien, und die letzten drei Kapitel hätten wohl die jetzige Reihenfolge behalten, wären aber mit Sicherheit nicht unmittelbar aufeinander gefolgt. Nur die Position des letzten Kapitels »Der Schöne und das Tier« ist durch eine Notiz, die es zum Schlußtext des Romans erklärt, gesichert. Auf dem Weg zu diesem Schluß hin hätte das Buch, ähnlich wie *Beatriz* und *Amanda*, neben der Fortsetzung der Hauptgeschichte eine Vielzahl weiterer Geschichten bereitgehalten.

Teil II enthält die Materialien zu diesen Geschichten. Die Materialien werden in ihrer ganzen Breite präsentiert – angesichts der erschlagenden Fülle aber nicht in ihrer ganzen Länge. Schon bei den Umschriften der handschriftlichen Notizen entzog sich viel flüchtig Hingeworfenes der Entzifferung. Dieser Verlust hält sich insofern in Grenzen, als die Autorin auf wichtige Gedanken und Motive immer wieder zurückkam, sie veränderte und präzisierte. Morgners zyklisches Schreiben, das für eine hilfreiche Redundanz sorgte, kam der Herausgabe hier entgegen.

Nach der Umschrift lagen rund 800 Seiten in Maschinenschrift vor, die sich nach mehrmaliger Durchsicht auf den vorliegenden Umfang verknappten. Wiederholungen wurden bewußt stehengelassen, wo sie Vergleiche zwischen verschiedenen Figuren ermöglichen oder den Entstehungsprozeß transparent machen. Auch Ungereimtes und Widersprüchliches blieben dem Werk erhalten. Ihre Eliminierung hätte die Vielschichtigkeit eingeebnet und unweigerlich eine Reihe interpretatorischer Vorentscheide mit sich gebracht, welche die Entwürfe um ihr dramaturgisches Potential gebracht und zu einer von der Autorin nie angestrebten Harmonisierung geführt hätten.

Auf der andern Seite ist in diesem Band nicht einfach ein Destillat von Morgners nachgelassenen Schriften wiedergegeben. Die Textauswahl konzentriert sich auf den im Entstehen begriffenen Roman, scheidet mithin aus, was mit diesem nicht in sinngebendem Bezug steht: Mitteilungen privater Natur, Reflexionen über ästhetische Fragen, über gesellschaftliche Probleme, Kommentare zu Büchern, Filmen, Zeitungsartikeln, öffentlichen Personen. Unberücksichtigt blieben ferner die Vorarbeiten zum aufgegebenen Roman »Amanda II«, mit Ausnahme jener Texte, die Irmtraud Morgner in den neuen Kontext übernommen hatte. Und schließlich wurde auf jene Texte verzichtet, die zwar zur Thematik des dritten Bandes gehören, aber ihre eigenen ästhetischen Wege gingen: dramatische

Versuche, szenische Umsetzungen des Stoffes, die im übrigen nicht über das Stadium von groben Skizzen hinausgekommen sind. Ebenso tauchen ein paar Nebenmotive hier nicht auf, die im Verlauf von Morgners Arbeit in Vergessenheit gerieten und nicht wiederaufgenommen wurden. Was bleibt, ist in seiner Vielfalt beeindrukkend genug.

Fragmente und Notate sind in Teil II schwerpunktmäßig um die einzelnen Romanfiguren gruppiert. Unsere Ausgabe nimmt damit das in den Notizen vorherrschende Ordnungsprinzip auf. Irmtraud Morgner strukturierte und konzipierte wesentlich von ihren Gestalten her, um die sich während der Werkgenese Denken und Schreiben verdichteten. Jede Figur ist, wo die Textlage dies erlaubt, zunächst mit ausformulierten Fragmenten präsent. Diesen schließen sich, in möglichst zusammenhängenden Passagen, die Notate an, deren vielfach gebrochenes Schriftbild behutsam in lesefreundliche Absätze zusammengezogen wurde. Die Reihenfolge der Texte – in der Einleitung zu Teil II beschrieben – versteht sich nicht als Wertordnung. Ebensowenig wollen die begleitenden Kommentare des Herausgebers eine der Lektüre vorauseilende Deutung liefern – allenfalls eine Hilfestellung, die den Zugang zu den Texten erleichtert. So sehr es das Ziel der Edition ist, den Leserinnen und Lesern Übersicht über ein außergewöhnlich reiches, weitläufiges, sperriges Romanwerk zu verschaffen, so sehr soll diesem jene Offenheit und Mehrdeutigkeit erhalten bleiben, die das gesamte Schreiben Irmtraud Morgners auszeichnet.

Editionsprinzipien und editorische Eingriffe

Daß in diesem Buch vom Typoskript bis zum rasch hingeworfenen Stichwort Texte unterschiedlichster Beschaffenheit versammelt sind, hat bei der Umsetzung in die Druckfassung erhebliche Probleme nach sich gezogen. Eine originalgetreue Wiedergabe insbesondere der Notate hätte einen textkritischen Apparat von einem

Ausmaß erfordert, der dem Originaltext an Umfang kaum nachgestanden hätte. Das Gebot der Verhältnismäßigkeit legte da eine gewisse philologische Zurückhaltung nahe. Andererseits hätte diese Zurückhaltung, wäre sie auch den Texten gegenüber beobachtet worden, die als ausformuliert gelten müssen, zu einer allzu sorglosen redaktionellen Bereinigung der Manuskripte geführt. Es erschien dem Herausgeber deshalb sinnvoll, unterschiedliche Kriterien bei der Sichtbarmachung editorischer Eingriffe anzuwenden und, wo es sinnvoll ist, zwischen Manuskripten (Typoskripten, Fragmenten) und Notaten zu differenzieren.

Die von Morgner sehr frei gehandhabten Regeln der Groß- und Kleinschreibung, die Zeichensetzung (fehlende Anführungszeichen, Schlußklammern, Gedankenstriche) sowie die zahlreichen Verschreiber in den Notaten wurden stillschweigend berichtigt, ebenso die Kommasetzung, soweit nicht stilistische oder rhythmische Gründe dafür sprachen, dem Willen der Autorin Vorrang zu geben. Der überaus häufige Doppelpunkt in den Notaten führt in eine orthographische Grauzone und ruft, was die Groß- und Kleinschreibung anbelangt, nach einer eigenen Kasuistik. In Ergänzung der Dudenregelung wird ein ganzer Satz nach Doppelpunkt klein begonnen, wenn die Ankündigung ohne syntaktischen oder inhaltlichen Eigenwert bleibt und als integrierender Teil des Satzes aufgefaßt werden muß: »Im Gegenteil: das Problem beginnt erst« oder »Er: im Elend: ihn hat die Verzweiflung.« Groß weitergefahren wird dagegen, wenn das Satzfragment vor dem Doppelpunkt das Eigengewicht eines ganzen Satzes hat: »Ihre Arbeit: Wie überlebt man in der Krise?« Und ebenso, wenn der dem Doppelpunkt folgende Teil kein vollständiger Satz ist, wohl aber das Gewicht eines solchen hat: »Am Tag herrschen die Herrscher des Machbaren: Nachts die Freunde des Denkbaren.« Während diese Prinzipien im Einzelfall einen gewissen Ermessensspielraum offenlassen, ist die folgende Regelung wieder eindeutig: Mit Doppelpunkt angekündigte direkte oder indirekte Rede beginnt groß. – Die häufig in Ziffern geschriebenen Kardinalzahlen sind der Dudenregel entsprechend in Worte überführt, außer dort, wo der nackten Zahl eine stilistische Bedeutung zukommt. Buchtitel stehen in Kursivschrift, Titel von Zeitungen und Periodika in Anführungszeichen (außer bei Abkürzungen wie ND für »Neues Deutschland«).

Einige der offiziellen Praxis zuwiderlaufende Schreibgewohnheiten der Autorin werden belassen: das fehlende Apostroph bei verkürztem »Es« (»gibts«, »dus«, »wenns«); das fehlende Fragezeichen in direkter Rede (»›Warum‹, fragte Laura«); die Verbindung zweier Substantive mit Bindestrich (»Blocksberg-Erhebung«). Im Gegenzug wurden altertümliche Schreibweisen wie »Scene« oder »Scalpell« aktualisiert.

Die von zahlreichen Inkonsequenzen und Variierungen durchzogene Ausdrucksweise rief in vielen Fällen nach Vereinheitlichung. So wurden, der Vorliebe der Autorin folgend, »Photo(graphie)« zu »Foto(grafie) und »Telephon« zu »Telefon«, während »Phantasie« und »Biographie«, da nie anders geschrieben, ihr -ph- behielten. Die Anrede bei Briefen bleibt, wo sie vom Text abgesetzt ist, ohne Komma, der Brief beginnt groß, anredendes »Du« ist mit Versal geschrieben. Hypertrophe Formen werden zu einfachen: »→d. h.« wird zu »d. h.«, »→=« wird zu »=«, »→ Folgen: « wird zu »Folgen:«, »:=« wird zu »:« usw. Nach den ankündigenden »D. h.« und »=« am Satzanfang wird klein fortgefahren, dagegen nach einem Pfeil »→«, der in seiner Bedeutung die Komplexität eines ganzen Satzes erreichen kann, groß. Von den beiden Zeichen, die bei Irmtraud Morgner einen Gegensatz ausdrücken, »:/:« und »↔«, wird nur der Doppelpfeil, von den verschiedenen Darstellungen bei Aufzählungen nur ein Typus übernommen. Mehrere aufeinanderfolgende Ausrufezeichen sind auf eines reduziert. Abkürzungen wie »z. B.«, »bzw.« werden in den Manuskripten, soweit sie nicht eine inhaltliche (ironisierende oder charakterisierende) Funktion haben, ausgeschrieben. In den Notizen bleiben gebräuchliche Kürzel stehen, während der Schreibökonomie dienende Wortverkürzungen oder Pluszeichen ebenfalls ausgeschrieben werden: »soz.« als »sozialistisch«, »L + A« als »Laura und Amanda«. Ekkige Klammern finden hier nur bei weniger geläufigen Kurzformen Verwendung: »sympath[ischer] Zyniker«.

Über diese Berichtigungen und Vereinheitlichungen hinausgehende Korrekturen und Eingriffe des Herausgebers sind entweder im Text selber kenntlich gemacht oder in den textkritischen Bemerkungen ausgewiesen. Im Fließtext erkennbar bleiben alle Einfügungen [eckige Klammer] und die im Original versehentlich gestrichenen Wörter ⟨spitze Klammer⟩, im Apparat verzeichnet sind Verschreiber von inhaltlichem Interesse, falsch gesetzte Namen, berichtigte Inkonsequenzen der Syntax oder der Tempuswahl. Bei Typoskripten und Manuskripten werden im Apparat zusätzlich auch versehentlich stehengebliebene Wörter, verschobene Reihenfolgen bei Aufzählungen, falsche Wortformen sowie Lesevarianten schwer entzifferbarer Stellen erfaßt. Die geschweifte Klammer { } bezeichnet eine unsichere Lesart.

Nicht dargestellt sind dagegen die Vorgänge des Schreibprozesses selber, das heißt von der Autorin vorgenommene Streichungen, Korrekturen, Umstellungen, welche der hier präsentierten Textgestalt vorausgingen und zu ihr hinführten (Ausnahmen bilden jene Fälle, die inhaltlich oder stilistisch erhellend sind). Auch letzte handschriftliche Korrekturen in den Typoskripten blieben, da nicht über kleine Richtigstellungen hinausgehend, unberücksichtigt. Fragezeichen am Rand sind vermerkt, wenn deutlich wird, worauf sie sich beziehen, während sonstige dem Text nicht zugehörige Zeichen und Vermerke nicht wiedergegeben sind. Dies gilt insbesondere für die Notate, bei deren Umsetzung in eine nachvollziehbare Form überhaupt gewisse Vereinfachungen nötig waren. Oft bilden die innerhalb eines Dokuments niedergelegten Gedanken einen fortlaufenden Schreibfluß von wechselnder inhaltlicher Dichte, mit Wiederholungen, thematischen Seitensprüngen und Neueinsätzen. Die für Teil II ausgewählten Stellen sind Ausschnitte aus diesem Kontinuum, deren Anfang und Schluß nicht unbedingt mit dem Anfang und Schluß des Originaldokuments zusammenfallen – Ausschnitte, deren fragmentarischer Charakter nicht jedesmal neu kenntlich gemacht zu werden brauchte. Auslassungszeichen […] geben deshalb Kürzungen innerhalb eines wiedergegebenen Abschnitts an, stehen aber nicht am Anfang und Ende der Notate. Über den Abschnitt hinausgehende Auslassungen sind durch Sternchen * markiert, und die Initiale zeigt an, daß ein neues Dokument einsetzt. Locker notierte, über mehrere abgebrochene Zeilen verstreut stehende Gedanken wurden zu inhaltlich sinnvollen Abschnitten zusammengezogen. Von den zahlreichen Vorgängen, die sich für das betrachtende Auge auf den Originalblättern abspielen und in der Reproduktion auf der Buchseite nicht sichtbar gemacht werden können, seien neben den Unterstreichungen und den Hervorhebungen aller Art auch die über die Zeile hinausführenden Pfeile genannt, ferner der Wechsel in Art, Breite, Farbe des Schreibgeräts, die oft abrupten Übergänge von einem Blatt auf das andere, die Stellung des Geschriebenen auf der Seite (rechter, linker, oberer, unterer Rand, über oder unter der Zeile). Dennoch finden sich im Fließtext oder in den textkritischen Bemerkungen etliche entsprechende Vermerke, nämlich immer dann, wenn diese der Verständlichkeit, der Präzisierung oder der Vermeidung von Mißverständnissen dienen, wie der Herausgeber denn ganz generell nichts weglassen mochte, von dem er annahm, es könnte den Zugang zum Textgeschehen irgendwie befördern.

Die verwendeten Begriffe

Dokument   In sich geschlossener Text oder Textzyklus, im Original mit Heftklammern versehen. Allgemein ein mit Heftklammern oder anderen Vorrichtungen zusammengehaltenes Bündel Blätter, meist einem bestimmten Thema (einer Figur, einem Motiv) gewidmet. Unverbundene Einzelblätter werden als eigenes Do-

	kument aufgefaßt. – Im Teil II ist jedes neu einsetzende Dokument mit Initiale kenntlich gemacht.
Entwurf	Überarbeitungsbedürftige Vorstufe zu einem später entstandenen oder einem geplanten Manuskript.
Fragment	Ausformulierter Text, der in Hinsicht des Umfangs, der stilistischen Verfeinerung oder des Inhalts unfertig geblieben ist.
Kapitel	Erzähleinheit, die sowohl einen Einzeltext (»Der Schöne und das Tier«) als auch einen Textzyklus (»Dunkelweiberbriefe 1–5«) bezeichnen kann. Die Autorin gebraucht den Begriff in beiden Bedeutungen. – Denkbar, daß der dritte Band in Kapitel eingeteilt worden wäre wie seine beiden Vorläuferbände. Die Typoskripte weisen indes keine Kapitelnumerierung auf.
Manuskript	Ausformulierter Text, dessen geschlossene, stilistisch ausgearbeitete Form darauf schließen läßt, daß es sich um eine Endstufe (oder die unmittelbare Vorform einer Endstufe) der Bearbeitung handelt. Als Gegenbegriff zu Notat generell ein ausformulierter Text.
Notat	Durch den Herausgeber ausgewählter Auszug aus einem Dokument: In der Regel nicht ausformulierter, d. h. in Stichworten, Satzfetzen, Kurzformeln gehaltener Text zu einer Figur, einem Thema, einem Motiv etc.
Notiz	Synonym zu Notat: »Notizen zu Laura«. In allgemeiner Bedeutung meint »Notizen« den handschriftlichen Nachlaß zum dritten Band insgesamt: »Dieses Motiv kehrt in den Notizen immer wieder.«

Eine Zusammenstellung der verwendeten textkritischen Zeichen findet sich am Schluß S. 394.

Zitierte Bücher:

Beatriz	*Leben und Abenteuer der Trobadora Beatriz nach Zeugnissen ihrer Spielfrau Laura.* Roman in dreizehn Büchern und sieben Intermezzos. Aufbau Verlag 1974, Luchterhand Verlag 1976. Als Taschenbuch bei dtv.
Amanda	*Amanda.* Ein Hexenroman. Aufbau Verlag und Luchterhand Verlag 1983. Als Taschenbuch bei dtv.

Textkritische Bemerkungen

Die textkritischen Bemerkungen dienen drei Absichten. Zum einen sind die in den Teilen I und II abgedruckten Texte aufgeführt, die eine Datierung oder eine Paginierung aufweisen. In Teil I betrifft das ausnahmslos alle Typoskripte und Manuskripte, in Teil II zahlreiche Fragmente und Entwürfe. Auch Numerierungen von Kapiteln, Titeln etc., die für diese Ausgabe ohne Belang blieben und daher weggelassen wurden, sind aufgeführt, sofern sie Aufschluß über konzeptuelle Absichten der Autorin geben. »Typoskript« bedeutet Originaltyposkript, Typoskriptdurchschläge sind als solche bezeichnet. Texte, die nicht erfaßt sind, weisen durchgehend die Merkmale handschriftlich / unpaginiert / undatiert auf. Praktisch alle von Hand beschriebenen Seiten stammen von Schreibblöcken zu fünfzig Blatt der »VEB Freiberger Zellstoff- und Papierfabrik zu Weißenborn«, wie sie in jeder Kaufhalle erhältlich waren. Sie sind aus holzfreiem Papier, liniert oder langkariert und von der Autorin einseitig beschrieben. Die Rückseite enthält manchmal Gestrichenes oder Ungültiges, einige Blätter sind zerschnitten und ihre Teile manchmal verstreut. Hie und da hatte Irmtraud Morgner auch vom Westen importierte schwarze Hefte in Schulheftformat mit kleinkarierten Seiten in Gebrauch oder dann DDR-Schulhefte mit langkariertem Papier und grünlichem Umschlag, von denen sie nur wenige Seiten zu füllen pflegte. – Ihre Paginierung weist gelegentlich Lücken auf, die hier als »Paginierungsfehler« bezeichnet sind. »Paginierungsfehler« besagt, die Unregelmäßigkeit betreffe nicht den Text, jedenfalls sei darin keine Auslassung feststellbar. In den meisten Fällen handelt es sich nicht um eigentliche Fehler, sondern um Aussparungen in der Paginierung im Hinblick auf weitere noch einzufügende Seiten.

    Zum andern sind die vom Herausgeber vorgenommenen Eingriffe verzeichnet, die nicht schon im Fließtext kenntlich gemacht sind. Aus der editorischen Notiz geht hervor, nach welchen Kriterien die Eingriffe vorgenommen wurden und inwieweit sie stillschweigend erfolgten, ohne hier ausgewiesen zu werden. Erinnert sei daran, daß ihr Nachweis nach weni-

ger strengen Maßstäben erfolgt, wenn er Notate, nach strengeren, wenn er Typoskripte und Manuskripte betrifft.

Darüber hinaus sind gelegentlich Hinweise zu finden, die für das Textverständnis nützlich sein könnten, etwa dann, wenn Irmtraud Morgner nach einer Textvorlage arbeitete, die sie partiell mit einbezog. Oder wenn aus einem Notat selber nicht zweifelsfrei hervorgeht, wer das schreibende Ich ist, dieses aber aus dem Fundort des Textes im Nachlaß erschlossen werden kann.

Abkürzung: HS = Handschrift.

Textkritische Bemerkungen zu Teil I

DAS HEROISCHE TESTAMENT (Titelseite)
Titel handschriftlich auf Vorsatzblatt, gefolgt vom Untertitel Fragmente vom dritten Band der Salman-Trilogie *und der Widmung* Für David und Rudolf. *Der Untertitel war vermutlich im Hinblick auf eine allfällige Veröffentlichung der Typoskripte konzipiert. Titelblatt und Typoskripte waren mit einer Klemme auf einer Kunststoffunterlage befestigt. Der Untertitel der vorliegenden Ausgabe stammt vom Herausgeber, ebenfalls die Haupttitel zu den Teilen I und II sowie die Kapitelüberschriften in Teil II (»*Hero und Leander*« etc.).*

ALS HERO FÜNFZIG JAHRE ALT WAR
Typoskript, paginiert 1–3.
Eine handschriftliche Vorstufe ist überschrieben mit Klinikum Buch, Haus 115, Zi 9, Station D, 1.5.89. *Als Verfasserin des Textes firmiert darin* Grete. *Darunter die Klammerbemerkung der Autorin:* Im Auftrag von Grete / Zettel / Diener dreier Herrinnen

Seite 10 – Jacky Zettel⏋ *Ursprünglich stand* Ambrosius Zettel. *Der Vorname ist handschriftlich korrigiert.*

DUNKELWEIBERBRIEFE 1–5
Typoskript, paginiert 4–15, S. 4 als Titelblatt.

Brief 1 ist in der Handschrift auf den 4.4.84 datiert. In seinem Gefolge befinden sich die (undatierten) Briefe 2–10. Die Briefe des dritten Teils (11–29) sind später entstanden, zumindest wurden sie – oder wurde ein Teil von ihnen – erst im Verlauf des Jahres 1987 von einer Schreibkraft auf Morgners Diktat getippt.
Seite 11 – ZV / D 1–5 ⌉ *Im Manuskript die Abkürzung ZVD / 1–5, die in einer Fußnote erklärt wird. Zettels Abkürzungen, die in den verschiedenen Dokumenten nicht konsequent durchgestaltet sind, wurden vereinheitlicht: vor dem Schrägstrich »Zettelverzeichnis«, nach dem Schrägstrich das jeweilige Dokument, hier »Dunkelweiberbriefe«. Vereinheitlicht wurde auch die Darstellung im Titel und Untertitel.*

ERLÄUTERUNGEN VOM LAUFENDEN METER ZETTELS 1
HS paginiert 21–29, datiert 3./4.8.88. Der Titel steht im Manuskript abgekürzt in Klammern: (ELMZ 1) und wird in einer Fußnote erklärt.

DUNKELWEIBERBRIEFE 6–10
Typoskript, paginiert 1–12 (sowie handschriftlich 30–41), S. 1 als Titelblatt.
Seite 26 – mit denen wir Rücksprache ⌉ *im Typoskript irrtümlicherweise* mit der wir Rücksprache.

ERLÄUTERUNGEN VOM LAUFENDEN METER ZETTELS 2
HS paginiert 42–46. Der Titel steht im Manuskript abgekürzt in Klammern.

AUSZÜGE AUS APOKRYPHEN PROMOTIONSUNTERLAGEN
Typoskript, paginiert 1–20, Titelblatt unpaginiert.
Die handschriftliche Vorlage, mit dem Typoskript bis auf einige Details identisch, datiert am Schluß von Dokument 8: 13.3.1986.
Ein (vermutlich früheres) Typoskript auf der Titelseite handschriftlich datiert: Mai 1986.
Seite 32 – geb. 21.6.33 ⌉ *Wenn Hero 1933 geboren und bei ihrer Tat, wie in der Einleitung festgehalten, fünfzig Jahre alt ist, schneidet sie sich den*

Mann im Jahr 1983 aus der Rippe. Heros Geburtsjahr trägt dem Umstand nicht Rechnung, daß der Roman, wie der Einleitung indirekt zu entnehmen ist, 1989 spielt. Auch die nachfolgende Datierung Berlin am 16.4.1987 *hätte an die jüngere Konzeption angepaßt werden müssen.*
Seite 33 – Tübingen⌉ *in der handschriftlichen Vorlage ist das ursprüngliche* Paris *gestrichen und durch* Tübingen *ersetzt, das von Irmtraud Morgner ins Typoskript übernommen wurde. – Gleicher Vorgang am Schluß von Dokument 6.*
Seite 35 – 14.⌉ *Im Typoskript trägt These 14 irrtümlicherweise nochmals die Zahl 13. Die Numerierung hinkt von da an um eine Zahl hinterher und endet bei 25.*
Seite 36 – Ceterum censeo⌉ *Im Typoskript irrtümlicherweise* Ceteri censeo

ERLÄUTERUNGEN VOM LAUFENDEN METER ZETTELS 3
HS paginiert 51–58. Der Titel steht im Manuskript abgekürzt in Klammern.

SIEGFRIED
HS paginiert 65–79, Titelblatt unpaginiert.
Seite 52 – Vierte Fundsache⌉ *Im Manuskript steht* Dritte Fundsache. *Da Irmtraud Morgner diese Bezeichnung schon für die »Auszüge aus apokryphen Promotionsunterlagen« verwendet, wird die Numerierung hier der Textfolge angepaßt.*
Seite 52 – Zettelverzeichnis ZV/SKB 1⌉ *Im Manuskript die Abkürzung* ZV/SKB 1, *die in einer Fußnote erklärt ist.*

DUNKELWEIBERBRIEFE 11–29
Typoskript. In der ursprünglichen Paginierung, die das Titelblatt ausließ und von S. 1–18 ging, fehlen die Briefe 16, 18, 20, 21, 25, 27. In einer ersten Erweiterung fügte die Autorin die Briefe 18, 21, 25 mit den entsprechenden maschinenschriftlichen Seitenzahlen ein und änderte handschriftlich die Paginierung der übrigen Seiten. Das Titelblatt trug neu die Zahl 2, die letzte Seite die Zahl 25. Die zweite Erweiterung mit den

Briefen 16, 20, 27 erfolgte unter Beibehaltung der Seitenzahlen, indem die eingeschobenen Seiten einfach mit den Buchstaben a,b,c versehen wurden. Da die Autorin das Titelblatt unverändert beibehielt, nennt dieses drei Briefe zu wenig: Dunkelweiberbriefe 11–26.
Seite 73 – A.W.⌉   *im Typoskript irrtümlicherweise*: H.O.
Seite 78 – Warum und zu welchem Ende studiert man Universalhexerei?⌉ *Der Titel und die drei ersten Absätze der »Vorlesung« lehnen sich an Friedrich Schillers »akademische Antrittsrede« vom 27. Mai 1789 in Jena an. Der Titel der Rede, mit der Schiller seine Professur in Jena begann, lautet: »Was heißt und zu welchem Ende studiert man Universalgeschichte?«*
Eine frühe, ungekürzte Fassung dieses Textes ist abgedruckt in »drehpunkt«. Die Schweizer Literaturzeitschrift. Basel (Lenos) 59 / 1984.

DIE PUPPE
HS paginiert 1–19, datiert 28.6.87 (S. 1), 28.10.87 (S. 19), Titelblatt unpaginiert.
Seite 81 – sechste Fundsache⌉   *Im Manuskript steht* Vierte Fundsache. *Die Numerierung verschiebt sich um zwei Stellen, zum einen wegen der doppelt vorgenommenen Numerierung »dritte Fundsache«, zum andern durch den vorstehenden dritten Teil der »Dunkelweiberbriefe«, die, ohne Bezeichnung geblieben, in unserer Ausgabe die fünfte Fundsache darstellen.*
Seite 81 – SKB⌉   *Im Manuskript steht als Abkürzung für das Salmansche Kopfkissenbuch irrtümlicherweise* SVB

DER SCHÖNE UND DAS TIER
Typoskript ohne Titelblatt, paginiert ab S. 2: 2–15. Eigenständige Veröffentlichung 1991 im Luchterhand Literaturverlag mit dem Untertitel »Eine Liebesgeschichte«.
Das mit dem Typoskript praktisch identische handschriftliche Manuskript ist datiert auf den 20.9.84.
S. 87 – Siebte Fundsache⌉   *Diese Bezeichnung steht in Irmtraud Morgners Handschrift über dem Titel. Sie ist, obzwar für diese Edition zutreffend, als vorläufig anzusehen und hätte nach oben korrigiert werden müs-*

sen, wenn »*Der Schöne und das Tier*« *tatsächlich, wie es das Konzept der Autorin vorsah, Schlußpunkt des Buches geworden wäre.*
Seite 87 – Tübingen ⌉ *Im Typoskript steht zweimal* Paris. *Der Name ist jenem aus Heros* »*Promotionsunterlagen*« *angeglichen, wo* Tübingen *steht, nachdem* Paris *von der Autorin in der handschriftlichen Vorlage gestrichen wurde. Offensichtlich entspricht Tübingen einem späteren Verständnis.*
Seite 101 – Ich bin achthundertvierundfünfzig Jahre alt ⌉ *In einer maschinenschriftlichen, aus der Zeit der Arbeit an* Beatriz *stammenden Aufstellung legte Irmtraud Morgner das Geburtsdatum der Trobadora auf das Jahr 1130 fest. Deren 854. Lebensjahr führt ins Jahr 1984, dem Entstehungsjahr des Textes. Die Altersangabe hätte auf das Jahr der Romanhandlung noch abgestimmt werden müssen.*

Textkritische Bemerkungen zu Teil II

Hero und Leander

... UND NACH 40 MINUTEN
HS paginiert 1–6, letzte Seite unpaginiert. Titel: Dokument
S. 108 – Die Kandidatin weigert sich ⌉ *Im Manuskript* Die Kandidatin weigerte sich. – *Das Manuskript schwankt in der Tempuswahl zwischen Präsens und Präteritum. Der Beginn im Präteritum mit anschließendem Wechsel ins Präsens sind hier beibehalten, die Fortsetzung bleibt im Präsens. Das bedeutet eine Tempusänderung für die Präteritumsformen* weigerte sich / entblößten / versichert hatte / schlug vor.
Seite 110 – Erzählnse mal ⌉ *Im Manuskript irrtümlicherweise* erzählnse se mal

X. EINE GEWISSE EISKUNSTLÄUFERIN
HS paginiert 1–3.

DOKUMENT I
Der Text folgt streckenweise den »Akten des Prozesses vor den Inquisitionsgerichten in Venedig und Rom gegen Giordano Bruno«, abgedruckt in dem in Irmtraud Morgners Bibliothek befindlichen Reclam (Ost)-Band Giordano Bruno, Von der Ursache, dem Prinzip und dem Einen, *Leipzig 1984, genau gesagt dem Dokument 1, »Giovanni Mocenigo denunziert Giordano Bruno beim Pater Inquisitor in Venedig«, S. 125 ff. Die Auslassungspunkte signalisieren Namen und Zeitangaben, die Irmtraud Morgner später wohl einzusetzen gedachte.*

Seite 114 – über sie gesprochen ⌉ *das Manuskript, der gedruckten Quelle folgend, schreibt* über ihn gesprochen

DOKUMENT II
Der Text folgt streckenweise dem Dokument 2, »Zweite Anzeige Giovanni Mocenigos zu Lasten Brunos« (op. cit. S. 127 ff.).

DOKUMENT III
Der Text folgt zu Beginn dem Dokument 6, »Zeugenvernehmung des Buchhändlers Giacomo Bertano aus Antwerpen, wohnhaft in Venedig« (op. cit. S. 133 ff.).

Seite 115 – Vor den oben Genannten ⌉ *Der Beginn nimmt in der gedruckten Quelle Bezug auf die Vertreter des Tribunals des Heiligen Amtes, die sich schon in Dokument 5 gewiße Zeugenaussagen angehört haben. Die Formulierung legt nahe anzunehmen, daß Irmtraud Morgner, falls sie ihre Konzeption zu Ende geführt hätte, zwischen »Dokument II« und dem »Dokument III« (Titel vom Hrg.) weitere Zeugen hätte zu Wort kommen lassen.*

Seite 116 – ob die steinreichen Modehäuser ⌉ *Im Manuskript* ob die steinreiche steinreichen Modehäuser

Seite 116 – alles einheitlich schwarz in schwarz ⌉ *Im Manuskript* alles schwarz einheitlich schwarz in schwarz

BRIEF LEANDERS AN HERO
HS paginiert 1–12, datiert 28.1.87. Der (Arbeits-)Titel steht auf einem Vorsatzblatt.
Seite 116 – Einbrecher lärmen nicht] *Im Manuskript ist von der ursprünglichen Formulierung* Einbrecher schlagen nicht Alarm *das letzte Wort irrtümlicherweise stehengeblieben:* Einbrecher lärmen nicht Alarm.

HEROS HEIMAT
Seite 126 – bis zu *Pandoras Wiederkunft*] *Im Manuskript* bis zur »Wiederkunft der Pandora«

UM FRAGEN ZU STELLEN
Seite 126 – das ich lese mit Bewunderung] *Im Manuskript* das ich lese es mit Bewunderung. *Mögliche Lesevariante:* denn ich lese es mit Bewunderung

HIER: MEIN TESTAMENT
Das Manuskript, das tagebuchähnliche Einsprengsel enthält, liegt in einer Kartonmappe mit der Aufschrift Herrad und Leandro / ein Testament / Neue Variante. *Das heißt, es ist Hero (resp. Herrad), die hier spricht.*

Laura

ERSTER BRIEF
HS paginiert 3–8, S. 3 als Titelblatt.

ZWEITER BRIEF
HS paginiert 9–15, S. 9 als Titelblatt.

DRITTER BRIEF
HS paginiert 16–21, S. 18 fehlt (möglicherweise Paginierungsfehler). S. 16 doppelt: als Titelblatt und als erste Textseite.

Seite 136 – meinem Sohn (17)] *Nach Morgners letzter Konzeption, die den Roman 1989 spielen läßt, müßte Wesselin (geb. 1970) um zwei Jahre älter sein.*

SIEBTER BRIEF
HS paginiert 77–83, S. 77 doppelt: als Titelblatt und als erste Textseite.
Seite 139 – Ideologie] *Im Manuskript irrtümlicherweise* ideologischen
Seite 139 – gekocht wurde] *Im Manuskript irrtümlicherweise* gekocht wird

ACHTER BRIEF
HS paginiert 78–81, erste Seite ohne Paginierung. Titel vom Herausgeber.
Seite 140 – (sowas Intimes] *Im Manuskript zwei Wörter nicht gestrichen:* was über (sowas Intimes

DIE MORGENANGST
Seite 144 – den »göttlichen Blick« (...) wahrnehmen] *Darstellung in den Notizen: von* den »göttlichen Blick« *ein Pfeil auf das weiter unten stehende* Die Ahnung vom ganzen Menschen stellt sich her. Der verachtet wird. *Dazwischen die Passage* D. h. da die Realität (...) wahrnehmen.

Amanda

AMANDA IST EINE ART FAKTOTUM
Seite 156 – Deshalb schicken sie Amanda (...) Historiker)] *Darstellung in den Notizen: Vom Satz* Oberon und Titania sind an Hero interessiert *Pfeil auf den Satz* Deshalb schicken sie Amanda (...) Historiker), *der nach der Klammer* (Das muß er neidlos anerkennen) *steht.*

Oberon und Titania, das Königspaar von Dschinnistan

ERSTER BRIEF TITANIAS AN OBERON
HS paginiert 1–4, datiert 6.1.87.
Seite 162 – Blind. (...) intuitiv bedeutend] *Die Stelle wird verständlich, wenn der in einer Spontankorrektur gestrichene ursprüngliche Wortlaut mitberücksichtigt wird:* Spontan. Intuitiv. Sagen wir mal: blind.

ZWEITER BRIEF
HS paginiert 5–10.

DRITTER BRIEF
HS paginiert 11–14.
Seite 166 – schrie Ortgeist] *Im Manuskript irrtümlich* schrie Zeitgeist. *In den Notizen ist Zeitgeist teils ein Synonym für Knochenkarl, teils der Name für einen Ideologen Avaluns.*

VIERTER BRIEF
HS paginiert 15–17.

FÜNFTER BRIEF
HS paginiert 18,18a, datiert 13.1.87.
Seite 168 – Sie erkläre sich] *Im Manuskript irrtümlich* Er erkläre sich

SECHSTER BRIEF
HS paginiert 35–38. Die Paginierung spart zwischen den Briefen 5 und 6 für die als Beilage gedachten Dunkelweiberbriefe 1–5 sechzehn Seiten aus. Auf der zweiten Seite das durchgestrichene Datum 12.1.87.
Seite 169 – Hero] *Im Manuskript beidemal* Herrad.

SIEBTER BRIEF
HS paginiert 40.

ACHTER BRIEF

HS paginiert 58–63. In der Paginierung zwischen Brief 7 und 8 ist Platz für die Beilage (Dunkelweiberbriefe 6–10) ausgespart.
Seite 172 – Hero] *im Manuskript beidemal* Herrad

NEUNTER – ZWÖLFTER BRIEF

HS paginiert 64–67.

AVALUN / DAHIN ALLE BROCKENPOPULATION

Seite 180 – Erst muß der Mensch zu nichts] *Im Manuskript* Erst muß der Mensch erst mal zu nichts

Beatriz

LIEBER DÉSIRÉ

HS paginiert 6–8. Einzelne Formulierungen sind in »Der Schöne und das Tier« (S. 87 ff.) aufgenommen worden, wozu der Text wohl eine Vorstufe darstellt. Der Name Beatriz, die Schreiberin identifizierend, taucht in Entwürfen des Textes auf.
Seite 188 – von deren Fenster] *Im Manuskript* von dessen Fenster.

NICHT GENUG, DASS

HS paginiert 3–5.

BRECHT (!): »ES IST NICHT DIE ZEIT (…)«

Seite 192 – Alle Kräfte haben die Liebe verzehrt.] *Von der Fortsetzung des Gedankens her läge der Singular näher: »Alle Kräfte hat die Liebe verzehrt.«*

Katharina Stager

HERO – NIE GEHÖRT
HS paginiert 9, 11–20; eingeschoben zwischen die Seiten 11 und 12 zwei Seiten mit Teilen von Vorstufen des Textes (paginiert 7 und 8, hier nicht wiedergegeben); die ausgelassene S. 10 ist wohl ein Paginierungsfehler. – Datiert Dezember 86 (S. 7, 9), 15.3.87 (S. 8).
Seite 196 – und las vor ⏐ *Im Manuskript irrtümlich* und vorlas
Seite 198 – Brotkörbe. ⏐ *Im Manuskript folgt hier der Satz:* Die im Korridor der Stagerschen Wohnung abgeworfenen Papiere waren mit folgendem Text beschriftet:

HERO – EIN ALTER HUT
HS paginiert 37–50, S. 47 datiert 6.6.87.
Seite 203 – keine Unfälle. ⏐ *Im Manuskript folgt hier der Satz:* Ich bestückte Stagers Schreibtisch mit folgendem Text:

ABGESEHEN DAVON
HS, erste Seite unpaginiert, dann paginiert 35–41.
Seite 205 – hat (…) geraten ⏐ *Im Manuskript irrtümlich* hat (…) beraten
Seite 206 – Stager entsetzt ⏐ *Im Manuskript* Katja entsetzt. *Irmtraud Morgner ersetzte den alten Namen konsequent durch »Stager« oder »Katharina Stager«, außer hier und im nachfolgenden* Katja ab ins Bad.

LIEBSTER JEAN-MARIE
HS paginiert 57–64.
Seite 207 – So könnte ich die Küche ⏐ *Im Manuskript* So konnte ich die Küche
Seite 208 – Dir sei der Appetit vergangen ⏐ *Im Manuskript* Dir ist der Appetit vergangen

FREITAGNACHMITTAG
HS paginiert S. 43–51, S. 46 fehlt. S. 43 datiert 14.3.86.
Seite 211 – Rosa und mich ⏐ *Im Manuskript* Vilma *[gestr.], darüber*

Laura *[gestr.]*, Rosa *[gestr.]*, *schließlich* Katharina. – *Möglicherweise standen die schreibende Person und ihre Begleiterin bei der Niederschrift noch nicht endgültig fest, worauf auch die folgende Korrektur hinwiesen könnte:*
Seite 211 – Rosa vermutlich] *Im Manuskript* Laura *[gestr., darüber:]* Rosa
Seite 211 – Redeschwall.] *Im Manuskript folgt hier der Satz:* Unter anderem mit der Behauptung:, *die anschließende S. 46 fehlt.*
Seite 213 – gerechnet werden] *Im Manuskript irrtümlicherweise* gerechnet wird

DER VERLUST DES KOPFES

HS paginiert 2–10, S. 7 fehlt (wohl Paginierungsfehler). Das Titelblatt unpaginiert, aber als S. 1 mitgezählt.
Über dem Titel steht Genius loci erscheint Katja, *aber auch die Notiz* J. M. fährt nach Leipzig, um Quartier zu machen. *Offenbar bot sich zu einem bestimmten Zeitpunkt auch Jean-Marie als Reisender an.*
Seite 215 – zu den fünfzehn Bezirken (...) fünf Erdteilen] *Im Manuskript steht* zu den X Bezirken deiner Republik und zu den 7 Erdteilen
Seite 216 – Katharina S.] *Im Manuskript* Katja S.

ALLE ORDENTLICHEN STUDENTEN

HS paginiert S. 56–63, S. 59 fehlt (Paginierungsfehler?). Bei den letzten zwei Seiten des Manuskripts (ab In höchstem Sinn: So etwas kann einem nur einmal im Leben zufallen) *handelt es sich um einen Typoskriptdurchschlag, nämlich den (leicht gekürzten) Vorspann zu einer Lesung von Ernst Bloch-Texten, versehen mit dem Vermerk* 28.9.85, Weimar, Nationaltheater.
Die erste Seite des mit blauem Kugelschreiber geschriebenen Manuskripts überschrieben mit zwei Sätzen (roter Kugelschreiber): Titania fährt mit Laura nach Leipzig *und* Laura kennt Hero von der Universität. *Neben Jean-Marie gehören demnach auch Laura und Titania zu den Figuren, für die eine Leipzig-Reise einmal ins Auge gefaßt wurde.*
Seite 216 – Hero] *Im Manuskript steht bei der ersten Nennung* Herrad, *dann durchgehend* Hero, *zuletzt wieder zweimal* Herrad.

Jean-Marie

VIERTER BRIEF

HS paginiert 22–27, S. 25 datiert 28.1.86 (recte 87, da von Ereignissen des Jahres 1986 die Rede ist), Titelblatt (ohne Paginierung) mit dem Zusatz: Anlage: Dunkelweiberbriefe I /A. S.

Seite 223 – Bei der Ausbildung (...). Durchschnittlich ⏋ *Im Manuskript syntaktisch und inhaltlich undurchschaubar:* Da ich bei der Ausbildung zu wenig Ehrgeiz entwickelte – durchschnittlich

FÜNFTER BRIEF

HS paginiert 44, 45, danach fehlt ein Stück. Die darauf folgende halbe Seite ist unpaginiert. Das anschließende, aus einem gedruckten Exemplar herausgeschnittene und auf zwei A4-Seiten aufgeklebte Kapitel 37 aus Amanda *wiederum paginiert 50, 51. Titelblatt mit dem Zusatz* mit »Amanda«-Anlage.

Seite 225 – schicke es jetzt ⏋ *Im Manuskript* schicke ihn jetzt

Seite 225 ff. – Teuflische Teilung ⏋ *Wörtlich übernommen aus* Amanda, *hier unter Weglassung der Kapitelnumerierung.*

SECHSTER BRIEF

HS paginiert 52–53, 55a-59 (54 fehlt). Titelblatt mit dem Zusatz Anlage: Dunkelweiberbriefe I / 2.

Seite 228 – neben dem Schmerz ⏋ *Im Manuskript* aus dem Schmerz

Seite 228 – in Musik- oder Filmform ⏋ *Im Manuskript* in Musik- oder Show Filmform

Seite 229 – bitte nochmal inständigst um Verzeihung ⏋ *Im Manuskript* Verzeihung, bitte nochmal inständigst um Verzeihung

ES WIRD SIE VIELLEICHT BEFREMDEN

HS paginiert 1–3. Nachträglich über S. 1 geschrieben: Name des Tagebuchs: Désiré.

Vilma

VORSTELLUNG

HS paginiert 2, 4–8. Seite 1 und 3 fehlen (wohl Paginierungsfehler), Seite 2 als Titelblatt mit dem Titel 1. Kapitel / Vorstellung.
An den Text angeschlossen ist Kapitel 57 aus Amanda *(aus dem Buch herausgeschnittene und einzeln auf Notizpapier aufgeklebte Seiten, paginiert 16–19); davor ein Titelblatt mit dem übernommenen Titel und neuer Kapitelnumerierung:* 3. Kapitel / Leibrede über die Erfindung der Leibrede (apokryph). *Das Wort in Klammern steht nicht im* Amanda-*Kapitel. Wie die Autorin im Text ankündigt, hatte sie vor, das Kapitel als Selbstzitat in den neuen Zusammenhang zu übernehmen – zwischen das zweite und vierte Kapitel, was immer damit gemeint war. In der Kapitelnumerierung fehlen die Nummern zwei und vier. Der Paginierung nach wäre das fragliche Kapitel (paginiert 16–19) direkt hinter Ambrosius' Brief (pag. 14/15) resp. vor das Fragment »die Aura« (pag. 19) oder aber vor das Ambrosius/Laura-Fragment (pag. 20 ff., S. 248) zu stehen gekommen. – Grundsätzlich ist zu bedenken, daß die Paginierung nur eine Aussage über die Reihenfolge innerhalb des Vilma/Ambrosius-Komplexes, nicht aber hinsichtlich der Gesamtkomposition des Romans erlaubt.*

DER MIT DEM DATUM

HS paginiert 14–15, auf dem Titelblatt steht: Alter Brief an Hero, als die noch im Stall wohnte.
Nach der Grußformel stehen die gestrichenen Wörter Unterschrift (unleserlich) / T. Eusebius / F. Ambrosius.

DIE AURA

HS paginiert 19.

V. SEIT WANN SCHLUCKEN SIE?

HS paginiert 29–35. Auf dem Vorsatzblatt: 5. Kapitel.
Das Manuskript besteht aus zwei ineinander gearbeiteten Dialogen, von denen der eine die Kürzel V. und F.A., der andere die Kürzel H. (Hero?)

und Z. (Zettel?) gebraucht. Der zweite Dialogteil, dessen Kürzel hier, der Intention des Gesamttextes entsprechend, in V[ilma] und F[riedrich] A[mbrosius] abgeändert sind, setzt auf einer neuen Seite ein mit Vilmas Worten Soll das heißen, daß Sie mich für unvernünftig halten. *Er endet mitten in einem Satz von Ambrosius:* Außerdem gibt's gar keine männlichen Narren, *und wird, beginnend wiederum auf einer neuen Seite, vom ersten Dialogteil bruchlos weitergeführt.*

Ambrosius

DIE FÜNDIGE ANTWORT
HS paginiert 9–12, Titel auf Vorsatzblatt: Der Stall I: allgemeine Beschreibung.
S. 246 – Vilmas Vater ⌉ *Im Manuskript* Herrads *(gestrichen)*, Katias *(gestrichen)*, Heros *(gestrichen)*, Katjas *(gestrichen)*, Vilmas Vater. *Die Stelle ist unterstrichen, am Rand steht ein Fragezeichen.*
S. 247 – versucht ist ⌉ *im Manuskript* versucht wird

ES WAR SPÄTABENDS
HS paginiert 20–21, 23–28, Seite 22 fehlt. Nach S. 20 und 23 je eine unpaginierte Seite.
Seite 248 – drücke aufs Gewissen ⌉ *Im Manuskript* drückte aufs Gewissen
Seite 249 – Smogalarm, hier Nebel außen wie innen ⌉ *Im Manuskript ein unangepaßter Seitenübergang zu S. 24:* Smogalarm, hier Nebel außen wie innen, / was noch unfaßlich. Nebel außen wie innen.
Seite 249 – Aber Katharina hatte ⌉ *Im Manuskript* Aber Katja hatte
Seite 249 – ein Bienenschwarm (...) Großes aus ihm. ⌉ *Die Stelle ist wörtlich aus der* Legenda aurea *(Kapitel »Von Sanct Ambrosius«) zitiert. Irmtraud Morgner beginnt im Präsens und fällt mitten im Satz ins Imperfekt der Vorlage. Da der Wechsel beabsichtigt sein kann, ist er belassen.*
Seite 250 – »Ambrosius kommt von Ambra (...) seinem Tun« ⌉ *Wörtlich aus der* Legenda aurea.

Seite 251 – Das Gespräch fand am 16. Januar 1987 statt.] *Der Dialog ist nicht überliefert. – Er hätte gemäß der jüngsten Konzeption um zwei Jahre auf 1989 nachdatiert werden müssen.*

Zettel

»GUTE NACHT«, SAGTE MEIN PFLEGEFALL
HS paginiert 33–35. Das mitpaginierte Titelblatt mit einem vermutlich nicht zum Text gehörigen Titel: 5. Kapitel / Stager umgeben von Objekten in Arbeiterintensivhaltung.

VORGESTERN HAT MICH LAURAS SOHN
HS paginiert 36–41.
Seite 255 – Laura, Katharina und Ortwin] *Im Manuskript steht* Laura, Katharina und Hero – *wohl ein Versehen.*
Seite 257 – zurück an seinen Platz.] *Im Manuskript folgt hier der Satz* Wortlaut der Briefsache in Kapitel 6.

KEIN HELLER KOPF
HS datiert 31.7.88.

ZETTELS VERSUCH
Seite 258 – (Zettel:) Da er (...) selber schreiben] *Der Satz steht im Manuskript vor dem Cervantes-Zitat.*

Grete

NATÜRLICH KANN SELBST EIN SCHWEIN
HS datiert 25.1.89, paginiert 1–3.

FÜLLEST WIEDER BUSCH UND TAL
HS paginiert 47–50. Titel und Untertitel auf Vorsatzblatt (auf der ersten

Manuskriptseite wiederholt), gefolgt vom Beginn des ursprünglichen Einleitungstexts:
Erlauscht von Grete während einer gerade stattfindenden Mondfinsternis in einer Warteschlange am Taxistand Berlin-Friedrichstraße. Der Zufall bescherte mir, Grete, einen Platz ⟨...⟩
Auf der ersten Manuskriptseite über dem Titel die Abkürzung SLMZ 1, *die mittels Fußnote erklärt wird:* Stück vom laufenden Lebensmeter Zettels. *Offensichtlich wechselte das »Dunkelmännergespräch«, zuerst Grete zugeschrieben, im Moment den fiktiven Verfasser, wo Zettel die Rolle des Präsentators übernahm, und war von da an als Zettel-Text vorgesehen. Zu diesem fehlt ihm jedoch die Einleitung, ohne die er keinen Sinn macht. Auch ist ihm im Romanganzen kein definitiver Platz zugewiesen. Zwar paßte er seiner Paginierung (jedoch nicht seiner Numerierung) nach zwischen die Texte »ELMZ 2« und »ELMZ 3«, doch kämen damit drei Zettel-Texte hintereinander zu stehen, was der übrigen Reihenfolge (Zettel- und Nichtzettel-Texte alternierend) entgegenliefe. Vermutlich wurde der Text im letzten Moment zurückgestellt. Dafür spricht, daß er nicht mit der für die letztgültige Fassung typischen Signatur »ELMZ«(»Erläuterung vom laufenden Meter Zettels«) versehen ist. – Die Unsicherheiten legen es nahe, ihn in dem Zusammenhang zu belassen, dem er seine Entstehung verdankt.*

ERSTES KAPITEL
HS paginiert 5–8. Titel und Untertitel auf Vorsatzblatt.

ZWEITES KAPITEL
HS paginiert 9–10. Titel und Untertitel auf Vorsatzblatt.

VIERTES KAPITEL
HS paginiert 16–17. Titel und Untertitel auf Vorsatzblatt.
Kapitel 3 fehlt.

FÜNFTES KAPITEL
HS paginiert 18–21. Titel und Untertitel auf Vorsatzblatt.

Wesselin

WESSELINS KUNST, ZEITUNG ZU LESEN
Titel auf Vorsatzblatt.

Laura und der Tod

AUS LAURENZIANISCHEN KOPFKISSENBÜCHERN
HS paginiert 1–4, Titelblatt und letzte drei Seiten ohne Paginierung; die Seite 4, die mit anderem Schreibstift geschrieben ist, datiert 11.9.89. Der Plural des Titels deutet darauf hin, daß eine Reihe von Kopfkissenbüchern geplant war. Dieser hätten die anschließenden Fragmente mit großer Wahrscheinlichkeit angehört, natürlich nicht ohne zuvor vervollständigt und aufeinander abgestimmt zu werden. Irmtraud Morgners Konstuktionsprinzip hätte ihnen wohl voneinander getrennte Plätze im Ganzen zugewiesen.
Seite 289 – oder rennen sie ⌐ *Im Manuskript* oder rannten sie

WIRD SCHMERZ ÜBERMÄCHTIG
HS paginiert 1–3, datiert 8.5.89.
Seite 291 – ihrer äußerlichen Erscheinung nach ⌐ *Im Manuskript irrtümlicherweise* seiner äußerlichen Erscheinung nach
Seite 291 – ihrem Wesen nach ⌐ *Im Manuskript irrtümlicherweise* seinem Wesen nach
Seite 291 – Die Einrichtung war ⌐ *Im Manuskript* Die Einrichtung wär

MUTMASSUNGEN ÜBER EINEN CHIRURGEN
HS paginiert 1–7, S. 4 fehlt (wohl Paginierungsfehler), datiert 10.9.89 (S. 1), 11.9.89 (S. 3). Unter dem Titel die Widmung »Für D. G.« (d. h. für Irmtraud Morgners operierenden Arzt im Städtischen Krankenhaus Buch, den die Autorin im Chirurgen Replam porträtiert).
Seite 293 – »der bestirnte Himmel (...)« ⌐ *Das Manuskript zitiert ungenau* »der gestirnte Himmel über mir und das Gesetz in mir«.

DIESE PFLICHTASSISTENTIN
HS paginiert 8–10, datiert 12.5.89.

DER DICHTER KAFKA
HS datiert 9.5.89.

NATÜRLICH WUSSTE ICH LÄNGST
HS, erste Seite datiert 20.1.90. Der Text ist zweimal durch Notizen unterbrochen, ohne daß inhaltlich ein Bruch festzustellen wäre: nach (...) auch den Rest der Welt *und wenige Zeilen später nach* Die nachfolgend geschildert wird. *– Der letzte Teil des Manuskripts (dessen siebte Seite) wiederum datiert: 21.1.90.*

»WIE DER MENSCH GELEBT HAT ...«
HS paginiert 1–3, datiert 9.5.89.
Seite 302 – Hörsinn] *Im Manuskript* Sehsinn

ALLE WELTANSCHAUUNGEN
HS datiert 7.5.89.

DIE LEUTE ERZÄHLEN SICH
HS datiert 7.5.89.
Seite 303 – Werk mit Instrumenten] *Im Manuskript* Werk dann mit Instrumenten

Dank

Der Herausgeber dankt allen, die zum Gelingen dieser Edition beigetragen haben, namentlich David Morgner, Berlin, der den Nachlaß für die Bearbeitung zur Verfügung stellte, ferner dem Schriftsteller Jens Sparschuh, Berlin, für die Auskünfte über sprachliche Besonderheiten der DDR und Julia Kormann, Freiburg, für das Durchlesen des Typoskripts. Besonderer Dank gilt Margrit Schneider, Basel, die das Entstehen des Buches mit tatkräftiger Hilfe begleitet hat.
Großen Dank auch den Institutionen, welche die Edition gefördert haben: dem Schweizerischen Nationalfonds zur Förderung der wissenschaftlichen Forschung, Bern; dem Deutschen Literaturfonds e. V., Darmstadt; der Stiftung KULTURfonds, Berlin.

R. B.

Register der wichtigsten Figuren

Erfaßt sind Texte, die von der betreffenden Figur stammen, von ihr handeln oder als Brief an sie gerichtet sind. Zahlen in Kursivschrift verweisen auf einzelne Nennungen. Texte des Herausgebers sind nur in Ausnahmefällen berücksichtigt.

Amanda 130–141, *142–148*, 150–159, 221–233, *260, 279, 280, 283, 306, 307, 335, 339, 341, 342, 347*

Ambrosius *37, 42, 239*, 245–251

Barbara *157, 342*

Beatriz / Trobadora 87–101, *142, 145*, 188–193, *233, 284, 294, 345, 347*

Columbine *42*, 350–353

Gracia Ortwin 11–17, 21–28, 48–50, 59–80, *223, 225*, 229f., *253, 255*f., *259*, 333–336

Grete 9f., *18–20, 29*, 48–51, 264–276

Hanswurst 9f., *29, 50*, 264–276

Hero 9f., *19, 29*, 31–47, *49, 50*, 108–128, *132, 146, 154*, 156–159, 169–172, *191, 192, 194, 197*, 198f., *202*, 211f., *215, 216, 219*, 222f., 232f., *245, 246, 251, 259, 265*, 274f., *298, 307*, 338f., 344–346

Jean-Marie 131–141, *143, 144, 145, 176, 190*, 207–209, *219*, 221–234, *262, 284*, 291f., *335, 339, 347*

Johann Salman *52*, 54–56, 81–86, *128, 133*, 135f., *198, 226*, 259–261, *277*, 280–286, 297–301, *305*

Katharina Stager 194–220, 223f., *231*, 244–246, *253, 255*, 344–346

Laura Salman 50f., 52–57, 81–86, 130–148, *151, 154, 155*,

Register der wichtigsten Figuren

157–159, *191*, 194–206, *209*, 217, *221–225*, 225–227, 228, 232 f., 245–251, 253 f., *255, 259*, 271 f., 277, *280, 282*, 283–307, 335, 339, 344–346, 347, *348*

Leander *36, 44*, 45 f., *47*, 87–101, 109–111, 116–121, 123, 125, *146*, 157, *185, 191*, 219, *222f.*, 232 f., 250, 262, 275, 307, 338 f., *346*

Oberon *123, 131*, 155–157, 161–177, *180*, 223, *261*, 274, *341 f.*

Olga Salman 52–56, 81–86, 122 f., *128, 135 f.*, 275, 277, 280–286, *296 f., 305, 307*

Puck *156, 161 f., 164, 167, 168, 170, 173, 174, 176*, 184–186, *341*

Tenner *153, 158 f.*, 225, 236, 341

Titania *51, 123, 131*, 155–157, 161–177, *180, 182*, 184–186, 223, 241 f., *261 f.*, 274, 341 f.

Vilma 236–244, 347, 348

Wesselin *83, 135 f., 196*, 228 f., 254, 271 f., 277–279, *301, 303*

Zettel 9 f., 18–20, 29 f., 48–51, 253–262, 297, *341*

Zusammenstellung der textkritischen Zeichen

{Markt}	Bei unsicherer Lesart: Lesehypothese.
⟨x⟩	Unlesbares Wort.
⟨xx⟩	Zwei unlesbare Wörter.
⟨xxx⟩	Drei oder mehr unlesbare Wörter.
Fehlleistung[en]	Ergänzung des Herausgebers.
*	Auslassung zwischen zwei Notaten aus dem gleichen Dokument.
[...]	Auslassung innerhalb eines Notats.
Nicht genug,	Initiale: Beginn eines neuen Dokuments, das nicht durch einen Titel als solches bereits kenntlich ist.
[*am Rand:*]	Bemerkungen des Herausgebers.
⟨aber⟩	Von der Autorin fälschlicherweise gestrichenes Wort.
⟨...⟩	Textabbruch, -verlust, -lücke im Manuskript. (Am Textschluß nur angegeben, wenn die Absicht zur Fortsetzung offenkundig oder im Manuskript sichtbar ist.)
(...)	Von der Autorin gesetztes Auslassungszeichen.
Normalschrift	Text Irmtraut Morgners (außer in den Erläuterungen, wo Morgner-Zitate kursiv sind).
Kursivschrift	Einleitung oder Überschrift des Herausgebers (außer in den Erläuterungen, die in Normalschrift gehalten sind).

Inhalt

I. DER MANN AUS DER RIPPE
Abgeschlossene Kapitel

Vorrede von Ambrosius Zettel	9
Dunkelweiberbriefe 1–5	11
Erläuterung vom laufenden Meter Zettels (ELMZ) 1	18
Dunkelweiberbriefe 6–10	21
Erläuterung vom laufenden Meter Zettels (ELMZ) 2	29
Das heroische Testament	31
Erläuterung vom laufenden Meter Zettels (ELMZ) 3	48
Siegfried	52
Dunkelweiberbriefe 11–29	59
Die Puppe	81
Der Schöne und das Tier	87

II. VON DER INSEL, DIE ES NICHT GIBT
Entwürfe und Notizen

Hero und Leander	107
Fortsetzung des Promotionsverfahrens	107
Ein Interview mit Hero	111
Hero vor dem Femegericht	113
Leander wird von Don Giovanni nächtlich besucht	116
Die Folgen von Heros Tat (Notizen)	122
Hero, »Nothelferin« in schwerer Zeit (Notizen)	124
Laura	129
Laura träumt und schreibt Briefe an Amanda	129
Die Aussteigerin (Notizen)	142
Laura / Amanda: geteilt, getrennt und ganz (Notizen)	145
Amanda	149
Vom Brocken nach Dschinnistan (Notizen)	150
Amanda erzählt für Laura (Notizen)	156

Oberon und Titania, das Königspaar von Dschinnistan	160
Zwölf Briefe Titanias an Oberon	160
Dschinnistan (Notizen)	174
Avalun, die Geehrtenrepublik (Notizen)	177
Titania auf der Flucht (Notizen)	183
Beatriz	187
Beatriz mit Désiré in Paris	187
Ein Geliebter für die Trobadora (Notizen)	190
Katharina Stager	194
Katharina Stager erhält Besuch von Laura	194
Katharina schreibt Jean-Marie einen Brief	206
Fahrt nach Leipzig	210
Nachdenken über Hero (Notizen)	219
Jean-Marie	221
Jean-Marie will Amanda sein Tagebuch anvertrauen	221
Jean-Marie und Laura / Amanda (Notizen)	231
Vilma	235
Ambrosius erbittet Vilmas Hilfe	235
Ambrosius	245
Laura besucht Ambrosius im »Stall«	245
Zettel	252
Zettel dient bei Laura und klaut bei Ortwin	252
Ein Leben aus zweiter Hand (Notizen)	257
Grete	263
Grete erzählt aus ihrem Leben	263
Grete und Hanswurst (Notizen)	273
Wesselin	277
Wesselin macht Musik und liest Zeitung (Notizen)	277
Olga und Johann Salman	280
Zwei Spießer, zwei Mitläufer (Notizen)	280
Laura und ihre Eltern (Notizen)	283
Laura und der Tod	287
Aus laurenzianischen Kopfkissenbüchern	287
Nachrichten aus dem Zwischenreich (Notizen)	303

III. ANHANG

Fliegen ohne Flügel
   (Zur Entstehungsgeschichte des Romans)   311
Erläuterungen   333
Ein Blick in Irmtraud Morgners Dichterwerkstatt
   (Editorische Notiz)   354

Textkritische Bemerkungen   371
Register der wichtigsten Figuren   392
Zusammenstellung der textkritischen Zeichen   394